KB241372

첫
소
설

마자린 팽조 장편소설 | 우종길 옮김

첫소설

premier Roman

문학동네

나의 아버지에게

젊은이들아, 그대들 앞의 시간은 달아나는 말과 같다.
무릎 사이에 갈기를 휘어잡고 말을 길들이는 그대에게는
이제 그대가 올라탄 짐승의 발굽 소리만이 들린다.
모험의 끝을 생각하기에는 싸움이 너무도 새롭구나.

루이 아라공, 『악마의 미(美)』

1

아가트는 9월 한 달 동안 파리를 보지 못했다. 빅토르와 함께 남프랑스의 돌집에서 머무르며 여유를 부리는 편을 택했던 것이다. 텔레비전도 없고, 이웃 사람도 없고, 다른 여가 활동도 없이, 단둘이서만. 바싹 마른 가시덤불과 하얀 자갈과 보랏빛 잡목으로 뒤덮인 야생의 땅 프로방스의 인적 없는 광야에서, 단둘이서만. 구름 한 점 없는 하늘, 광대무변한 하늘 아래, 단둘이서만.

아가트는 공상에 잠기거나 산책을 하고, 음악을 듣는가 하면 책으로 마음을 살찌우기도 했다. 책이야말로 그녀의 진정한 고향이었다. 빅토르는 글을 쓰기도 했고 책도 여러 권 읽었다. 절반은 철학서였고, 절반은 문학작품이었다.

아가트와 빅토르는 이 년 넘게 함께 살고 있었다. 둘은 어렸을 때부터 서로 알고 지낸 사이로, 처음 시작은 쉽지 않았다. 아가트는 이미 여러 번의 경험이 있었는데, 대개가 별볼일 없었던 반면 빅토르에게 아가트는 첫사랑이었다. 빅토르는 느긋한 편이었고, 아가트는 종종 지나치게 조급했다. 빅토르는 아가트에게 인내심과 지구력을 길러주었고, 아무 일 없이 그냥 흘러가는 시간의 즐거움을 만끽하는 법도 가르쳐주었다. 꽤나 변덕스러운 아가트는 관능적이면서도 이지적인 여자였고, 대체로 환락에 이끌렸다. 빅토르는 감성적이고 비논리적이며 어쩌면 로맨틱하다고도 할 수 있는 남자였다. 그들은 즐거이 그들만의 세계를 만들어갔고, 순수와 쾌락, 자유와 방종이 결합된 규칙을 만들어내기도 했다. 두 사람은 몇 가지 원칙만으로 만족했다. 체험하는 게 중요하다고 생각되는 일은 아무 거리낌 없이 체험할 것. 상대를 고통스럽게 하지 말고, 서로에게 아무것도 금기시하지 말 것. 가능한 한 다양한 삶을 최대한 병행해나갈 것. 두 사람은 서로를 사랑했으므로 서로에게 자유를 줄 권리가 있었다. 그것이 그들 나름의 충실성, 깊고 전적이면서도 유연한 충실성이었다.

빅토르는 기꺼이 그 계약에 동의했다. 그는 일심동체가 되어버리는 커플을 혐오했다. 일심동체는 절충적이고 권태로운 괴물이었다. 그런 커플에게 이별은 노이로제였고, 자아 상실은 삶의 방식이었다. 빅토르는 아가트를 신뢰했다. 그렇지만 다른 남자의 품에 안겨 있는 아가트를 상상하는 건 그로서도 견딜 수 없는 일이었다. 그것은 육체의 원초적인 반응이요, 혐오감이고 소름이었다. 만일 누군가가 아가트에게 손이라도 댄다면, 빅토르 자신은 말라죽고 말 것만 같았다. 빅토르는 파리로 돌아가면, 늘 그랬던 것처럼 아가트에게 남자들이 따르리라는 것을 알고 있었다. 하지만 그는 남자들에게서 유혹받기 좋아하는 그녀를 사랑했다.

빅토르는 불안한 마음으로 아가트를 바라보았다.

아가트는 왜 그를 택한 것일까? 처음 만났을 때에도 아가트는 사방에서 남자들의 유혹을 받고 있었던 반면, 빅토르는 지나칠 정도로 조심스러워서 그녀에게 눈독들이는 남자들에 비하면 차라리 눈에 띄지 않을 정도였다. 하지만 아가트는 빅토르에게 그만의 독특한 개성이 있음을 알아차렸다.

아가트의 갈색 머리카락 한줌이 햇볕에 그을린 뺨 위로 흘러내렸다. 노란 두 눈, 매끈하고 윤기 있는 피부, 완벽하게 균형 잡힌 날씬한 몸매. 아가트는 생기발랄함으로 더욱 아름다웠다. 그녀의 시선이나 미소나 분노에서는 투명한 생명력이 넘쳐났다. 아가트의 매력은 남자들의 관심을 끌었고, 그건 빅토르로서도 어쩔 수 없는 일이었다. 그런 아가트에게 반기를 드는 것은 최악의 실수이자 심리적인 모순이 될 터였다.

빅토르는 개강이 두려웠다. 이미 일을 과중하게 떠맡고 있던 탓에 그에게 이번 학년은 수월하지 않으리라는 것을 어느 정도 예상하고 있었다. 아가트는 논문 준비를 계속할 것이다. 그녀가 연구를 그만둘 리 없거니와 외출도 마다하지 않으리라는 것을 빅토르는 미리부터 꿰뚫고 있었다. 빅토르는 남프랑스에서의 아가트를 잃고 싶지 않았지만, 개강이 목전에 다가와 있었다. 아가트는 부인했지만, 빅토르는 그녀가 파리로 돌아가고 싶어 안달이 나 있다는 걸 알 수 있었다. 아가트는 뭇 사람들의 시선과 웃음, 포도주, 열띤 토론에 젖는 심야 파티를 필요로 하는 여자였다. 아가트에게는 연구와 교수들과 친구들이 필요했다.

빅토르와 아가트는 파리로 돌아왔다. 친구들은 조바심을 내며 그들을 기다리고 있었다. 그들은 친구들을 즐겁게 해주는 커플이었다.

빅토르 역시 매력적인 남자였다. 비스듬히 흘러내린 검은 머리카락, 까만 눈, 그리고 단단한 육체에서 배어나오는 의지 속에는 나약하지만 민감한 영혼이 숨어 있었다. 아가트는 빅토르보다 냉정했다. 더 강인하다고 말할 수도 있겠지만, 그것은 강인함과 냉정함을, 민감함과 나약함을 혼동하는 것이다.

아가트는 이내 가까운 사람들과 다시 어울렸지만, 빅토르는 친구들이 자주 드나들지 않는 파리의 한적한 곳으로 숨어버렸다. 그로서는 조각조각 짜인 예전의 도시 생활로 되돌아가기가 여의치 않았다. 하지만 모든 일과 주변 사람들을 제쳐두고, 자신과 아가트 둘이서만 보냈던 남프랑스에서의 완벽한 생활을 계속해나간다는 것도 어려운 일이었다.

반면, 아가트는 누가 뭐라 해도 파리 사람이었다. 그녀는 파리의 이곳저곳과 그곳에서 만난 사람들, 자신의 관심사와 앞으로 진행해야 할 논문 연구 등 그 흩어진 단편들 속에서 자신의 또다른 정체성을 발견했다. 마치 이 도시에 새로운 삶의 숨결이 녹아 있기라도 한 것처럼.

후미진 변두리 구역을 거닐면서, 빅토르는 무국적자 같은 느낌을 받는가 하면, 자기가 사는 도시에서 길을 잃는 즐거움도 맛보았다. 빅토르는 자기처럼 고립된 생활을 좀처럼 하려 들지 않는 아가트가 원망스러웠다. 그녀의 거부가 배신의 한 형태로 여겨지기까지 했다. 하지만 빅토르는 아가트에게 유감을 표하지 못했고, 그저 달콤쌉싸름한 고독감 속에서 스스로를 위무할 뿐이었다. 빅토르는 간혹 햇빛 쏟아지는 거리를 산책하며 책을 읽거나, 노랗게 물든 나뭇잎이나 여전히 푸르른 하늘에 아득한 시선을 던지기도 하고, 불확실한 미래를 그려보기도 했다. 또 관광객처럼, 자신이 사는 곳 구석구석을 구경했다. 이렇게 파리를 접하고 보니, 지금 살고 있는 그 도시가 얼마나 아름답고 얼마나 놀랍고 얼마나 넓은지 새삼 느껴졌다.

빅토르는 파리 12구와 20구를 한가히 거닐었다. 전에 외로울 때면 자주 찾았던 곳, 책을 잔뜩 넣은 배낭을 짊어지고 여기저기 술집을 돌아다니던 추억의 장소였다. 저녁 일곱시부터 빅토르는 에스프레소 커피 대신 붉은 포도주를 연이어 석 잔이나 마셨다. 그런 다음, 거의 막바지에 접어든 논문을 몇 장 쓰고는, 도스토예프스키를 다시 읽고, 소설을 조금 써내려가다가 무작위로 고른 데카르트의 서간문 몇 편을 몇 번째인지도 모르게 다시 읽었다. 그리고 나서야 집으로 돌아왔다.

　벨빌 거리는 제각기 다른 인종과 언어와 삶의 모습들로 소란스러웠다. 공원의 분수 한가운데서 놀고 있는 아이들이 서로에게 물을 뿌려대기도 하고 고함을 지르기도 했다. 젊은 여자들은 물 속에 발을 담그고 햇볕 아래에서 책을 읽었다. 빅토르는 이렇게 피부색과 종교가 어우러진 삶을 좋아했다. 폴란드 이민자의 아들인 그는 파리 10구에서 태어났지만, 그곳에 갈 때마다 어쩐지 불편함을 느끼곤 했다. 아직도 아버지가 어두운 기억 속에서 살고 있던 탓이었다. 조국과 아내에 대한 기억, 그리고 서툰 프랑스어에 의지한 채 혼자서 두 사내아이를 키워내야만 했던 지난한 삶에 대한 기억이었다. 예전에 살던 거리를 지날 때마다, 빅토르의 머릿속에는 침침한 아파트에 언제나 감돌던 그 답답하고 떨떠름한 분위기의 쓰디쓴 기억이 되살아나곤 했다. 그 아파트 안에서, 숙련된 현악기 제조인인 아버지는 목재를 다듬었다. 빅토르는 동생 디미트리와 함께 쓰던 방에서 보낸 우울한 시간늘이 떠오르곤 했다. 밤색 커튼과 곰팡이 핀 양탄자. 그 방에서는 늘 밀폐된 공간 특유의 꿉꿉한 냄새와 담배 찌든 냄새가 났다. 빅토르는 다가갈 수 없는 세계를 꿈꾸며 현실 속의 그 방을 탈출하곤 했다. 그는 언젠가는 이 비참하고 고통스러운 세계에서 벗어날 수 있으리라는 믿음과 야망을 품고 악착같이 학업에 매진했다. 하지만 마치 청산할 수 없는 어린 시절의 빚이기라도 되는 것처럼, 그 꿈은 실현되지 못한 채 여진히 꿈으로 남아 있었디.

　김 서린 유리창 밖을 바라보듯이, 빅토르는 사람들을 관찰했다. 그를 둘러싼 세계가 불명료한 의식의 체에 걸러져, 평온의 후광 속을 떠다니며 그의 내부에서 움직거리고 있었다. 빅토르는 순수한, 거의 미학적인 시선으로 젊은 여자들을 바라보았다. 그 일이 재미있어진 빅토르는 의식적으로 환상에 젖었다. 오후 끝 무렵에는 지나치는 여자들에 대한 욕구가 일었지만, 그것은 아가트의 육체를 애무할 때에야 충족될 막연하고 불분명한 것이었다. 빅토르는 지나다가 마주치는 실물의 여자들을, 설령 어머니 나이의 여자라 해도 감히 똑바로 바라보지 못하는 남자였다. 아가트는 그의 아버지가 억지로 주입시킨 청교도적 교육이 빚어낸 빅토르의 이러한 금욕적인 성향을 증오했다.

　빅토르는 포도주의 첫 잔을 조금씩 음미해가며 생각에 젖었다. 포도주는 항상 아가트를 생각나게 했다. 아마도 그녀와 함께 보르도 산 포도주 감별법을 배우기 시작했기 때문인 것 같았다. 두 사람은 심야에 산책을 하고, 카페에서 빈속에 약간 취한 상태로 보르도 산 포도주를 몇 병이나 들이켜는 일이 잦았다. 처음 아가트가 고급 포도주에 맛을 들이게 된 것은 그녀의 아버지 때문이었다. 당시 열두 살의 아가트는 적어도 두 잔 정도 비우지 않고서는 하룻밤도 그냥 넘기지 못했다. 빅토르는 아가트의 식도락 취미를 높이 평가했다. 목구멍을 적시는 한 모금 한 모금의 포도주가 아가트에게는 말 그대로 향락이었다. 그녀는 지극히 평범한 행위라도 마치 포도주처럼 밀도 높게 체험하지 않고는 직성이 풀리지 않았다. 오믈렛이나 푸아 그라를 먹는 일, 우유나 위스키를 마시는 일, 새 램프를 설치하거나 침대 시트를 구입하는 일 에서도 그랬다. 공간과 만남, 경험과 감각을 탐하는 만족할 줄 모르는 호기심을, 그녀는 매순간 충족시켜야만 했다.

　빅토르는 아가트가 동참하기를 바라는 그 미지의 모험 앞에서 어렴풋한 공포감을 느끼곤 했다. 아가트는 자신의 삶을 용이하게 만들고 그 삶에 의미를 부여하기 위해서 자기 나름대로 세계를 변모시켰고, 그 변모된 세계 속에서 살고 있었다. 어렸을 때부터 아가트는 자신의 성격을 다듬어왔다. 그녀에게는 삶에 적응하는 것이 진리였다. 아가트가 가장 좋아하는 무기는 생략에 의한 거짓말이었다. 일반적으로 인식되는 진리의 가치를 인정하지 않는 그녀가 무엇 때문에 거짓말을 나쁘다고 느끼겠는가? 아가트는 빅토르가 지금까지 경험해온 삶의 한계를 넘어서도록 부추겼고, 교육과 감각의 경계선을 초월하도록, 고독한 그의 아버지가 주입시켜놓은 엄혹한 원칙들을 잊어버리도록, 그리고 그의 삶에서 너무 일찍 사라져버린 어머니, 하지만 그의 마음속에 항상 강하게 잠재해 있는 어머니의 존재로부터 벗어나기를 독려했다. 그는 어머니를 기억하지 못했지만, 그 이상화된 기억은 어린 시절 그가 살았던 방 두 개짜리 아파트에 언제까지고 잔재해 있었다. 어머니로 인해 아버지의 얼굴에 때 이른 주름살이 졌다 해도, 동생 디미트리와 빅토르의 꿈속에서 어머니는 여전히 살아 있는 존재였다.

아주 어렸을 때부터 빅토르가 보살펴온 디미트리는 형을 무척이나 따랐다. 심지어 형의 여자 아가트에게까지 반했을 정도였다. 디미트리의 눈에 아가트는 다가갈 수 없는 꿈속의 여인이었고, 말 그대로 진정한 구원자였다. 디미트리는 밤이면 그녀를 꿈꿨고, 그녀의 피부와 용연향, 피처럼 붉은 입술, 너무나 짙어서 검어 보이기까지 하는 노란 두 눈을 그려보았다. 사랑해서는 안 될 사람인데도 디미트리는 형의 애인을 만져보고 싶은 강한 욕구를 느꼈다. 아가트도 디미트리의 감탄 어린 시선이라든가 더이상 숨기려고도 하지 않는 뜨거운 갈망에 무감각하지 않았다. 빅토르는 동생의 그러한 열정에 골을 냈지만, 아가트는 재미있어했다. 두 사람을 서로에게 소개시키면서, 빅토르는 이 두 괘

락의 신봉자를 만나게 하면 어떤 위험이 발생할지도 모른다는 것을 잘 알고 있었다. 두번째 잔의 포도주를 음미하면서, 빅토르는 아가트가 언젠가 디미트리의 매력에 넘어갈 수도 있으리라는 생각을 했다. 그는 아가트가 디미트리를 재미있고 매력적인 남자로 생각한다는 것을 알고 있었다. 그녀가 왜 저항하겠는가? 동생은 형보다 더 사교적이며 덜 복잡하고 덜 몽상적인 사람이었다. 친구들끼리 대화가 한창일 때, 다른 세계에 정신이 팔려 시선이 멍해진 빅토르를 보고 아가트는 곧잘 화를 내곤 했다. 그녀는 종종 그런 지적을 했다. 하지만 아가트는 빅토르와 함께 살고 있지 않은가? 아니 그것은 어쩌면 단순한 우연의 결과인지도 모른다. 그저 그녀를 먼저 만난 사람이 그였기 때문인지도. 둘의 관계가 정말로 시간차 때문에 생겨난 것은 아닐까? 이렇게 생각하자 빅토르는 두려워졌다. 아가트와 관련된 모든 것이 그를 불안에 빠뜨렸다. 하지만 아이러니컬하게도 그는 아가트 생각만 하면 일체의 두려움이 당장에 사라져버렸다. 빅토르는 쓸데없이 자신을 괴롭히는 대신, 다시 젊은 여자들과 꽃들을 응시했다.

2

아가트는 아드리앙과 팔짱을 낀 채 산책하고 있었다.

지난 몇 주 동안 그를 못 보다가 다시 만나게 되어 아가트는 몹시 행복했다. 아드리앙과 아가트는 동갑내기 친구였다. 둘이 알고 지낸 지도 거의 칠 년이 다 되어간다. 피상적인 학교 친구로 일이 년을 지내고 나서야, 두 사람은 서로에게 특별히 끌리고 있음을 알아차렸다. 이해할 수도 설명할 수도 없는 그 이끌림은 남녀간의 사랑을 넘어, 숨쉬는 것만큼이나 필수불가결한 서로에 대한 필요 그 자체였다. 거의 근친상간적이라 할 수 있는 이러한 애착은 단순한 애정의 이끌림보다 더 전적이고 폭넓고 심원한 것이었다.

그들은 열다섯 살 때 만났다. 아드리앙은 숨막히는 가톨릭 집안에서 자랐다. 그는 가족을, 아버지를 증오했다. 엄격한 아버지는 생기도 개성도 없는데다 아내의 융통성 없는 권위에 굴종하는 남자였다. 아드리앙은 어머니마저 증오했다. 열렬한 카스트로(구바의 혁명 지도자―옮긴이) 지지자에다 광신도였던 아드리앙의 어머니는 자식들로 하여금 히스테리 부리는 과부들, 노처녀에다 편협한 사고를 가진 이모들, 그리고 가엾은 이혼한 외삼촌의 자식들과 함께 복잡한 잡거 생활을 하게 만들었다. 어머니의 위선적인 동정심 뒤에는 다른 사람들에 대한 깊은 경멸이 감추어져 있었다. 저녁식사 때면, 감사기도를 드린 뒤 때때로 아래층에 사는 '미혼모'를 화제 삼아 비밀스런 이야기가 새어나왔다. 그런 여자를 세입자로 두는 것은 품위 있는 일이 못 된다는 거였다. 정확히 어떤 이유에서였는지는 모르지만, 2차 세계대전 동안 갖은 고초를 겪었다는 '이스라엘 경비 아줌마'에 대해서도 마찬가지였다. 아직 크리스마스도 안 되었는데 그렇게 소란스럽게 설날 잔치를 벌이는 것이 못마땅하다는 얘기였다. 동네 꼬마들이 또다시 차고 문에다 욕지거리를 '갈겨놓았다'는 얘기도 나왔다. 게다가 그애들은 엄밀히 말해 어린아이들이 아니라 '포르투갈 꼬맹이들'이라고 했다. 적어도 집 안에서는 그 아이들을 그런 식으로 불렀다. '파출부 일을 하는 모로코 여자'도 들먹였는데, 그녀에 대해서는 약간 경망스럽기는 하지만 일 잘하는 '좋은 여자'라고 했다. 하지만 겪어보면, 가장 깔끔한 여자들은 뭐니뭐니해도 '베트남 여자'라고 했다.

아드리앙은 괴롭고 숨이 막혔다.

욕실에서 자위행위를 하다가 어머니에게 들켰을 때, 그는 당장 고해를 하고 오라며 자기를 신부에게로 보낸 어머니를 증오했다. 어머니는 방에 틀어박힌 채 비쩍 마른 몸에서 눈물이 다 마를 때까지 펑펑 울어댔고, 마음이 상할 테니 아버지한테 아무 말도 하지 않겠다고 아들에게 약속했다. 어머니는 흐느끼며 말했다. "넌 우리 집안의 수치야……우리가 무슨 죄를 지었길래 이런 벌을 받아야 하니?…… 이게 하늘이 복수하는 게 아니고 뭐니?…… 네 아버지를 생각해서라도 우리 모두가 계속해서 대가를 치러야 하겠지?…… 모든 건 이런 짓에서부터 시작되는 거다, 아무럼…… 정직한 집안에 못된 버릇을 들여놔봐, 그럼 그 집안은 마지막 순간까지 대가를 치러야 할 테니…… 우린 벌받는 거다, 그래도 싸지. 내가 네 죄가를 대신 짊어지마, 하지만 너로 인해 내가 어떤 고통을 당하고 있는지 너도 알아야 해…… 너 혹시 우리 인생을 망쳐놓기로 작정이라도 한 것 아니니?"

아드리앙은 속으로 외쳤다. '인생 어쩌고 하는 소리 작작해요. 엄마는 썩어 문드러진 시체고, 비열한 여자일 뿐이라고요'. 하지만 겉으로는 훌쩍거리며 이렇게 말했다. "죄송해요, 잘못했어요! 이렇게 무릎 꿇고 빌게요!"

어머니에 대한 사랑 때문이라면, 아드리앙은 제 삶에 종지부를 찍어버릴 수도 있었을 것이다. 아가트는 이런 최루성 자살에 대한 아드리앙의 병적인 욕구를 확실하게 도려내주었다. 그녀는 죄의식이 가미된 사랑으로부터 올바르고 솔직한 증오 쪽으로 기울어지도록 아드리앙을 유도했다.

아가트는 허위와 기만을 싫어했다. 그녀가 보기에 가톨릭 신자들이란 나약한 사람에게 자기들의 권리를 확실히 해두기 위해서 악행에 대한 범죄 개념을 만들어낸 사람들이었다. 아가트는 외할아버지에게서도 이러한 술책을 엿볼 수 있었다. 외할아버지는 조국에서 유력 인사로 추앙받았고 변함없는 신앙심을 보였으며 항상 대거의 사람을 전도할 준비가 되어 있는 사람이었지만, 또한 위선적인 결벽증과 타인에 대한 증오심, 하층민에 대한 경멸로 자식들과 아내의 삶을 망쳐놓은 장본인이기도 했다. 아가트가 보기에 어머니를 고통에 빠뜨리고 외삼촌을 자실로 몰아넣고, 외할머니를 술과 마약에 설게 해서 오랜 임송의 고통을 겪게 만든 것은 무엇보다도 이러한 가톨릭의 계율이었다.

　칠레의 한 가톨릭 대학에서 고전문학 교수를 지냈던 박식한 외할아버지는 자식들에게 아주 어렸을 때부터 스페인어와 프랑스어를 가르쳤다. 그가 모국과 모든 관계를 단절한 딸과의 화해를 시도하고 외손녀를 만나기 위해 프랑스에 왔을 때, 아가트는 외할아버지를 본 적이 있었다. 아가트는 삶의 중요한 시기에 대해 어머니가 일체 함구하는 것이 가톨릭의 악덕과 비슷하다고 생각했다. 그것은 아마 아가트가 아드리앙을 구해내야만 했던 사실과도 무관하지 않을 것이다. 아드리앙은 미치광이 어머니가 사정없이 강요한 십오 년간의 가톨릭 교육으로 인해 망가져버린 소년이었다.

　아가트는 아드리앙에게 세상을 똑바로 보는 법을 가르쳤다. 아드리앙은 어머니의 육체가 주는 혐오스런 인상을 감히 인정하지조차 못했다. 어머니의 후춧빛 나는 회색 머리카락은 완벽하게 뒤로 빗어넘겨져 있었지만, 하루가 저물 무렵이면 마치 어떤 책망과도 같이 몇 가닥의 머리카락이 빠져 흘러내리곤 했다. 아드리앙이 학교에서 돌아오면 어머니는 얻어맞은 개와 같은 눈길로 아들을 보았고, 그 눈은 이내 촉촉하게 젖어들었다. 어머니의 잿빛 피부는 메말라 있었다. 비쩍 마른 몸뚱어리는 너무나 약해서, 부서질까봐 차마 만져볼 수조차 없었다. 아드리앙은 뼈만 앙상하여 피골이 상접한 그 육체에 소름이 끼쳤다. '엄마' 라는 말조차도 선뜻 입 밖에 나오지 않았다. 하지만 여섯 살 적에는 아드리앙도 잠들기 전에 아무도 못 듣게 혼자서 그 금지된 말을 즐겨 뇌까려보던 적이 있었다. 하루는 금지된 것에 대한 갈망이 죄악이라는 생각이 머리를 스쳤다. 그는 잠자리에 들기 전에 엄마가 와서 품에 안아주기를 너무나 갈망한 나머지, 금지된 것을 소망하는 자기의 잘못 때문에 엄마가 방에 들어오지 못하는 것이라고 상상했다. 그래서 조그만 어린이용 침대 곁으로 몰래 엄마를 끌어들이기 위해서 자신의 욕망을 억제해야 했다. 그러나 엄마는 끝내 오지 않았다. 아드리앙은 죄를 지은 듯한 기분을 느꼈다. 정확하게 어떤 일인지는 알 수 없었지만, 자신이 어렸을 때 뭔가 죄를 저질렀던 것만 같았다. 이렇듯 아드리앙은 항상 죄의식 속에서 살았다. 형제와 자매들도 그에게 아무런 도움을 주지 못했다. 그들 역시 아드리앙과 똑같이 박해를 견뎌내고 있었던 것이다.

아가트는 민감하고 똑똑한 친구가 노이로제로 무너져가는 것을 보고 참을 수가 없었다. 아드리앙의 어머니가 어떤 무기들을 써먹고 있는지, 아가트는 인내심을 가지고 오랫동안 그에게 설명해주었다. 그 여자는 아들을 학대하고 있었다. 물론, 그 여자도 고통스러워했지만 그녀가 되풀이하는 말은 잘못된 것이기도 하고 왜곡된 것이기도 했다. 고통을 겪지 않는 사람이 세상에 어디 있는가? 자신이 고통을 겪고 있다고 해서 남들에게 고통을 줄 권리라도 있단 말인가? 대체 무슨 자격으로 자식들의 인생을 좌지우지하며 자신이 겪은 가난에 대해 복수를 하려 든단 말인가? 어머니가 사정없이 강요하는 엄청난 희생은 고스란히 자식들에게 돌아가고 있었다! 그 어머니는 술책을 부려 사람의 양심을 주무르는 기막힌 재주를 가졌고, 그것을 파렴치하게 써먹고 있었다. 아드리앙은 어머니가 가장 좋아하는 실험용 쥐인 셈이었다. 그 특권은 형제와 자매들까지 그를 시기하게 만들었다. 심리적, 도덕적으로 피폐해진데다가 직관을 모조리 상실하고 지적 능력을 빼앗겨버린 그들에게 인간을 사랑하는 능력이란 없었다. 오직 아드리앙만이 다 타버린 재 속에 반항의 씨앗을 간직하고 있었다. 아가트는 아드리앙이 어떤 함정에 빠져 있는지 깨닫게 함으로써 그 씨앗이 싹을 틔울 수 있게 해주었다. 가톨릭의 지배라는 것이 파렴치하고 걸벽증직이고 폭압적이며 비겁한데다 악의에 찬 한 계급 전체의 부정직한 합리화임을 파악할 수 있게 되었을 때, 그리고 자신이 주입당하고 있는 양심의 가책이라는 것에 저항할 수 있게 되었을 때, 아드리앙은 비로소 종교로 인한 마음의 병에서 헤어날 수 있었다. 어머니가 그에게 퍼붓고 있었던 것은 다름아닌 증오심이었다. 그때부터 아드리앙은 어머니의 숨막히는 잔소리를 듣느니 차라리 죽어버리는 편이 낫겠다고 생각하기 시작했다.

그러나 아가트가 있었다. 그에게 아가트는 삶이었다.

그래서 아드리앙은 삶을 택했다.

게다가 아드리앙에게는 불평할 이유가 하나도 없었다. 돈 걱정도 없고, 개인적인 문제도 없었으며, 특별한 장애도 없었다…… 그런 그가 왜 불행 속에 틀어박혀 있어야 한단 말인가? 하지만 아드리앙은 불평할 이유가 없는 자신에 대해서도 죄의식을 가졌다.

아가트는 그런 아드리앙의 죄의식을 비난했고, 불필요한 고통 속으로 빠져들지 말라고 충고했다.

아가트는 그에게 단도직입적으로 말했다.

"우는 소리 그만 해, 아드리앙. 네 엄마는 늙은 마녀야. 끔찍이도 나쁜 여자란 말이야. 그 여자한테서는 증오심과 독기가 풍겨. 네 아버지가 입을 다물고 있다고?…… 침묵하는 건 동의하는 거나 마찬가지야!…… 저녁마다 로통드 카페의 간유리창 안에서 위스키잔이나 홀짝거리고 있는 사람이 바로 네 아버지 아니니? 네 아버지는 불행과 울분에 취해 있지만 나약함에 취해 있기도 해. 넌 굶주림이나 추위로 고통받고 있는 건 아니지만, 그보다 더한 잔인한 재앙에 시달리고 있어. 네가 그 여자한테 당하고 있는 가증스러운 짓거리를 보라구. 네 엄마의 위선과 증오도 그중 하나야. 네가 너 자신을 수치스럽게 생각하는 건 그 여자가 그렇게 가르쳐놓았기 때문이야. 넌 그 수치심부터 떨쳐버려야 해. 네 인생은 네 거야. 수치심 따위는 네 엄마한테 되돌려보내. 그게 그 여자한테는 최악의 적이니까. 두고 봐, 곧 알게 될 테니……"

어떤 의미에서 아가트는 아드리앙을 구해냈고, 그럼으로써 스스로를 구해냈다. 그들은 함께 서로를 성장시켰다. 그후로 두 사람은 떨어지지 않았다. 그들의 사랑과 우정과 우애는 이제 지울 수 없는 것이 되어 있었다.

아가트와 아드리앙 사이에는 단 한 번의 성관계도 없었다. 두 사람은 너무 어렸을 때부터 서로를 알아왔다. 그들 사이에 섹스라는 것은 있을 수 없는 일이었다. "언젠가 네가 어떤 여자를 사랑하게 되면, 그 여자한테 키스를 해서 사랑을 증명해줘. 그리고 네 몸으로 그 여자를 행복하게 해줘." 아가트가 아드리앙에게 이 말을 한 것은 열여섯 살 때였다. 섹스의 즐거움이 어떤 것인지 잘 몰랐지만, 아가트는 육체에 관한 한 일말의 혐오감도 갖지 않았다. 그녀에게 육체는 매력적이고, 호기심을 자극하며 즐거움을 주는 대상이었다.

나중에 아가트는 남자들을 경험하게 되었고, 아드리앙은 그 때문에 질투심을 느꼈다. 그는 아가트가 누구보다도 자기를 좋아한다는 것을 알고 있었지만, 그런 특권을 아무 때나 요구할 수는 없었다. 그녀에게도 삶을 누릴 권리가 있었다. 아가트는 여자들을 만나보라고 아드리앙을 부추겼지만, 그는 오랫동안 아가트의 충고를 따르지 않았다. 그는 오직 하나의 사랑만을 간직했다. 그 사랑은 그가 결코 소유하지 못할 여자에게로 향해 있었다. 대신에 그는 아가트의 변치 않는 우정에 만족했다.

그후로 아가트는 빅토르를 만났다. 생전 처음 아가트는 아드리앙에게 삶의 한 부분을 숨겼다. 절대로 자신의 새로운 사랑을 말하지 않았다. 언젠가 내가 누군가에게 보다 깊은 애정을 갖게 되리라는 것은 낭

연지사다, 그렇다 해도 우리 관계에는 조금도 영향을 미치지 않을 거라고, 아가트는 아드리앙을 안심시키려 무진 애를 썼지만 소용없었다. 아드리앙은 극도의 배신감으로 괴로워했다.

아가트는 마음이 편치 않았지만, 그렇다고 달리 어떻게 할 수 있었겠는가? 그를 위해서 자신을 희생할 수는 없는 노릇이었다. 아가트는 나름대로 자신의 삶을 이끌어가고 있었다. 그들 사이에 아무것도 변한 게 없다는 사실을 그는 왜 이해하지 못하는 것일까? 그것이 둘에게 닥친 최초의 중대한 시련이었다. 그들을 서로 연결시켜주는 힘이 얼마나 강한 것인지 증명하고 싶다면, 두 사람은 그 시련을 이겨내야만 했다. 아가트에게 그 무엇을 포기하라고 어떻게 요구할 수 있겠는가? 무슨 권리로? 그녀의 우정을 어떻게 의심할 수 있겠는가? 아가트가 한 남자를 사랑한다는 사실을 받아들이지 않는다면 아드리앙은 자기들 두 사람의 관계를 전혀 이해하지 못한 거나 다름없었다.

아드리앙은 그 모든 것을 알고 있었다. 하지만 그것을 어떻게 받아들이고 어떻게 이겨낸단 말인가?

하지만 아가트가 체념하지 않고 일 년간이나 역정과 질투와 침묵을 감내하자, 아드리앙도 독점권을 포기하고 말았다. 그는 빅토르를 만나는 데 동의했고, 두 청년은 별다른 격의 없이 서로를 받아들였다.

아가트와의 관계를 해칠 수도 있었던 그 사건에 직면하고 난 후 아드리앙은 더욱 강해지고 풍성해지고 저항력이 생겼다. 이 싸움에서 승리할 수 있게 해준 것은 그녀였지만, 싸움을 시작한 것은 그였다. 아드리앙은 아가트를 더욱 사랑했지만, 사랑하는 방식이 전과는 달라져 있었다.

3

산책을 하면서 아가트는 자신이 읽은 책과 새 학년을 위한 계획, 철학 연구 경과 등에 대해 아드리앙에게 이야기했다. 아드리앙은 다시 아가트와 빅토르 커플에 관해 몇 가지 질문을 했다. 아드리앙이 그들의 관계를 받아들인 후로 금기사항이 없어지기는 했지만, 아가트는 자신과 빅토르에 대해 이야기할 때면 무심한 듯한 어조를 유지했다. 결코 자신의 행복을 환기시키는 법이 없었다. 아드리앙 앞에서는 그 행복이 미안하게 느껴졌기 때문이다.

두 사람은 무프타르 거리를 산책했다. 아가트가 예전에 케이크와 빵을 사던 제과점도 보였다. 그들은 예전 앙리 카트르 고등학교 시절에 자주 드나들던 카페에 들어갔다. 아가트는 코코아를 주문했고, 아드리앙은 맥주를 주문했다. 두 사람은 벌써 많이 걷고 많은 이야기를 나눈 후였다. 바레 시구, 프랑 부르수아 거리, 보주 광장과 바스티유 광장, 파리 항구. 그곳에서 그들은 오붓하게 낮잠을 즐기고 싶은 생각에, 몇 분간 걸음을 멈추고 포옹한 채 말없이 서 있기도 했다. 그런 다음 다시 산책을 하다 '아랍 세계 연구소' 건물 옥상에 올라가 햇빛 쏟아지는 파리를 구경했다. 그곳에서는 박하차를 마셨다. 그때의 화젯거리는 아드리앙과 다른 사람들과의 발전된 인간관계였다. 그 관계는 좀더 복잡하고 덜 독점적이며 덜 까다롭고 보다 유쾌해져 있었다. 아드리앙은 어느 날 저녁 파티에서 굉장한 사람을 만났다고 했다. 색소폰을 연주하는 미국 흑인으로 이제 막 유명세를 타기 시작한 사람인데, 그가 아드리앙을 연습에 초대한 거였다. 아드리앙은 그 친구를 언제 꼭 한번 아가트에게 소개시켜주겠다고 했다. 게다가 벌써 그 친구에게 아가트 이야기를 한껏 늘어놓은 터였다. 아드리앙은 또 두 사람 모두의 친구인 폴도 만났다고 했다. 아드리앙과 폴은 이틀 예정으로 런던에 갔고, 하루에 박물관을 세 곳이나 구경했으며, 번화가를 어슬렁거리면서 발견한 레스토랑이나 술집에 저녁마다 가는 통에 몸은 지칠 대로 지쳤지만, 파리로 돌아올 때 기분은 그만이었다는 것이다. 아가트는 노트르담 성당을 바라보며, 아드리앙이 늘어놓는 주말 에피소드와 데이트 이야기를 열심히 들어주었다. 그녀는 아드리앙을 다시 만난 것이 더없이 행복했다. 아드리앙은 아가트의 너무나 많은 부분을 차지하고 있어서, 그가 멀리 있을 때면 그녀는 어쩐지 불완전한 기분이 들었다. 아드리앙의 목소리는 마치 파리의 음악 소리, 어린 시절에 듣던 음악 소리 같았다. 아가트는 그를 좀더 자세히 보려고 그를 향해 몸을 기울였다. 그는 많이 변해 있었다. 처음 아드리앙을 알게 되었을 때, 그는 반에서 키가 제일 작고 약간 마른 몸매에 시선은 겁에 질려 있는, 수줍음 많은 소년이었다. 옷도 끔찍이 못 입었다. 그런 그가 어떻게 그녀의 이목을 끌 수 있었을까?

눈에 띄지 않는 그 못생긴 꼬마 옆에 아가트가 앉게 된 것은 우연이었다. 하지만 그녀는 너무나 약해 보이는 아드리앙을 측은히 여겼다. 처음부터 아드리앙은 주목할 만한 지적 능력을 보였고, 그녀의 동정심은 찬탄으로 변하여 그녀 자신도 놀랄 지경이었다. 그 꼬마 아이는 상황이든 사람이든 시선이든 인간관계든 모든 것을 알아맞혔다. 그런 감수성은 대체 어디에서 생겨난 것일까? 그리고 주변 세상은 그토록 잘 파악하면서 왜 자기 자신에 대해서는 그토록 잘못 알고 있는 것일까? 그는 절대로 자기 자신이나 형제자매들에 대해 말하는 법이 없었다. 아가트는 운동장이나 학교 복도를 지나가다 그들을 만난 적이 있어서 알고 있었다. 하나같이 아드리앙만큼이나 볼품없고 침울해 보였다. 그 수수께끼 같은 일이 그녀의 호기심을 자극했고, 아가트는 결국 교묘한 방법으로 그에게 질문을 던졌다. 그런 다음 그녀 자신에 대해서도 이야기했다. 결국 아드리앙을 해방시킨 것은 그것이었다. 아드리앙은 아가트가 언제나처럼 솔직하게 추하다고 말해준 자기 옷차림에 관심을 기울이기 시작했다. 아들이 갑자기 멋을 내고 있음을 알아차린 아드리앙의 어머니는 얼마 안 되는 용돈으로 몰래 새옷을 사입지 못하도록 금지령을 내렸다. 어머니는 아드리앙을 감시했고, 옷을 골라주었으며, 고집을 부려 굳이 학교 문 앞까지 따라가곤 했다. 네 또래의 다른 애들처럼 너도 겉만 번지르르한 경박한 아이가 되고 싶니? 내 취향을 노골적으로 비난하는 거니? 내 어떤 면이 못마땅한 거야? 배은망덕한 녀석 같으니, 왜 입을 다물고 있는 거냐?

그 싸움에서 아드리앙은 기권하지 않았다. 그에게는 정복해야 할 아가트의 사랑이 있었고, 그녀와의 만남은 분명히 그의 평생에 가장 아름다운 일이었다. 아가트는 옷에 대한 그의 전설적인 악취미를 별스럽지 않게 놀려댔고, 그 때문에 아드리앙은 날이 갈수록 더욱더 피로워했다. 어느 날 아드리앙은 어머니가 청바지를 못 입게 한다고 털어놓았다. 다른 아이들처럼 청바지를 입고 싶지만, 어머니는 그가 단정한 옷차림을 하고 다니기를 원한다고 했다. 그는 어머니의 말을 거역할 수 없으며, 어머니는 그를 행복하게 해주려고 너무나 많은 고통을 겪었다고 말했다.

아가트는 이 첫번째 틈새기를 비집고 들어갔다. 문제가 얼마나 심각한지 직관적으로 파악한 그녀는 그때부터 그 불행한 소년을 구해내려고 했다. 그녀가 그러고 나선 데에는 단순한 동정심보다 더 심오한 몇 가지 이유가 있었지만 그런 것을 따지고 있을 계제가 아니었다.

아드리앙은 옷을 예전보다 잘 입게 되었고, 얼굴에 생기가 돌았으며, 몸에 근육도 생기고, 키도 커졌다. 동시에 부모와는 갈등 상태에 돌입했다. 어머니가 악다구니를 쓰고 울부짖으며 상상할 수 있는 온갖 죄를 그에게 뒤집어씌울 때, 아드리앙은 아버지가 자기에게 소리 없는 응원을 보내고 있다는 것을 분명하게 느꼈다. 그러나 아버지의 응원은 그리 큰 도움이 되지 못했다. 아가트가 자기 집으로 이사 와서 살라고 권했을 때, 그는 마음속으로 아가트의 제안을 거부할 이유를 수도 없이 떠올려보았다.

'마치 이방인처럼, 불청객처럼, 도둑놈처럼 내 집에서 나가야 할까? 내 집과 내 어머니를 버리고?'

이윽고 그는 이성을 되찾았다. '물론 그 여자가 내 어머니인 것은 사실이다. 하지만 잔인한 어머니, 증오심에 찬 어머니이고, 숨막히게 하는 해롭고 병적인 가족이다.' 아드리앙은 마침내 짐을 꾸렸다. 석 달 동안이나 어물거리며 망설이던 끝에 내린 결론이었다. 그리고 이런 글을 남긴 채 밤중에 집을 나왔다. '이 집에서는 숨을 쉴 수가 없어요. 저는 삶을 택했어요. 지금까지 고마웠습니다. 행운을 빕니다. 아드리앙 올림.'

아가트는 몹시 흥분하여 그를 기다렸다. 어머니에게는 아드리앙이 제일 좋아하는 음식을 준비해달라고 부탁해두었다. 아가트의 부모는 이 새내기를, 이 가짜 고아를, 딸의 빗나간 친구를 집 안에 맞아들이게 되었는데도 별로 놀라지 않았다. 아버지가 어떤 논리를 내세워 아드리앙의 부모로 하여금 아들이 낯선 사람들의 집으로 이사 가게 내버려두도록 설득했는지, 아가트는 끝내 알지 못했다. 아버지는 다만 대화가 몹시 불쾌했다고만 말했다.

아드리앙이 이사 온 일은 아가트에게는 물론 부모에게도 대단한 사건이었다. 그 일은 아드리앙 개인의 차원을 초월한 의미를 지니고 있었다. 아가트의 부모는 정확한 이유는 알 수 없지만 딸을 신뢰하는 듯했다. 그들은 딸이 자기 삶과 집을 마음대로 관리하도록 내버려두었다. 그들이 딸에게 허용하는 자유는 절대적이고 거의 너무나도 완벽해서 아드리앙은 빚을 진 기분이었다. 아버지 어머니 모두 아가트가 좋다고 판단하는 것이라면 절대로 거절하는 법이 없었다. 아가트는 부모를 설득하기 위해 긴 연설을 늘어놓을 필요가 없었지만, 그렇다고 변덕을 부리는 버릇도 없었다. 아버지는 자기 나름의 삶을 영위하면서도, 딸을 극진히 사랑했다. 아가트와 어머니와의 관계는 좀더 복잡했지만, 결국 따져보면 두 모녀는 서로 이해하며 잘 살아가는 셈이었다. 부모가 둘 다 집에 있는 일은 드물었고, 딸은 부모 인생의 세세한 부분에 대해 질문하지 않았으며, 잘 알지도 못하는 것 같았다. 아가트 역시 자신을 설명하는 법 없이 자기대로 자유롭게 살았다. 이 세 사람이 서로에게 지니고 있는 절대적인 신뢰감이 이러한 조화를 가능하게 한 것은 사실이었지만, 그 조화에는 이해할 수 없는 다른 뭔가가 있어서 한동안 아드리앙은 혼란스러웠다. 가령 아가트는 어머니보다 아버지와 좀더 마음이 잘 통해서 속깊은 얘기는 아버지와 더 많이 나누는 듯했다. 그래도 아드리앙은 절대로 경솔하게 캐묻지 않았다. 만일 무엇인가 그가 알아야 할 일이 있다면, 적절한 시기에 아가트가 말해줄 거라고 생각했다. 아드리앙은 유년기를 벗어나기 시작하면서부터 인내심을 배웠고, 충실한 우정도 알게 되었다. 아가트가 평소 그에게 보여주는 솔직함과 애정으로, 적당한 때가 오면 침묵에 종지부를 찍으리라고 믿었다. 아드리앙은 아가트의 침묵 때문에 고심하지는 않았다.

맨 꼭대기층의 방 가운데 하나가 곧 비게 될 예정이었고, 아가트의 아버지는 세를 내지 않기로 결정해둔 터였다. 아가트는 현재 세입자의 기한이 만료되면 그곳에 아드리앙을 묵게 할 셈이었고, 당분간은 아가트의 방과 면해 있는 손님방에서 재우기로 했다. 중요한 것은 아드리앙이 새로운 환경에서 생활할 수 있도록 충분한 독립심을 키워나가는 것이었다. 사실 아가트의 가족은 중요한 일이나 심각한 일이 있을 때에나 모두 모일 뿐, 그 외의 시간에는 아가트가 부모를 따로따로 만났다. 아가트는 아버지와 단둘이서 저녁식사를 했고, 어머니는 원할 때마다 사무실에 들러 만나곤 했다. 그런 식으로 부모와 별개의 원만한 관계를 유지했지만, 대개 집 안은 비어 있는 터라 아가트는 거의 혼자서 살고 있는 거나 다름없었다. 그랬기 때문에 그녀는 아드리앙이 오자 뛸 듯이 기뻤다. 고독이 두려워서가 아니었다. 아가트는 고독을 필요로 했고, 그것은 아드리앙도 마찬가지였다. 그들이 함께 살기를 원한 것은 새로운 구속거리를 만들기 위해서가 아니라, 생활과 인간관계에서 완전한 자유를 만끽하기 위해서였다. 아가트는 두 사람이 획득해야 할 독립된 생활을 위해 물리적 수단을 부여한 것뿐이었다. 독립적인 삶에 대해 그들은 각기 생각이 달랐다. 아드리앙과 달리, 아가트는 비정상적인 가족으로부터 해방될 필요도 없었고, 어떤 사회적 환경으로부터 탈출할 필요도 느끼지 못했다. 다만 만족스럽지 못했고, 아직 할 일이 많았으며, 자신이 꿈꾸는 성숙 단계에 도달하려면 아직 멀었다고 느꼈다. 그러나 이미 그 단계에 접어들기 위한 에너지를 확보해 두었으므로, 그후로는 어떤 장애물도 그녀를 멈출 수 없었다.

이사 오던 날, 아드리앙은 과거의 삶에 작별을 고했다. 사실 이미 오래 전부터 작별을 준비하고 있었지만 말이다. 아드리앙은 말 그대로 변신을 거듭했다. 훗날 그는 이것을 '재탄생'이라고 칭했는데, 아가트는 그저 간단히 '탄생'이라는 말로 일축했다.

함께 살면서부터 아가트와 아드리앙은 서로를 마치 쌍둥이처럼 여겼다. 아가트는 아드리앙의 방에서 수다를 떨고, 여러 가지 계획을 세우고, 공상도 하고, 음악도 들으면서 몇 시간이고 보냈다. 그를 독려해서 작곡도 하게 했다. 아드리앙은 피아노에 남다른 재능이 있었다. 아가트는 그의 숙제를 도왔고, 배운 것을 암기시켰다. 둘은 밤이 이슥해질 때까지 함께 있다가, 아침이 오면 피곤한 몸으로 부엌으로 들어가 코코아 사발을 앞에 두고 하품을 했다.

아가트의 가족이 모일 때면, 뭔가 비밀을 지키려는 듯 입을 다물고 있기는 해도, 아니 오히려 그 덕분에 세 식구는 돈독한 애정으로 하나가 되곤 했다. 그런 분위기 속에서 아드리앙은 다시 살아나는 듯한 기분이었다. 그는 양자나 다름없었고, 몇 년 후 원룸으로 이사하고 나서도 줄곧 양부모 집으로 일 주일에 두 차례씩 저녁을 먹으러 갔다.

하루는 어머니를 다시 만나보려고 한 적이 있었다. 하지만 어머니는 그를 용서하지 않았고, 그도 굳이 고집을 부리지 않았다. 아드리앙은 인정을 되찾았고, 여전히 어제 일처럼 느껴지는 자신의 과거와 다시 결부되는 것을 원치 않았다.

열일곱 살이 되자, 아드리앙은 아가트의 부모에게 그 동안의 신세를 갚기 위해 생활비를 벌기로 결심했다. 방세만이라도 내고 싶었다. 그러나 그의 제안에 버럭 화를 내는 아가트의 아버지 앞에서 그런 생각을 포기해야 했다. 그렇지만 아가트를 식사에 초대할 수 있도록, 아드리앙은 여기저기서 아르바이트를 했다. 두 사람은 고급 레스토랑에서 단둘이 저녁식사를 하는 습관을 들였다. 아드리앙이 버는 돈은 고스란히 그리로 빠져나갔지만, 그들은 그 돈이 그보다 더 잘 쓰일 수는 없다고 생각했다. 아가트도 아드리앙도 돈에 연연하지 않았다. 아가트는 부모에게서 돈을 타 썼고, 아드리앙은 대부분의 경우 빈털터리였지만 두 사람 모두 미련없이 돈을 썼다.

열여덟 살 때, 아드리앙은 결국 17구의 클리쉬 관문 근처 원룸에 세 들게 되었다. 그해 가을, 아가트는 앙리 카트르 고등학교에서 파리 고등사범학교(ENS) 입시 준비생으로 철학 공부를 시작했고, 아드리앙은 낭테르 대학에 입학했다. 아가트의 집에서 머문 마지막 이 년 동안, 아드리앙은 될 수 있는 한 조심스럽게 행동하며 집에 드나드는 아가트의 남자친구들을 참아냈다. 그녀를 조용히 내버려둘 때라고 생각했던 것이다. 그러나 아가트는 그들에게 싫증이 나자 아드리앙이야말로 그들을 따돌리기 위한 최적의 알리바이라고 응수했다. 그리고 한밤중에, 아드리앙이 아직 완전히 잠들어 있지 않을 때, 툭하면 그에게로 와서 자신의 연애담을 들려주곤 했다. 그렇지만 아드리앙은 아가트에게서 멀어지기로 결심한 터였고, 아가트도 그를 붙잡지 않았다. 그녀 역시 너무 많은 추억이 깃들인 어린 시절의 아파트를 떠나고 싶어하던 차였다. 그녀는 생 자크 거리에 있는 건물 육층의 방 두 개짜리 아파트로 이사했는데, 그렇다고 해서 두 사람이 거의 매일같이 만나거나 적어도 매일 몇 시간이고 전화를 주고받지 못할 이유는 없었다.

그렇게 육 년이 흘렀다. 두 사람은 비록 거리상으로 다소 멀어지기는 했어도, 여전히 서로를 사랑했다.

아가트는 아드리앙에게 그들이 평소에 드나드는 레스토랑에서 내일 함께 저녁식사를 하자고 했다. 식사 후에는 칵테일을 몇 잔 마시고 춤추러 가기로 했다. 아가트는 아드리앙과 함께 파티를 벌이고 싶었다. 그리고는 음악과 웃음과 대화로 무거워진 머리와, 춤과 무절제로 피로해진 몸을 조용한 산책으로 가라앉힌 다음 파리의 길거리에서 저녁 시간을 끝맺기로 했다. 그들은 부랑자들이나 변두리를 떠도는 시간에 어쩌면 몽마르트르로 가게 될지도 몰랐다…… 부두에서 파티를 끝낼 수도 있었다…… 아니면 생 루이 섬에서…… 글쎄, 그건 두고 볼 일이었다……

아드리앙은 아가트를 바라보고 불현듯 솟구치는 행복감에 사로잡혀, 그 충만함을 어떻게 감당해야 할지 몰랐다. 아가트가 돌아왔고, 마침내 삶이 다시 시작될 수 있었다.

4

아가트가 돌아왔을 때, 아파트는 비어 있었다. 그녀는 외투를 벗어서 침대 위에 던져놓고 포도주를 한 잔 따랐다. 빅토르가 몇 시에 돌아올지 알 수 없었다. 그는 하루 종일 무엇을 했을까? 산책을 했을까? 책을 읽었을 수도 있고 술을 좀 마셨을지도 모른다. 저녁 일곱시였다. 낮이 점점 짧아지고 있었다. 방 안은 어두웠다. 그렇게 벅찬 하루를 보내고 난 후에, 그녀는 혼자 있고 싶어하는 것일까? 진정한 고독은 무언가 결여된 상태가 아니라, 그 자체로 충만하게 체험되는 것이다. 그러니 너무 지쳐 아무 욕구도 일지 않는 상태로 집에 돌아왔을 때, 텅 빈 아파트는 아가트에게 편안한 휴식을 주지 못했다. 하지만 그곳은 그녀가 대부분의 시간에 일하거나 사색을 즐기는 곳이다. 아가트는 삶에서 가장 보잘것없는 시간을 고독에 내맡겨버리는 여자가 아니라, 진정으로 고독한 여자였다. 그랬다. 그녀는 가장 아름다운 시간을 고독에 할애했고, 결코 이 특별한 순간을 권태가 망쳐버리도록 놓아두지 않았다.

그렇지만 오늘 저녁은 외출을 하기에 너무 피곤했다. 아가트는 빅토르가 올 때까지 참을 수가 없어서, 목욕을 하기로 마음먹었다. 옆에 포도주 잔과 좋은 책도 한 권, 배경 음악으로 살사(Salsa)를 틀어놓고 목욕을 하면 당장 오늘 저녁에 뭔가 좋은 일이 생길 것만 같았다. 불을 켜니 기운이 다시 솟구치는 것 같았다. 두 달 만에 돌아왔으니, 예전에 살던 장소에 다시 익숙해지기까지는 어느 정도의 시간이 필요했다. 그녀는 공상을 하며 거울 앞에서 옷을 벗었다. 몸무게가 늘었을까? 줄었을까? 햇빛에 그을린 갈색 피부에 살갗이 벗겨지지 않도록 크림을 발라야 했다. 이런 일시적인 현상은 파리에서 일 주일만 지내면 당장에 사라질 것이었다. 아가트는 피부 곳곳을 꼼꼼히 화장하는 여자는 결코 아니다. 바캉스 동안에는 몸 관리에 신경을 썼지만 파리에 도착해서는 보다 기발하고 재미난 향락적인 생활에 젖어 그런 건 까맣게 잊고 지냈다. 아가트는 두 손과 가느다란 손가락을 살펴보았다. 뭉툭한 손톱도 손질을 해야 할 것 같았다. 젖가슴은 탄력 있어 보였지만, 가는 허리가 엉덩이를 도드라져 보이게 하는 것이 내심 불만스러웠다. 아주 어렸을 적에는 한때 남자애가 되는 꿈을 꾼 적도 있었다. 하지만 아가트는 천성이 여성스러웠다. 예전에 그녀는 어머니가 잘라주던 단발머리를 무척 마음에 늘어했다. 지금은 긴 머리에 풍만한 가슴, 탄력 있는 작은 엉덩이 아래로 늘씬한 다리를 자랑했다. 아가트는 늘 자신이 못생겼다고, 아니면 적어도 평범하다고 느꼈다. 그녀는 예쁜 아이가 아니었다. 가족이 아닌 다른 사람의 맨 처음 시선 속에서 그녀는 약간 어색하고 우아하지 못한 꼬마 숙녀로 비쳤는데, 그때부터 아가트는 이 처음 느낌을 마음속 깊이 간직하고 있었다. 하지만 그녀는 결국 내면의 변화를 꾀했다. 그녀는 확실히 남자들의 욕구를 사극했다. 남자가 그녀를 원할 때면, 아가드는 특별한 자기(磁氣)적 감각으로 그 욕구를 간파해냈다. 그러나 거울을 볼 때마다 솟구치는 남모르는 의구심을 완전히 떨쳐버리지는 못했다. 그녀는 자기 몸의 숨겨진 결함을 찾아보곤 했는데, 두 팔은 너무 가늘었고, 언제라도 볼록 튀어나올 것 같은 아랫배에 키도 너무 작았다.

아가트는 욕조 안으로 들어가면서 욕실 벽에 붙어 있는 오래된 거울을 통해 자신의 얼굴을 뜯어보았다. 그녀는 한가로이 거울 속의 자신을 응시할 수 있었고, 그러는 동안 더운 물이 얼굴에 발그레한 빛을 더하며 송글송글 방울로 맺혔다. 거울 표면에 생긴 수증기 너머로 자신을 바라보았다. 노란 두 눈, 하얀 치아 위로 살짝 열린 입술, 움푹 팬 두 뺨. 얼굴은 다소 마른 편이었다. 이제는 사실을 인정해야 했다. 빅토르는 아주 매력적이라고 했지만, 그녀는 자신의 눈가에 드리워진 검푸른 그늘이 마음에 들지 않았다. 그래서 오래 전부터 없애려고 노력해봤지만 소용없는 일이었다. 자신이 원하는 아름다움의 기준을 바꾸는 편이 보다 현명할 것 같았다. 그럼에도 아가트는 항상 건강미 넘치는 환한 얼굴을 과시하고 싶어한 터라 매일 십오 분씩 자기 자신을 격려하며 피부를 손질했다. 아가트의 피부는 습한 열기 속에서 나날이 부드러워져갔다.

발소리가 들렸다. 빅토르일까? 열쇠 소리. 그가 분명했다. 빅토르가 그녀를 불렀다. 그가 돌아오다니, 아가트는 마음이 놓였다.

"어디서 오는 길이야? 또 어디 갔었어?"

빅토르가 욕실로 들어와 그녀에게 키스했다.

"그냥 어떤 환상적인 여자를 만난 것뿐이야."

"좀더 그럴듯한 걸 말해봐. 영혼의 순수성에 관한 혁명적인 책을 한 권 썼다든가, 물에 빠진 어린애를 구해냈다든가, 아니면 최초의 동성애 경험을 했다든가."

"알고 나면 실망할 텐데."

"맛있는 저녁 지어주면, 용서해줄게."

"협박이신가?"

"그럴 리가 있나, 식탐이지!"

아가트는 행복했다. 아직 못 본 영화가 텔레비전에서 방영되었다. 편안하게 휴식을 취하기에 더할 나위 없이 완벽한 오후였다. 텔레비전을 보며 하는 식사, 약간의 애무, 적당량의 대화. 그녀는 고요와 사람 냄새, 맛있는 식사, 훌륭한 포도주, 좋은 영화를 원했다. 그녀가 이런 스케줄을 함께 향유할 수 있는 단 한 사람이 빅토르라는 것은 부인할 수 없는 사실이었다. 아가트는 눈을 감았다. 결론적으로, 그녀는 자신의 생활에 흡족해했다.

하지만 이런 행복감이 그녀의 강한 욕망과 불안감을 상쇄시키는 건 아니었다. 아가트는 그들 커플의 행복이 부르주아의 안락함과는 다르다고 생각했다. 그녀의 생활은 일체의 계급이나 환경에 속하지 않는 별개의 것이었다. 아버지는 그녀에게 관대함과 성실함을, 어머니는 아름다움을 가르쳤다. 그와 더불어 딸에게 자유를 가르쳤다. 아가트는 모방해야 할 도식 따위는 갖고 있지 않았다. 그녀의 부모는 결혼식을 하지 않고 사는 오래된 연인으로, 각자가 나름대로의 삶을 영위하면서 누구 못지 않게 서로를 사랑했다. 그들은 사랑이야말로 남들의 시선과 심판을 넘어서고 편의와 금기를 초월해 유일하게 가치를 지니는 관계라고 딸에게 가르쳤다. 여덟 살이 되어서야 아가트는 학급 친구들과는 다른, 어머니의 노래하는 듯한 억양에 대해 더이상 질문하지 않았다. 이 문제는 금기의 영역에 속했기 때문이다. 또 가끔 들르는 어머니의 유색인종 친구들의 알아들을 수 없는 언어에 관해서도 어머니에게 더는 질문하지 않았다. 어머니는 1973년 이후로 정치적 방랑 생활을 해왔다. 아가트는 정확하게 그 말이 무엇을 뜻하는지 몰랐지만, 과거의 어떤 정치적 사건과 연루된 것으로 짐작했다. 어쨌든 아가트는 어머니의 친구들이 집에 불쑥불쑥 찾아올 때마다 나타나는 어머니의 혼란스러움보다는 그녀의 평온한 얼굴을 더 좋아했다. 하지만 침묵과 사랑이 모든 것을 포용했다. 절대성에서부터 출발하면 상대성도 알게 된다. 아가트는 마치 예비 단계처럼 이러한 타협 내지는 불가피한 양보를 받아들임으로써 절대의 길을 따랐고, 그래서 다시 절대의 길 위에 올라서 있었다. 그녀는 자기 나름의 자유를 획득하기 위해서 머릿속에서 완벽한 자유의 모델을 제거해야 했다. 그러기까지는 두 배의 노력이 필요했다. 그런 자유는 반항으로 얻어지는 것이 아니기 때문이다. 사람이란 결코 완숙 단계에 들어설 수 없다는 것을 알았지만, 아가트는 마침내 그 단계에 다다르고 있었다.

아가트는 욕실에서 나와 가운을 걸쳤다.

빅토르는 저녁거리를 사러 나가고 없었다. 아가트는 옷장을 뒤져 바캉스 떠나기 전에 남겨두었던 옷들을 발견하고는 가슴 뭉클한 감동에 젖었다. 그녀는 자신의 소지품에 관한 한 물신 숭배에 가까운 중요성을 부여하곤 했는데, 그런 자신이 약간은 부끄럽게 생각되었다. 그녀는 이처럼 물질에 집착하는 것이 불합리하다는 걸 알고 있었지만 자신의 물건을 사랑하지 않을 수 없었다. 정성들여 골랐던 찻잔, 술잔, 물병, 그리고 스웨터와 양말, 바지, 이리저리 흩어진 지난 시절 추억의 편린들. 이 색깔은 남프랑스를 생각나게 했고, 저 스커트는 학교에 입학해 보낸 첫날을, 또 저 조끼는 어느 해 여름을 떠올리게 했다. 한 생애와 연결된 옷가지들이 옷장 깊숙이 무질서하게 흩어져 있었다. 아가트는 그것들을 하나씩 펼쳐보이며 한동안 살피다가, 그중 몇 벌은 입어보기까지 했다. 그러나 시간이 촉박했다. 청바지는 여전히 잘 어울렸고, 조끼는 약간 끼는 듯했다. 어릴 때 입었던 옷에 대한 애착 때문에 아가트는 때때로 롤리타(블라디미르 나보코프의 소설 『롤리타』에 나오는 인물로, 매력적인 몸매의 앳된 아가씨—옮긴이)처럼 입어보기도 했다. 거기에는 그 시절 특유의 냄새가 배어 있었다. 결국 아가트는 점퍼와 검은 가죽 바지를 골라 입고, 머리는 대충 틀어올렸다. 향수를 조금 뿌리고, 검은색 사슴가죽 앵글부츠를 신었다. 그렇게 준비를 끝낸 아가트는 약간 로맨틱한 분위기를 내기 위해 양초와 몇 개의 장식물과 포도주 잔 한 개를 더 놓아 식탁을 꾸몄다. 행복이 충만했다. 가죽옷이 꼭 끼는 엉덩이 위로 어린 시절의 흔적인 넓은 하얀색 팬티 자국이 드러났다. 어이쿠 이런, 속옷은 생각지도 못했다. 이 문제에서만은 도무지 해결 방안이 떠오르지 않았다. 가터벨트는 너무 바보 같았고, 하늘하늘한 속옷은 사치였다. 아가트는 화장이나 치장을 하지 않았지만 그녀의 몸에서는 무취의 향내가 발산되었다. 뭐라 형언할 수 없는 냄새, 아기의 냄새, 그러나 전생에 여자였을 아기의 냄새였다.

빅토르가 다시 올라왔을 때에는 식탁이 차려져 있고 촛불이 은은하게 밝혀져 있었다. 아가트가 손에 술잔을 든 채로 주방에서 나왔다. 희미한 불빛 아래 로맨틱하게 꾸며진 방, 감동한 빅토르는 가방을 발치에 떨어뜨렸다. 그녀는 정말 아름다웠다! 그녀는 어느새 그에게서 빠져나가고 있었다. 그녀는 사람이 결코 소유할 수 없는 관능성의 반영이었고 끊임없이 솟아나는 욕망의 대상이었다.

그날 밤 아가트와 빅토르는 사랑을, 파리지앵의 사랑을 나누었다. 노시의 리듬이 깃들이자, 그들의 육체는 일변했다. 그들의 몸은 이미 그 리듬에 사로잡혀 있었다. 더욱 격렬해진 심장 박동 소리를 들으며, 둘은 그 리듬에 따라 몸을 움직였다. 마치 파리를 벗어나 있었던 두 달의 기간이 온데간데없이 사라진 것처럼, 모든 것은 자동적으로 회복되었고, 그들의 몸짓은 예전의 습관을 되찾았다. 방에서 나는 갖가지 냄새처럼, 그들의 팔과 다리는 반사 기능을 되찾았다. 열린 욕실 문틈으로 향수 냄새와 그들의 벌거벗은 살갗에서 파도처럼 숏아나는 땀방울과 뒤섞인 비누 향이 배어나왔다. 주방에는 커피 향이 짙었고, 거리에서는 이런저런 레스토랑에서 발산되는 냄새가 올라왔다. 그것은 파리의 향취였다. 그들의 밤을 넘나드는 그 냄새는 의식하지 못하는 사이에 둘의 육체에 없어서는 안 될 조건이 되어갔다. 파리의 밤을 가득 메운 창백하고 푸르스름한 불빛, 거리의 숨결, 도시의 호흡 소리, 거친 속삭임, 숨죽인 비명 소리, 타이어 터지는 소리, 아득한 웃음소리, 그리고 둔탁하게 들리는 신음 소리. 양탄자의 부드러움은 그들 등의 피부가 다치지 않도록 조심스럽게 움직여야 함을 상기시켜주었다. 그들의 쾌락 속에는 하나의 세계가 존재했다. 남프랑스에서의 사랑은 달랐다. 어쩌면 좀더 로맨틱하다고 할 수 있고, 전과 다른 관능적인 사랑이었다. 고요와 달콤한 더위 속에서 무르익은 사랑이었다. 그래서 땀 냄새도 달랐다. 거기에는 나른하고 관능적인 육체를 뚫고 전해지는 라벤더와 로즈마리 향이 뒤섞여 있었다. 반면에 파리에서의 사랑은 보다 격렬했고 덜 문학적이었으며, 더욱 거칠었다. 도시의 광기는 전염성을 띤다. 그들은 온 신경 마디마디로 도시의 광기를 체험하고 있었다.

새벽 네시경, 아가트는 흐트러진 침대에 비스듬히 누워 있었다. 등을 맞대고 누운 빅토르는 전기 스탠드의 어슴푸레한 빛에 비친 그녀의 희미한 나신을 물끄러미 바라보았다. 머리카락 속에 잠긴 그녀의 얼굴을 한쪽 팔이 덮고 있었다. 한쪽 다리는 굽힌 채, 다른쪽 다리는 길게 쭉 뻗고 있었고, 둥글게 휜 등 아래로 실루엣이 드러났다. 향락을 경험한 빅토르는 피로했음에도 불구하고 또다시 그녀를 갈망했다. 어슴푸레한 불빛 속에서 그녀는 아름다운 야행성 동물 같았다. 빅토르는 감기에 걸리지 않게 시트로 그녀를 덮어주고는, 내친 김에 담요까지 가지러 가려고 자리에서 일어났다. 아가트는 눈을 살짝 뜨고 방 안을 걸어가는 그의 모습을 바라보았다. 남자의 육체를 바라보는 일에 싫증난 적은 한 번도 없었다. 힘줄 솟은 근육과 포동포동한 엉덩이, 넓은 가슴, 둥그런 어깨. 미켈란젤로의 〈죽어가는 노예〉를 연상시켰다. 그 조각상 앞에서 그녀는 몇 시간이고 걸음을 멈춘 채로 서 있을 수 있었다. 조각상을 데생화로 옮겨보려고 몇 번이나 시도해봤지만, 한 번도 그 강인함과 격렬함, 야수성을 포착해내지는 못했다. 사나운 짐승으로 돌변하는 교양 있고 예민한 젊은 남자의 아이러니보다 더 매혹적인 것은 없었다. 숨이 막히도록 가슴을 설레게 하고, 쾌감 속에서 몸을 떨게 만들며 애무로 전율케 하는 저 두텁고 팽팽한 근육보다 더 감동적인 것은 아무것도 없었다.

그때는 밤 시간 중에서도 가장 불안정한 시간이었다. 거리에서는 어렴풋하게 웅웅거리는 소리가 올라왔고, 희미한 불빛이 스며들었다. 이런 밤의 신비를 틈타 박쥐 인간들이 잠에서 깨어났다. 온갖 부류의 사람들이 밤의 문턱을 드나들었다. 밤은 그 사람들의 일부였다. 이번에는 밤이 박쥐가 되어 다른 눈으로, 보다 예리하고 먼 시선, 지극히 맑은 시선으로 세상을 관찰하고 있었다. 아가트는 잠이 들락 말락 했고, 빅토르는 발코니에 서서 마지막 담배를 피우며 졸고 있는 거리 풍경을 바라보았다. 얼큰히 취한 남자 서넛이 거리를 배회했고, 커플들은 어딘지 모를 술집에서 나와 집으로 돌아가고 있었으며, 자동차들이 몽유병 환자처럼 여전히 돌아다니고 있었다. 모든 것이 닫혀 있는 도시의 풍경이었다.

5

다음날 열시쯤, 빅토르가 먼저 잠에서 깨어났다. 그는 커피를 끓이러 가서 라디오를 켰다. 첫 담배를 피우고 싶었지만 참았다. 바지와 티셔츠를 걸치고 맞은편 건물로 달려가 신문을 사 왔다. 그가 아파트로 다시 올라왔을 때, 아가트는 아직도 반쯤 잠에 취해 있었다. 빅토르가 그녀를 깨우려 하자, 아가트는 언짢아하며 투덜거렸다. 하지만 결국 커피향에 이끌려 침대에서 일어나 앉았다. 그녀는 옷도 입지 않은 채, 침대 시트로 허리 위만 둘둘 감았다. 두 사람은 침대에 앉아 아침식사를 했다. 빅토르는 어젯자 『리베라시옹』과 『르 몽드』를 읽으면서, 어떤 형편없는 기자에 대해 불평을 늘어놓는가 하면 어떤 기사들에 대해서는 호의적으로 평하기도 했다. 아가트는 이제 잠기운을 완전히 떨쳐냈다. 그녀는 아침에 말하는 것을 좋아하지 않았다. 한 시간가량 그날 하루에 적응할 시간이 필요했다. 아가트는 일어나서 기지개를 켜고 샤워를 하기 위해 욕조 안으로 기어들어갔다. 찬물이 데워지기를 기다리면

서, 배수구에서 연신 솟구치는 물방울과 공기 접촉에 피부가 다시 익
숙해지기를 기다렸다. 간밤에 꾼 꿈이 아직까지 뇌리에 남아 있었다.

아가트는 학교에 가서 논문 지도교수를 만나기로 되어 있었다. 그런
다음 서서히 공부를 다시 시작할 생각이었다. 그녀에게 '서서히'라는
것은 그녀가 좋다고 판단할 때 잠자리에서 일어나는 것과 마음이 내키
면 언제든지 저녁 시간에 외출을 하는 것, 그리고 특별히 좋아하는 카
페에서 오후에 책을 읽는 걸 의미했다. 열다섯 살 때부터, 아가트는 집
이나 도서관보다는 오히려 그런 공공장소에서 공부하기를 즐겼고 그
런 곳은 금세 단골로 드나드는 장소가 되었다. 물론 도서관에도 습관
을 들이지 않으면 안 되었다. 꼭 필요한 책이 그녀의 주머니 사정상 구
입할 수 없거나 다른 데서는 구하기 어렵게 도서관에 꼭꼭 숨어 있었기
때문이다. 그렇지만 날씨가 좋은 날이면 카페 테라스로 나와 코코아를
마시며 책을 읽었다. 그럴 때면 영락없이 사람들과 대면하게 된다. 이
점이 소르본 대학 근처에 있는 공공 장소의 단점이라면 단점이었다.
이러한 위험을 잘 알고 있는 아가트는 아무도 감히 참견하지 못하는 철
학책 속에 푹 빠져들어서 성가신 사람들을 쫓아버리곤 했다. 그것은
외부세계에 대한 무관심과 책에 대한 집중력의 강한 표시였다. 그렇게
무장을 하면, 하루 온종일 거리와 테라스를 차지할 수 있었다.
아가트는 '대학교수'를 염두에 두고 옷을 입었다. 너무 요란하지도,
그렇다고 너무 점잖아 보이지도 않는 옷을 골랐다. 그녀의 지도교수는
전형적인 이미지의 철학자가 아닌, 지성과 교양이 넘치는 매력적인 사
람으로, 나이가 지긋한 남자였다. 건축학적으로 볼 때 확실히 아름답
기는 하지만 엄숙함이 감도는 이 단과내학의 남버락 밖으로 나와본 석
이 있는지 어띤지가 궁금해시는 사람이있나. 그 건물 안에는 여러 세

급의 침울한 잿빛 인종들이 들어차 있어서, 이 대학에 갓 들어온 새내기는 모험을 자청하여 스스로의 노력으로 그 계급들을 하나씩 경험하게 되든지, 아니면 공부와 연구 속에서 길을 잃고 헤매곤 했다. 그렇지만 아가트는 그곳에서 자신이 바라는 바를 이루어가고 있었다. 아가트는 과묵한 성격의 지도교수가 마음에 들었다. 그는 지적으로는 엄격한 사람이었고, 시대나 제도, 보수적 성향이 강요하는 폐쇄적 사상에는 저항하는 열린 사고를 가진 사람이었다. 나이를 가늠할 수 없는 얼굴의 이면에서, 그는 결혼한 남자, 한 가족의 아버지로 존재했다. 신중함 속에는 고집이 엿보였고, 한낮의 햇볕 대신 계단식 강당의 낡은 전등 빛에 길들여진 무표정한 두 눈에는 열정이 배어 있었다. 아가트는 그의 차림새를 머리끝에서 발끝까지 죄다 묘사할 수 있었다. 회색 양복, 깃이 너무 긴 만고불변의 와이셔츠, 50년대의 잊혀진 실루엣. 이곳에 갇혀 지내는 동안 그는 점차 돌처럼 굳어가고 있었다. 가뜩이나 난청으로 더욱 고립돼가던 교수는 이 돌과 책의 세계, 미개척의 공간에서 사유를 통해 여행하고 있었다. 아가트는 그의 선택을 이해할 수 있었고, 그가 나머지 세상에 대해 보이는 자기 희생과 사심없는 태도를 존경했다. 아가트는 교수가 자기를 한 번이라도 제대로 바라본 적이 있는지 의심스러워했지만, 교수는 아가트를 높이 평가하고 있었다. 아가트는 삶의 사소한 것에 대해 무심한 그가 마음에 들었다. 그는 사유를 통해 물질마저 대체시켰다. 아가트는 그의 의사 소통 방식을 받아들였고, 거기에 얌전히 따랐다. 아가트는 이 묘한 남자를 좋아했다. 두 달 만에 그를 다시 만날 생각을 하니 몹시 즐거웠다. 연구에 많은 진전을 보지는 못했지만, 그래도 교수에게 몇 가지 연구자료를 보여줄 수는 있을 터였다. 그녀는 교수가 어떻게 판단할지 조바심이 났다. 대개 그의 판단은 상당히 적확해서, 그녀가 거의 절대적인 고독 속에서 연구를 계속하도록 도와주었다. 아가트는 소르본 대학이 채택한 주해나 해석, 공인된 해설이라는 성벽에 가로막혀 금지된 작가들을 대담하게 찾아 읽었다. 심지어 '성문(聖文)'을 읽을 때에도, 대개의 경우 지나치게 모호하고 경직된 대학의 해석 방법에서 벗어나려 했다. 외모는 그 건물의 다른 사람들과 크게 다르지 않았지만, 아가트의 논문 지도교수는 철학 분야에서만은 이단자로 취급받았다. 그는 수차례의 연구 발표를 통해 자기 목소리를 내기에 이르렀지만, 참신한 주해와 사상을 향해 열린 길이 모든 사람들의 취향에 부합하는 건 아니었다. 그는 제자에게 직관을 따르도록 독려했고, 대학의 몽매함에 저항하도록 대학인의 용기를 가르쳤다. 일 년이 넘는 기간 동안 함께 연구해온 끝에, 아가트는 그가 비록 자신의 직업과 연구, 그리고 자기가 좋아하는 작가들에게 지나칠 정도로 빠져 있기는 해도 비범한 사람이라는 것을 깨달았다. 그는 이 요지부동한 사유의 사원에 추락한 독단적이지 않은 몇 안 되는 교수들 중 하나였다. 그는 호기심이 많았고 자신의 연구 내용을 꾸준히 재검토했으며 의혹을 품어 비판을 가했고 단정하는 일이 드물었다. 그렇지만 일단 그가 어떤 사안에 대해 단정지으면, 반대 이론을 제기하기가 어려워지든지 아니면 논쟁이 중단되기 일쑤였다. 비록 그의 연구가 정통파 트십꾼들의 눈에는 다소 엉뚱해 보일 수도 있었지만, 이 교수야말로 아가트가 진정으로 소망하는 연구를 계속할 수 있도록 길을 열어준 사람이었다. 그녀는 제도권 내의 계급들을 대부분 무시해버렸고, 철학 논생이 일어날 때마나 손경하는 지노교수 편에 서곤 했나. 그들은 함께 자신만만한 연구팀을 형성했고, 그래서 아가트는 결코 연구 작업을 꺼리는 법이 없었다. 그녀는 오히려 연구를 사랑했다.

　그날 빅토르는 로스탕 카페에서 친구 둘과 만나기로 되어 있었다. 폴과 쥘리는 벌써 와 있었다. 그들은 두 송이의 해바라기 마냥 햇볕에 노출돼 있었고, 주근깨투성이 쥘리는 발그레한 작은 얼굴에 선글라스를 끼고 있었다. 약간 들창코에 작은 입술이 예쁘게 그려져 있는 생김새가 러시아 인형과 흡사했다. 갈색 머리에 초록빛 눈, 노래하는 듯한 목소리에, 꽃무늬 원피스를 입은 모습이 매력적이었다. 아가트는 쥘리를 그다지 좋아하지 않았다. 누구나 인정하는 쥘리의 뛰어난 지성도 아가트를 매혹시키지는 못했다. 똑똑한 여자들이라면 아가트도 여럿 알고 있는 터였다. 문제는 쥘리의 행동에서 찾아볼 수 없는, 확연히 드문 자질이 선량함이라는 데 있었다. 반면 그녀에게는 남을 웃기는 재주가 있었다. 그러나 그녀가 구사하는 유머는 자신이 표적이 될 때면 뚝 그쳐버리곤 했다. 아이러니컬하게도 그렇게 재치 있는 아가씨에게 한 걸음 뒤로 물러서서 바라보는 여유는 결여되어 있었던 것이다. 그래도 빅토르는 대화와 웃음에 도취되어 긴긴 저녁 나절을 그녀와 함께 보내곤 했다. 그 때문에 다음날이면 녹초가 되어버리곤 했고, 당장에는 웃다가 경련이 일어날 지경이었다. 그러한 이유로 빅토르는 변함없이 쥘리를 좋아했다. 때로는 함께 밤을 보낼 수 있는 상황에서도 왜 그녀에게 넘어가지 않았는지 자문해보기까지 했다. 그러나 빅토르에게 쥘리는 그저 친구일 뿐이었다. 그녀에 대한 욕구가 좀처럼 일지 않았다.

　얼마간 주저하다가, 아가트는 좀더 자주 쥘리를 만나볼 것을 수락했고, 여러 번 파티에 초대하기도 했다. 그러다 쥘리는 아가트의 옛 동창생인 폴을 만났다. 아가트는 종종 폴과 함께 바캉스를 떠났고, 처음에는 폴에게 어설픈 사랑의 감정을 느끼기도 했었다. 폴은 멋진 금발머리의 굉장한 미남이었다. 전반적으로 그는 '굉장' 했다. 사각형으로 자른 약간 곱슬거리는 긴 머리, 힘줄 솟은 근육, 까만 눈의 폴은 어디에서

나 인기 만점이었고, 아가트와도 좀더 오래 내밀한 사이로 지낼 수도 있었을 것이다. 하지만 아가트는 결정을 달리 내렸다.

쥘리가 금방 폴의 마음을 사로잡은 건 아니었다. 쥘리는 지나치게 똑똑했고, 너무 생기발랄한데다 유머러스한 여자였다. 그러나 폴이 그녀에게 관심을 갖기 시작한 건 쥘리가 언어라는 큰 힘을 빌어 연약함과 타인의 필요성을 감추고 있다는 걸 눈치챘을 때부터였다. 폴은 누군가가 자기를 필요로 해주기를 바라는 남자였고, 쥘리와의 불균형한 관계가 그의 지배 본능을 충족시켜주었다. 한편 쥘리측에서는 폴이 힘들여 사람의 마음을 움직일 수고를 보일 때까지 기다리지 않았다. 폴의 강한 용모에 쥘리는 이미 매료되어 있었다.

빅토르 앞에서 쥘리와 폴은 거의 외설스럽다고 할 정도로 서로 착 달라붙어 있었다. 그들은 루타르 여행 안내 책자를 들고 배낭을 짊어지고서 멕시코로 배낭여행을 다녀온 이야기를 해주었다. 멕시코시티의 그 지독한 안개 속에서 며칠간이나 머물렀다고 했다.

"다른 도시 열 개에 달하는 볼거리로 가득한 도시였어. 떠나기 전에는 위험한 도시라는 말을 들었지. 하지만 우리에겐 한 번도 위험한 일이 일어나지 않았어. 오히려 지하철 안에서 친절한 배려를 경험했는걸. 만원 지하철 속에서 어떤 남자가 나한테 자리를 양보하더라니까. 파리에서 수천 킬로미터나 떨어진 곳에서 아주 멋진 경험을 한 셈이지. 그 사람만큼 사근사근하진 않지만, 폴은 스페인어를 약간 해. 폴이 나한테는 통역자, 은행가, 게다가 수호천사 노릇까지 해줬어. 아가트하고 둘이서 꼭 가봐. 정말 멋진 곳이야!"

빅토르는 쥘리의 열광이 진심인지 짐짓 꾸며낸 것인지 분간이 가지 않았다. 폴이 중간중간 끼어들어 매번 얘기의 흐름을 끊어놓는데도 아랑곳없이 쥘리는 연신 떠벌려냈다. 한편 빅토르는 남들이 이미 담험해버린 곳으로 아가트와 함께 신혼여행을 떠나고 싶지는 않다고 생각했다. 게다가 아가트는 좀더 먼 땅을, 잊혀진 고향을 찾아가보고 싶어할 것 같았다. 그런 면에서 아가트는 아직 성숙한 여인이 아니었고 그것이 못내 아쉬웠다. 멕시코는 그의 상상력을 자극하는 땅이었고, 칠레는 더욱 그러했다.

그들이 이렇게 이야기를 나누는 동안, 아가트는 그들을 찾아 생 미셸 대로를 거슬러올라오고 있었다. 지도교수와의 면담은 별탈없이 잘 진행되어서 기분이 썩 좋은 상태였다. 폴과는 이미 이틀 전에 어느 카페 근처에서 만났는데, 두 사람은 서로를 보는 것이 여전히 기뻤다. 둘의 관계는 지극히 단순했다. 폴의 환한 미소는 그녀를 진정으로 즐겁게 해주었다. 그렇지만 빅토르와 마찬가지로 아가트도 폴과 쥘리의 사랑이 오래 가리라고는 믿지 않았다. 메디치 골목을 돌자, 뤽상부르 공원 앞 카페의 두번째 테이블에 그들이 앉아 있는 것이 보였다. 그녀는 자신의 삶을 요약해주는 이 광경에 진한 감동을 느꼈다. 라탱 구역, 친구들, 오랜 대화, 뤽상부르 공원의 산책, 그들이 함께 세운 계획, 가면 파티든 테크노 파티든 아니면 단순한 저녁식사든 갖가지 모임에의 초대, 두번째 책을 쓰고 있는 빅토르(첫번째 책은 완성하지 못한 상태였다), 그의 원고를 교정해주는 그녀. 작가, 배우, 데생 화가, 여기저기 전화질이나 해대고 신문이나 읽고 여자 혹은 남자들을 만나거나 걸핏하면 상대를 바꿔가며 카페 테라스에 앉아 상속받은 유산이나 탕진하는 순전한 기생충들, 대다수가 괴짜인 사람들과의 만남. 아가트는 이러한 예술가와 지식인의 세계를 사랑했다. 그녀는 고등학교를 졸업한 이후로 그 세계에서 성장해왔지만, 고등사범학교에 들어간 후로는 그곳의 생리를 더욱 잘 알게 되었다. 고등사범학교 학생이라는 새로운 신분은 그녀에게 자유로운 시간뿐 아니라 마음에 꼭 드는 일을 할 수 있을 만큼의 충분한 돈을 허여했다. 마음에 드는 일이란 그 세계가 제공하는 모든 가능성을 체험해보는 것이었고, 아무리 사소한 면이라도 그 세계를 아는 것이었으며, 그 세계의 법칙을 지배하는 것이었다. 그렇게 해서 그녀는 수많은 주요 인사들을 만났다. 아가트는 그들과 함께 다큐멘터리, 문학이나 철학논문, 단편영화 작업을 함께 했다. 아가트는 다양한 장르의 예술을 배우고 싶어했고 빅토르 역시 다른 여러 분야를 탐험했다. 그 역시 고등사범학교 학생이었지만, 아가트보다는 일 년 선배로 역사학과 학생이었다. 그들이 서로를 알게 된 것도 학교에서였다. 하지만 두 사람은 절대로 학교에서 만나는 일 없이, 강의실과 기숙사의 숨막히는 분위기를 어떻게든 벗어나려 했다. 그래서 그들의 생활은 파리 5구와 6구에서 펼쳐졌다. 하지만 빅토르는 11구의 켈레르 거리에 위치한 낡아빠진 건물 맨 꼭대기층에서 살고 있었다. 그 건물에는 말리 출신의 한 가족이 살았다. 계단에서는 시시때때로 '엔돌레' 국수 냄새가 진동했다. 빅토르는 아래층 사람들과도 사귀게 되었는데, 그 집의 여덟 살짜리 아들은 학업을 도와줄 사람을 필요로 했다. 빅토르는 그 참에 그 집 엄마에게도 철자법 교습을 해주었고, 그래서 그들과는 일 주일에 한 번씩 저녁식사를 함께 했다. 그녀는 빅토르의 특별 부탁으로 다진 고기를 넣은 게 요리와 양파를 곁들인 닭 요리를 준비했다. 닭 요리는 좀더 흔한 말로 '야싸'라고 불렀다. 빅토르는 자기 집 근처 골목을 유난히도 좋아했다. 집은 학교 바로 맞은편에 있었다. 학교 앞에서는 저녁 무렵까지 아이들이 뛰어놀았고, 엄마들은 알아듣지 못하는 말로 창문 너머의 아이들에게 집으로 들어오라며 소리를 질렀다. 아가트는 빅토르의 집에 비교적 자주 들렀고, 빅토르가 사정이 있는 날에는 그를 대신해서 카바라와 그 엄마에게 공부를 가르쳐주곤 했다.

그렇지만 아가트가 대부분의 시간을 보내는 곳은 소르본 대학과 도서관, 로스탕 카페, 프티 쉬스 카페, 그리고 그녀의 집이 있는 5구에서였다. 그들은 술집이 즐비한 메닐몽탕과 빅토르가 사는 동네로 외출하는 일이 점점 잦아졌으므로, 낮에는 라탱 구역에서, 밤에는 센 강의 우안에서 주로 시간을 보냈다.

폴이 먼저 골목 모퉁이를 돌아나오는 아가트를 보았다. 그의 얼굴이 환하게 밝아졌다. 그녀를 볼 때마다 폴은 항상 그런 표정을 지었다. 쥘리의 질투심을 익히 알고 있는 터라 폴은 다시금 자신을 추스르고 표정 관리를 했다. 아가트가 미소를 지으며 그들에게로 왔다. 빅토르는 그녀가 있을 때면 이루 말할 수 없는 행복감을 느꼈다. 그녀가 있으면 안심이 되고 마음이 놓였으며, 그 자신의 꿈보다도 더 꿈같은 행복감에 차올랐다.

아가트는 쥘리와 포옹하고 폴 옆에 앉았다. 폴에게는 반가움의 표시로 머리카락을 흐트러놓았다. '이젠 한시도 안 떨어지네? 여전히 열애 중이신가?' 폴은 이런 종류의 지적을 재미있어했지만 쥘리는 질색을 했다. 그래서 아가트는 빅토르 쪽으로 몸을 돌려 내일 저녁 파티에 갈 거냐고 물었다.

"파티가 있어? 난 몰랐는데. 누구네 집이야?"

"그야 물론 우리의 부호 알렉상드르네 집이지!"

빅토르는 이 파티를 피해가지 못하리라는 것을 알고 난처해했다. 그것이 어떤 파티가 될지는 불 보듯 뻔했다. 광적인 세계, 암페타민(각성제의 일종―옮긴이)과 황홀경에 빠진 사람들, 앉아 있는 사람들 사이를 오가는 하시시 담배, 새벽녘까지 추어대는 춤, 인위적인 흥분과 자극을 즐기거나 마약과 각성제 따위를 복용한 후 환각 상태에 빠져드는 사람들. 알렉상드르는 일을 대대적으로 벌이는 버릇이 있었다. 끝날

줄 모르는 뷔페 파티, 온갖 종류의 술, 넘쳐나는 마리화나…… 게다가 아가트가 옛날 습관을 되찾은 것에 지나치게 기뻐하고 있다는 생각이 들어서 빅토르는 불쾌해졌다. 그녀가 왜 그러는지 알 수가 없었다. 쥘리의 화를 돋우며 짓궂은 쾌감을 얻기 때문일까? 대개의 경우 빅토르는 두 여자의 암묵적인 대립에 개입하지 않았지만, 저녁 파티라는 말에 예민해진 나머지 쥘리를 괴롭히는 아가트가 원망스러웠다. 빅토르와 시선이 마주친 아가트는 그가 기분이 안 좋다는 것을 눈치챘다.

폴 역시 두 여자 사이가 껄끄럽다는 것을 잘 알고 있었다. 두 여자가 서로 화합할 수 없다는 것을 익히 알고 있던 터라 폴은 가능한 한 그들을 붙여놓는 일을 피해왔다. 쥘리는 네 사람이 함께 있을 때면 항상 불편한 기분을 느꼈다. 마치 누군가에게 무언가를 약간 빼앗기는 듯한 기분이 들었다. 하지만 네 사람은 좋은 시간을 보내기로 했다.

그들은 샐러드와 크로크므시외(햄 샌드위치에 치즈를 얹어 오븐에 구운 것―옮긴이)를 주문했다. 대개의 경우 아가트는 놀라운 식욕을 과시했는데 그럼에도 거의 지나칠 정도로 날씬했다. 아가트는 식사에다 소비뇽 한 잔을 곁들여, 플라타너스 잎사귀 사이로 비치는 빛줄기 하나하나를 포착하는 듯한 표정으로 눈을 감고 포도주 향을 음미했다.

그런 다음, 옷을 갈아입으러 집에 들러야겠다고 했다. '대학생 스타일의' 옷차림은 거추장스러웠다. 그녀는 오후의 더위에 맞설 수 있는 가벼운 원피스를 염두에 두고 있었다. 10월치고는 날씨가 무더웠다. 이 때늦은 여름 기후 덕분에 놓쳐버렸던 파리의 9월을 만회할 수 있었다. 테라스에서 아페리티프를 마시고, 티셔츠 차림으로 오랜 시간 파리를 산책했다. 아가트는 사람을 도취시키는 가을 날씨의 몽롱한 분위기를 좋아했다. 손에는 백포도수가 담긴 잔을 들고, 불협화음을 내던 진구늘의 복소리가 어느새 조화를 이루며 노래하는 소리, 잎 테이블의 대화 소리, 자동차 엔진 소리, 그리고 뤽상부르 공원에서 아이들의 고함 소리를 들으며 그녀는 다시 눈을 떴다. 이 세계는 그녀의 것이었고 아가트는 그 안에서 행복감과 한없이 자유로운 기분을 느꼈다. 곁에는 빅토르가 있고, 다가올 무한한 가능성과 조용한 열망으로 가득 찬 미래가 있었다. 알렉상드르 집에서의 저녁 파티를 비롯하여 그녀를 기다리고 있는 다른 많은 즐거운 일들, 아직 보지 못한 영화들, 논문, 고독한 저녁들, 독서, 시나리오, 이번 학년에 만나게 될 많은 사람들. 무엇보다도 사람들이 그녀의 흥미를 자극했다. 그들은 아가트에게 새로운 길과 새로운 우정과 어쩌면 사랑을 열어주기에 가장 적합한 사람들일지 몰랐다.

잘 아는 사람들이 지나가다가 그들의 테이블 앞에 잠시 걸음을 멈추고, 놀러오라고 초대를 하기도 하고, 어떤 사람이 단편영화를 완성했다든가, 또 어떤 사람이 촬영에 착수했다든가 하는 등 이런저런 소식들을 전해주었다. 연극 작품의 연출을 맡고 있는 소피는 후원금을 얻어냈고, 주연 여배우와 트러블이 있었지만 결국 다른 배우를 물색해 이제는 본격적으로 연극에 몰두할 수 있게 되었다고 했다. 사진 전시회를 연 필립과 출산을 앞둔 베네딕트. 소식들은 이렇게 식탁에서 식탁으로 그들에게까지 전해졌다. 로스탕 카페에 한 시간만 앉아 있으면, 파리 사교계에 관한 무수한 정보를 전해들을 수 있었다. 그 모두가 똑같은 장소와 똑같은 파티에 드나들었다. 이것은 일종의 밤의 조직망이라고 할 수 있는데, 갖가지 예술적 혹은 학문적 시도에 관한 공통의 관심사로 조직망은 견고하게 다져져 있었다. 어떤 사람들은 오랜 지기였고, 또 어떤 사람들은 파티나 전시회 혹은 시사회나 시연회 때 작업을 하다가 우연히 서로 알게 된 사이였다. 이 작은 사회는 해가 갈수록 규모가 커져갔다. 거기에는 보급책이 있었다. 아가트와 빅토르도 그들

중 하나였는데, 그 핵을 중심으로 이십여 명 혹은 그 이상의 사람들이 연계되어 있었다. 그들의 명성은 파리의 심야 파티를 통해 기존 사회 저변으로 퍼져갔다. 기존 사회와의 타협을 거부하고 여러 새로운 가능성에 문호를 개방하는 한편, 모임에 불성실한 자에게 규율을 부과하고 여흥에 나름대로의 독특한 경계선을 제시하는 등 새로운 규칙을 만들어냄으로써, 그들은 결국 선과 악이라든가 진과 위와 같은 상반되는 개념을 말소해버리고 일종의 무도덕성을 확립하기에 이르렀다. 그것이 혁명은 아니었다. 1968년도의 혁명은 그들 이전 세대의 일이었다. 그들은 지적이고 개인주의적인 부르주아의 정체성을 숨기지 않았다. 다만 그들은 특정성과 편협성을 보다 쉽게 근절시키기 위해서, 그리고 그들을 과거의 기억과 고통으로 끌어들이는 기존 교육의 최후 낙인을 제거하기 위해서 이런 개인주의적 성향들을 한데 모아놓은 것이다. 그렇게 해서 그들은 지극히 과격하면서도 기발한 인간관계, 다시 말해 동시에 여러 삶을 살게 하고 위선과 경직성을 초월해 인간을 재발견함으로써 한계를 유보시키는 인간관계를 창조해나가고 있었다. 이러한 발견이 가져다주는 정신의 고양을 앞서 직시한 아가트는 자신들의 한계를 초월할 능력에 있어 특출해 보이는 사람들을 설득해 모임에 끌어들이려 했다. 그러나 설득에 실패한 적도 있었고, 현기증 나는 자유에 마지막까지 저항하는 사람들도 있었다. 빅토르와 아가트가 알게 된 사람들 가운데 몇 명은 극도로 비범한 지성을 갖추었지만, 그 지성에는 나름내로의 상애와 상박관념늘이 박혀 있어서 그런 상태에 단단히 얽매인 채 이러지도 저러지도 못하고 있었다. 자유를 증명하기 위해 범죄를 저지를 수는 없는 노릇이었으니까. 신이 죽은 후로, 무상 행위가 실패로 돌아가자, 여러가지 다른 시도가 생겨나고 있있다.

　지신의 힌계를 초월해 있던 아가드는 사림들에게 이 좋은 방법을 전해주고 싶었고, 그래서 그녀는 전도자가 되었다. 그녀의 목소리는 힘을 발휘해, 여러 사람을 불러모았다. 사실 아가트는 직접 타인들을 '구원'하고 싶은, 그들을 개인적인 비극으로부터 해방시키고 싶은 욕구에 사로잡혀 있었다. 그리고 이러한 유명 인사들의 융합에는 공동체라는 의미가 가미되었다.

이들 대다수는 젊은이들로 저마다의 세계를 형성했다. 그 세계의 법칙이 반드시 그들의 부모에게서 배운 것은 아니었다. 이 세계의 풍습은 기상천외했고, 대개의 경우 고민뿐 아니라 향락도 주를 이루었다. 대부분이 주변에서 발생하는 비관적 상황에 개의치 않는 엉뚱하고 삐딱하고 기묘한 사람들이었다. 이유는 간단했다. 시간을 초월하여 사는 사람들이기 때문이다. 일부는 세상에 환멸을 느껴 밤에 활동하는 부류였고, 일부는 삶에 열광적이거나 다작을 하는 작가들로 대부분 창작가들이었다. 그들의 사회적 출신 배경은 불분명한데다 뒤죽박죽 혼재돼 있었다. 대개가 부르주아 집안의 자녀들이었으나, 야심만만한 무일푼의 이민 2세대 자녀들도 많았으며, 지방 출신의 소시민들, 파리 5구와 6구의 교양 있는 집안의 자제들도 있었다. 이들은 자아 도취적인 엘리트 지식인의 후예로, 파리의 보수적인 집안에서 성장해 갖가지 속물근성과 자기 만족의 성향이 몸에 배어 있었다. 아가트도 맨 마지막 부류에 속했지만, 그 출신 배경을 자신이 계승해야 할 전통으로 여기지는 않았다. 출신이라는 작은 세계의 편협함으로부터 벗어나는 것이 그녀의 야심 가운데 하나였다.

여러 나라의 인종과 민족이 결합해 그 안에서 아이들도 태어났다. 저녁식사 때면, 아기들을 위해 한쪽 코너가 마련되기도 했다. 아기들을 보면 아가트는 마음이 약해졌고, 부른 배와 몸 속에서 다른 생명체를 느끼는 엄마의 기쁨을 꿈꾸곤 했지만, 욕구나 생각과는 달리 아직 아이를 갖는다는 것은 불가능했다. 이 세계에서는 이합집산이 쉬이 이루어졌다. 커플들은 결합했다가도 헤어지는 일이 비일비재해, 엄마와 아빠가 각기 다른 아이들이 생겨났다. 이 대가족 안에서는 삶의 다채로운 양상이 모두 다 분출되었다.

아가트는 규칙도 없고 터부도 없는 이 사회 안에서 편안함을 느꼈다. 사실 아가트의 부모는 그들 자신이 때로는 맹렬하게 가족과 대립했고, 또 특히 자신들의 인생에서 성공함으로써 이와 같은 해방의 시대를 가능케 한 셈이었기에, 아가트에게는 한 번도 그런 사상을 일부러 주입시키지 않았다. 아가트는 부모가 애지중지하는 딸이었고, 부모의 자유분방한 사고에 화를 낸 적도 없다. 아가트는 아버지에게 여러 명의 여자가 있었다는 것과 어머니가 남아메리카 도처에서 오는 라틴아메리카와 칠레의 정치적 망명인들을 끊임없이 받아들임으로써, 예전에 포기했던 투쟁이나 남아메리카 대륙과의 비밀스런 관계를 유지하고 있다는 사실도 알고 있었다. 어머니는 굳이 아가트에게 그들을 소개하지 않았다.

그러나 아가트의 부모가 만들어가는 부부관계는 그녀에게 너무나 돈독해 보였고, 모든 것을 불사하는 서로에 대한 충실성은 이러한 생활 방식이 주는 장점의 가장 설득력 있는 증거가 되었다. 그들은 평범한 부부관계였더라면 깨지고 말았을 극적인 일을 경험했다. 그들은 행복의 요구 앞에 사회와 부모가 들이대는 난점과 맞서 싸웠다. 진정한 사랑이라면 서로 떨어져 지내며 각자의 자유를 누리고 있더라도 그 관계에 금이 가지 않는 것이다. 서로를 억압하거나 구속하는 일도 없다. 이러한 결론에 도달하기까지 아가트는 기나긴 과정을 지나왔다. 자신이 구상하지 않은 모델을 받아들이기란 쉽지 않은 일이나. 특히 그것이 부모로부터 나온 것일 때는 너욱 그랬나. 필언적으로 위기가 몰아

닥치는 사춘기 시절 아가트는 어떤 길을 택했던가? 유년기 끝무렵에, 그녀는 신비주의로 이끌리는 충동을 경험했다. 수녀가 되고 싶었던 아가트는 측근들에게 다짜고짜 자신의 선택을 강요했다. 그러나 아무도 그녀를 비난하지 않았다. 예리한 종교적 감각은 훗날까지 내재했지만, 아가트는 그렇게 신비주의의 시기를 넘겼다. 그리고 자기 앞에 펼쳐진 새로운 세계에 매력을 느끼는 여자가 되어 정상적인 삶을 살기 시작했다. 그렇지만 현명하고, 신중하고, 삶의 절대적인 순수성을 추구하는 여자로 남았다. 그때부터 아가트는 젊음에 대한 절대적인 지배력과 위대한 성인이나 광적인 범죄자가 보이는 빈틈없고 까다로운 성질을 갖게 되었다. 지금의 그녀에게서 과거의 모습을 찾아내긴 어려웠다. 어린 시절의 모습은 더더욱 사라지고 없었다.

이제 지금까지 말하지 않은 사건을 이야기해야 할 때가 온 것 같다. 너무나 괴로운 내용이라서 생략해버리고 싶을 정도지만.

얼핏 잔인해 보일 수도 있지만 그것 역시 아가트가 겪어낸 한 시절에 관한 이야기이므로, 그때 일을 모른 척하고 넘어갈 수는 없는 일이다. 지금 그 얘기를 하는 것은 앞으로도 적당한 때가 오지 않을 것이기 때문이다. 그러니 이야기가 다소 거칠어지더라도 하는 수 없다. 이 자리에서 그 비극적인 사건을 설명한다면 매우 엉뚱한 여담이 될 것이다. 그러나 그 사실을 은폐한다는 것은 이 젊은 아가씨를 이해하지 않기로 작정하는 것과 마찬가지다.

아가트에게는 한 가지 비밀이 있다. 어쩌면 삶이 강요하는 일체의 한계를 거부하려는 그녀의 욕구를 그 비밀이 설명해줄지도 모르겠다. 그녀가 고집스럽게 입 다물고 있는 것, 빅토르와 아드리앙에게만 털어놓았던 그 사건을 모르고 지나친다면, 우리는 그녀의 복잡성을 이해할 수 없을 것이다.

아가트에게는 앙토니오라는 남동생이 있었다. 쌍둥이 동생으로 열 세 살 때 자살했다.

존재하기 시작한 날부터 시종일관 함께 지낸 앙토니오와 아가트는 언제나 모든 것을 함께 나누었다. 둘은 한시도 떨어지지 않았고, 비록 각자의 방이 따로 있긴 했어도 함께 잠을 잤다. 똑같은 책을 읽고, 전적으로 자신들이 창조해낸 둘만의 세계에 대해 끝없이 이야기를 나누기도 했다. 대개의 경우 아가트는 동생을 위해 대신 결정을 내리면서, 두 사람의 삶을 자연스럽게 주도해나갔다. 그녀는 선택을 할 때나 독서를 할 때 동생에게 방향을 제시해주었다. 남매는 손을 잡고서, 둘 다 정통해 있는 『좁은 문』을 읽곤 했다. 둘은 도스토에프스키의 『백치』를 즐겨 읽었는데, 앙토니오는 자신을 부활한 주인공의 현신이라고 믿었다. 신비주의적 성향이 매우 강했던 남매는 여러 기도문을 지어냈고, 그 외의 세상과는 동떨어진 금욕적인 삶을 살았으며, 외부세계에는 마음을 닫아걸고, 마치 한 종파라도 되는 것처럼 희생과 요구 조건을 자꾸 늘려나갔다. 아가트는 남아메리카의 언어와 문화에 관심을 보이는 앙토니오의 성향을 완강히 제지했다. 그들의 삶은 어머니의 여러 가지 이율배반으로부터 순수해야 하기 때문이었다. 어머니는 비밀을 간직한 채 살았기에 그들도 똑같이 라틴 아메리카에 관한 일체의 언급을 금지 사항으로 못 박아두었다.

병적일 정도로 예민했던 앙토니오는 고통을 겪기 위해 태어난 사람처럼 보였던 반면에 누나는 어머니의 뱃속에서부터 웃음을 머금고 나온 사람 같았다. 앙토니오는 하나에서 열까지 누나에게 의존했고, 누나의 말에 감탄하며 귀를 기울였다. 누나가 진실을 구할 때, 누나의 의분이 동생의 귀에는 담벼으로 들렸다. 그만큼 앙토니오는 누나를 신뢰했다. 그에게 아가트는 삶의 의미였고, 숭배와 신앙의 대상이었다. 앙토니오가 보통 사람과는 달랐기 때문에, 그리고 날마다 일정량의 약을 복용하며 살아야 했기 때문에, 누나는 순수와 사랑만이 지배하지만 잔인함도 어느 정도 가미된 공상의 세계를 꾸며내 동생에게 들려주었다. 그 당시에 아가트는 보통의 인간관계를 초월하는 이러한 신뢰감이 얼마나 큰 부담으로 다가오게 될지 인식하지 못했다. 이런 신성한 신뢰감은 일말의 의혹이 스치기라도 하면 죽음으로 치달을 수도 있는 것이었다.

종래의 의학에 따르면, 그리고 일반 사람들의 눈으로 보자면, 앙토니오는 다소 비정상적인 아이였다. 어떤 의미에서는 아가트도 비정상적이었지만, 그녀의 유별함은 대부분의 사람들이 인정하는 그런 부류의 것은 아니었다. 그들이 보이는 조화롭지 못한 요소는 어머니의 침묵에 대한 반항을 직접적으로 표현할 수 없어서 생겨난 양상일 뿐이었다. 그들은 마음속 깊이 어머니의 고통을 직관했다. 그 고통이 무엇인지 모른다는 생각에 고뇌는 더욱 커졌다. 어머니의 상처는 어디에서 비롯된 것일까? 아가트만이 아니라 앙토니오도 어머니의 상처에서 비롯된 낙인과 수치심을 지니고 있었다. 어머니가 고국에서 축출당했거나 고문을 당했는지는 몰라도, 동지들이 더이상 존재하지 않는 이 세상에 어머니가 살아 있다는 사실이 죄악이라는 것을 그들 자신도 뼈저리게 느끼고 있었다. 그래서 그들은 보통 사람과 다른 세계 속에 도피해 있었던 것이다.

부모의 침묵 외에는 다른 지지 기반이 없었던 앙토니오는 육체적으로나 정서적으로 누나 없이는 살아갈 수 없게 되었다. 둘은 쌍둥이였고, 앙토니오는 만일 그들이 하나의 몸뚱이로 합쳐진다면 자신을 짓누르는 참을 수 없는 아픔도 견뎌낼 수 있으리라고 확신했다. 그러나 한계는 여기에 있었다. 그들은 하나가 아닌 둘이라는 것.

자라면서, 아가트는 독자적인 삶을 살아가기 시작했다. 활동적이고 사교적인 성격의 아가트는 남자애들뿐 아니라 여자애들 사이에서도 인기가 많았고, 이따금 친구들을 집으로 초대하는 날이면 동생에게는 자기들끼리 놀게 내버려두라고 요구했다. 그러면 앙토니오는 자기 방에 틀어박혀 커튼을 닫아버리고, 심연과도 같은 어둠을 뚫어져라 노려보았다. 그 속으로 빨려들어가고만 싶다는 듯. 아가트는 동생의 일거수일투족에 관여했던 자신의 힘을 그에게서 거두어들였다. 앙토니오는 누나에게 초대받아 오는 친구들이 누나를 좋아한다는 것을 잘 알았기에 더욱 괴로워했다. 이 불청객들은 경솔하게도 일종의 치명적인 신성 모독 내지는 불법침입을 행하고 있었다. 앙토니오와 아가트는 그들 사랑의 제단 위에 그 불청객들을 제물로 올리게 될 것이다. 지금 아가트는 길을 잃었지만, 언젠가는 바른 길로 되돌려놓을 수 있으리라는 걸 앙토니오는 알고 있었다. 만일 파괴되지 않는 합일과 순수성의 유일한 보장책이 죽음이라면, 두 사람은 죽어서라도 서로를 사랑할 것이다. 융통성 없는 앙토니오는 자신이 수용할 수 없는 세상과 타협하는 누나를 저주했다. 그는 병적인 공상과 무력한 욕구와 환상 속에서 복수심을 키웠다. 강박관념과 사랑으로 미쳐버린 앙토니오는 누나가 이 집, 이 세계, 그들 두 사람이 쌓아올린 이 완전한 관계 밖에서 존재할 수 있다는 사실을 참아낼 수 없었다. 누나가 외출할 때마다 그 외출 하나하나는 고문이 되었고, 저 부패한 세계 속으로 내딛는 누나의 발걸음 하나하나는 배신으로 사무쳤다.

아가트는 동생이 어느 정도로 망상에 젖어 있는지를 아는 유일한 사람이었지만, 무슨 일이 있어도 동생을 정신병원에 수용시키고 싶지 않았다. 병원에 있었다면 살아남지 못했을 테니까. 부모님은 걱정은 하면서도 사태의 심각성을 헤아리지는 못했다. 앙토니오는 누나의 말밖에 들으려 하지 않았다. 병든 동생이라는 짐을 떠맡는다는 것은 쉬운일이 아니었지만, 아가트는 무조건적으로 동생을 사랑했다. 아가트는 앙토니오가 둘이 만들어놓은 그 세계에서 빠져나오려면 자신과는 분리되어야 함을 알면서도 되레 그녀는 외출을 줄였고, 더이상 친구들을 집으로 초대하지 않았다. 대부분의 시간을 앙토니오의 방에서 보내면서, 다른 사람이 주는 건 먹으려 들지 않는 동생에게 약을 먹여야 했다. 아가트는 동생을 진정시키려 노력했고, 때로는 혼자 있을 필요가 있다는 것, 자기에게도 자유 시간을 가질 권리가 있다는 것을 설명하며, 동생을 안심시켰다. 하지만 누나가 이런 문제를 거론할 때면, 앙토니오는 누나의 말을 더는 들으려 하지 않고 이야기를 중단시키고는, 어두운 방에 틀어박혀 나오지 않았다. 며칠이 지나서야 아가트는 방문을 활짝 열고 불을 환히 켜고, 동생을 안아 방에서 나오게 했다. 앙토니오는 누나의 품에 힘없이 안긴 채, 마치 겁에 질린 병약한 어린아이처럼 자신을 내맡겼다. 아가트는 포기하지 않고, 동생이 걷고 자기에게 말하도록 유도했다. 그녀는 자신이 결국 해내고야 말 것이라 생각했다.

그러던 어느 날, 아가트는 폭발하고 말았다.

두 사람은 심하게 다투었고, 아가트는 친구 집으로 가버렸다. 한밤중에 아버지에게서 전화가 걸려왔는데, 앙토니오가 방금 병원에 입원했다는 거였다. 일 주일분의 약을 몽땅 삼켰으며 살아날 가망은 거의 없다고 했다.

아가트는 수화기를 내려놓고, 말없이 부모를 만나러 나섰다. 어머니는 벤치에 앉아 소리없이 울고 있었고, 아버지는 냉랭한 시선과 수척해진 얼굴로 아가트를 기다리고 있었다.

앙토니오는 죽었다.

병실로 달려간 아가트는 동생의 얼굴을 쓰다듬었다. 시신을 본 것은 그때가 처음이었다. 동생의 손을 잡고 있던 아가트는 억제할 수 없는 심한 경련에 사로잡혔다. 아버지는 그녀를 품에 안고 병실 밖으로 데리고 나갔다. 아가트는 진정제로 자신을 달래며 일 주일을 보냈다. 다시 의식의 수면 위로 떠올랐을 때, 아가트는 무엇으로도 달랠 길 없는 침묵에 갇히고 말았다. 아버지는 몇 시간이고 아가트에게 말을 건넸다. 아가트가 대답하지 않으리라는 걸 알았지만, 아버지는 딸이 세상과의 접촉을 단절하기를 원치 않았다. 아버지는 자신의 하루 일과, 업무, 맡겨진 원고, 재능 있는 새로운 사람을 발굴했다는 이야기를 늘어놓았다. 이따금 아버지는 딸의 고통과 특히 딸을 소진시키는 죄의식을 덜어주려는 희망에서, 주저하지 않고 앙토니오 이야기를 들먹였다. 아들의 이름은 정상적으로, 해롭고 격한 감정을 야기시키지 않는 상태로 거론돼야 했다. 그들 모두가 그 아이를 사랑했었다. 그가 죽은 데에는 운명 외에는 다른 어떤 이유도 없었다. 불필요한 죄의식으로 괴로워하지 말고 이 사실을 받아들여야 했다. 온 집안이 앙토니오의 죽음이라는 무게 아래서 숨막혀했다.

아가트는 스스로가 본의 아니게 행사했던 힘에 대한 앙토니오의 이러한 반항 행위가 전적으로 자신의 책임이라고 생각했다. 앙토니오의 절망 어린 제스처는 그녀를 비난하는 것이 명백했다. 그녀는 최악의 순간에 동생을 저버린 것이나 다름없었다.

앙토니오가 자신의 목소리를 전하기 위해 택했던 유일한 방법이 자살이었다. 그가 한 마지막 말은 도와달라는 호소 내지는 비난이었다. 이제는 어떤 말도 필요치 않았으므로, 아가트는 동생을 따라 침묵의 실로 들어서기로 했다. 더이상 동생에게 대답할 수 없었으므로, 아가트는 언어의 사용을 스스로 금했다.

마지막으로 동생을 대했을 때, 두 사람은 서로에게 거의 욕설만을 퍼부었다. 그때 말다툼이 한계를 넘어섰다는 것을 아가트는 어째서 눈치채지 못했을까? 동생은 심하게 아팠고, 아가트도 그걸 모르지 않았다. 그를 치료받게 했어야 했다…… 하지만 아가트는 그럴 용기가 없었다…… 정신병원에 수용된 동생을 상상한다는 것은 견딜 수 없는 일이었다…… 그녀는 비겁했다.

아버지는 딸의 호소할 길 없는 내면의 격렬한 아픔과 비난의 소리를 짐작했다. 그는 앙토니오가 죽지 않을까 늘 불안해했다. 태어나면서부터 앙토니오의 죽음은 선천적으로 나약한 정신과 체질 속에 예정돼 있었는지도 모른다. 그러나 칩거하는 아가트, 삶으로부터 유리된 아가트, 패배한 아가트, 말을 잃은 아가트는 상상할 수가 없었다. 아버지는 그 끔찍한 고독과 침묵으로부터 딸을 구해내기 위해 안간힘을 썼다.

아버지는 앙토니오가 병 때문에 죽은 것이라고 딸에게 되풀이해 말했다. 너는 누구보다도 그간의 앙토니오의 상태를 잘 알고 있고, 따라서 이 죽음에 대해 자학할 필요는 없다. 죄의식이야말로 악행 중에서도 가장 고약한 것이다. 죄의식은 아주 서서히, 그리고 가차없이 존재의 내면을 파괴시킨다. 앙토니오가 그나마 오래 살 수 있었던 것은 그 누구도 기울일 수 없는 열성으로 네가 돌봐주었기 때문이다. 병약한 동생을 위해 너는 충분히 네 자신의 삶을 희생시켰다. 이제는 너도 자신을 돌보아야 할 때다.

그러나 거의 날마다 아버지가 되풀이하는 이런 말이 아가트의 귀에는 들리지 않았다. 그녀의 눈에는 자신의 잘못만이 선연할 뿐이었다. 어쨌거나 그녀는 자율성이라곤 전연 없는 한 사람을 그녀에게 의존하게끔 만들어버렸다. 그래놓고서 그녀를 신뢰한 사람을 배신하고 그에게 거짓말을 했다. 자책의 무게는 무거웠고, 아가트는 그것을 의도적으로 더욱 무겁게 만들었다. 그녀는 벌을 받아 마땅했다.

아버지는 결코 약해지지 않았다. 그는 각기 다른 방식으로 똑같은 병에 걸린 두 여자를 구해내야만 했다. 아가트의 어머니는 이따금 딸에게로 와서 말을 건넸다. 그러나 똑같은 아픔, 똑같은 죄의식에 시달렸던 어머니는 딸에게 큰 구원이 되어줄 수 없었다. 그리고 어머니의 병은 또다른 죽은 망령들로 인하여 깊어만 갔다. 동지들이 죽었고, 그 다음에는 아들이 죽었다. 조국을 잃었고, 뒤이어 혈육을 잃었다.

앙토니오가 죽은 지 일 년째 되는 그 다음날, 아가트는 삶으로 되돌아왔다. 그녀는 상(喪)을 마쳤다. 동생의 상, 그녀의 죄의식과 희생의 상을. 자신의 삶을 정복하기 위해 새출발을 할 시간이 온 것이다.

아가트가 치유되는 데에는 아버지의 도움이 컸지만, 끝도 없던 침묵의 일 년 동안, 아가트는 자신이 살아온 삶을, 자신이 차지해 마땅한 것을, 아버지 말마따나 그녀에게 자살로 보답한 동생을 사랑하기 위해 수년 동안이나 멀리해온 기회를 깊이 생각해보았다. 아가트는 동생을 원망하기에 이르렀고, 그 다음에는 용서했다. 그래서 그녀는 구원받았다.

이 년 후, 아가트는 아드리앙을 자기 집에서 살도록 했다. 그녀는 매우 성숙해졌다. 다시 태어나기 위해 죽음과 과감히 맞선 것이다. 이제는 삶에 대한 욕구를 앗아가려는 모든 것을 몰아내리라. 그러한 마음가짐으로 아가트는 아드리앙에게 그의 어머니의 패덕적이고 감정적인 협박을 거부하도록 가르쳤고, 더불어 자기 자신도 구원해내는 데 성공했다.

6

뤽상부르 공원 맞은편에서, 네 친구는 점심식사를 끝마쳤다. 아가트
는 빅토르를 생 자크 거리에 있는 자신의 아파트로 데려왔다. 그에게
아침에 만난 교수와의 면담 이야기를 들려주고 싶었다.

두 사람은 햇빛 쏟아지는 아파트 안으로 들어섰다. 아가트가 커피를
끓이는 동안, 빅토르는 깍지낀 두 손을 베개 삼아 침대 위에 드러누웠다.

아가트는 빅토르에게 작업의 진전 여부를 묻고 싶었다. 그의 재능을
믿었기 때문에 글을 쓰도록 고무하고 글쓰기라는 제2의 취미를 제1의
취미로 바꾸도록 격려하고 싶었다.

아가트가 침대로 다가간 것은 경솔한 처사였다. 빅토르가 허리를 붙잡
는 바람에 몸의 중심을 잃은 아가트는 그의 커다란 두 손에 몸을 내맡겼다.
그의 매끄러운 손바닥이 아가트의 어깨를, 그 다음에는 등을 애무했다.

두 사람은 땀과 가을 햇살 속에서 사랑을 나눴다. 방은 그들의 욕망
을 감당하기에는 너무 비좁았다.

오후 끝무렵, 지친 두 사람은 흐트러진 시트 위에 나란히 누웠다. 저물어가는 햇살이 그들의 젖은 피부를 부드럽게 어루만져주었다. 아가트는 빅토르의 가슴에 머리를 묻었다. 빅토르의 품 안에서 그녀는 늘 평화로움과 보호받는 기분을 느꼈다. 오래지 않아 서로 헤어진다고 생각하니 울적한 기분이 들었다.

개강을 하고 며칠이 지나도록 빅토르는 논문을 시작해야겠다는 마음을 굳히지 못하고 있었다. 미처 모든 자료를 조사하지 못한 터였다. 자료를 면밀히 검토해야 하는데, 대부분의 자료가 런던에 있었다. 그의 연구 주제는 앵글로색슨 국가의 유태인 이민과 라틴 국가의 유태인 이민 상황을 비교하는 거였다. 그가 이런 문제에 매력을 느끼는 것은 자신의 출신 배경과 화해하기 위해서였을까? 어쨌든 문서 보관소가 옥스포드, 런던, 파리를 비롯한 몇몇 대도시에 분산되어 있다는 점이 빅토르의 연구 동기를 자극했다는 것은 부인할 수 없는 사실이었다. 그는 두 달에 몇 주일씩 자리를 비워야 했다. 이것은 이들 커플이 감수해야 할 새로운 경험이었고, 두 사람은 얼마간의 호기심을 가지고 이를 받아들였다. 빅토르는 여행에 목말라 있었다. 그리 오래 산 건 아니지만 그는 여행을 해본 적이 거의 없었다. 우선 돈이 궁했기 때문이고, 훗날 고등사범학교의 교생 시절 돈이 생겼을 때에는 역사 깊은 유럽의 미탐험 도시나 머나먼 대륙보다도 아가트에게 더 관심이 쏠렸기 때문이었다. 이 도시들에 관해서는 너무나 많은 기행문과 역사책, 소설까지 읽은 터라, 그런 장소라면 충분히 알고 있다고 생각되었다. 어릴 적 빅토르는 그 도시들을 하나하나 정복할 공간으로 상상하곤 했다. 해적선의 선장이나 해양 제국의 선봉장, 강력한 군대의 사령관의 모습을 한 자신을 상상해보곤 했다. 일찍부터 그는 역사 혹은 소설 속 세계에 매료돼 있었고, 그 안에서 다양한 삶을 경험했다. 한때는 고고학자나 해

양학자가 되고 싶었던 적도 있었지만, 지금은 결국 역사학자가 되었다.

다음날 빅토르는 켈레르 거리에 있는 자신의 고미다락방으로 돌아왔다. 아침나절 이맘때쯤이면 이곳은 언제나 활기로 넘쳤다. 빅토르는 그가 사는 집 바로 아래층에 있는 게이 협회 사무실에서 걸음을 멈춰 섰다. 그곳 회원들 대다수를 알고 있는 터였다. 빅토르는 이 구역 동성애자의 심야 파티에 정기적으로 초대되는 몇 안 되는 이성애자 가운데 하나였다. 이곳에 아가트를 자주 데리고 왔었는데 그녀는 이런 일탈 집단에 빅토르보다도 더 적극적으로 동참하곤 했다. 황홀경에 빠진 광란의 춤과, 시간과 공간과 정력의 한계치를 넘어서는 비현실적인 순간에도 아가트는 절대로 질겁하는 법이 없었다. 빅토르는 사람을 녹초로 만들어서 기운을 회복하는 데 이틀이나 걸리는 이런 심야 파티에 특별히 열광하지는 않았다.

방으로 들어서자, 안에서는 여러 남자들이 달리다의 노래를 합창하고 있었다. 그곳에서 그는 실뱅과 우연히 마주쳤다. 두 달 만에 보게 되어 무척이나 반가웠다. 바스티유의 한 술집에서 웨이터로 일하는 실뱅은 디스코텍에서 밤을 지새곤 했다. 그는 전에 빅토르에게도 빠진 적이 있는 남자로 자기 남자친구의 동성애적인 섹스 요구를 받아들여 결국 체념하기는 했지만, 어쩌면 아직까지 빅토르를 마음에 두고 있는지도 몰랐다. 빅토르와 이야기를 하면서도 실뱅은 그의 어깨와 뺨, 머리칼을 어루만졌다. 빅토르는 그런 그를 그냥 내버려두었다. 자기 또래의 남자가 보이는 이러한 관심이 되레 재미있게 생각되었다. 빅토르는 이런 식의 자잘한 애무가 불러일으키는 동성애의 유혹에 항상 어렴풋한 호기심을 느꼈다. 그러나 그로 인해 혼란에 빠지는 일은 없었다.

지난번 만났을 때, 실뱅은 바로 얼마 전에 에이즈로 남자친구를 잃은 상태였다. 하지만 그만은 기적적으로 감염되지 않았다. 그런 일이 있은 뒤, 실뱅은 몇몇 친구와 함께 이 협회를 설립하게 되었고, 수도 없이 많은 문제에 직면한 다양한 부류의 남자들이 이 클럽에 가입했다. 어떤 이들은 음악을 듣거나 맥주를 마시러 그곳에 왔고, 또 어떤 이들은 이야기를 나누거나 만남을 갖기 위해 모여들었다. 커플이 생기기도 했고 이별하기도 했다. 아니나 다를까 실뱅도 지속적인 관계를 유지하는 데 실패할 때마다, 자신의 지난 연애담을 참을성 있게 들어주는 빅토르에게 하소연하곤 했다. 실뱅이 사랑하는 남자들은 하나같이 뜨내기들뿐이었는데, 이들은 기회만 닿으면 그를 속이고 바람을 피운다는 것이다. 그는 부정한 애인을 붙잡기 위해 매달렸고, 괴로워했으며 비굴할 정도로 자신을 낮추었고, 결국에는 화가 나서 연인을 떠나버렸다. 실뱅은 언제나 한결같은 이유로 프로작 카페에서 마약을 주사하며 몽롱한 눈빛으로 괴로워했고, 빅토르는 그의 사기를 북돋워주려 애쓰며 많은 시간을 보내야 했다. 빅토르는 그를 저녁식사에 초대했고, 그 다음에는 사람들이 붐비는 디스코텍으로 데려가서 춤을 추게 하기도 했다. 파티의 성과가 있을 때면, 빅토르는 잘생긴 청년과 팔짱을 끼고 나가는 실뱅에게 몸조심하라며 당부했고, 소득이 없는 날 저녁이면 가련한 처지가 된 실뱅을 집까지 바래다주어야 했다. 빅토르는 이따금 실뱅의 유치한 자가당착에 화가 나기도 했지만, 한편으로는 그렇게라도 그에게 애착을 갖지 않을 수 없었다.

뒤에서 남자들이 한 목소리로 목이 터져라 노래부르는 동안 빅토르는 실뱅에게서 바캉스에 대한 자세한 얘기를 들었다. 해변에서 나누었다는 사랑 이야기, 해안 지방에서의 잊지 못할 파티, 어느 날 저녁 자기 집으로 데려갔던 이후로 다시는 보지 못했다는 근육질의 젊은 금발 남자, 친한 친구 모두와 함께한 그리스 탐험 여행과 그곳에서 보낸 환락의 생활, 돌아올 때의 피로감 등등.

맥주 석 잔을 단숨에 들이켜고 나서, 빅토르는 자기 집으로 올라갔다. 머리를 식히려고 카마라네 집에 잠시 들렀는데, 그곳에서 카마라의 어머니와 우연히 마주쳤다. G부인은 가족과 함께 말리에서 보낸 한 달간의 얘기를 자세히도 들려주었다. 그곳에 십 년 만에 돌아간 것이라고 했다. G부인은 자기 어머니와 자매들, 아버지에 대한 이야기와 도착했을 때 그들이 준비한 대대적인 환영 파티에 대해서도 이야기했다. 온 마을 사람들이 한데 모여 서로 그토록 멀리 떨어져서 보낸 십 년의 세월을 돌이켜 회상하면서 눈물을 펑펑 쏟았다고 했다. 하지만 한 달이 지났을 무렵, 고향에 돌아온 기분을 만끽하기가 무섭게 그곳을 도로 떠나오지 않으면 안 되었다. 또다시 눈물 바다가 되어, 그들은 서로를 포옹했다. 할머니 할아버지가 돌아가시기 전에 아이들은 그들을 만나보았다. 중요한 건 그것이었다. 마을에서 카마라는 글쓰기 시범을 보였다. 이제 카마라가 편지를 대필해줄 터였다. 열 살짜리 소년에게 규칙적으로 공부를 가르쳐준 일이 못내 고마워 방금 슬그머니 무언의 감사 표시를 전한 G부인에게 답하기 위해 빅토르는 함빡 웃음을 지어 보였다. G부인은 그곳에서 야채와 식물을 가져왔다면서, 오늘 저녁 집에 와서 저녁식사를 함께 하자며 그에게 당부했고 빅토르는 정중하게 초대에 응했다. 식구들이 언제 다시 말리로 돌아가느냐고? 그건 오직 신만이 알 수 있다. 그들은 이번 여행 비용으로 그 동안 저축해두었던 많은 액수의 돈을 써버렸다. 다음번 여행을 꿈꾸기는 하겠지만, 그것이 꼭 가능하리라고 믿지는 않는다며, 그렇다고 해서 식구들이 불평을 해서는 안 된다고 G부인은 분명하게 말했다. 그들은 압둘라 덕분에 프랑스로 올 수 있었다. 프랑스에 있는 얼마나 많은 가족이 아버지 혹은 남편과 헤어진 채로 살아가는가? 클리쉬나 파리 20구에서는 이민자들 중 얼마나 많은 사람이 2평방미터짜리 단칸방에서 기거하면서, 수도권 고속전철(RER)로 45분이나 되는 거리의 레스토랑 체인점에서 하루 열

시간씩 접시 닦는 일을 하고 있는가? 가족과 멀리 떨어져 사는 그녀의
오빠도 마찬가지였고, 시아버지도 그랬다. G부인은 그들에 비하면 자
신이 특혜받은 사람이라고 말했다. 그녀의 이야기 중간중간에는 마치
후렴처럼 여러 신들에게 올리는 기도문이 살짝살짝 끼어들었다. 그녀
가 쏟아내는 시적인 표현에는 실생활에서 겪는 실질적인 내용과 삶에
의미를 제시해주는 갖가지 종교적인 내용이 뒤섞여 있었다. 강도 높은
영적 사고력을 지닌 그녀로서는 빅토르의 무신론을 비록 너그럽게 받
아들이기는 했어도 한편으로는 당혹해했다. 한마디로 그녀는 빅토르
를 이해할 수 없었다. G부인은 신앙에서 큰 힘을 얻었고, 초월적인 존
재가 어디에든 있다고 믿었다. 빅토르는 어떤 일에도 웃음을 잃지 않
고 그러면서도 숙명론자인 이 성숙한 여인의 영적인 생활에 매우 깊이
감동받았다. 영혼이 이토록 숭고하고 관대하며, 사심 없는 사람은 일
찍이 본 적이 없었다.

　G가족의 아파트를 나오면서, 빅토르는 모성애에 사로잡혀 있었다.
오후 내내 그런 영적인 분위기가 가시지 않을 것 같았다. G부인의 손
에 닿는 것은 귀히 여겨졌고, 그래서 빅토르는 그녀의 집에 가는 것이
즐거웠다. G부인은 푸근한 체형으로, 부드러운 손으로, 재미있는 눈빛
으로 사람을 편안하게 해주는 여사였다.

　빅토르는 집에 돌아와서는 공부방에 앉아 작업을 시작했다.

　그날 하루 동안 다섯 페이지를 써야 했다. 날마다 영감이 떠오르는
것이 아니라서, 그는 규율을 정하고 그것을 지키는 것이 좋다고 생각
했다. 그는 열두 살 때부터 글을 쓰기 시작했다. 지금까지 중편소설, 단
편소설, 시를 써왔다. 잊혀진 공책 여기저기에 흩어진 글귀들을 다시
읽어보는 법은 없었지만, 그래도 누렇게 바랜 검은 잉크와 의문부호
로 가득 찬 꾸깃꾸깃 구겨진 이 종이 더미를 계속 줄기차게 쌓아두었다.

낱장으로 돌아다니던 종이 더미는, 최근에 무질서한 고미다락방과는 어울리지 않는 워드 프로세서로 대체됐다. 그 바람에 문장의 리듬도 달라졌다. 어려서부터 책을 많이 읽어 문학의 묘미를 잘 알고는 있었지만, 그는 자신이 열망하는 완벽에 도달하기 위해 문체를 꼼꼼히 다듬어야만 했다. 도스토예프스키에 비견할 만한 작가는 아무도 없었다. 오직 스탕달만이 비슷한 감동을 자아낼 뿐이다. 빅토르는 문체의 절대적인 순수성을 추구했다. 자신의 취향이 다분히 고전적임을 의식했지만, 그런 성향을 버릴 수는 없었다. 빅토르는 자신을 매료시키는 미학을 집약해놓은 책, 자신의 세계관을 펼쳐보일 책을 목표로 하여 작업을 해나갔다.

이상하게도 빅토르가 택한 전공 과목은 역사학이었다. 그는 고등사범학교에 수석으로 입학했고, 교수 자격시험에서는 차석을 차지했다. 그렇지만 학교에 대해서도 전공 과목에 대해서도 별다른 애착이 없었다. 그의 삶은 거기에 있지 않은 것이 분명했다. 빅토르는 이미 시작한 소설을 완성할 수나 있을는지 의구심에 사로잡혀 있었다. 에세이도 쓰고 있었는데, 이것도 저것도 완결을 보지 못한 터였다. 아무리 노력해도 글이 써지지 않는 시기와 노력 없이도 다작을 해내는 시기가 번갈아 찾아들어, 의혹에 가득 찬 그를 괴롭혔다. 자신의 재능에 대한 의혹심으로 빅토르는 늘 불안감에 빠져 지냈다.

컴퓨터가 부팅되기까지 오랜 시간이 걸렸다. 초콜릿 케익을 사러 달려갔다 돌아오고도 남을 시간이었다. 신문도 살 수 있겠다. 아닌게아니라 빅토르는 안정을 찾지 못하고 있었다. 남프랑스에서 고수했던 문학적 규율이 파리의 정신적 압박 아래 사그라들고 마는 것 같았다. 전에 살던 동네로 되돌아오고 보니 홍분이 되어 자신을 통제할 수 없었다. 그럴 때면 빅토르는 작업을 기꺼이 포기해버렸다. 그가 지나가는 것을 본 실뱅이 손짓을 했다. 포즈 카페 앞을 지나칠 때면 카페 주인과 테이블에 앉은 사람들이 그를 소리쳐 불렀다. 빅토르는 파리의 이 구역을 좋아했고, 거의 모든 주민을, 적어도 로케트 거리, 샤론 거리와 페르 라셰즈 공동묘지로 둘러싸인 구역 안의 사람들을 알고 있었다. 저마다의 느림과 현기증, 저마다의 폭발과 리듬을 지닌 곳이다. 비교적 유대감이 강한 이 공동체 안에는 동성애자, 전쟁을 겪은 파리 본토박이 노인, 카페 주인, 웨이터, 퇴폐적인 예술가, 마약 중독자, 젊은 커플, 말리인과 세네갈인을 비롯한 다양한 소수민들이 살고 있었다. 파리 11구와 12구가 서로 인접해 있어서, 함께 나누고 서로를 사랑하고 일체감을 갖는 이 공간에는 이렇듯 갖가지 부조화를 이루는 사람들이 서로 관계를 맺으며 살아가고 있었다. 이곳에 동화되지 못하는 사람에게는 부르주아라든가 거만한 자, 인종차별주의자 등 은근히 공동체의 이단자로 취급하는 온갖 종류의 형용사가 따라다녔다.

빅토르는 매일 아침식사를 하는 포즈 카페와 때때로 저녁식사 차 들르는 르 쉬드 카페를 외면하고, 게이 협회에도 걸음을 멈추지 않은 채, 집으로 올라와 책상 앞에 앉았다. 방의 분위기, 즉 그를 둘러싼 주변 세계와, 일단 자리를 잡으면 몇 시간이고 심지어 며칠이고 주변에서 일어나는 일을 잊고 몰입할 수 있는 상상력의 공간 사이에서, 빅토르는 일종의 양질의 도약을 이행해야만 했다. 그가 이런 봉상의 세계로 문제없이 곧장 들어갈 수 있는 날은 많지 않았다. 빅토르는 담배라든가 식도락이라든가 온갖 유혹에 이끌렸고, 전화를 걸기 위해 자리에서 일어났다 자신의 산만한 정신 상태에 화가 나서 도로 자리에 앉곤 했다. 그러다가 결국 글쓰기에 몰입할 수 있게 되면, 빅토르는 글쓰기 자체가 되어버렸다. 더이상 그의 주변에는 아무것도 존재하지 않았다.

그 시간에 아가트는 카페 프티 스위스에서 조간신문 하나를 독일어로 번역하기 시작했다. 아가트는 어머니의 모국어인 스페인어를 배우는 대신 어머니의 반대를 무릅쓰고 게르만 연구가가 되었다. 머물 만한 가정집이 베를린에 여럿 있는데도 그녀는 독일에 가는 것을 꺼렸고, 오히려 친구들이 자주 모여드는 런던을 더 좋아했다. 그중 영국 혼혈 아인 한 친구는 아가트에게 자기 어머니 집에 머물도록 배려해주었고, 현대 미술 화랑을 운영하는 젊은 영국 여자친구 집에서도 임시로 머물 렀다. 그러나 아가트는 대개 런던 한복판에 위치한 자신의 스튜디오에 지냈고, 어떤 때는 혼자 가기도 했지만, 대부분 그녀처럼 영국의 수도 에 애착을 가진 친구 서넛을 동반하고 여행하는 편을 더 좋아했다.

런던에 파리인 조직망이 형성된 지는 사 년 가까이 되었다. 대다수 가 예술가였고, 그림을 복원하는 사람, 지극히 퇴폐적인 심야 파티의 초청 카드를 그리는 일밖에는 달리 할 일이 없는 부잣집 도련님도 있었 다. 이들은 도시 전역에서 각종 파티를 열었고, 매번 더욱 대담해지는 상금을 걸고 대대적인 숨바꼭질 파티나 보물찾기 놀이를 조직하기도 했다. 런던에서처럼 파리에서도 이런 심야 파티가 열리곤 했다. 파티 가 시작되면 사람들이 무리를 지어 몰려왔다. 돈이 없는 사람은 여유 있는 사람에게서 돈을 빌렸다. 파티에서는 기상천외함, 대담무쌍함, 게임 정신, 한계를 넘어서는 사고방식이 지배했다. 아가트는 열일곱 살 때부터 이 세계를 경험했다. 그녀는 일종의 무관심과 냉소주의로 규합된 다양한 출신 배경의 젊은이들로 이루어진 이 사회의 규칙과 무 절제를 잘 알았다. 누군가 더욱 거침없고 대담하게 행동해서 상금을 거머쥐게 되면, 그 사람은 그룹의 리더가 되어 새로운 가치를 창조해 냈다. 원칙적으로는 무동기성에 따라야 했지만, 이러한 모럴을 잘 모 르고 좋아하는 초보들에게는 무동기성이 필연성이 되었고, 남들보다 더 냉소적인 사람이 만들어내는 자유는 대다수 사람들에게 종교가 되었다. 병적인 경쟁심은 나약한 사람들의 목숨을 도려내기도 했다. 그렇지만 오랫동안 그런 환경 속에서 자라온 아가트는 그러한 영향력에 겁먹지 않았다. 그녀는 이 사회의 불건전한 아름다움을 인정하면서도 음탕한 퇴폐까지는 공유하지 않았다. 반면에 과도하고 무절제하게 밀어붙이는 축제 취향은 공유했다. 그것은 세상의 종말에 대한 냉소적인 가면극이었다. 축제를 신성시하지 않고 웃음거리로 치부해버리는 이러한 향락 취향은 지금은 차단되어 있지만 그녀의 머나먼 출신지에서 비롯된 무의식적 잔재였고, 기회만 닿으면 엉뚱하고 기발한 행동을 통해 드러나는 라틴 민족의 기질이었다. 아가트는 흥미로운 것은 취하고 나머지는 버리는 이기주의를 원칙으로 삼았다. 어떤 의미에서 그녀는 냉소적인 태도를 남들보다 더 멀리까지 밀고나간 셈이다. 그래서 아가트는 무엇이든 절대적으로 허용되는 이런 심야 파티의 관능적인 경쾌함 속에서 편안하게 행동했다. 그녀는 깊이에 의미를 부여하는 장식과 꾸밈을 선호했다. 그녀에게 본질성의 문화는 치명적이었다. 피상성보다 더 경쾌하고 활기찬 건 없었다. 그러나 피상성이란 단어는 변질된 의미이다. 무동기성보다 더 아름다운 말은 세상에 없다. 아가트는 이 사회의 무가치를 자신의 가치로 삼았다. 삶은 포착되는 것이 아니다. 너무나도 비상식석이어서 아름답고 비실제적인 이 순간들은 존재의 비합리성에 정당성을 부여한다. 감각의 쾌락, 정력의 광적인 분출, 웃음, 술, 엉뚱하고 기묘한 사람들과의 만남, 진정한 우정, 인위적인 흥분 자극. 아가트는 모두를 알았고 모두가 그녀를 알았기 때문에, 그녀는 오래지 않아 그룹의 중심인물 가운데 하나가 되었다. 그러나 한편 아가트는 호기심과 판단력 결여, 향락과 퇴폐, 욕망과 위험 사이에 경계를 그어 구분하는 것으로 일러져 있기도 했다. 그녀에게 아무것이나 권할 수는 없었다. 그녀는 몇 가지 관습을 노플석으도 거무했고, 자신이 정한 한계를 넘어서게 되면 자리를 뜨곤 했다. 똑같은 행동을 놓고도 독립적인 태도를 취하는 사람은 존경 혹은 거부를, 찬탄 혹은 시기심을 유발하는 법이다. 그렇기는 해도 익사자를 여러 명이나 낸 전과가 있는 이 퇴폐적인 세계에 저항하기 위해서는 독자적인 태도가 필수불가결했다. 아가트의 죽마고우 에스텔도 점점 침몰해들어가는 중이었다. 에스텔의 몸은 극도로 쇠약해져 있고, 하루 중 절반은 의식이 없는 상태로, 눈은 열에 들떠 있고, 행동도 느려졌다는 소문이 돌았다. 저녁이면 잠에서 깨어나 아무렇게나 옷을 걸치기 일쑤고, 전에는 그렇게 우아했던 자태가 이제는 거의 더럽기까지 했다. 그리고는 술집을 전전하면서 파티가 시작되기를 기다렸다. 그녀는 만취 상태에서 환각제를 삼켰는데, 그러고 나면 독한 마약이 유발하는 것보다도 더 치명적인 환각 상태에 빠져들었다. 에스텔의 피할 수 없는 타락에 아가트는 종지부를 찍어야만 했다. 수줍은 에스텔, 귀여운 에스텔을 이 세계로 끌어들인 건 아가트였다. 그러나 아가트는 에스텔이 그토록 내구력과 자신감이 결여돼 있는 친구였는지 몰랐고, 얼마나 비참한 상태인지 헤아리지 못했다. 모든 것이 허용되는 세계, 단순하게 받아들여지는 이런 인위적인 천국에서는, 사람이 죽는 것도 어려운 일이 아니었다. 갑작스러운 행복은 고통으로, 자유는 정신이상 상태로, 천국의 발견은 지옥 여행으로 탈바꿈한다. 에스텔은 그렇게 변해갔고, 육체의 한계에 도달해 있었다.

절반은 런던에서 절반은 파리에서 보낸 파란만장한 심야의 삶과 에스텔에 대한 고통스러운 회상 속으로 아가트를 침잠시키는 이 백일몽 때문에 그녀는 번역해야 할 소논문에 정신을 온전히 집중할 수 없었다. 아가트는 연한 커피를 한 잔 더 주문하고는 다시 작업을 시작했다. 오후의 부드러운 햇살은 정신을 집중하는 데에는 방해가 됐다.

아가트는 논문 계획을 가다듬고 새로운 전망을 세우는 등 밀도 높은 작업을 하며 오후 시간을 보냈다. 그리고 해가 뉘엿뉘엿 질 무렵에야 손목시계를 들여다보고 아드리앙과의 약속 시간까지 얼마 남지 않았다는 것을 깨달았다. 거의 일곱시가 다 되었다. 심야 파티가 시작될 시간이 다가오고 있었다. 전적으로 아드리앙에게 할애될 심야 파티에 가기 진, 잠시 집에 들러야 했다. 지난 몇 시간 동안 지적인 면에 정신을 집중한 만큼, 심야 파티에서는 감정적으로 몰입할 셈이었다.

아가드는 카페 프리 스위스를 나와서, 메디지 거리와 수플로 거리를 거슬러올라간 나음, 오른쪽으로 놀아서 생 자크 거리 쪽으로 걸어갔다. 그녀의 방 두 개짜리 아파트는 육층에 있었다. 아파트 출입문을 열고 들어가면 곧바로 킴실이 니왔고, 침실은 두 개의 층으로 분리뇌어 있었다. 친대는 아래층에, 거리와 면해 있는 칭문 옆에 놓어 있고, 위쪽으로 가려면 두 개의 작은 디딤판을 딛고 올라가야 했다. 아가트는 그 곳에 테라코타로 만든 도자기 하나를 가져다 놓았는데, 도자기 위에는 머플러와 스카프가 놓여 있었다. 침대 옆에 두 개의 시렁으로 된 책꽂 이에는 아가트가 취침 전에 즐겨 훑어보곤 하는 시집과 소설책이 꽂혀 있다. 침대는 쪽판 마루를 덮고 있는 붉은색 카펫 위에 있었는데, 마루 는 하도 낡아서 손질할 방법이 없었다. 침대 맞은편에는 텔레비전 수 상기와 비디오가 있었다. 안쪽 방은 철학책으로 도배를 하다시피 했는 데, 이 책들은 아가트가 대학 공부를 처음 시작할 때 주로 보던 낡은 작 업 도구들이다. 침실과 서재 사이의 문은 비좁았다. 하얀 벽면의 널따 란 서재 역시 책의 무게 때문에 다 쓰러져가는 선반들로 사방이 보이지 않을 정도였다. 창문 맞은편에 테이블이 있었고 주방으로 가려면 서재 에서 도로 나와야 했다. 서재문과 나란히 위치한 문을 열고 들어가면 기다란 공간이 나왔는데, 그곳은 주방이었다. 상당히 비좁기는 해도 그곳에서 많은 사람을 위한 식사 준비를 했었다는 것이 상상이 갈 만큼 의 충분한 시설이 갖추어져 있었다. 흰색 도자기 타일이 깔려 있는 주 방 안쪽에 리샤르 르누아르 대로의 골동품 가게에서 사들인 대리석 테 이블 하나를 두었는데, 흰색과 회색이 섞인 낡은 선술집용이다. 아가 트는 그 테이블에서 이따금 아침이나 점심식사를 하는 일도 있었지만, 대개의 경우는 침실에다 대여섯 명이 앉을 수 있는 모로코 산 낮은 식 탁을 마련해놓고 그곳에서 저녁식사를 했다. 손님이 더 많을 때면 서 재를 활용했다. 커다란 나무 테이블을 치워버리고 그곳에 상을 차리는 가 하면, 텔레비전 앞에 앉아 무릎에다 나무 쟁반을 올려놓고, 영화에 서처럼 팝콘이나 매운 소스를 찍어 멕시코 칩을 먹는 일도 종종 있었 다. 이 집 안의 모든 요소들은 안락함을 염두에 두고 짜여져 있었다. 아 파트 입구에서 가장 가깝고 침대에서 가장 먼 마지막 출입문을 열고 들어가면 욕실이 나왔고, 두 개의 디딤판을 딛고 올라가면 벽에 붙은 붙박이장과 벽장으로 연결되었다. 주방과 똑같은 구조로 긴 흰색 타일이 깔린 욕실에는 깊은 욕조가 하나 있었고, 아가트는 그곳에서 오랜 시간을 보내곤 했다. 세면대 주변에는 여자가 사는 집임을 상기시켜주기라도 하듯이 크림과 비누와 온갖 종류의 향수들이 군림하며 청결함과 신성함의 냄새를 욕실에 퍼뜨리고 있었다.

아가트는 이런 곳에 틀어박혀 있는 것을 좋아했다. 이 아파트는 사년 전 부모님이 사준 것이다. 고등사범학교 학생으로 월급을 받게 된 후로, 아가트는 내 집이라는 기분을 느끼려고 고집을 피워 부모에게 매달 집세를 내고 있었다. 몇 주일에 걸쳐 고물상과 벼룩시장을 드나들면서 몇 가지 가구들도 구입했다. 그녀가 가장 먼저 택한 물건은 포도주 저장용 선반으로, 칸칸이 술병을 뉘어놓는 간단한 철골 구조물이었다. 아가트는 이 보관고가 미학적인데다가 매우 편리하다고 생각했다. 대부분의 벽면은 책꽂이로 들어차 있지 않으면 그냥 맨 벽인 채로 남아 있었다.

아파트 안에서는 공부할 때를 제외하고는 대개 그대로 바닥에 앉아 생활했던 터라 작업을 할 때면 높은 곳이 필요했다. 아가트의 책상은 거리로 향해 있어서 생각이 딴데 있거나 공상에 잠겨 눈을 들어올릴 때면 맞은편을 볼 수 있었다. 맞은편 아파트에는 끊임없이 새로운 사람들이 세를 들었는데, 대부분 대학생이었다. 별로 흥미없어 보이는 멋쟁이 커플이 들어오는가 하면 저주받은 시인 스타일의 청년이 살기도 했다. 하지만 청년이 텔레비전을 켜놓고 오렌지 주스를 마실 때면 절망 어린 분위기는 이내 사라지고, 면도 안 한 청년의 얼굴은 결혼 30주년을 축하하기 위해 사기 부모에게 전화하는 성가대 소년처럼 바뀌었다. 청년은 옷을 벗을 때면 커튼을 닫았다. 정녕 덕분에 아가트는 무릎

함을 달래곤 했다. 그 다음에는 수학을 전공하는 대학생이 들어왔다. 아가트는 심각하고 볼품없는 얼굴에, 짧게 자른 머리, 만고불변의 코듀로이 바지와 셔츠 차림의 그를 상상했다. 그의 아파트 불빛은 새벽 두시 이전에는 결코 꺼지는 법이 없었다. 손님이 드나드는 일도 없었다. 하루는 카페에서 친구들과 함께 있는 그와 마주쳤는데 모두가 똑같은 표정에 똑같은 옷차림을 하고는, 방정식 이야기가 아니라 중고등학생 말투로 여자 엉덩이에 대해 말하고 있었다. 그리 놀랄 일도 아니었다.

저녁 일곱시경 아가트는 파티에서 입을 옷을 골랐다. 가슴에서부터 발꿈치까지 그녀의 탄력 있는 몸에 착 달라붙는 부드러운 까만색 긴 원피스였다. 발에는 굽이 네모난 검은색 사슴가죽 앵글부츠를 신었다. 원피스는 엉덩이 부분이 훤히 비쳐 관능적인 면이 없지 않았지만, 그래도 수수했다. 평소 기상천외하고 냉소적이며 풍자적인 방식으로 옷을 입기도 했지만, 오늘 저녁은 우아한 차림이었다. 머리핀 사이로 틀어올린 머리카락 몇 가닥이 비어져나왔다. 아가트는 노랑과 검정색 호피 무늬가 그려진 뾰죽한 깃이 달린 윗도리를 걸쳤다. 이제 차이나 클럽으로 가는 86번 버스를 탈 시간이었다.

아가트는 식민시대 스타일로 장식한 클럽에 제일 먼저 도착해서, 이곳의 소파 가운데 어디쯤에 앉을까 잠시 머뭇거렸다. 소파가 놓인 이 클럽은 영국식의 작은 살롱 분위기를 자아냈다. 아가트는 바에 앉아 땅콩을 집어먹고 처칠에 관한 이야기나 읽으면서 친구를 기다리기로 했다. 처칠이라는 이름의 칵테일도 있었다. 그녀는 맨해튼 한 잔을 주문하고, 거의 다 읽어가는 소설을 펼쳐들었다. 아가트는 달콤한 기다림의 시간을 보냈다. 술이 혈관 속으로 스며드는 것이 느껴졌고 아드리앙을 기다릴 때마다 매번 같은 행복감에 들떴다. 두 달간이나 헤어져 있었는데, 이 행복감은 여전했다.

아가트는 행복하고 편안했지만 조바심이 나서 소설에 집중할 수가 없었다. 열 줄을 읽고 나서 정신을 차려보니, 실상 단 한 줄도 제대로 읽지 못한 상태였다. 기분 좋은 최면 상태에서 마음껏 상념에 잠기는 편이 나을 것 같았다. 아가트는 즐거운 저녁 시간을 상상했다. 완벽한 친밀감 속에서 오래오래 대화를 나누며 충만하고 조용한 시선을 주고받는 행복한 심야 파티가 될 것임을 믿어 의심치 않았다.
잔을 거의 비워가고 있을 때, 아드리앙이 숨을 헉헉거리며 넓은 홀 안으로 들어섰다.

아드리앙 역시 매우 멋진 차림이었다. 일부러 집에 들러서 잿빛 상의와 바지를 입고 온 터였다. 속에는 검정 티셔츠만 받쳐입고 같은 색깔의 농구화를 신고 있었다. 웨이브진 밤색 머리카락을 뒤로 빗어 넘겼고, 푸른 눈은 슬라브인 같은 분위기를 냈으며, 간혹 슬픈 표정이 어리기도 했다. 그 속에 한번 푹 빠지면 다시는 헤어나오지 못할 것 같은 눈빛이었다. 마치 못을 쳐서 박아놓기나 한 것처럼 수척한 얼굴에 움푹 팬 그의 두 눈은 위협적인 분위기를 자아냈다. 눈동자가 허공을 떠놀 때면 차라리 미친 사람을 연상시켰고 그 깊은 시선에 불안감이 어렸다. 그러나 오늘 저녁은 그 눈도 웃음을 머금고 다시금 강렬하고 기운찬 생명력을 발산했다. 심지어 장난기 있어 보였고, 가끔씩 관능적이기까지 했다. 사실 아가트는 이 순수한 친구에게 일찍부터 에로틱한 면을 감지했고 그것을 마음에 들어했다. 아가트는 왕녀의 이 독실한 가톨릭 신자가 때가 오면 쾌락에 탐닉하는 사내가 되리라 믿고 있었다. 그러나 아직은 때가 아니었다. 아드리앙은 아직도 몇 가지 이율배반에 사로잡혀 있었다. 죄악과 섹스를 완전히 분리시키지 못했고, 자신의 관능성을 인식하지 못한 채 은폐하고 있었다. 아가트는 일찌감치 알아차렸지만 그에게는 언급을 일절 삼갔다. 머지않아 아드리앙 자신이 발견하게 될 것이 분명했으니까. 두 사람이 서로 알고 지낸 칠 년 전부터 이미, 자신의 내면에 억류돼 있던 왜소한 체구의 우울한 소년은 근육질의 키가 큰 섬세한 청년으로 바뀌어 있었다. 아가트는 그가 좀 더 몸집이 있었으면 하는 마음에 함께 저녁식사를 할 때면 많이 먹도록 그를 부추기곤 했다. 아드리앙은 아가트보다 양도 적었고 술도 마실 줄 몰랐다. 마약은 권할 때만 복용했는데, 그저 몇 시간의 유쾌한 시간을 보내기 위해서였다. 그들 세계에서는 마약이 필수 요소였으므로 터부시되지 않았다. 아드리앙은 마약을 두려워하지 않았고 일말의 회의감도 없었다. 그는 환각제를 소시지 조각 삼키듯 하면서도 마약이 주는 쾌감에 죄책감을 느끼지 않았다. 그것은 어쩌면 어머니가 이 화학물질의 존재까지는 모르고 있어서인 듯했다. 완고한 어머니가 정해놓은 카테고리 안에 그런 느낌이 포함되지 않는 한, 아드리앙은 갖가지 유형의 쾌락이나 나쁜 습관을 함유함에 있어 자유로웠다. 그러나 헤어나지 못할 만큼의 호기심은 아니었다. 그는 마음속에 품고 있는 감각의 향유라든가 육체적인 사랑 따위를 무슨 비난거리라도 되는 양, 노이로제에 걸린 사람처럼 거부했다. 아가트는 기초 교육을 해주고 싶었지만, 이것은 아드리앙 스스로 발견해내야 할 영역이었다. 그러나 아드리앙은 내심 빈정대듯, 사랑을 속되게 하지 않으면서도 감각의 향락에 눈뜨게 해줄 이상적인 여자를 절대로 만나지 못할 거라고 믿었다. 그에게 그런 사랑은 너무나도 신비로운 세계였다.

그런 세계를 상징하는 여자가 바로 아가트였다. 아가트야말로 그의 거부감을 없애주고, 다른 여자에게 다가갈 수 있도록 도와줄 수 있을 거라고 생각했다. 그는 매일밤 잠들며 품에 안았던 아가트의 육체 외에는 다른 어떤 것도 갈망한 적이 없었다. 한편 아가트는 한때 순진무구해서 회한을 모르던 때에는 그렇게 살았지만, 이제는 두 사람의 이상적인 우정을 한 단계 깎아내릴 뿐 아무런 득도 되지 않을 그런 상황을 애써 피하곤 했다. 그들의 우정에다 섹스를 개입시킨다는 것은 근친상간적인 죄를 범하는 처사였다. 만일 그녀가 아드리앙 앞에서 옷을 벗는다면, 앞으로의 미래가 그날 하룻밤 만에 모조리 결판나버릴 터이다. 하지만 아가트는 그런 삶을 거부했고, 기회가 닿을 때마다 그런 가능성이나 유혹을 뿌리치지 않으면 안 되었다. 대개 그것은 쉽지 않은 일이었다. 사실 그녀 역시 그런 경험에 유혹을 느낀 적이 있지 않았던가?

아드리앙이 도착하자, 두 사람은 평소와 다름없이 다정하게 서로의 입술에 키스했다. 아가트가 관능에 눈을 뜬 후로, 그들의 관계가 모호해진 것은 부정할 수 없는 사실이다. 아드리앙이 그녀의 집에 함께 살면서부터 두 사람이 서로의 품안에서 보낸 나날은 어느새 순진무구함을 잃어가고 어색하고 불투명한 것으로 변질되었다. 쓰다듬는 아드리앙의 손길 아래서 피부가 전율하던 날, 아가트는 더럭 겁이 나 지금껏 간직해온 두 사람 사이의 친밀감을 더이상 받아들이지 않기로 결심했다. 둘은 그후로도 함께 잠자리에 들었지만, 자신의 한계를 알았던 아가트는 상황이 위험 수위에 달하면 곧장 자기 방으로 내려와버렸다. 몇 년이 지나고 두 사람은 육체적으로라도 서로 떨어져 지내지 않을 수 없었다. 아드리앙이 집을 나간 것이 그 무렵이었다. 그는 사랑의 쾌락을 위해 태어난 남자였다. 하지만 그에게 그것을 가르쳐줄 사람은 아가트가 아니었다. 아드리앙에게 아가트는 닿을 수 없는 여자로 남을 것이다. 상황의 흐름이 그렇게 결정했으니까.

　두 사람의 눈은 재회의 기쁨으로 빛났다. 그들은 이층에 있는 클럽의 소파에 앉았다. 아드리앙이 위스키를 주문했다. 흡연실 커튼 사이로 시나브로 어둠이 내리고 있었고, 희미한 재즈 선율이 홀 안에 달콤한 향기를 불어넣었다. 다시 키스하고 싶은 강한 욕구에 그들은 입술을 오므렸다. 아가트가 여기에 있었다. 환상 너머로 그녀가 그를 지켜보고 있다. 아드리앙은 위스키를 홀짝였다. 욕구가 또다시 그의 육체를 괴롭혔다. 욕구를 충족시킬 수도, 통제할 수도, 아니 그저 잠시 잠재워버릴 수조차 없어서 아드리앙은 고통스러웠다. 그러나 대화를 이어가는 동안 욕구는 차츰 수그러들었다. 아드리앙은 관능과 애정의 달콤한 분위기에 젖어, 자극적인 흥분이 가신 따스한 분위기 속에서 대화를 나눴다. 아가트는 아드리앙에 대해 이야기했다. 아가트의 말보다 더 정확한 거울은 없었다. 아드리앙은 자신에 대한 평가가 흥미로웠던지 아가트의 말과 그녀가 아드리앙을 보는 시각에 귀를 기울였다. 사실 아가트는 그를 아드리앙 자신보다도 더 잘 알고 있는 것 같았다. 그는 아가트의 견해를 전적으로 신뢰했으며, 아가트의 견해를 들을 수 있는 자신의 처지를 기뻐했다. 아가트의 말은 언제나 옳았다.

　그들이 함께 있을 때면 시간은 그 흐름을 멈추었다. 아가트는 둘이서 자주 들르는 작은 선술집 레보슈아르에 테이블 하나를 예약해두었다고 했다. 둘은 그곳에서 괜찮은 프랑스 요리를 먹곤 했다. 고급 술도 몇 종류 있었는데, 한동안은 거의 매주 가다시피 했으므로 주인도 그들을 잘 알았다. 그후로는 그리 자주 가지 못했지만, 오랜만에 만났을 때는 즐겨 그곳을 찾았다. 별이 총총한 고요한 밤, 아가트와 아드리앙은 걸어서 그곳까지 갔다. 테이블은 9시 45분으로 예약돼 있었다. 십여 분 이른 것 같았지만 그곳 사람들이 그들을 잘 알고 있는 터라 오히려 반가워할 것이다. 두 사람이 작은 홀 안으로 들어서자 스탠드에서 일을 보던 남자가 레스토랑 주인인 자기 형을 불렀고, 그들은 서로 악수를 나눴다. 두 사람을 위해 이미 테이블이 마련되어 있었고, 자기 집에 온 것처럼 편안한 느낌이 들었다.

두 사람은 늘 먹는 요리를 주문했다. 먼저 적포도주 소스를 뿌린 계란 반숙과 얇게 저민 베이컨으로 감싼 대구 요리, 그것에 곁들인 야채 퓌레(야채를 삶아서 짓이겨 거른 걸쭉한 음식 ― 옮긴이)와 보르도 산 포도주 한 병을 주문했다. 그리고 나서 아가트는 아직도 기억이 생생한 간밤의 꿈 이야기를 들려주었다. 에스텔이 꿈속에서 손에 칼을 들고 아가트의 방으로 들어와 자기를 죽이려 했다며, 아가트를 비난했다는 것이다. 에스텔은 울고 있었고 코에서는 피가 흘렀는데, 언뜻 보기에 완전히 환각 상태에 빠져 있는 듯했다. 에스텔은 아가트를 향해 걸어오더니, 그녀의 팔을 단단히 붙잡고는 헤로인이 가득 든 주삿바늘을 찔렀다. 아가트는 비명을 지르고 발버둥쳤지만 바늘은 이미 깊이 박혀 버린 뒤였다. 꼼짝할 수가 없었다. 그러자 에스텔은 지금은 거부해도 아가트는 결국 자기 세계로 들어오게 될 거라고 말했다. 아가트는 혈관 속을 태연하게 뚫고 들어가는 독액을 제거하려고 사력을 다해 몸부림쳤다. 에스텔은 두 손으로 아가트의 머리를 움켜쥐고는 한동안 키스를 했다. 아가트는 깊은 무감각 상태에 빠져들기 시작했는데, 그 키스는 백색의 물질보다도 훨씬 더 강한 독성을 지닌 듯했다. 갑자기 들이닥친 빅토르가 이 광경을 보고 비명을 지르며 아가트를 향해 달려왔다. 아가트는 말문이 막혀 있었지만, 맑은 정신이 약간은 남아 있어서 무슨 일이 벌어지고 있는지 정도는 볼 수 있었다. 그녀는 에스텔이 무기를 들고 있다는 것을 빅토르에게 알리고 싶었지만 목소리가 나오지 않았다. 에스텔은 죽어서 가망이 없는 사람처럼 흐느적거렸다. 하지만 혼란스러운 한때가 지나자 그녀는 칼을 꺼내들어 빅토르에게 상처를 입혔다. 아가트는 무력하게 지켜볼 뿐이었다. 빅토르의 피가 카펫 위로 서서히 흘러 아가트에게까지 닿았다. 에스텔은 아가트를 증오한다고 소리를 질러댔고, 파열된 목청 깊숙한 곳에서 나오는 갖은 욕설을 퍼부어댔다. 두 여자는 급기야 몸싸움을 벌이기에 이르렀는데, 그때 어떤 손이 위에서 에스텔을 후려쳤고, 다른 한손이 아가트의 뺨을 때렸다. 에스텔에게 일격을 가한 이 용기 있는 응징자가 누구인지 알 수 없었지만, 복수의 일념으로 아가트의 혈관 속 피가 부글부글 끓어올랐다. 빅토르는 계속 피를 흘렸다. 에스텔이 나가려 하자 아가트는 그녀를 붙잡으려고 계단으로 달려갔다. 에스텔은 계단에 앉아 자기 몸에 주삿바늘을 찔러넣고 있었다. 바로 그때, 아가트는 식은땀으로 범벅이 된 채 잠에서 깨어났다.

그후로 아가트는 이 악몽을 떨쳐버릴 수 없었다. 아드리앙에게 말하고 나니 기분이 한결 나아졌다. 아드리앙도 에스텔과 친분이 있었지만, 그녀가 파멸의 길로 접어든 후로 오랫동안 만나지 못하고 있었다. 아드리앙은 꿈풀이를 해주려다가 이내 화제를 돌렸다. 당분간 에스텔에 관한 얘기를 한다는 것은 아가트에게 고통만 주리라 생각했다. 아드리앙은 아가트와 재회한 그날 저녁을 우울하게 만들고 싶지 않았다. 그렇지만 신속하게 결정을 내리지 않으면 안 되는 사안이라 결국에는 아드리앙도 이에 동의했다. 에스텔이 그렇게 스스로를 파괴하도록 방치해둘 수는 없는 노릇이었다. 이제는 행동에 나설 때였다.

딱 알맞은 때에 요리가 도착했다. 두 사람은 밤마다 아가트를 괴롭히는 이런 일은 잠시 접어두고, 생선요리와 아드리앙이 최근 경험한 연애담으로 이야기꽃을 피웠다. 아가트는 그의 이야기가 재미있으면서도 아드리앙이 자기가 만나는 모든 여자들을 하나같이 경멸하고 있다는 사실에 아연실색했다. 확실히 아드리앙은 아직 황홀한 사랑을 경험하지 못한 터였다.

두 사람의 관계는 얼마 전부터 진척을 보였다. 적어도 둘만은 그렇게 믿었다. 묵과되었던 일들이 베일을 벗자 그때부터 둘은 진실된 언어로 혹은 적어도 솔직 투명한 언어로 이야기를 나누었다. 아드리앙은 해방감을 맛보았다. 하지만 그의 도발적인 행동은 이내 아가트의 확고한 저항에 부딪혔다. 아드리앙은 둘 사이에 오가는 은근한 암시나 유혹에 넘어가지 않는 아가트가 옳다는 건 알고 있었지만, 이런 경우 그의 이성은 무력했다. 저녁식사를 할 때면 내내 감도는 위기감이 식사를 훨씬 더 자극적으로 만들었고, 두 사람 모두 이러한 자극을 통해 서로를 성숙시켰다. 그들은 위험 속에서도 항상 서로를 사랑했고, 그 위험의 성질이 달라지는 한이 있더라도, 그런 관계를 계속 유지하지 못할 이유는 없었다. 사실 이러한 욕구는 아드리앙이 아가트의 집으로 이사 온 후부터 생겨난 것이다. 둘은 서서히 변해가는 관계의 양상 속에서 서로의 의식을 성장시켜나갔다. 그러나 그녀는 아무것도 변하지 않기를 원했다. 당분간은 달라진 것이 하나도 없었고 함께 있다는 행복감도 여전했다. 그 행복감이 누구의 것이든 간에.

그들은 레스토랑이 문을 닫는 새벽 한시까지 저녁식사를 했다. 아가트는 아드리앙을 디스코텍 레 뱅으로 데려갈 생각이었다. 오직 그녀만을 위해 춤추는 그의 모습을 생각하니 즐거워졌다. 아드리앙이 음악에 빠져 재능과 매력을 한껏 발산할 때면, 아가트는 혼자서 그를 구경하는 특권을 누렸다.

두 사람은 택시를 잡아탔다. 차창 밖으로 열을 지어 지나가는 파리 11구와 3구의 광경은 쳐다보지도 않고 차 안에서 이야기를 계속했다. 곧장 디스코텍으로 들어간 아가트와 아드리앙은 춤추기 전 바에 앉아 칵테일을 한 잔씩 마셨다. 몸으로든 마음으로든 존재 전체로든 두 사람은 더이상 서로 떨어질 수 없는 사이였다. 톱질하여 둘로 분리될까봐 겁내는 기형쌍생아나 되는 것처럼, 두 사람은 한 몸뚱이로 붙어버린 사람들 같았다.

그들은 이 년 전 바로 이 술집에서 있었던 어떤 일이 생각나서 웃음을 터뜨리며 술잔을 비웠다. 이윽고 아드리앙이 자리에서 일어나, 여러 사람 한가운데서 허리를 흔들며 춤을 추기 시작했다. 아가트는 미소지으며 그를 잠시 바라보았다. 아드리앙이 매력적인 남자가 된 것은 사실이었다. 춤을 출 때 그의 팔다리는 느리게 혹은 조금 빠르게 매력적인 관능미를 발산하며 활기를 띠었다. 리듬을 타는 그의 몸은 음악과 일체가 되었고, 정신은 황홀경에 젖어 있었다. 아가트는 무아지경에 빠져드는 아드리앙을 관찰했다. 그의 시선은 마치 혈관 하나하나에서 심장의 박동이라도 감지하는 듯 텅 비어 내면으로 침잠해들어갔다. 그들 둘이서 함께 춤을 출 때면 사람들은 그들을 구경하려고 자리를 비켜주었다. 어떤 사람들은 바에 앉아 어깨 너머로 그들의 몸짓을 주시하며 술을 마셨고, 어떤 춤꾼들은 그들을 감탄하거나 시샘하기도 했다. 아가트는 무대 위로 올라설 때를 기다리며 당분간은 아드리앙이 보여주는 광경을, 그리고 그녀의 몸 속으로부터 올라오는 조바심을 즐겼다. 열기가 온몸을 휘감았다. 결국 아가트는 더는 참을 수 없는 지경에 이르렀다. 아드리앙의 몸이 마치 자석처럼 그녀를 끌어당겼다. 아가트 역시 이러한 황홀경 속으로 빠져들고 싶었고 둘은 상대의 팔다리가 흐느적대는 모습에 매료된 채, 동일한 열정과 쾌감에 사로잡혀 거울을 보듯이 서로의 몸짓을 따라하면서 급속도로 최면 상태에 빠져들었다. 그들의 혈관 속으로 마치 독소가 흐르기라도 하는 것처럼. 두 사람은 황홀경으로 일체가 되어 완벽하게 융합되었다.

아가트는 어느새 무대 위에 자리해 있었지만 본격적인 춤은 시작하지 않은 터였다. 몸 속의 피가 무언의 리듬을 따라 흐르는 듯했고, 움직이는 아드리앙의 근육 리듬에 맞춰 관자놀이를 압박하는 기운에 점차 사로잡혔다. 점점 더 격렬한 전율이 밀려왔다. 음악이 그녀의 몸 속으로 스며들었고, 이미 정신은 일시 정지된 상태였다. 오직 몸짓으로만 말을 했고, 그녀의 집약된 힘의 전부를 표현하고 있었다. 두 사람은 거의 외설적인 관능미를 발산했다. 아가트와 아드리앙은 욕구를 부추기는 도발적인 커플이었다. 하지만 그들은 전혀 의식하지 못했다. 두 사람은 자신과 타인에 대한 통제력을 잃고, 타인의 시선이나 시공을 초월해 있었으므로, 자신들을 둘러싸고 있는 사람들에 대한 일체의 개념을 상실해버린 터였다

아가트와 아드리앙은 서로의 숨결을 뒤섞으며 기대어 춤을 췄다. 음악이 흐르고 바뀌기를 거듭했지만, 둘은 지칠 줄 모르고 억제할 수 없는 충동과 의지에 사로잡혀 계속 춤을 추었다. 결국 아가트에게 피로가 찾아왔다. 그녀는 한 달 전에 바캉스에서 돌아온 아드리앙처럼 훈련이 되어 있지 않았다. 숨이 찬 아가트는 자리로 돌아와 다시 아드리앙을 관찰했다. 그녀는 서서히 안정을 찾아가며 다시 장소와 사람을 의식하게 되었다. 그런 다음 마지막 잔으로, 이번에는 보드카를 주문했다. 아드리앙은 얼빠진 사람처럼 보였는데, 오직 아가트만이 무의식의 세계로 탈출해버린 그를 다시 만날 수 있을 뿐이다. 둘은 똑같은 황홀경과 불안감을 공유하면서 함께 나아가고 있었다. 정체를 알 수 없는 불안감이었다. 이러한 감정이 어디에서 오는 것이고, 그 실체는 무엇일까? 죽음? 꼭 그런 건 아니었다. 그들의 불안은 죽음을 회피하지도 죽음과 내적하시도 않았다. 그들 속의 신비를 감추기에 죽음은 너무 강렬하고 순수했다. 그것은 나른 것, 그들의 행위 하나하나에 깃들

여 있는 위협이었다. 체험해야 할 것을 체험하지 못할까봐 생기는 불안감, 삶을 그저 스쳐 지나가버릴까봐, 삶다운 삶을 누리지 못할까봐 생기는 불안감이었다.

마침내 아드리앙이 춤을 멈췄다. 갑자기 머리가 무거워진데다 티셔츠는 땀에 젖어 가슴팍에 달라붙어 있었다. 넋나간 시선으로 그가 아가트를 향해 걸어왔다. 아가트는 여느 때처럼 수수께끼 같으면서도 친근한 미소를 지어 보였다. 그는 앞이 안 보이는 듯 황홀경에 취한 멍한 시선으로 그녀를 바라보았다. 아가트가 그의 머리카락을 쓰다듬었다. 그는 여전히 길 잃은 사람마냥 헤매고 있었다. 다행히 밖으로 나오니 추위가 예리한 지각력을 흔들어 깨웠고, 도피해 있던 내면의 세계로부터 현실로 복귀해, 거리의 전경으로 그를 옮겨다놓았다. 아가트가 그의 집까지 같이 걷겠다고 했다. 집에는 택시를 타고 돌아갈 생각이었다. 그러나 아드리앙은 거부하며 굳이 그녀를 바래다주겠다고 고집을 피웠다. 아드리앙은 아가트의 팔을 붙잡고, 생 자크 거리 방향으로 그녀를 잡아끌었다. 축축한 옷 속으로 스며드는 바람 때문에, 그들의 지친 상체는 얼음처럼 차가워졌다. 아드리앙은 바람을 막아주려고 아가트를 꼭 끌어안았다. 상기된 뺨에 머리카락이 들러붙은 채로 아가트는 그의 어깨에 머리를 기댔다. 걸어서 파리를 구경하기에는 둘 다 지칠 대로 지쳐 있었고, 따스한 온기와 안락함이 절실했다. 걷는 동안 그들은 말이 없었다. 언어를 초월해, 마치 지고의 사랑에 도달한 사람들처럼 침묵에 잠겨 있었다. 하지만 그들이 정사를 벌이는 일은 결코 일어나지 않을 것이다. 두 사람이 느끼는 감정은 그저 간단히 설명될 수 없는 것이다. 그것은 하룻밤의 쾌락이나 한평생의 사랑보다도 더 강하게 그들을 결속시키고 있었다. 마침내 아가트의 아파트 아래에 도착했다. 아드리앙은 집으로 올라갈 것인가? 그는 설득력 있는 시선으로 아가트에게 물었다. 자신이 위험을 무릅쓰고 있다는 것을 알면서도 아가트는 고갯짓으로 들어오라는 시늉을 했다. 아가트는 자신을 신뢰했다. 그녀는 언제나 상황과 자신의 삶과 행동에 대해 완벽한 지배력을 가져왔다. 자유분방한 파티도, 한계를 넘어서는 다양한 경험도, 최근의 유혹들도, 심지어 의지의 마비까지도, 그녀의 의지를 벗어나는 일은 한 번도 없었다.

오늘 저녁, 아가트는 또하나의 위험을 감수했다. 그들은 느린 걸음으로, 엄숙하다시피 한 발걸음으로 다섯 층을 올라왔다. 그들의 심장은 하나가 되어 고동쳤다. 계단 꼭대기에 이르러, 아가트는 아무 일도 일어나지 않으리라 확신했다. 그녀가 그렇게 결심했으니까. 재회의 기쁨 때문에 그들은 너무 멀리까지 휩쓸려와 있었다. 이제는 지금의 흥분 상태에 종지부를 찍고, 줄곧 그녀를 기분 좋게 괴롭혀온 피부의 전율을 진정시켜야 했다. 아가트는 아파트 문을 열고, 아드리앙을 맞이했다. 아드리앙이 그녀의 허리를 껴안았지만, 아가트가 그의 손길을 거부했다. 그를 당장에 떠나보내야 했다. 아가트는 잠시 아드리앙을 세워두고 빅토르의 깨끗한 셔츠로 갈아입히기 위해 그의 젖은 티셔츠를 벗겼다. 그의 상체에서 천이 떨어지는 것을 느끼며, 아가트는 아드리앙의 가슴에 손을 얹고 체취를 들이마셨다. 아드리앙은 눈을 감았다. 쾌감이 전해왔다. 아가트는 얼른 손을 떼고서 더러운 티셔츠를 한쪽 구석으로 던져놓고, 빅토르의 셔츠 단추를 천천히 채웠다. 어둠 속에서 두 사람의 호흡 소리가 한데 뒤섞여 들려왔다. 아드리앙은 정신이 아득해지는 것을 느꼈다. 아가트의 두 손이 떨리고 있었다. 단추를 다 채우고 나자, 아가트는 어둠 속을 더듬어 아드리앙에게 회색 윗옷을 걸쳐주었다. 아드리앙은 커다란 두 손으로 아가트의 얼굴을 감싸고서 오랜 시간 열성적으로 입을 맞추었다. 시간은 또다시 흐름을 멈추었다. 그들의 육체는 똑같이 절대적인 욕구에 사로잡혀 있었다. 잠시 후, 아니 영원처럼 긴 시간이 지나고 아가트가 천천히 그를 밀어냈다. 아드리앙은 그녀의 머리카락을 어루만지고는 이내 가버렸다.

잠자리에 든 아가트는 감정이 격해져서 숨이 막힐 것만 같았다. 열이 나고 오한이 들었다. 두 눈을 크게 뜬 채, 그녀는 식은땀을 흘렸다. 밤의 푸르스름한 어둠 속에서 보이지도 않는 천장에다 시선을 붙박았다. 그녀는 아무 생각도 하지 않았다. 오늘 저녁 아가트는 자신의 한계를 정해놓은 터였다. 한 젖을 먹고 자란 형제 같은 그인데, 칠 년 동안이나 알고 지내온 그인데, 어떻게 상황이 그토록 빨리 변질될 수 있었을까? 어느새 그녀는 그의 품에 안겨 있는 자신을 발견했고, 아무런 저항도 할 수 없음을 깨달았다. 사실 욕구는 아주 오래 전부터 있어왔다. 다만 억제되어 있었을 뿐이다.

한편 아드리앙은 눈을 감은 채, 사랑으로 미칠 듯한 마음으로 걷고 있었다. 술에 취한 사람처럼 그는 돌아오는 길을 단숨에 주파했다. 팡테옹에서 클리쉬까지는 먼 거리였지만 밤을 새서라도 걸을 수 있을 것 같았고 춤을 추어 기진맥진한 그의 육체는 다시 새로운 기운으로 넘쳐났다. 행복감만이 북돋울 수 있는 기운, 행복감이 샘솟는 기운이었다.

아가트는 편안한 마음으로 잠에서 깼다. 날씨는 어제와 똑같았다. 그녀는 행복하고 감미로운 꿈에서 즉각 빠져나올 수 없었다. 아가트는 경박한 여자도 아니었고, 감수성이 결여되어 이지적이기만 한 여자도 아닌 그 둘 다에 속했다. 그녀는 자신에게 닥쳐오는 여러 가지 삶을 똑같은 마음으로 체험했다. 여러 가지 사랑이 한꺼번에 닥쳐올 수도 있었고, 심지어 서로를 윤택하게 해줄 수도 있었다. 아가트는 이 점에 대해 어떠한 이율배반도 느끼지 못했다. 잠에서 깨어난 그녀는 혼자 침대에 누워 있었다. 그러나 그녀의 마음은 너무도 사랑하는 많은 이들

과, 너무도 많은 삶, 너무도 많은 미래의 약속으로 충만한 나머지, 자신
을 둘러싸고 자신을 기다리며 자신을 구성하는 행복감을 생각하는 것
만으로도 기분이 한결 나아졌다. 삶이란 그런 것이다. 아침에 일어났
을 때, 오늘 하루를 문제없이 단번에 헤쳐나가고 싶은 욕구, 한순간 한
순간을 향유하고 싶은 욕구, 잠깐의 망각 속에서 단 한순간이라도 잃
게 될까봐 두려워하는 욕구를 동반하는 그런 감동이었다.

8

아가트는 잠을 깼다. 아직 햇살은 방 안을 비추지 않고 있었다. 침대 옆에 떨어져 있는 낡은 실내 가운을 걸치고, 커피를 끓이기 위해 주방 쪽으로 걸어갔다. 기분이 한결 가벼웠지만 내심 불안했다. 평온한 기쁨의 시간에도 그녀를 옭아매는 일종의 불안감이었다. 아가트는 그 불안감을 피하는 대신 행동 지침으로 삼았고, 끈질기게 추구했으며, 그와 동시에 그 불안감으로 정신을 살찌워나갔다. 그러한 타협을 통해, 아가트는 자신의 삶을 중추에서 다스리는 습관을 들이게 되었다.

그녀는 습관적으로 커피를 끓였고, 방금 새로 갈아낸 커피 알갱이의 향내를 들이마셨다. 바구니에는 빵이 남아 있었다. 아가트는 빵을 조각내 굽고는, 쟁반을 찾아서 그 위에 소금기 있는 버터와 꿀을 발랐다. 창문 앞에 모로코 테이블을 설치했다. 뉴스를 듣기 위해 라디오를 켜고 책을 한 권 집어들었다. 앞으로는 가을 날씨가 점점 선선해질 터이니, 가을의 마지막 온기라도 놓치지 말아야 했다. 아가트는 강철로 된

발코니에 몸을 기대고 거리의 삶을 관찰했다. 생 자크 거리와 게 뤼삭 거리의 교차 지점에서 여자 몇 명이 쇼핑을 하는 모습이 보였고, 대학생들이 소르본 대학 쪽으로 걸어가고 있었다. 대학가는 개강을 하여 활기차 보였다. 파리가 다시 살아나고 있었다. 젊음이 개미떼처럼 꿈틀대는 뤽상부르 공원에는 샌드위치로 점심을 때우는 사람들도 있었고, 엄마들은 아이를 산책시켰으며, 변태 성욕자들은 대개 뻔한 레퍼토리로 젊은 여자들에게 추근댔고, 연인들은 나무 그늘 아래 숨어 밀어를 나눴다. 공원에는 분수대 주위로 꽃이 만발해 있고, 아가트가 무척이나 좋아하는 라 퐁텐 메디치와 세귀르 백작 부인 그리고 조르주 상드의 조각상이 늘어서 있다. 아주 어렸을 적에 아버지는 토요일만 되면 아가트를 뤽상부르 공원에 데려왔고, 어머니는 이제 내용도 잘 기억나지 않는 아시스와 갈라테아(그리스 신화에 나오는 인물. 바다의 여신 갈라테아가 시칠리아의 목동 아시스를 사랑하자 이를 질투한 식인종이며 외눈박이 거인인 키클로페스의 추장 폴리페모스가 그를 바위 밑에 깔려 죽게 했다. 이에 갈라테아는 아시스를 강으로 변모시켰다―옮긴이) 이야기를 열두 번은 족히 들려주었다. 이제는 이 신화 속 인물들이 그녀의 꿈을 자라게 해준 것 외에는 더이상 생각나는 것이 없었다. 아가트의 상상력은 공원의 여러 갈래 오솔길로, 그 다음에는 롭세르바투아르 대로 근처의 카페 리옹으로 그녀를 데려갔다. 아가트는 뤽상부르 공원이라면 속속들이 알고 있었다. 창문 너머로는 앙토니오의 손을 잡고 놀던 그 시절, 동심의 향기가 다시금 전해져왔다. 일요일의 인형극, 회전목마, 아이들이 서로 싸우며 뒹굴던 모래밭 속의 놀이들. 그 당시 아가트는 나이 많은 아이들을 무서워하는 앙토니오가 다른 아이들을 잊지를 수 있도록 길을 열어주어야 했다. 대개는 어머니나 아버지 중 한 사람이 남매를 데리고 나섰다. 그러다 아버지가 처음으로 자기에게 동생을 맡기고 단둘이만 외출하게 했던 날, 아가트는 얼마나 큰 기쁨을 느꼈던가. 아버지는 자식들이 감시망을 벗어나 뭇 사람들 가운데 섞이는 것을 달가워하지 않았지만 자식들에게 진정한 자유의 의미를 가르쳐주기 위해서라면 비록 내키지 않더라도 필요한 일이라 생각했다. 아가트는 머리에 빨간색 모자를, 앙토니오는 파란색 모자를 썼다. 두 작은 실루엣이 손을 잡고 멀어져가는 광경을 지켜보면서 아버지는 심장이 오그라드는 것만 같았다. 아가트는 아버지를 생각했다. 아버지는 그녀가 아는 사람들 가운데 실로 가장 예외적인 존재였다. 너그럽고, 사랑이 넘치며, 충실하고, 관대한 남자였다. 아가트의 상처가 치유되는 데 자신이 얼마나 큰 도움이 됐는지 아버지는 알고 계실까? 아버지와 딸은 그 당시의 일에 대해 언급을 회피했다. 물론 두 사람이 함께 앙토니오에 대한 기억을 회상하는 일은 종종 있었다. 그러나 아가트가 아버지의 도움 없이는 절대로 빠져나오지 못했을지 모를 침묵에 갇혀 지낸 일 년의 세월은 아직도 두 사람의 기억 어딘가에 고스란히 남아 있었다.

아가트와 아버지는 주로 침묵을 통해 대화했다. 두 사람은 적어도 이 주일에 한 번씩은 고급 레스토랑에서 마치 행복한 젊은 커플처럼 단둘이 만나곤 했다. 아버지는 자신이 하는 일 외에는 자신의 일상에 대해 별로 말하는 법이 없었다. 아가트 역시 그랬다. 그렇지만 예의에 어긋나지 않는 범위 내에서, 그들이 아는 사람들이나 때로는 그들 자신의 심리라든가 역사, 문학 등의 화제는 언제나 무궁무진했다. 아가트는 빅토르 이야기도 했지만, 부녀의 대화에서 중요한 자리를 차지하는 사람은 아드리앙이었다. 아가트의 아버지는 아드리앙을 친아들처럼 여겼고 자주 만났다. 비교적 흔한 일은 아니지만 아버지가 집에 있는 날 저녁이면 아드리앙이 집으로 와서 저녁식사를 함께 했기 때문이다.

아가트의 아버지는 딸이 말하는 바를 모두 이해했고, 그 이상으로 훨씬 더 많은 것을 미루어 짐작했다. 아가트로서는 아버지가 자신의 친구들을 존중해주는 것이 매우 중요했다. 아버지에게 빅토르를 소개했을 때에도, 아가트의 심장은 불안감으로 두방망이질했다. 아버지의 시선에는 흔들림이 없었다. 아가트는 아버지가 실망감을 드러내지나 않을까 겁이 나서 몸이 얼어붙을 지경이었다. 머뭇거리면서 아버지에게 물어보기 전까지는 아버지의 생각을 전혀 짐작할 수 없었다. 묻지 않았다면 아버지는 당신 생각을 말해주지도 않았겠지만, 아가트 편에서도 아버지가 속내를 감추고 싶어한다는 걸 재빨리 읽어냈다. 그렇지만 시험은 합격이었다. 아버지는 빅토르를 무척 마음에 들어했다. 사실 아버지가 빅토르를 싫어할 이유가 없었다. 빅토르는 지적인데다가 세심한 성품을 지녔고, 무관심의 베일 속에 강인한 성격을 감추고 있는 청년이었다. 그리고 무엇보다 착했다. 아버지도 이 점을 대번에 알아챘다. 아버지는 선량함이야말로 가장 보기 드문 자질이고, 사람을 예외적인 인물로 만들어주는 것이라 생각했다. 빅토르는 정작 아가트보다도 그녀의 아버지의 사정에 더 밝았고, 그렇게 두 남자는 아가트 없이도 몇 시간이고 토론할 수 있었다.

간혹 빅토르, 아드리앙, 아가트, 셋이 함께 그녀의 부모 집에 모이는 일도 있었다. 모양새가 좀 야릇하기는 해도 세 사람 다 비교적 잘 어울렸기에 아가트는 남자들만 남겨두고, 어머니와 함께 나머지 저녁 시간을 보내곤 했다. 남자들을 슬쩍 곁눈질로 살펴보는 일은 별난 재미가 있었다. 식탁 하나를 중심으로 그녀의 가장 소중한 사람들이 모인 셈이다. 그들은 아가트의 심층적인 삶, 그녀가 언제고 되돌아오는 삶, 그녀들 가상 낳이 낡은 삶, 시금의 그녀들 있게 하는 삶의 구성원들이었나. 서로 복삽한 관계로 얽혀 있었시만, 세 사람이 이렇게 함께 모여 있을 때면 아가트는 이들이 오랜 옛날부터 함께 했던 것 같은 느낌이 들었다. 아가트에게 이 세 가지 갈래의 사랑은 절대적이었다.

커피가 다 되었다. 거리를 바라보던 아가트는 뭔가 타는 냄새에 정신이 방으로 되돌아왔다. 그녀는 주방으로 달려가 토스터 위로 번져가기 시작하는 불을 끄고는 커피를 한 사발 마셨다. 삼십 분 후에는 서재에 앉아서 학술 기사를 면밀히 검토해야 할 것이다. 아가트는 검게 태운 빵 조각에 버터와 꿀을 발라서 천천히 맛을 음미했다. 지금은 절대적으로 평화로운 시간이었다. 지난 학년에는 지나치게 공부에만 매달렸던 터라, 이번 학년 초기에는 삶을 충분히 향유하기 위해 적어도 석 달간은 느슨하게 행동하고 싶었다. 여러 가지 시험을 치르고 난 뒤라서 휴식기를 가질 수 있었다. 이제는 아무것도 하지 않는 법을 배울 때였다. 철학은 아가트에게 워낙 흥미진진한 분야여서 시간을 잊은 채 서재에서 몇 시간이고 보내는 일이 허다했다. 배고픔이나 휴식 같은 여러 원초적인 육체의 욕구까지도 소홀히 해가면서까지 매일매일의 공부로부터 벗어나기가 쉽지 않았다. 물론 아드리앙, 빅토르와 함께 즐기는 파티는 그녀에게 많은 위안을 주었다. 그러나 고독을 향유할 시간이 있는데도 고독을 느끼지 못할 때면 공부가 고독을 대신했다.

아가트는 샤워하고 옷을 입는 데 시간을 허비하지 않았다. 평소대로 검은 머리를 틀어올렸다. 머리카락이 몇 가닥 흘러내렸다. 양치질을 하고는 서재에 자리를 잡고 앉았다. 그녀는 나이든 사람의 손과 같은 고목의 촉감을 좋아했다. 어두운 빛깔의 나무에는 삶의 흔적이 아로새겨져 있다. 아가트는 매끄럽고 건조한 손바닥으로 나무를 어루만지고는, 마치 삶의 무한함에 대한 확신이라도 얻어내려는 듯이 잠시 하늘을 바라보다가, 이윽고 공부에 몰두했다.

9

G씨네 집에서 저녁을 먹은 후, 빅토르는 아제딘의 집에 들렀다. 아제딘의 집에는 마그레브(모로코, 튀니지, 알제리를 포함하는 북아프리카 지방 ─ 옮긴이) 출신 친구들과 바로 얼마 전에 파리에 도착한 팔레스타인 친구 한 명이 와 있었다. 그 친구의 파리 도착은 일대 사건이었고, 그래서 빅토르가 들어왔을 때 그들 모두는 극도로 흥분한 상태였다. 아제딘은 정치성이 강한 이들 친구들 그룹을 자주 불러모았다. 이들은 아제딘이 창설한 파리 알제리인 협회에 소속돼 있었는데, 이 협회의 요구사항은 아랍 세계 전체와 관련된 것이었다. 과거에 공산주의자였고 현재는 무신론적 사회주의자인 이들은 자신들의 민족적 정체성에 강한 애착을 보였고 그것을 끈질기게 요구했다. 그들은 파리의 한 구역에 완벽하게 동화되어 그 중심부에 살면서, 현재는 계급 문제 대신에 국적 문제를 쟁점화했다. 그들 대다수가 노동자 집안 출신으로, 프랑스 국적을 가진 이민 1세대의 자녀들이었다. 빅토르의 소개로 아제

딘은 소르본 대학의 학생 내지는 명망 있는 집안의 자제인 몇몇 알제리 지식인들을 알게 되었다. 그들은 토론에 균형을 잡아주었고, 협회 회원들의 성찰의 토대를 넓혀주었다. 적어도 그들은 알제리만이 아닌 프랑스에서도 자신들의 세력이 사회 계층 전반으로 확산되기를 바라고 있었다. 빅토르는 그 모임에 자주 참석했다. 빅토르는 이 그룹의 유태인으로 간주되어, 아랍인 회원들이 모든 사람들에게 베풀고자 하는 관용에 대한 증인이 되어주었다. 하지만 이러한 역할이 그에게 꼭 들어맞는 건 아니었다. 빅토르는 팔레스타인측 입장에 편중돼 있어, 주의 주장 측면에서 유태 민족의 분파주의적 성향에 비판적일 수 있기 때문이다.

아제딘은 프랑스에 있는 아랍인의 의견 일치를 얻어내기 위해, 민감한 민족 문제에 대해 입을 다물고 있던 소수의 마그레브인을 중심으로 몇 년 전 성찰 및 활동 단체를 창설하여, 그 대표직을 맡고 있었다. 그들은 이민자의 프랑스 적응 문제라는 한계를 넘어 특히 이스라엘과 팔레스타인 간의 분쟁을 다루고 싶어했다.

수척한 얼굴에서 열정이 배어나오고, 두 눈은 강한 의지로 활활 불타오르는 아제딘은 격분하여 말하고 했다. 자신의 과거와 조국과 가족에 강한 집착을 보이는 아제딘은 낮에는 일을 했고, 남는 시간에는 역사를 공부했으며, 밤이면 빅토르가 컴퓨터로 정리한 강의 내용을 읽었다. 그의 연설은 매력적이었지만, 그의 몸뚱이에는 그를 좀먹는 고뇌의 낙인이 새겨져 있었다. 비쩍 말라 뼈만 앙상하고 윤기 없는 피부에 매부리코인 아제딘에게서는 늘 어떤 긴장감 같은 것이 배어나왔다.

18구에 있는 같은 학교를 다녔기 때문에, 빅토르는 어렸을 적부터 아제딘과 알고 지내왔다. 그들은 얼마 안 가 서로에게 호감을 느꼈고, 둘도 없는 사이가 됐다. 행동이 앞서는 아제딘에 비해 빅토르는 심사

숙고하는 편이었다. 아제딘이 집에서 쫓겨나면 빅토르가 자기 집에 재워주곤 했는데, 줄곧 자기 아버지와 반목을 일삼던 아제딘은 가출하는 일이 잦았다. 아제딘은 비참한 생활을 군소리 없이 견뎌내는 늙은 아버지를 사랑하면서도 아버지의 그런 생활은 그를 참을 수 없게 만들었다. 아제딘의 부모는 마치 당연한 시련처럼 매일매일의 모욕을 감내했다. 그들은 알제리가 프랑스 식민지에서 해방된 이후로도 알제리에 가본 적이 없지만 남몰래 알제리에 대한 애정을 간직한 채 살았다. 다만 그러한 애착을 입 밖에 낸다는 것은 삶에 대한 배신이라고 여겼기에, 아버지는 침묵을 지키는 편이 낫다고 생각했을 뿐이다. 아제딘은 아버지가 샤론 역 시위(알제리 독립을 반대하는 비밀 단체인 OAS에 대항하여 1962년 2월 8일 파리의 지하철 샤론 역 입구에서 공산당, 통일 사회당을 비롯한 6개 조합이 참여한 시위. 이 시위에서 공산주의자 7명을 포함하여 9명이 질식사했다 — 옮긴이)에 참가했고, 알제리 레지스탕스 운동에서도 활약했다는 사실마저 의심스러울 지경이었다. 집 안에서는 이에 대해 한마디 말도 없었다. 억압으로 눈감아버린 양심을 뭔지 모를 비밀이 짓누르고 있었다. 아제딘에게 이런 의식적인 망각은 여전히 하나의 수수께끼였고 상처로 남았기에 그는 그것을 애써 지우려 했던 것이다.

빅토르는 아제딘에게 최초의 프랑스인 친구이자, 하나뿐인 진정한 벗이었다.

라픽은 가자 지구에서 방금 도착한 동지였다. 모두들 목이 메어 그가 하는 이야기에 귀를 기울이고 있었다. 라픽이 하는 말은 어떤 사람들에게는 참을 수 없는 증오심을 불러일으켰다. 그 증오심은 불의를 저지르고도 죄 값을 치르지 않는 세계 질서와 잘못된 역사, 유럽의 기만적인 태도에서 야기되었는데, 이러한 불의는 대개 근절되지 않은 채로 남아 있었다. 또한 라픽의 말은 어떤 사람들에게는 보다 자각적인 복수심을 일깨웠는데, 이는 곧바로 정치적 성찰로 이어졌다. 끝으로 끊임없이 자행되는 범죄적 행위, 인간에 대한 경멸, 야만적인 폭력, 사람들은 당연한 것으로 여기고 있지만 팔레스타인의 테러리즘에 맞서기 위해 고문을 합법화시킨 일국의 오만방자함에 격분하는 사람들도 있었다. 빅토르는 만약 아가트가 여기에 있었더라면 그녀 역시 이 세번째 부류에 속하리라고 생각했다. 그들은 베긴(1977년에 이스라엘 수상이 되어 1979년에 이집트와 평화 조약을 체결했고, 1978년에 노벨 평화상을 수상했다 — 옮긴이)과 샤미르(1983년도 이스라엘 수상 — 옮긴이)의 연설문을 떠올렸다. 이어서 네타냐후가 생각났다. 그리고는 국경너머 팔레스타인 사람들의 절망을 생각했다. 그들은 식민통치자들이 자기들에게 유리하도록 물꼬를 틀어버리는 바람에 바싹 말라버린 가난한 땅 위에 뿔뿔이 흩어져 살았고, 권태로 죽어갔으며, 자신들이 태어난 고향땅 안에 감금되었다. 그들의 광야는 황량했고, 작은 섬들은 이른바 이스라엘의 소유라고 불리는 영토 한가운데에 있어서 잃어버린 땅이나 다름없었다. 아랍인은 다시 인티파다(돌 전쟁 — 옮긴이)를 시작해야 했다. 이제 남은 거라고는 그 옛날 그들의 영토였던 고향땅의 돌뿐이니, 이 마지막 무기를 사용해야 했다. 속성 재배하는 대농장의 야채와 과일 대신에, 철조망 저편에서 주운 돌을 이용했다. 팔레스타인 노동자들은 가족을 먹여 살리기 위해 날마다 철조망을 넘나들었고, 저녁이면 여권 검사와 몸 수색이라는 모욕을 치른 후에야 집으로 돌아오곤 했다. 그들 친구 중 하나가 돌을 던지다가 군인들에게 붙들렸는데, 군인들은 그에게 총알 세례를 퍼부었다. 이것이 대략 그곳을 지배하는 역학관계였다.

라픽은 가능한 한 빨리 돌아가고 싶어했지만, 한편으론 걱정이 되었다. 그들의 정치적 성향은 그것을 권력 독점에 대한 위협으로 보는 팔레스타인 해방 기구의 최고위 지도자들에게도 달가울 리 없고, 또 당연한 이야기지만 이스라엘 첩보 기관이나 이스라엘 정부에게도 그러했기 때문이다. 그래서 라픽은 가족이 살고 있는 프랑스에 얼마간 유배되어 있지 않으면 안 되었다. 체류기간 동안 그는 친(親)이스라엘 선전과 맞서 투쟁할 방도를 찾는 일에 주력할 예정이었다. 그는 서구의 언론 전반에 친이스라엘적 성향이 편재해 있는 것을 확인하고 아연실색했던 것이다. 아제딘은 그리 낙관적이지 못했다. 프랑스 매스컴은 팔레스타인 사람들을 주요 화제로 다루기보다는 알제리를 피로 물들이는 비극적인 사건들을 우선적으로 보도했기 때문이다. 아제딘은 알제리로 가야 하지 않을까 하는 생각도 했지만, 그곳에는 가족도 없었고, 자신이 그곳에서 무슨 일을 할 것인지 아직 분명하게 정한 상태도 아니었다. 모두들 무력감을 느끼고 있던 차에, 라픽의 이야기는 그 무력감을 더욱 증폭시켰다. 그들은 행동에 나설, 어쩌면 목숨까지도 내놓을 각오가 되어 있었다. 극도의 혐오감과 증오, 불평등이 그들의 내면에 자기 희생의 정신을 고양시켰다. 더욱이 그들을 괴롭히는 무력감으로부터 벗어나기 위해서라도 감당해야 할 몫의 고통을 겪을 수 있기를 간절히 바라던 터였다.

빅토르는 한발 물러앉아 그들을 관찰했다. 그들의 이야기를 듣고 있다 보면 직접 행동에 옮겨야겠다는 욕구가 솟구쳤지만, 한편으로는 풀리지 않는 의문이 다시금 뇌리를 스쳤다. 무엇을 할 것인가? 빅토르의 마음속에는 인간 본성의 진화 가능성을 부정하는 냉소적이고 절망적인 아가트의 말이 다시 고개를 들었다. 그녀 역시 알제리의 희생자들이나 굶주리고 상처 입은 팔레스타인 가족들의 운명을 외면하자는 입장은 아니었다. 그러나 직접 몸으로 그들의 고통을 함께 하지 않을 바에야, 그들의 극심한 고통에 외부인으로 머무를 수밖에 없었고, 헛된

회한에 불과한 죄의식에 맞서 자신을 합리화시킬 따름이라고 생각했다. 아가트로서는 그들을 위해 투쟁하는 것이 헛수고로 여겨졌다. 아가트는 유일한 보호책이었던 에고이즘을 택했다. 다른 사람들의 경우는 스스로를 보호하기 위해, 말을 하거나 대개의 경우 희망을 기대할 수 없는 투쟁에 참여하기도 했고, 그렇지 않으면 무위의 삶을 참아낼 수 없거나 이 세계의 현실을 무시해버릴 수 없다는 이유로 자기를 희생하기도 했다. 이스라엘의 권력 남용과 수탈 행위에 대해서는 친구들과 증오심을 공유했지만, 빅토르는 천생이 유태인이었기에 어쩔 수 없이 유태인으로 남았다. 따라서 아버지의 민족과 맞서서 무장투쟁에 가담하는 자신을 상상할 수 없었다. 그러면서도 내심 그들 모두의 일이기도 한 이 분쟁에 직접 투신하지 못하는 자신이 부끄럽게 느껴졌다. 사실 빅토르는 아가트가 주장하는 소위 에고이즘이라는 것을 믿지 않았다. 그녀는 마치 내장을 파들어가는 악성종양과도 같이 자신의 내면에 자리잡고 있는 고통스러운 문제를 회피해버리는 것으로 만족했다. 만일 그녀가 불치병에 걸렸다면 질병에 대한 이야기를 들으려 하지 않았을 것이다.

아가트는 죽음의 실상을 너무나 잘 알고 있었기 때문에 대화중에 혹은 신문기사나 텔레비전 화면에 나오는 죽음에 대한 언급을 견딜 수 없었다. 앙토니오가 그녀보다 앞서서 가버렸다는 사실, 앙토니오가 그녀 대신에 생을 마감한 사실은 혹독하고 부당하게 고통을 겪는 모든 사람들에 대한 가슴 저린 책임감을 그녀의 가장 내밀한 곳에 각인시켜주었다. 그들을 대신할 수도, 그들의 공포를 불식시킬 수도 없을 바에야, 이 일에서 물러나 자신에게 주어진 행복을 누리는 편이 낫다고 아가트는 생각했다. 타인의 고통을 공유한다는 것은 아무 소용 없는 짓이었다. 일시적이고 유일한 해결책이라면 아마 삶을 허여하는 환상적인 신비의 공간 속에 틀어박히는 것이리라. 아가트에게는 살 수 있도록 도와주는 모든 것이 진리였다. 그러나 빅토르는 결코 이 세계로부터 물러서 있을 수 없었다. 아가트는 겉으로는 이론가처럼 보이지만 사실은 신비주의자였다. 반면에 빅토르는 겉보기엔 몽상가였지만 실은 현실주의자다. 아제딘 역시 용기 있는 청년임은 부인할 수 없는 사실이지만, 그 역시 성숙한 결정을 내리지는 못했다. 양심의 가책과 수치심이 마음속 가장 깊은 곳까지 굴착돼 있는 아제딘에게 선택의 여지라곤 없었다. 그는 달랠 길 없는 한(恨) 때문에 본의 아니게 투쟁 쪽으로 등떠밀려온 셈이었다. 투쟁을 하고 있는 한, 투쟁에 참여한 동기가 무엇인지는 중요하지 않았다. 아제딘은 아슬아슬하게 광신적인 행위 직전까지 가는 일이 잦았지만, 그때마다 최후의 순간에 빅토르가 주장하는 성찰과 관용의 요구 때문에 그로부터 빠져나오곤 했다.

토론은 활기를 띠었다. 새벽 세시, 다른 사람들이 가버린 뒤에도 빅토르와 아제딘은 남아서 토론을 계속했다. 두 사람은 이미 이러한 심야토론에 익숙해져 있었다. 낮에는 아제딘이 하루 종일 일을 했고 빅토르는 대개 밖에서 밤을 보냈기 때문에, 그들은 한 달에 두 차례씩 밤에 서로 만나기로 정해놓은 터였다. 그 시간이 되면 아제딘은 죽마고우 앞에서 사회 옹호 문제는 제쳐두고, 갈등을 겪고 있는 개인적 고초를 토로했다. 그는 애정을 필요로 했지만 그 누구에게도 마음을 열지 않았다. 아제딘은 한때 알제리 여자와 오랫동안 사귄 적이 있었다. 정치 문제에 몰두해 있던 그는 결국 그녀를 소홀히 대했고, 어느 날 그녀는 더이상 견딜 수 없는 지경이 되었다. 그녀가 떠나버렸을 때, 아제딘은 마치 자신의 일부가 떨어져나가버린 것과 같은 공허를 절감했다. 고독감으로 괴로워하던 그는 거기에서 벗어나기 위해 더욱더 열렬히 정치투쟁에 참여했다. 빅토르가 줄곧 그런 점을 지적했지만 아제딘은 이러한 삶의 모습에 대해 침묵으로 일관했다. 아제딘 역시 의도적인 망각에 사로잡혀 있었다. 자기 아버지의 의도적인 망각을 대신 속죄하면서, 자기 내면의 싸움은 포기한 채로.

두 사람은 새벽녘까지 이야기를 나누었다. 처음에는 정치를 논했고, 그 다음에는 그들 자신에 대해 이야기했다. 빅토르는 아가트 이야기도 했다. 아제딘은 아가트의 성격을 도무지 이해할 수 없었다. 아가트가 신문에 대서특필되는 갖가지 사건에 대해 노골적으로 무관심한 점이라든가 언론이나 현실 문제를 무시하는 태도가 아제딘에게는 그녀의 지나치게 환락적인 취향만큼이나 도무지 이해할 수 없는 일이었다. 그래서 아제딘에게 아가트는 늘 이방인 같은 존재였다. 그러나 그러한 몰이해 외에는 아제딘도 아가트와 빅토르 사이의 열정적이고 때로는 가슴 시린 애정을 정확하게 감지하고 있었다.

다음날 잠에서 깨어난 빅토르는 아가트에게 전화를 걸었다. 두 사람은 이른 저녁 시간에 만나기로 약속을 정했다. 아가트가 빅토르의 집에 들렀다가, 함께 알렉상드르의 파티에 가기로 한 것이다. 아가트와 아드리앙의 저녁식사에 관해 빅토르는 그녀에게 아무것도 묻지 않았다.

10

　오후 여섯시경, 아가트는 장-타리 수영장에 갔다. 그녀는 그곳에서 제복 입은 모습 외에는 도무지 다른 상상이 떠오르지 않는 술집 주인과 빵집 주인 그리고 또다른 상인들을 만났다. 아가트는 그들과 함께 샤워를 하며 동네 소식에 관해 의례적인 대화를 나눈 다음, 물안경과 머리에는 검은색 수영모자를 쓴 채로 그들에게 작별인사를 한 뒤 염소수향이 짙은 풀 안으로 들어갔다. 그렇게 해서 아가트는 신문가판대 주인이 비교적 건장한 체구의 남자라는 것, 언제나 회색 투피스 차림인 앙리 카트르 고등학교 문학 선생님도 몸매 관리에 꽤나 신경을 쓰는 여자라는 사실을 알게 되었다. 아가트는 이런 사소한 발견이 즐거웠다. 긴장 풀기에 이보다 더 좋은 것은 없었다. 고요한 물, 혼자 하는 수영, 물 속에서 움직이면 이내 달라지는 육체, 그리고 물결을 가르고 나아가는 두 팔. 아가트는 이 인공의 바다 속에서 팔다리의 피로를 푸는 것을 좋아했고, 그러는 동안 이런저런 상념에 잠기곤 했다. 날카롭게 끈

두서 있던 신경과 함께 근육도 금세 느슨하게 풀리곤 했다. 그러면 그녀는 세상사를 뒤로 하고 신비로운 물 속에 잠겨 몽상에 빠져들 수 있었다.

아가트는 심야 파티에 빠져들기에 앞서 오랜 시간 수영을 했다. 수영 시간은 춤을 추고 환성을 지르는 밤이 오기 전의 마지막 고요였다. 오늘은 개강 후 처음 있는 파티였고 색깔도 화려한 알렉상드르의 대형 아파트에는 150명이 넘게 올 터였다. 파티는 시간과 불빛에 뒤섞여 아침부터 저녁까지 계속될 것이고, 어쩌면 밤을 새우게 될지도 몰랐다. 하지만 아가트는 밤 시간 동안만 머무를 생각이었다. 당장 내일부터 공부가 그녀를 기다리고 있었다. 그래서 아가트는 마약이나 사람들의 자극에서 가급적 몸을 사려, 시간을 망각하고 싶은 유혹에 저항해야 했다. 아가트는 스스로가 집단의 경쟁심에 휩쓸린다 느껴지면 그곳을 떠나고 싶은 본능이 일었고 이에 복종했다. 아가트도 한때는 밤의 저편으로까지 낮의 경계선을 잡아늘인 적이 있었다. 한도 끝도 없는 파티와 놀이가 그녀의 시간을 채워나갔다. 그러나 그러고 난 며칠간은 마치 회색빛처럼 우울하기 짝이 없었다. 폭풍우에 지쳐 잔잔해진 바다 위에 짙은 안개가 드리워지듯 슬픔이 복받치곤 했다. 이것은 큰 죽음을 예고하는 작은 죽음과 같았고, 종말의 가상현실이었다. 그리고 공허한 몇 주일 내내 해쓱해진 얼굴로 우수에 젖어 지냈다. 그래서 밤의 끝을 알리며 조종이 울리는 새벽이면 자신을 소진시키는 피로감과 싸우기 위해, 아가트는 음악의 리듬에 맞춰 기운과 욕구가 다할 때까지 기다리지 않고 무조건 파티장을 나가기로 결심했다.

아가트는 옷을 갈아입으려고 집으로 돌아왔다. 샤워를 하고, 머리카락까지 속속들이 배어든 염소 냄새를 없앨 짬이 아직 한 시간은 남아 있었다.

오늘 저녁은 맘껏 즐기리라. 아가트는 한껏 흥을 내고 싶었고, 절도 있고 정숙하고 점잖은 취향의 사람이라면 비난을 퍼부을 만한 옷차림을 하고 싶었다. 아가트는 결국 너무 작아 몸에 꼭 끼는 노란색 조끼와 호피 무늬 스커트를 골랐다. 이 스커트는 가까스로 엉덩이와 허벅지 윗부분을 가리는 천조각에 불과했다. 아가트는 황금색 스타킹과 노랑색 사슴가죽으로 된 앵글부츠를 신고는 거울 속의 자신을 바라보았다. 황금색 스타킹 속의 두 다리가 곧게 뻗어 있었다. 같은 색으로 눈화장을 했다. 그렇게 치장하고 나니 변신도 별게 아니었다.

아가트는 검은색 상의를 걸치고 등에는 배낭을 멨다. 그리고는 불을 끄고 밖으로 나왔다.

빅토르의 집에 못 가본 지도 꽤 오래됐다. 아가트는 지붕 밑 이 작은 스튜디오에 남다른 애착이 있었다. 침대 매트리스 하나, 텔레비전 한 대, 그리고 책상 하나가 스튜디오에 있는 가구의 전부였다. 빅토르는 방에 모로코 산 카펫을 깔아 안락한 분위기를 연출했다. 주방은 일종의 미국식 바처럼 꾸며놓아 두 사람은 침대에서 먹지 않을 때면 그곳에서 저녁식사를 했다. 아가트는 이런 안락한 방이 마음에 들다가도 또 어떤 때는 싫증을 내기도 했다. 그 안에서 행복감을 만끽할 때면 방 밖으로 나오기란 가슴 아픈 일이었다. 그러나 낮 시간에 틀어박혀 지내던 안락한 방이 갑자기 감옥으로 돌변할 때도 있었다. 그럴 때면 어느덧 공간이 숨이 막힐 정도로 작게만 느껴졌다. 그러면 적어도 일 주일간은 그곳을 떠나 있어야 했다. 그러다가도 폐소공포증이 가라앉으면 다시 대들보 아래 바닥에 엎드린 채, 철학책 한 권을 앞에 놓고 〈카인드 오브 블루 *Kind of blue*〉를 들으며 공상에 빠져들 수 있었다. 아가트는 욕구가 놀변하는 자신이 항상 이해되지는 않았다. 어느 한 곳에서 편안함을 느낄 때면 가까스로 조성해낸 분위기가 금세 사라져버리지나 않을까 겁을 내며 그곳을 떠날 수 없었다. 어느 한 장소의 고유한 냄새와 습관에 너무나 애착이 가는 나머지, 다음날이면 싫증이 날 정도였다. 병적인 집착은 거부감을 유발했고, 아가트는 산소 부족과 진부함을 핑계 삼아 급히 그곳에서 달아나버리곤 했다. 그렇지만 결국은 방이나 골목이나 카페들, 혹은 개성 없거나 전형화된 장식대로 내부 이미지를 전달하던 모든 공간에 좌지우지되지 않을 수 있게 되었다. 어떤 방은 우수에 찬 마음에 어울리는가 하면, 어떤 카페는 공상을 환영했고, 또다른 카페는 희망에 딱 들어맞았다. 따라서 마음에 드는 어떤 장소를 떠난다는 것은 달리 말한다면 한 삶에서 다른 삶으로, 한 성격에서 다른 성격으로, 한 세계에서 다른 세계로 재빨리 옮겨가는 하나의 작은 헤어짐이었다.

버스가 바스티유에 도착했다. 아가트는 버스에서 내렸다. 거리의 사람들이 그녀를 쳐다보았다. 아가트는 로케트 거리를 거슬러올라가 중국 가게에 들러서, 달콤하면서도 새콤한 새우 요리와 북경식 오리 요리, 얄팍한 감자 튀김, 그리고 찐만두와 함께 곁들일 매운 소스를 샀다. 그녀는 빅토르가 약속대로 포도주를 샀기를 바라면서 값을 지불하고는 로케트 거리의 마지막 구역을 거슬러올라가 켈레르 거리로 들어섰다. 빅토르는 건물의 맨 꼭대기층에 살고 있었다. 학교 앞에서는 아이들이 여태 놀고 있었다. 아가트는 카마라네 집 꼬마를 알아보고 알은체를 했다. 이곳을 너무 오랜만에 다시 찾아왔다는 감회에 젖어 행복한 마음으로 층계를 올라갔다. 마지막 층에서는 숨이 턱까지 차올라 초인종을 누르고 문에 등을 기댔다. 빅토르가 나와 문을 열어주었다. 아가트에게 열쇠가 있었지만 귀찮아서 핸드백 안을 뒤적거려 찾고 싶지 않았다. 방 안은 더웠고, 빅토르는 빌 에반스의 곡을 듣고 있었다. 컴퓨터가 켜져 있었다. 아가트가 작업을 중단시킨 모양이다. 그러나 빅토르는 그녀를 기다리고 있던 터였으니 상관없었다. 아가트는 빅토르에게 입을 맞추고, 바 위에 꾸러미들을 올려놓았다. 빅토르는 이미 스페인 산 리오하 포도주를 반 병이나 마신 후였다. 아가트 몫의 술잔 하나가 바에 놓여 있었다. 아가트는 잔을 채우고 키가 높은 의자에 올라앉아 짙고 붉은 액체로 천천히 입술을 적셨다. 빅토르는 그녀에게 미소를 건넸다. 아가트는 조바심이 난 얼굴을 하고 있었다. 약간 미스터리하고 모호하고 야릇한 그녀의 미소를 바라보면서, 빅토르는 늘 그래왔듯이 오늘 저녁도 그녀가 자기에게서 빠져나가리라는 것을 예감했다. 오늘 저녁 아가트는 유혹하고 싶었고, 그녀가 그러지 못할 이유는 전혀 없었다. 빅토르는 그러지 말라고 아가트를 설득할 마음이 없었다. 무관심이, 아니면 적어도 무관심한 척이라두 하는 것이 가장 효과적인 무기가 될 터였다.

빅토르는 아가트가 사온 음식물을 데우면서 동네 소식을 전해주었다. 실뱅의 최근 남자친구가 지금까지의 남자친구들보다 나을 것이 없는 신(新)나치주의자 스타일의 금발머리 청년이라는 것, 말리에서 돌아온 G부인의 이야기, 비자 문제, 그녀가 십 년 만에 처음 만났다는 가족과의 재회 등. 아가트는 생각에 잠겨 빅토르의 말에 귀를 기울였다. 이 모든 삶의 단편이 그녀의 머릿속을 맴돌았다. 이 이야기를 정돈이라도 하려는 듯이, 그리고 빅토르가 논문 때문에 예정에도 없이 런던으로 떠나야만 한다는 것을 잊어버리려는 듯이, 아가트는 포도주를 한 모금 늘이켰다. 밤이 오기 전 꿈같은 고요의 시간 동안 두 사람은 기분 좋게 이야기를 나누면서 저녁식사를 했다.

밤 열시가 되어 빅토르는 옷을 갈아입었다. 그는 티셔츠와 낡은 가죽바지, 끈 밀린 사슴가죽 구두 등 온통 섭게 차려입고 아가트 앞에 나타났다. 가히 퇴폐적인 모습이었지만 섭은 옷차림에서는 아가트의 욕구를 자극하는 관능미가 배어나왔다. 아가트는 빅토르의 품에 몸을 묻고, 그의 티셔츠 속으로 손을 집어넣었다. 스컬리가 외계인 문제로 멀더(스컬리와 멀더는 미국의 TV시리즈 〈FBI 비록—X파일〉의 두 주인공—옮긴이)와 입씨름을 벌이는 동안 빅토르는 아가트의 다리를 어루만졌다.

자정이 되었다. 서로에게 취해 있던 그들은 시간이 된 줄도 몰랐다. 두 사람은 함께 지낸 이 년 동안 둘에게만 통하는 은어로 남들은 알아들을 수 없는 밀어를 속삭였다. 그 은어 속에는 바깥 세상과는 동떨어진 둘만의 관계와 이야기와 추억이 실려 있었다. 이제는 출발할 시간이었다.

11

아가트와 빅토르는 지하철을 타고 파리의 중앙시장인 레 알 쪽으로 내려갔다가, 몽토르괴유 거리를 거슬러올라가, 마리 스튀아르 거리 오른쪽 모퉁이를 돌았다.

알렉상드르는 마레 지구의 웅장한 대저택의 일층에 있는 대형 아파트에 살았다. 정원이 있어서 여름이면 두 배의 손님을 초대할 수 있었다. 서백은 고립돼 있었다. 알렉상드르는 심야 파티를 연장하기 위해 지하실을 개방했다. 요란한 색깔이 칠해진 벽면들 사이를 지나 일단 안으로 들어오기만 하면 귀청을 찢을 듯한 소음도 거리로 새어나가지 않았으므로 출입문을 넘어서자마자 또하나의 삶이 시작되는 셈이었다. 방마다 각기 다른 유명 디자이너들의 가구를 배치해놓았는데, 어느 방에는 인조 태양 조명이 설치되어 있었고, 또다른 방은 어슴푸레한 청광 불빛에 잠겨 있었다.

알렉상드르가 아가트를 살포시 안아주었다. 그는 이 꼬마 아가씨를 무척이나 좋아했고, 아주 활발하고 대담하며 재미있는 여자라고 생각했다. 그가 젊은 여자와 함께 있는 모습은 좀처럼 보기 힘들었지만, 알렉상드르가 동성애자인지 아닌지는 알려진 바 없었다. 오늘 저녁, 그는 무릎에서부터 나팔처럼 너부죽이 벌어진 줄무늬 바지와 노란 가죽 구두에, 착 달라붙는 초록색 실크 셔츠를 입고 있었다. 하얀 피부를 보면 분을 바른 것이 분명했고, 포마드를 바른 머리카락과 얼굴을 가뜩이나 더 수척해 보이게 하는 구레나룻이 눈에 띄었다. 큰 키의 알렉상드르는 19세기의 댄디를 연상시켰다. 민속적이고 문학적인 취향을 가진 영락없는 댄디였다. 건축가인 그는 엄청난 유산의 상속자였다.

알렉상드르는 아름답기만 하다면 모든 것에 호감을 보였다. 물건, 여자, 남자, 아파트, 책, 그리고 의상까지. 그는 물신을 숭배하듯 이런 것을 수집하기를 좋아했다. 이러한 수집벽은 그의 상상력 일부를 반영해줌과 동시에 그의 고질적인 욕구 불만을 대변하는 것이기도 했다. 빅토르와 아가트는 이러한 강박적인 세계에서 중요한 역할을 담당했다. 그래서 그들이 도착함과 동시에 알렉상드르의 얼굴은 과도하다 싶을 정도로 격앙된 감정을 드러내지 않았던가. 난잡한 파티에서와는 큰 대조를 이루는 예민한 감수성이었다.

방마다 불빛도 달랐고 음악과 분위기도 상반되었다. 어떤 문으로 들어가니, 아바(ABBA)의 음악이 흐르면서 디스코 파티가 한창이었다. 동성애자들 한가운데 실뱅이 보였다. 그들은 상체를 부벼대고 있었다. 실뱅의 남자친구인 듯한 가죽 옷 차림의 금발머리 청년은 코카인 환각 상태에 취해 있었다. 작은 엉덩이에 딱 달라붙는, 사도마조히즘적인 웨이터 복장을 한 그는 우울해 보이기까지 했다. 실뱅은 경멸스러운 남자들에게 특별한 감흥을 느껴서인지는 몰라도, 무조건 자기가 경멸

할 수 있는 남자들을 택했다. 아가트는 춤추는 남자들 무리를 가르면서 계속해서 앞으로 나아갔다. 옆방에서는 파티가 시작되면서부터 삼켜댄 환각성 화학물질에 취한 육체들이 테크노 음악에 맞춰 휘청거렸다. 환상적인 하얀 불빛이 어두운 방 안을 가로지르고, 쾅쾅 울려대는 전자음악은 사람들을 이내 무아지경으로 몰고 갔다. 사람들의 움직임은 간헐적이고 격렬한 리듬에 빠져들었고, 감전이라도 된 듯 아가트의 심장 박동은 베이스와 똑같은 속도로 빠르게 뛰었다. 아가트는 방 안의 리듬에 동화되어가는 자신을 느꼈다. 몇 발짝 거리를 두고 빅토르는 먼저 말을 걸어오는 젊은 여자들과 담소를 즐겼는데, 대개의 여자들은 깊고 깊은 연옥으로의 내리막길에서 이미 상당한 진전 단계에 접어들어 있었다. 빅토르는 여자들이 다가올 때를 기다리며, 그냥 멀리서 말을 할 뿐이었다. 아가트는 아직 아무것도 입에 대지 않았다. 음료든 마약이든 아파트 안쪽에 있었고, 아마 아드리앙도 그곳에 있을 것 같았다.

아가트는 이번에 붉은 방으로 들어갔는데, 그곳에서는 사람들이 마치 몸의 관절이 해체되기라도 한 듯이 휘청댔다. 정확하게 어떤 음악인지는 알 수 없었지만 통일성도 없고 조화롭지도 않은 그 선율은 번쩍번쩍 번개를 쏘아대듯이 남자들과 여자들의 노랗고 파랗고 빨간 부위들을 사정없이 찔러대는 것만 같았다. 이들은 마치 피카소의 〈아비뇽의 처녀들〉과 최근 마티스의 작품이 기괴하게 짜맞춰진 듯한 모습으로 불완전하게 겹쳐졌다. 아니면 페드로 알모도바르 감독의 영화 속 한 장면 같기도 했다. 벨벳으로 치장한 이 방 한가운데 서 있는 아가트의 황금빛 두 다리에 사람들의 시선이 집중되었다. 그녀를 삼켜버리고 싶은 것일까, 아니면 사지를 잘라내고 싶은 것일까? 옆방에서 벌어지는, 여러 개의 팔이 달린 인도 여신들의 절정에 달한 춤사위가 아가트의 시선을 사로잡았다. 황금빛 눈꺼풀 속에 시선을 감춘 아가트는 확실히 그 여신들 중 하나처럼 보였다. 커다란 새가 날개짓을 하듯이 허리를 흔들어대고 팔을 움직이는 유연한 여인들은 인도 음악에 넋이 나가 있었다. 황금빛 여신들에 이어, 이번에는 소박한 꽃장식을 하고 엄지손가락을 입술에 댄 애띤 아가씨들이 등장했다. 이 아가씨들은 하얀 주름 스커트 차림에 무릎까지 올라오는 양말을 신고 있었다. 아가트는 이 장면에서는 거부감이 일었다. 정숙한 처녀의 모습이라고는 전연 없었다. 이 방 안에서 그녀는 절반은 여자이고 절반은 짐승이나 다름없었다. 아가트의 천진한 얼굴은 꽃으로 치장한 이 아가씨들이 도발적으로 노출시킨 천진함과는 전혀 어울리지 않았다. 아가트는 걸음을 재촉하여 마침내 맨 끝 방에 도달했다. 이 방은 음악이 덜 시끄러워서 대화나 거래나 유혹이 가능했다.

바는 안쪽에 있었다. 아드리앙이 보였다. 그는 소피와의 대화에 열중하느라 아직 아가트를 보지 못했다. 아가트는 바캉스에서 돌아온 후로 소피를 만나지 못했다. 아가트는 대다수 여자친구들과 갈등을 빚거나 아니면 적어도 복잡한 관계를 맺고 있었는데, 소피와의 소박하고 사심 없는 우정은 이런 관계와는 대조를 이루었다. 소피는 삶을 자신 있게 꾸려나가는 데 누구의 도움도 무용하리만치 안정적인 여자였다. 소피는 식구들이 인정하지 않는, 자기보다 열 살이나 연상인 남자와 함께 살았다. 진정한 사랑이 빚어낸 선택이었고, 아가트는 그녀의 그러한 독립심을 높이 샀다. 에스텔은 그곳에 없었다. 아가트는 파리의 심야 파티에서 자주 볼 수 있는 유령 같은 사람들의, 때로는 날카롭고 때로는 멍한 시선과 마주쳤다. 서로에게 무관심한 미소를 지어 보이는 사람들로, 아가트는 그들과 말하고 싶지 않았다. 다른 방들이 그녀를 유혹해왔다. 특히 아프리카의 사냥 광경으로 장식된 방이라면 당장이라도 그녀를 사로잡았을 것이다. 아드리앙의 관심도 끌고 싶었다. 그는 소피에게 정신이 팔려 있는 듯했다. 이야기에 열을 올린 나머지 두 사람은 사람들의 존재와 울부짖어대는 음악까지 까맣게 잊고 있었다. 못된 친구 같으니, 어떻게 아가트가 와 있다는 걸 알지 못할까? 하지만 아가트의 끈질긴 시선에 오래지 않아, 아드리앙은 문 쪽으로 고개를 돌리다 그녀를 보았다. 집중력이 사라지고 이내 얼굴이 환하게 밝아졌다. 아드리앙은 재빨리 소피에게서 등을 돌렸다. 하지만 아가트에게 다가온 사람은 소피였다. 두 여자는 서로 포옹을 했고, 아드리앙은 마르게리타를 홀짝이면서 두 사람을 지켜보았다.

아가트는 이내 아드리앙에게 육감적으로 이끌리는 자신을 발견했다. 하지만 정복자처럼 등장한 아가트는 욕구에 자신을 내맡기고 싶지 않았다. 동물적 본능이 일었지만, 아가트는 원초적 상태로 되돌아간다든지 사회가 요구하는 억압을 분출시키는 등의 일시적인 기분을 억누르고, 마음속에 감추어진 망상과 본능과 밤의 욕구에 제동을 걸어야만 했다. 하지만 무엇이든 거칠 것이 없는 이 대규모 모임은 그러한 일시적 기분도 가능케 했다. 이곳에서 통용되는 야릇한 행동들은 황홀경이나 법열의 경지, 심층의 체험과 같은 원시 부족의 주술적 제식과 흡사했다. 마음의 평온을 유지하고 냉철함을 무디게 하려면 이러한 표현 방식이 제격이었다. 아가트는 자아를 구축하는 데 삶이 부여하는 모든 것을 활용했다.

아가트는 아드리앙을 향해 걸어갔다. 빅토르가 홀 안에 들어와 있었다. 그는 당당하고 물 흐르듯 유연하며 지나치게 관능적인 걸음을 내딛는 아가트의 뒷모습을 바라보고 있었다. 빅토르는 자신의 삶과 이 인위적인 도피와 쾌락의 파라나이스가 실제로 어떤 관계를 맺고 있는지 생각해보았다. 그 역시 일상과의 단절을 필요로 하고 있음을 인정하지 않을 수 없었다. 물론 그에게는 거리와 구역의 생활, 포즈 카페의 맥주, 그리고 아제딘도 있었다. 그 나머지는 복잡하게 얽힌 그의 상상의 세계에 속했다. 그러나 여기서는 춤을 추었고, 말을 했으며, 눈을 뜬 채로 꿈을 꿨고, 바닥이나 소파 위에 드러누울 수도, 높은 곳에서 아래로, 오른쪽에서 왼쪽으로, 아니면 밑에서 위로 그를 스쳐가는 사람들을 관찰할 수도 있었다.

아가트는 이제 아드리앙 곁에 와 있었다. 그녀는 그의 품에 안겨 오랜 키스를 나눴다. 빅토르는 다시 그들 쪽으로 고개를 돌렸다. 꿈결 같은 둘의 키스는 그의 가슴 한켠을 도려냈지만 피할 수 없는 것이었다. 빅토르는 그 키스의 맛을 잘 알았다. 다른 사람들이 자신을 드러내 보이는 이 순간에 아가트가 그를 벗어나려 한다는 사실은 그의 추억을 씁쓸하게 만들고 침이 마르게 했다. 절정에 달한 키스에 얼굴 모습이 아련해졌다. 빅토르는 아드리앙을 이해했다. 너무 이해한 나머지 키스를 나누는 저 사람이 자기 자신인 것만 같은 착각이 들 정도였다. 그와 동시에 빅토르는 그가 가진 모든 혐오감과 모든 사랑으로 아드리앙을 밀쳐내고 있었다. 질투심이 서서히 고개를 들었다. 미칠 것만 같았다. 마실 것이 필요했다. 이번에는 빅토르가 멍한 시선으로 휘청거리면서 그들을 향해 걸어갔다. 그렇게 다가가서는 거친 몸짓으로 아가트를 떼어내고 아드리앙에게 악수를 청했다. 야릇한 미소가 그의 얼굴을 일그러뜨렸다. 빅토르는 아드리앙의 머리카락을 쓰다듬었다. 그리고 나서 아가트의 허리를 잡고 귀에다 대고 무언가를 속삭였다.

"내일 봐, 내 사랑."

이번에는 아가트가 그에게 미소지으며, 손가락으로 이마를 어루만졌다.

"걱정하지 마."

아가트는 시종 입술에 웃음을 머금은 채, 뒷걸음으로 멀어져 군중 속으로 함몰되어가는 빅토르를 바라보았다. 소피가 아가트의 손에 알약 하나를 슬쩍 쥐어주었고, 아가트는 꼭 쥐었던 손을 이내 입으로 가져갔다. 그리고는 자신의 가능성을 배가시키는 저 아득한 강가로 떠나갔다. 아드리앙도 홀로 현실세계에 남아 있을 수 없어서 그녀에게로 갔다. 현실세계란 과거의 세계, 도시가 잠들어 있는 세계, 부모가 나란히 꿈을 꾸는 세계, 그러나 지금은 아득하기만 한 세계, 어떤 사람들은 사랑을 나누고 또 어떤 사람들은 눈물을 흘리는 세계이다.

아가트는 월트디즈니 티셔츠 차림에 꽃으로 치장한 아까 본 아가씨들을 지나 아프리카 사냥실을 향해 걸어갔다. 그곳은 밤의 세계였다. 논리의 굴레에 사로잡힌 편협한 사고(思考)가 난입하지 못하는 세계, 뭐라 규정지을 수 없는 곳이다. 시와 고요의 세계, 템포 없는 리듬과 육체의 세계, 포괄적으로 창조의 세계였다. 이를테면 절대의 세계라 할 수 있었다. 광기가 활개치고 각자가 자신의 진정한 한계에 직면하는 곳이기도 했다.

대기실에서 아가트는 디미트리를 보았다. 개강한 후로 그를 다시 만나기는 이번이 처음이었다. 키도 더 커지고 건강도 좋아 보였다. 검은 머리카락도 길게 자라 있었고, 싸움질을 했는지 아니면 여자들과 춤을 추며 놀았는지, 앞섶이 벌어진 채 얼룩져 있는 흰 셔츠에는 소란했던 밤의 낙인이 각인돼 있었다. 머리카락이 이마에 눌어붙고 입술은 피가 나서 벌겠나. 아가트는 사람들 사이를 가르고 지나가며 그에게 손짓을 했다. 발작을 일으키듯 단속적인 걸음으로 다가가던 그녀의 팽팽하게 긴장되어 간헐적으로 떨리던 몸에서 갑자기 기운이 쭉 빠졌다. 디미트리기 아가트의 품안으로 들어왔넌 것이다. 황금빛의 포근한 양 어깨 위로 흘리내린 미리카락, 작은 젼 소삭 아래 가냘픈 그녀를 다시 만나자 감동에 젖어, 이번에는 그가 아가트를 힘껏 끌어안았다. 디미트리는 그녀를 으스러지도록 포옹하고 숨이 막히도록 키스를 퍼붓고 싶었다. 아가트는 그의 앞에 환상 속의 도도한 공주님처럼 존재했다. 아가트가 그의 손을 잡았고, 디미트리도 심야의 재회가 반가운 나머지 그녀의 손가락을 꼭 쥐었다. 그 순간 아가트는 갑자기 뒤돌아서더니, 움직이는 사람들 무리 속으로 자취를 감췄다. 디미트리도 끝도 없는 터널을 따라 그녀를 쫓아가면서 자신이 노랗고 빨간 어둠 속으로 빠져들고 있다는 혼란스러운 인상을 받았다. 두 사람은 계속해서 앞으로 나아갔다. 급기야 디미트리는 아가트의 허리를 낚아채 자기 몸 쪽으로 잡아끌었다. 그럼에도 아가트는 멈추지 않고 계속 앞으로 나아갔다. 그녀의 몸은 필사적으로 그에게서 벗어나려 했고, 디미트리는 그 몸을 붙잡아 으스러뜨리고 삼켜버릴 기세였다. 그러나 몸뚱이는 여전히 달아나고 있었다. 마침내 아가트가 뒤돌아서서 그에게 키스했다. 아가트의 혓바닥에서 동그랗고 단맛나는 작은 알약이 느껴졌다. 극도의 쾌감을 주는 치명적인 독극물이라도 삼킨 듯이 디미트리는 머리를 뒤로 젖혔다. 극도의 쾌감이 전해왔다. 아가트는 웃으면서 디미트리를 바라보았다. 그녀의 하얀 치아와 반쯤 열린 입술이 디미트리의 눈 속에서 빙글빙글 맴을 돌았다. 저렇게 끊임없이 움직이고, 붉은 안개 속으로 사라져갔다가는 검은빛이 도는 샘처럼 다시 나타나곤 하니, 어떻게 저 안에 잠길 수 있겠는가. 디미트리가 눈을 감았다 뜨자, 문득 아가트의 얼굴 대신 형의 얼굴이 스쳐갔다. 그 역시 웃고 있었다. 두 사람은 점점 더 비슷해지더니 천천히 둘의 모습이 겹쳐졌다. 아가트는 다시 맨 끝 방으로 갔다. 아드리앙과 폴도 함께였다. 디미트리는 어렴풋이 그녀를 알아보았지만, 그녀의 미소는 여전히 그와 형 사이를 떠돌았다. 두 형제는 말없이 서로를 끌어안았다. 디미트리는 그들의 밤 속으로 들어와 있었다. 윤곽이 사라진 혼동과 융합의 세계, 쾌락의 세계, 아니 어쩌면 행복의 세계, 그러나 위험천만한 행복 속에서 그들과 함께하고 있었다.

이제 아가트는 얼룩 무늬 홀에서 춤을 췄다. 그곳에는 무슨 깨달음의 의식이나 군무, 아니면 접신이라도 시도하듯 육체들이 느릿느릿 움직였다. 어쩌면 살인이나 혼인, 사냥, 아니면 변신을 준비하는 의식인지도 몰랐다. 사람들은 느낄 수 없을 만큼 천천히 하나의 원을 그렸고, 점점 더 작은 여러 개의 원을 이뤄 빙빙 도는가 싶더니 어느새 다시 큰 원을 만들곤 했다. 마치 펄떡펄떡 뛰는 심장이 산 채로 가죽이 벗겨져, 일정하게 바동할 때마다 피를 분출하는 것만 같았다. 어떤 몸뚱이들은 무너져내렸고, 또 어떤 몸뚱이들은 원무에서 빠져나왔다. 음악이 심장 박동을 가속화시켰다. 멀리서 들소 떼니 일군의 야생마기 몰려오고 있는 것처럼 바닥이 요동쳤다. 리듬이 점점 더 격해지면서 긴장감이 고조되었다. 문 앞에 있던 빅토르는 넋나간 표정으로 아가트를 바라보았다. 그는 아가트를 붙잡아 떨림을 진정시키고 다른 방으로 데려가서 안정을 되찾아주고 싶었지만, 그 자신이 마취라도 된 듯 몸이 마비된 채 광기와 몽상의 소굴로 변해버린 아파트 안에 만연한 몽환적 분위기에 취해 있었다. 빅토르는 그녀가 움직이는 모습을 지켜보았다. 아가트는 위협적인 활력을, 치명적인 기운을, 지칠 줄 모르는 관능을 발산했다. 그녀를 바라보고 있는 건 빅토르만이 아니었다. 많은 사람들의 시선이 사냥에서 살아남은 최후의 생존자의 춤사위에 멈춰 있었다. 이들은 부활의 신화를 상징하는 영웅처럼 추앙받았다. 아가트는 삶의 한계를 초월한 승리자였다. 그녀는 고향과 향수라는 짐이 버거워 파티를 포기한 사람들 사이로 쉽사리 돌아가지는 않을 것이다. 아가트는 모든 속박을 벗어나 황홀경의 공간으로 탈출해 있었고, 그녀를 따라온 사람은 많지 않았다. 갑자기 음악이 그쳤다.

이제 빅토르가 그녀를 품에 안을 때였다. 아가트는 의식이 없어 보였다. 어지러운 빛의 세계를 가로질러 온 탓에 아가트의 시선은 마치 죽은 사람처럼 고정돼 있었다. 어둠이 눈을 멀게 한 것이다. 아가트는 혈관 속을 흐르는 피가 몸 밖으로 새어나가는 것처럼 느껴졌다. 빅토르는 그녀가 쓰러지지 않도록 꼭 끌어안았다. 시력이 돌아온 아가트는 살포시 미소를 지어 보이며 천천히 그의 품에서 빠져나와 바로 가서는 물을 한 잔 마시고, 다시 어둠의 고통 속으로 빠져들었다. 멀리 긴 의자 위에 뉘어진 에스텔이 보였다. 어쩌면 죽었는지도 모를 일이었고, 적어도 죽기 직전의 모습처럼 보였다. 이 광경에 정신이 번쩍 든 아가트는 주저하는 걸음으로 의식도 없이 누워 있는 육체로 다가갔다. 주위의 그 누구도 에스텔의 상태를 염려하는 것 같지 않았다. 사람들은 이미 그녀의 전락과 무의식 상태에 길들여져 있었다. 하지만 왜 아무도 그녀를 소생시키려 들지 않는 것일까. 아가트는 자신이 앞으로 나아갈수록 에스텔의 몸이 자꾸만 뒤로 물러나는 것만 같았다. 하지만 그것은 착시 현상 내지는 무의식적인 소망에 지나지 않았다. 아가트는 만신창이가 되어버린 에스텔을 보기가 두려웠고, 예전에는 너무나도 사랑스러웠던 처녀의 모습에서 때이른 죽음이나 타락, 질병 혹은 모욕의 징후를 읽게 될까봐 더럭 겁이 났던 것이다. 그렇다고 모든 생명력이 영원히 소진되어버린 듯한 창백한 얼굴에서 시선을 돌릴 수도 없었다. 에스텔의 머리맡에 다가서자 그녀가 살짝 눈을 뜨더니 이내 얼굴을 가렸다. 아가트는 얼굴을 가린 손을 세차게 밀쳐내고는 에스텔의 눈을 응시했다. 에스텔은 아가트에게 있는 힘껏 소리쳤다.

"이거 놔. 너한텐 아무 할 말 없어. 네가 상관할 일이 아니야. 그만하면 나한테 충분히 못되게 굴었잖아. 사라져줘."

"날 원망하다니 비겁하구나. 네가 나약한 건 내 책임이 아냐, 에스텔."

　아가트는 에스텔의 얼굴에 병적인 경련 탓에 생긴 흐릿하고 일그러진 표정으로부터 등을 돌렸지만, 이내 자신의 생각이 모자랐음을 깨닫고 회한에 사로잡혔다. 형편없이 전락한 추억으로 엉망이 되어버린 광경 앞에서 분노를 억제할 수 없었다. 아가트는 내일 당장 에스텔의 여동생 파니에게 알려야겠다고 생각했다. 그녀만이 아직 희망적이었으므로. 휘청거리는 걸음으로, 아드리앙이 춤추고 있는 어두운 방으로 간 아가트는 그의 품안으로 뛰어들어 고개를 묻었다. 아드리앙은 그녀를 품에 안고서 고뇌와 음악과 피로로 떨리는 육체를 진정시키려고 어슴푸레한 어둠 속에서 느릿느릿 춤을 추었다. 그녀는 어느새 어린 소녀로 변해 있었다. 사흘 후면 빅토르가 영국으로 떠난다는 생각에 아가트는 불현듯 현기증을 느꼈다.

12

빅토르가 상당 기간의 체류를 위해 런던의 브리티시 라이브러리로 가는 것은 이번이 두번째였다. 그는 그곳에서 화랑을 운영하는 헬렌의 집에서 묵을 예정이다. 처음에 헬렌은 아가트의 친구였지만, 곧 빅토르와도 친해졌다. 두 여자는 예술적 취향이 비슷했고, 인간관계, 일, 휴식을 취하는 데서도 능률적으로 대처했다. 두 사람 모두 사람이나 파티, 예술가를 평가하는 데 견해를 같이했다. 그렇다고 해서 두 여자가 사람들이 말하는 소위 마음을 터놓는 친구 사이는 아니었다. 이지적이고 개성이 강하며 매력적인 두 여자는 어쩌면 서로 너무나 비슷해서 친밀감을 공유할 수 없는지도 몰랐다. 두 사람이 잘 통하는 것은 지적인 측면에서였다. 빅토르는 별다른 호기심 없이 그저 막연하게 헬렌을 알고 지냈다. 그러던 어느 날 사회적인 화려함과 방어책 따위를 벗어던진 채 맨 몸으로 혼자가 되어 있는 그녀와 조우할 기회가 있었다. 빅토르는 대개 자신의 본 모습을 감추는 사람들을 경멸했고, 침묵 속에 숨어버리거나 언어를 가면으로 삼는 자들을 거북하게 만들곤 했다. 헬렌은 언어를 자유자재로 구사하는 사람들 중 하나였다. 그녀 역시 빅토르의 마지막 보루를 조금씩 부숴뜨리면서 하루하루 그를 발견해갔다. 그녀는 이런 유의 사람에 익숙하지 않았다. 헬렌은 다소 밖으로 돌거나 의기소침해 있다든가 아니면 미치광이 예술가들과 친분을 가졌고 속물근성이 있는 비평가나 교활하고 약아빠진 장사치들에게 둘러싸여 살았던 탓에 언어가 왕이고 기행이 다반사이며 노출 취향이 우선인 세계에서 성장했다. 단순하고 소박한 사람은 그녀를 당혹스럽게 했다. 빅토르는 소박하고 꾸밈없는 성격으로, 특별히 대담하다든가 바보짓이나 정신나간 행동으로 사람들로부터 감탄이나 증오를 사는 사람이 아니었다. 헬렌의 시선에도 그는 두려워하지 않았다. 상대를 냉담한 상태로 내버려두는 게 이 젊은 여자의 취향도 습관도 아니었지만 헬렌의 유혹이 효과가 없었다는 건 부인할 수 없는 사실이었다. 빅토르는 헬렌의 기준을 상실하게 만든데다, 오히려 그녀가 그의 강점인 성실성과 무관심에 이끌리는 격이었다. 빅토르가 화장술이나 선전 따위의 노력이 필요없는 사람임을 깨달았을 때 헬렌은 태도를 바꾸었고, 자신의 의혹이나 기쁨, 내적인 고민을 가식없이 드러냈다. 이것은 그녀에게 소박함의 미덕과 즐거움을 선사했다. 헬렌은 독립적인 삶의 장점을 배우게 되었다. 빅토르는 남의 시선에 무관심했고, 적어도 빅토르 옆에서는 그녀도 어떤 역할이든 마다하고 자신을 사로잡은 우정에 굴복했나. 빅토르가 런던에 오자, 헬렌은 예술가들이 쓰도록 되어 있는 화랑의 스튜디오를 당장 빅토르에게 내주고, 예술가들은 호텔로 보냈다. 이틀에 한 번은 저녁식사에 초대했고, 빅토르에게 자기 친구들도 소개했다. 두 사람은 힘께 아침을 먹는 날이 많았고, 시간이 허락되는 한 점심식사도 함께 했다.

두 사람의 이러한 우정이 단시일에 맺어진 건 아니다. 몇 달 전 헬렌이 일 주일 예정으로 파리에 왔을 때, 빅토르가 공항으로 그녀를 마중 나간 적이 있었다. 그녀는 중국에서 돌아오는 길이었고, 시차 때문에 꽤나 지쳐 있었다. 그녀의 참모습을 숨겨주던 가식적인 우아함은 여독 탓에 흐트러져 있었다. 옷도 구겨져 있고, 거무스레한 눈가의 그늘은 초췌한 얼굴의 피로를 두드러져 보이게 했다. 난생 처음으로 빅토르는 냉정하고 다가서기 어려운 외모의 여자에게서 꿈에도 상상하지 못했던 연약한 모습을 보자 측은한 마음이 들었다.

호텔에 도착한 빅토르는 헬렌을 쉬게 했다. 그리고는 나중에 다시 오겠지만 필요한 게 있으면 자기 집으로 전화를 걸어도 좋다고 했다. 헬렌에게서는 폭발 직전의 엄청난 비탄이 전해져왔다. 빅토르는 그녀의 머리맡에 앉아서 자기가 함께 있어주면 좋겠느냐고 물었고, 그토록 진심 어린 행동 앞에서 헬렌은 그만 울음을 터뜨리고 말았다. 그는 헬렌을 어린애처럼 품에 안았다. 그러자 헬렌은 봇물 터지듯 말을 쏟아내며, 여행과 사업상의 연회로 무마해버렸던 고독과 절망과 피로감을 털어놓았다. 환상은 지속적이지 않고, 도피에도 한계가 있다. 빅토르는 헬렌이 속내를 털어놓으며 열등감을 느끼지 않도록 배려했다. 처음에는 나중에 후회할지도 모를 고백은 하지 않도록 만류해가며 그녀의 말에 진심으로 귀기울여주다가, 나중에는 그녀를 짓누르고 있는 너무나도 무거운 짐을 덜어주기 위해서 고백을 독려했다. 하지만 헬렌은 자존심이 강한 여자였다. 괴로워하는 것은 부끄러운 일이 아니고, 나약함에서 벗어나려면 상황과 타인과 자기 자신을 제어하려 들거나, 솔직함을 비난하는 태도도 삼가야 한다는 것을 헬렌에게 이해시켜야만 했다. 빅토르는 그녀의 역할이 어떤 사람들에게는 깊은 인상을 남기기도 하지만 자기에게는 그저 동정심을 자극할 뿐이라고 했다. 그녀는 왜 가식없이 있는 그대로의 모습을 내보이지 못하는가? 어째서 자신의 참모습을 두려워하는가? 잠시 후부터는 빅토르가 대화를 끌어나갔고 헬렌은 홀린 듯이 그의 말에 귀를 기울였다. 이 진실의 시간이 헬렌에게는 마치 전기 충격과도 같았다. 빅토르는 무관심하고 초연한 어조로 헬렌을 책망했고, 이내 마음이 진정되었다. 여지껏 한 번도 이런 질타를 당해본 일이 없는 헬렌이지만 빅토르에게만은 반감이 일지 않았다. 빅토르는 정확하게 짚어내고 있었다. 헬렌이 그녀 자신에게도 숨기고 있던 일을 빅토르는 어떻게 발견해낼 수 있었을까? 그는 그녀의 매력에도 연극에두 사람 자체에두 무감각한 것 같았는데, 그녀를 알지도 못하면서 마치 자기 자신을 분석해내듯이 그녀에 대해 말하고 있었다. 빅토르는 예술가도 아니었고, 어떤 광기 같은 것이 그의 지성이나 본능을 교란시키는 것 같지도 않았다. 한마디로 다소 몽상적이긴 해도, 지극히 정상적인 사람이었다. 그의 앞에서 헬렌은 난생 처음으로 입을 다물었다. 분노 대신 절절한 감사의 마음이 우러났다. 그때부터 헬렌은 빅토르 없이는 견딜 수 없게 되었다. 오직 빅토르에게만 그녀의 고백을 들을 특권이 주어졌고, 그의 곁에서 헬렌은 자신을 아는 법을 배워나갔다.

그후로 헬렌은 그의 런던 방문을 기다리다 못해 자주 전화를 걸었고, 그의 마음을 사려고 더이상 애쓰지도 않았다. 다시 만나기 위해 먼저 시도한 사람도 헬렌이었다. 처음 빅토르는 그녀의 부름에 선뜻 응하지 않았지만, 몇 주일이나 침묵을 지키다 그녀의 끈질긴 태도에 마음이 움직여 마침내 그 오랜 무관심에서 빠져나왔다. 그것이 깊고도 은밀한 둘의 우정의 시초다. 그때부터 빅토르는 영국의 수도를 한결 슬거운 마음으로 방문하게 되었다. 헬렌은 베르니사주(미술 전람회 개최 전날의 특별 초대 ― 옮긴이)나 저녁 만찬 때 빠지지 않고 그를 초대했다. 두 사람은 술에 취한 소년들마냥 웃으면서 저녁나절을 보내는 일이 잦아졌지만 빅토르는 그녀에게 아가트에 대한 언급은 피했다.

그러나 아가트에게는 헬렌과의 새로운 관계를 알렸다. 그녀는 놀라는 눈치였지만 다른 질문은 하지 않았다. 아가트는 자신과 별개인 빅토르의 삶 일부를 존중해주었고, 적어도 위험을 느끼지 않는 한 질투심도 자제했다. 잠시 런던에 갔을 때, 빅토르는 헬렌과 함께 평소에 자주 드나들던 곳과는 근본적으로 거리가 먼 장소들을 즐겨 찾곤 했다. 런던 한복판에서 이 익명의 커플은 레스토랑에서부터 그 동안 모르고 지냈던 평판 나쁜 카페까지, 이름 없는 가수들이 노래하는 코딱지만한 콘서트 홀에서부터 수상쩍은 카바레까지 두루 돌아다녔다. 그들의 우정에 하나의 카테고리를, 특별한 향기를, 그리고 다른 누구하고도 공유하고 싶지 않은 추억을 선사하는 몰래 데이트를 즐기면서 두 사람의 우정은 돈독해졌다.

빅토르는 뼛속까지 스며드는 추위에 꽁꽁 언 채 런던 거리를 거닐었다. 그는 걸음을 재촉해 추위를 이겨냈고, 쇼윈도 앞에서 걸음을 멈추기도 했다. 그러다 다시 추위가 엄습해오면 혈맥이 손가락 끝에서 마구 뛸 때까지 다시 걸음을 빨리 하곤 했다. 빅토르는 얼굴을 빨갛게 상기시키고 숨결을 입김으로 탈바꿈시키는, 이런 얼음처럼 차갑고 메마른 기후를 좋아했다.

13

　스튜디오에 들어서는 순간 전화벨 소리가 울렸다. 우울하고 피로한 음색의 아가트였다. 멀리 있지만 다감한 목소리를 들으니 방이 텅 빈 것처럼 느껴졌다. 그녀의 몸의 온기가 그리워져 당장이라도 달려가고만 싶었다. 아가트는 울음을 삼키며 목멘 소리로, 에스텔이 깊은 혼수 상태에 빠져 방금 전 병원에 입원했다고 말했다. 지난번 만남에서 두 여자는 얼마나 심하게 다뤘는지 아가트는 에스텔을 나시는 보지 못하리라고 생각했다. 그러던 중 파니가 아가트에게 전화를 걸어 도움을 청해온 것이다. 파니는 언니가 심야 파티가 끝나가던 새벽 무렵, 긴 의자 뒤에 의식을 잃고 쓰러진 채 발견되있나고 했나. 아가트는 파티를 주최한 사람들이 누군시 알 수 없었나. 시제 더미처럼 쌓인 빈 술병들 가운데서 젊은 여자의 몸이 발견된 그곳은 절반은 폐허로 변한 그들의 아파트 안이었다. 두 자매는 20구외 한 키페에서 만니 이침식시를 함께 하기로 야속한 터였다. 에스텔이 오지 않자, 파니는 걱정이 되기 시작했고, 그래서 언니가 자주 드나들던 이 음산한 동네로 언니를 찾으러 온 것이다. 그리고 에스텔의 남자친구를 통해 파티가 열린 장소의 주소를 알아냈다. 분노와 걱정으로 마음이 산란해진 파니는 출입문 앞에서 불안감에 사로잡혔다. 계단은 불결했고, 페인트칠이 벗겨진 문에는 너저분한 그림과 포스터 쪼가리가 너절하게 붙어 있었다. 파니는 문을 두드리고 대답이 없자 안으로 들어가보았다. 탁한 공기와 담배꽁초 냄새가 풍겨왔다. 부엌에서는 여자 둘과 한 남자가 열을 올리며 논쟁을 벌이고 있었다. 파니는 그들에게 에스텔이라는 이름의 젊은 여자를 혹시 모르느냐고 조심스레 물었다. 파니의 질문에 죽음 같은 침묵이 흘렀다. 한 명이 자리에서 일어나더니, 거실로 파니를 데려갔다. 파니는 몸을 떨었다. 여자는 비틀거리면서 담뱃불 자국이 여기저기 나 있는 소파 앞에서 걸음을 멈춰 섰다. 영문도 모른 채 뒤따라간 파니는 비명이 새어나오지 않도록 손으로 입을 막아야 했다. 에스텔이 피와 토사물로 범벅이 된 채 쓰러져 있는 것이다. 몸이 화석처럼 굳어져 한 걸음도 더 내딛을 수 없었다. 파니의 언니, 부모와 함께 한 식탁에서 주인공 노릇을 하고 크리스마스 때면 칠면조 고기를 자르던 사랑스런 딸이었다. 왜 이런 이미지가 떠올랐을까? 어린 시절의 어느 날, 축제 다음날의 언니 모습이……

"아직 살아 있어요, 걱정하지 말아요."

파니는 꼭 감전된 기분이었다. 그녀는 전화 쪽으로 달려가 응급 의료 센터에 전화를 걸었다. 이 사람들은 왜 진작 도움을 청하지 않았을까? 에스텔이 지척에서 죽어가고 있는 동안, 저들은 수다나 떨며 대체 무엇을 하고 있었단 말인가? 세 사람 다 무기력해 보였다. 파니는 그들을 내버려두었다. 행동에 나서자, 파니의 뺨에는 다시 화색이 돌았다. 침묵이 깨어지고 공포감이 누그러들자 파니는 언니에게로 몸을 기울였다. 파니는 인공호흡을 해본 적이 없었다. 안간힘을 써서 상체의 무게 아래 짓눌린 팔을 빼내고 언니를 소파 위로 옮겼다. 기다리는 수밖에 없었다. 부모님 생각에 괴로웠지만 부모님께 알려야 할지, 아니면 의사의 진단이 나올 때까지 참아야 할지 판단이 서질 않았다. 하지만 파니에게는 이 짐을 혼자서 짊어질 용기가 없었다. 그래서 언니의 가장 오랜 친구인 아가트를 떠올렸던 것이다. 아가트라면 틀림없이 도움이 될 것 같았다. 에스텔이 표류하기 전까지 언니와 아가트는 둘도 없는 사이였으니까.

파니는 덜덜 떨리는 몸으로 수화기를 들고 수첩에 적힌 번호를 누르면서 전화번호가 바뀌지 않았기를 기도했다. 마술처럼 아가트의 목소리는 파니를 안심시켰다. 그녀는 흥분을 가라앉히고 아침나절의 일을 차근차근 이야기했다. 아가트는 엄습하는 현기증을 억누르면서 파니의 말에 귀를 기울였다. 파니에게 기운을 돋워줘야 할 사람은 그녀였다. 아가트는 바로 가겠다고 말했다. 넋나간 표정의 파니는 더이상 감정을 억제할 수 없었다. 아가트는 수화기를 멀리 들었다. 파니의 울음을 견딜 수 없기도 했지만, 그녀 자신도 울음을 터뜨릴 입장이 아니었다. 아가트는 파니를 진정시키려 애썼다. 멀리서 사이렌 소리가 들리자, 아가드는 파니에게 언니를 어떤 병원으로 이송할 것인지 가서 물어보라고 했다. 그리고는 곧 택시를 잡아타고 병원으로 가겠다고 했다.

병원에서 아가트는 파니를 다시 만났다. 퉁퉁 부은 눈에 얼굴은 빨갛게 상기된 채로 내기실에 앉아 있던 파니는 간호사가 준 진정제를 먹고 기진맥진해 있었다. 아가트는 파니를 끌어안았다. 그녀는 언니의 상태를 알지 못했다. 그저 마약 과용이라고만 생각했다. 맥박은 가까스로 뛰는 정도였고, 의사들도 아직 정확한 판단을 내리지 못하고 있었다. 파니는 아가트가 오기 전까지 아무에게도 알리지 말 것을 병원

직원에게 부탁해놓았다. 한 시간가량 지나자, 사람이 와서 에스텔이 안정을 되찾았다고 말해주었다. 다행히 위험한 고비는 넘긴 모양이었다. 아가트는 에스텔의 부모에게 알리기로 마음먹었다. 아가트는 에스텔의 부모님 집에서 저녁을 먹는 일이 잦았고, 바캉스도 함께 보냈던 터라 그들을 잘 알았다. 에스텔의 아버지는 은행원이고, 어머니는 컴퓨터 회사에서 파트타임으로 일했다. 파니는 부모에게 전화할 용기가 나지 않아 아버지의 사무실 전화번호를 아가트에게 일러주었다. 쉽지 않은 일이었다. 아가트는 반쯤 잠긴 목소리로 딸의 친구라면서 N씨를 바꿔달라고 했다. 여비서가 잠시 기다리라고 했다. 에스텔의 아버지의 처음 몇 마디에 아가트는 그가 여러 달 전부터 이런 전화가 걸려올 것을 두려워하고 있었음을 직감했다. 아가트는 할 수 있는 한 그를 안심시켰다. 한 시간 후, 에스텔의 아버지는 거동이 불편한 노인처럼 부축을 받으며 아내와 함께 도착했다. 아가트가 그들을 맞았다. 혼수 상태에서 깨어난 에스텔은 상태가 호전되어 있었다. 아가트는 지난번 일 때문에 에스텔을 만나고 싶지 않았지만, 다음날 다시 오겠다고 말했다. 에스텔의 부모는 아가트에게 고맙다고 했고, 파니도 그녀를 다정하게 포옹해주었다. 집으로 돌아오자마자 아가트는 침대 위로 쓰러졌다.

아가트는 이러한 상황에서 빅토르에게 전화를 걸었던 것이다. 가혹할 정도로 그리운 빅토르에게. 울먹임으로 간간이 끊기는 아가트의 이야기를 말없이 듣고 있던 빅토르는 첫 비행기로 돌아가겠다고 했다. 그러나 아가트가 만류하자 빅토르는 그녀에게서 부모 집에 가서 자겠다는 약속을 받아내는 것으로 그쳤다.

아가트는 아버지에게 도와달라고 전화하기가 망설여졌지만, 빅토르는 결국 그런 그녀를 설득하고 말았다. 딸이 처한 상황을 알게 된 아버지는 집으로 데려올 마음으로 아가트에게로 왔다. 바쁜 일을 접어둔 채 부녀는 저녁식사를 함께 하고, 아가트는 어린 시절 그랬던 것처럼 아버지의 서재에 있는 침대 겸용 소파에서 잠을 청할 것이다. 그렇게 하면 아가트의 마음이 편안하고 행복해지리라. 그날 저녁, 아가트는 담요 속에 몸을 누이고, 아버지는 침대에 누운 딸의 이불깃을 침대 가장자리에 접어넣고는 딸의 이마에 키스한 다음, 등을 돌려 책상 앞에 앉을 것이다. 아가트는 아버지가 글 쓰는 모습을 바라보다 살포시 눈을 감을 테고, 엄지손가락을 빨지 않게 그 옛날 눈물로 적셨던 베개 밑에다 두 손을 파묻을 것이다.

빅토르는 수화기를 내려놓았다. 어찌할 바를 몰랐다. 아가트를 돕고 싶었지만 너무 멀리 있었다. 더구나 아가트는 빅토르가 그 일 때문에 돌아오는 것을 달가워하지 않을 것이다. 빅토르도 에스텔을 좋아했던 터라 그녀의 타락이 그를 몹시 우울하게 만들었다. 그런 와중에도 빅토르는 외출을 해야 했고, 헬렌이 소개한 예술가 부부 앞에서 웃는 얼굴을 보여야 했다.

14

비탄에 잠긴 아가트는 빅토르를 다소 혼란스럽게 만들었지만, 내심 아가트에 대한 믿음을 버리지 않았다. 일단 솟구치는 감정을 아버지에게 쏟아내고 나면 곧 자신을 추스를 수 있으리라. 이런 확신이 그를 안심시켰다. 빅토르는 측은하고 우울한 마음으로 스튜디오를 나왔다.

날씨는 얼음처럼 차가웠다. 빅토르는 목에 긴 목도리를 두르고 입까지 감쌌다. 칠흑같은 밤이었다. 고개를 들자, 큰곰자리와 카시오페이아의 W자 모양이 눈에 들어왔다. 백조 자리와 더불어 이것이 그가 아는 유일한 성좌였다. 런던에 있을 때면 빅토르는 오로지 걸어서만 이동했고, 작은 골목을 누비며 논리와는 상반되는 매혹적인 여정을 만들어나갔다. 그는 길을 잃는 것을 즐거워했고, 길을 찾아가는 재미로 부러 길을 잃곤 했다. 이러한 테크닉에서 유일하게 불편한 점이라면 마음에 들었던 장소로 되돌아가기가 어렵다는 것이다. 빅토르는 방향 감각이 그다지 예리한 편은 아니었지만, 이러한 방식으로 그 동안 모르고 지냈던 매력 있는 혹은 끔찍한 런던의 구석구석을 발견할 수 있었다. 한 도시에서 시간을 허비하는 것이야말로 그 도시의 내부를 꿰뚫어보고, 내밀한 면모까지 간파하여 그 도시가 스스로를 드러내 보이게 하고, 아무것도 강요하거나 훔치지 않은 채로 골목골목의 리듬에 자신의 리듬을 적응시키는 최선의 방법이었다. 매일 밤 화려한 디스코텍과 고급 레스토랑뿐 아니라 어둠침침한 술집 등 새로운 장소로 진출해보는 것도 도시를 알아가는 데 꼭 필요한 방법이었다. 도시를 자기 내면으로 느끼기 위해서는 그 도시의 밤을 뚫고 들어가보아야 했다. 이것이 헬렌이 거의 매일 저녁 비토르를 초대하면서 일깨워준 것이다. 헬렌이야말로 심야의 문화적 삶의 접경지대 내지는 중심부에 살고 있는 전형적인 젊은 런던 여자였다.

이번에는 예술가 부부를 만나기로 되어 있었다. 세 명의 다른 손님과는 이미 안면이 있었다. 한 사람은 상당한 미모의 여자였는데, 빅토르는 그녀의 그림을 한 번도 본 적이 없었다. 나머지 두 사람은 동성애자였다. 그중 하나는 헬렌의 옛 화랑 동료로, 미술시장이 위기에 처했을 때 독자적으로 화랑을 운영했던 사람이다. 대중이나 콜렉터들은 아직 알아주지 않고 있지만, 스스로는 하나의 조류를 적중시켰다고 생각하고 있었다. 한편 헬렌은 현대 미술이 주류를 형성하는 와중에서도 비교적 고전적인 입장을 고수했다. 그녀는 확실한 가치가 있는 작품을 발굴해냈고, 미술시장을 꿰뚫는 해박한 지식으로 최고의 화랑 운영자로서의 명성을 누리고 있었다. 그 밖에도 헬렌은 그녀가 아끼는 사람들과 특별한 관계를 유지했다. 헬렌은 정신질환을 앓았던 예술가들과의 가슴 아픈 과거사로도 유명했다. 이러한 온갖 종류의 쑥덕공론이 런던과 심지어는 국제적 지식인들 사이에서도 전설처럼 전해졌다. 헬렌은 프랑스와 뉴욕을 비롯해 중국과도 활발한 거래를 텄다. 그녀의

아파트에는 중국 골동품, 최신 예술 가구들, 기마르(리옹 출신의 건축가
로 모던 스타일의 대표 주자 중 한 사람—옮긴이)와 오르타(벨기에 건축
가. 모던 스타일의 개척자로 철근과 콘크리트를 건축에 도용한 선구자—
옮긴이)의 작품들을 비롯해 수많은 현대 디자이너들의 창작품 등 온갖
종류의 걸작이 수집돼 있는 것으로 예술사가들 사이에서 유명했다. 헬
렌의 아파트는 손님들이 드나들 수 있도록 구상되었다. 그리고 자신을
위해서는 무질서와 사생활을 마음껏 누릴 수 있는 방 하나만을 남겨두
었다. 바로 침실이었는데, 그 안에는 베네치아 무라노 산(産) 작은 유리
병들과 헬렌이 미친 암소들이라고 별명을 붙인 흑백의 암소들 같은 가
히 대담하다고 할 만한 물건들이 소장되어 있었다. 투르키스탄 산 카펫
이 방바닥을 겹겹이 덮고 있고, 벨벳과 실크 쿠션이 산더미 같은 베네
치아 자수품과 옷감에 파묻힌 채 침대 위에 쌓여 있었다. 헬렌은 베네
치아와 투르크멘을 섞어놓은 듯 동양과 비잔틴 양식이 혼합된 이러한
과시적인 호화로움 속에서만 잠을 이룰 수 있었다. 용연향이 풍겨나는
헬렌의 침실은 악취미와 최고의 세련미가 나란히 인접해 있는 밀폐된
하렘이었다. 붉은색의 비단 누에집을 연상시키는 겉멋을 부린 듯한 침
실은 추억 대신 예술작품들이 들어차 있는 비좁은 난장판이었다.

그러나 오늘 저녁은 이 안락한 내밀함마저 허락되지 않았다. 저녁식
사를 밖에서 하기로 되어 있기 때문이다.

빅토르는 손님들과 만나기로 한 술집으로 갔다. 장작불 냄새가 어렴
풋한 파동으로 전해져왔다. 날씨가 쌀쌀했지만 커다란 벽난로를 생각
하니 온기가 느껴졌다. 물론 기분이 울적할 때도 대화를 이어나가야
했지만 빅토르는 필요할 때 적절히 말할 줄 아는 사람이었다. 그는 일
회적인 인간관계를 선호했다. 가벼운 관계일수록 상대에게 아무것도
기대하지 않을 수 있기 때문이다. 흥미로운 화제를 놓고 아무런 조건

없이 대화를 나눈다는 건 즐거운 일이었다. 이런 저녁식사는 즉흥적으로 짜여진 대본으로 배우 하나하나가 제각기 맡은 역을 완벽하게 소화해내는 일종의 무도극과도 같았다. 갖가지 가면을 쓴 사람들이 추는 원무 내지는 상대를 홀리는 게임이었다. 빅토르는 말려들지 않고 게임을 즐겼고, 그만큼 빨리 지쳐갔다. 아직은 싫증이 나지 않은 터라 빅토르는 계속해서 헬렌의 초대에 응수할 뿐이다.

빅토르가 술집의 출입문을 밀고 들어서자 온기가 퍼져나와 그의 얼굴을 덮쳤다. 홀 안은 시끄러운데다가 담배 연기로 자욱했다. 웃음소리가 여기저기서 터져나왔고, 맥주가 돌았으며, 카테일과 최고급 술병들도 놓여 있었다. 최신 유행에 민감한 젊은이들이 주로 드나드는 비교적 고급 술집이었다. 그런 젊은이들 덕분에 이곳은 최신 휴식 장소로 각광받았다. 이미 후원자를 물색해놓은 젊은 예술가, 상승세를 타고 있는 작가, 반쯤 알려진 연극·영화 배우, 때로는 이미 명성이 자자한 시나리오 작가가 그들이다. 런던은 혁신적인 디자인의 진열장이었다. 일종의 대형 박물관으로 최신 창작품, 최신 재료, 퇴폐적인 분위기나 신(新)야수파적 분위기를 자아내는 조명 등 색채와 양식이 혼합되어 키치적 성향을 띠는 다양한 창작물들을 사고파는 심야의 장터였다. 또한 젊은 건축가들의 세계관을 반영해 영국의 고전적 노선을 현대화시켜갔는데, 그들 대다수는 자신들을 위협하는 보수주의를 의식하지 못하고 있었다.

빅토르는 벽난로 한 켠에 있는 헬렌을 보았다. 검정색 실크 투피스와 적자색 셔츠 차림에, 손에는 술잔을 들고 있었다. 짧은 스커트 아래로, 굽 높은 검정색 가죽 앵글부츠를 신은 두 다리가 매끈했다. 분가루를 덮어쓴 듯 새하얀 얼굴을 윤기 흐르는 까만 머리칼이 감싸고 있었고, 와인색의 립스틱도 도발적으로 도드라져 보였다. 헬렌은 키가 적당히 컸고, 섬세한 피부 탓에 연약해 보였다. 하지만 눈빛만은 차갑고 냉정하게 반짝거렸으며, 뭔가를 살피는 듯한 시선에서 너그러움이라고는 찾아볼 수 없었다. 그녀가 미인임은 부인할 수 없는 사실이지만, 그 미모는 섬뜩함을 불러일으켰다.

　헬렌은 가죽 옷차림의 두 청년들 중 하나가 들려주는 모험담을 들으며 미소짓고 있었다. 실패한 연애사로 동성애를 비방하고 조롱하는 내용이었는데, 그럼에도 정작 그는 그 세계에서 헤어나오지 못하고 있었다. 여류화가도 붉은색 소파에 앉아 있었다. 헬렌은 빅토르 쪽으로 시선을 들어올렸지만, 그녀의 미소는 그를 향해 있지 않았다. 빅토르의 바로 뒤에 있던 한 남자의 감탄에 답하는 미소였다. 그 남자가 '언제나처럼 매우 우아한' 헬렌을 발견하고 반가움을 표한 것이다. 두 사람을 마중나온 헬렌이 그들을 서로에게 소개시켰다. 빅토르가 악수를 먼저 청한 남자는 머리가 하얗게 셌고, 키가 작았으며, 골이 팬 코듀로이 양복을 입고 있었다. 또 한 사람은 우아한 자태에 키가 큰 금발머리 여자였는데, 어머니 같은 자애로운 얼굴에, 헬렌이 아는 여느 예술가들에게서 흔히 볼 수 없는 평온함이 배어나왔다. 그 여자의 천사 같은 미소에 빅토르는 별안간 허를 찔린 듯 움찔했다. 어색해진 빅토르는 갑작스러운 온화함에 당황스러워했고, 수줍은 나머지 이내 두 눈을 내리깔았다.

　그녀의 등장으로 빅토르는 뭐라 설명할 수 없는 혼란에 빠졌다. 특별히 예쁘지도 않고, 나이도 빅토르보다 훨씬 연상이었지만 그의 마음이 혼란스러워진 것은 확실했다. 여자는 슬라브 계통의 이름을 가졌는데, 빅토르는 이름을 듣고 여자에게 어디 출신인지를 물었다. 폴란드가 아닌 체코 출신이었다. 부모가 런던으로 이민을 왔고 자기는 런던에서 자랐다고 했다. 하기야 빅토르처럼 폴란드 출신이었다 하더라도 별로 달라질 건 없었다. 빅토르는 불현듯 그녀에게 끌렸던 이유를 알고 싶었다. 하지만 쫓아가면 갈수록 여자는 자꾸만 그에게서 달아났다. 그가 열광하는 이탈리아 르네상스 시대의 어떤 그림을 생각나게 했기 때문일까. 그것은 어린아이를 안고 있는 성모 마리아 상으로, 얼굴의 둥근 곡선은 성스러움과 부드러움의 정수를 드러낸다. 마치 복음서에서 막 걸어나온 듯한 모습이다.

사람들은 벽난로 주위에 모여 앉아 포도주를 마시면서 최근 열린 전시회라든가 최근에 발굴된 재능 있는 화가들에 대해 열띤 토론을 벌였다. 빅토르는 그 금발 여인 가까이에 앉았다. 여자는 서서 자기 친구가 경험했다는 황당한 이야기를 들려주었다. 활짝 갠 선한 미소를 머금고 천천히 말하는 그녀. 평온히고 여유로운 그 어떤 수식이도 그녀가 주는 인상을 묘사하기엔 부적절했다.

헬렌은 수잔나의 이야기에 웃음을 터뜨렸다. 이것이 그 여자의 이름이다. 그녀의 남편은 아내를 수자라고 부르곤 했는데, 속삭이는 듯한 두 음절이 입술 사이로 애무처럼 새어나왔다. 빅토르가 들었다면 자기도 그렇게 발음해보고 싶어했을 것이다. 그는 수잔나에게 매료되어 넋을 잃고 말을 잊었다. 헬렌은 그가 혼란스러워하는 것을 눈치채고 곁눈질로 신호를 보냈다. 그러나 이미 사고 능력이 마비되어버린 빅토르는 헬렌의 신호에 답하지 않았다. 그의 눈에는 저 금발 여인의 부드럽고 밝은 표정과 푸른 시선 외에는 아무것도 보이지 않았다. 얼마 안 있어 모두들 자리에서 일어나야 했다. 저녁 시간이 무르익어갔다. 멀지 않은 거리여서 그들은 레스토랑까지 걸어갈 참이었다. 헬렌은 빅토르가 자기를 떠나려 함을 눈치챘다. 일말의 질투심이 그녀를 괴롭혔다. 사람들이 나갈 채비를 하는 동안 헬렌은 카운터로 음료값을 계산하러 가다 팔꿈치로 빅토르를 쿡 찌르며 따라오라는 시늉을 했다.

"어떻게 된 거야? 그런 모습은 처음 봐. 노력 좀 해봐."

둘이 함께 다른 사람들의 뒤를 따라가는 동안 헬렌은 잠시도 이야기를 멈추지 않았다. 하지만 빅토르에게는 아무 소리도 들리지 않는지 고집스런 침묵에 잠겨 있었고, 그런 태도가 헬렌에게 모욕감을 안겨주었다. 빅토르는 자신의 감정을 이해할 수 없었다. 수잔나의 뒤를 따라 걸으면서, 이 여자에게 성적으로 끌리는 것인지를 자문해보았다. 분명한 것은 그녀가 알 수 없는 부드러움과 어린아이의 얼굴에서조차 볼 수 없는, 그리고 지금껏 만나본 적 없는 천진하고 진솔한 성격으로 그를 유혹하고 있다는 사실이었다. 여자가 뒤를 돌아보았을 때, 빅토르가 보내는 너무나도 찰나적이고 솔직하고 행복한 미소에 그녀는 희미한 가로등 불빛 아래 얼굴을 붉혔다. 주저하는 걸음으로 그들 쪽으로 다가온 수잔나는 무심히 빅토르를 포옹했다. 가슴에 여자 몸의 무게가 실리는 것을 느끼며 정신이 아득해진 빅토르는 더이상 알려고 애쓰지 않았다. 엄청난 행복감이 그를 휘감아왔다.

빅토르는 레스토랑까지의 길이 영원히 끝나지 않기를 내심 바랐지만, 그들은 어느새 도착해 있었다. 헬렌은 문을 열고 서서 모두가 들어올 때까지 기다리고 있었다. 빅토르가 그 앞을 지나가자, 헬렌은 매서운 눈길을 던졌다. 빅토르는 이제 자신의 목소리도 시선도 제어하지 못하는 상태에 이르렀다. 오직 한 사람만이 그의 관심을 끌었다. 빅토르는 그녀 옆에 앉으려고 안간힘을 쓰며 자신의 불타오르는 눈길과 달아오른 두 뺨을 감추려고 조심하는 데만 정신이 팔려 있었다.

저녁식사는 바로크 풍 붉은색 레스토랑의 따스한 분위기 속에서 이어졌다. 레스토랑의 검은 벽면을 따라 자주빛 벨벳 벽걸이 천이 걸려 있고, 바닥에는 쪽판마루 위에 각기 다른 갈색의 짐승가죽들이 진열돼 있었다. 의자는 마분지, 목재, 철, 가죽 등 다양한 재료로 만들어졌는데, 각각의 형태는 무질서하고 화려하며 자유분방했다. 향기로운 규방과 영국식 흡연실과 무단 거주지의 중간 형태라고 할 수 있는 그곳은 편안함을 주었다. 하나의 독특한 스타일로 다양하게 혼합된 양식이 오히려 그 멋을 더했다. 이 레스토랑에는 명성이 자자한 예술가들이 드나들었다. 헬렌이 끔찍이도 좋아하고 또 잘 알고 지내는 길버트와 조지를 만난 것도 그곳에서였다.

자신의 의지와는 무관하게 빅토르는 지금 일어나고 있는 일을 더는 깊이 생각할 여력이 없었다. 감미로운 행복감에 사로잡혀 이젠 그리 젊지도 않은 이 여인의 매력에 자꾸만 빠져들었다. 헬렌은 여자의 어디가 그렇게 매력적인지 도무지 이해가 가지 않았다. 매섭고도 집요한 눈초리로 여자를 살피던 헬렌은 억제할 수 없는 질투심이 솟구쳐올라, 자기도 모르게 수잔나를 향한 신랄한 단어들을 쏟아냈다. 그러나 수잔나는 헬렌의 이런 격한 노여움을 조금도 눈치채지 못한 것 같았다. 상황은 모두의 통제력을 벗어나 있었다. 다만 여자의 남편만이 차려놓은 음식에 흡족해하는 듯했다. 헬렌의 두 친구가 분위기를 바꾸려 했고, 수잔나는 더한 친절과 호의로 손님들의 기분을 풀어주려고 애썼다. 하지만 그것이 오히려 분을 이기지 못해 얼굴이 하얗게 질려버린 갈색머리 헬렌의 화를 돋우는 격이 되었다. 그러나 헬렌은 자신의 감정을 조절할 줄 아는 여자였다. 그것이야말로 그녀의 최대 장점이었으니까.

헬렌의 두 친구 중 마뉘엘은, 정숙하고 조용하고 늘 미소 어린 수잔나의 너그럽고 온화한 얼굴과는 대조를 이루는 헬렌의 냉담한 표정에 겁이 났다. 그는 수잔나의 매력이 어떤 것인지 이해할 수 있었고, 그녀에게 매료되어 시선을 붙박고 살갗에 전율을 일으키는 옆 테이블의 남자도 충분히 이해가 갔다. 하지만 마뉘엘이 그렇게 느끼는 데에는 딱 벌어진 어깨와 까만 눈의 이 젊은 프랑스 남자가 자기에게도 똑같은 시선을, 똑같이 열렬한 사랑을 표해주기를 내심 바라는 마음이 있어서가 아닐까? 마뉘엘의 여인인 조지는 눈길을 돌려 가능한 한 자주 화제를 돌리려 했고,

헬렌의 분노가 극에 달할까 겁이 나서 그녀의 편을 들어가며 비위를 맞춰주었다. 헬렌이 당장이라도 분을 못 이겨 실신할 것 같이 보였기 때문이다. 그러나 그것은 그녀를 잘 모르고 하는 말이다. 헬렌은 어떤 경우에도 이성을 잃는 여자가 아니다. 자신의 고충을 토로한다는 것은 감추고 싶은 감정을 드러내는 것과 같았다. 자신의 감정을 은폐하기 위한 노력은 분노를 억제하기 위한 노력보다 더한 에너지를 요구했다.

빅토르는 줄지어 나오는 접시의 행렬이 영원히 멈추지 않기를 내심 바랐다. 배가 고픈 건 아니었지만 옆에 앉은 신성하고도 관능적인 금발머리 성모까지 가세해 음식 냄새는 그의 콧구멍을 기분 좋게 간지럽혔다. 빅토르가 속삭이듯 수잔나에게 말을 걸자 그녀 역시 속삭이듯 대답했다. 이 청년이 자기에게 보이는 관심에 그녀도 무관심하지 않은 게 분명했다. 그러나 이러한 놀이에 서툰 수잔나는 말이 입 밖으로 나올 때마다 뺨이 자꾸만 상기되는 것에 난처해했다. 빅토르는 그럴수록 그녀가 더욱 사랑스러울 따름이었다. 시간이 지나면서 수잔나는 떨리는 입술로 빅토르의 얼굴을 똑바로 쳐다볼 수 있게 되었다. 마주치고 피하기를 거듭하던 그들 시선의 어색함은 확신으로 굳어졌다. 피어나는 열정에 눌려 수줍음도 사그라들었다. 두 사람 사이에는 이미 육체적이지도 지적이지도 않은 불가해한 열정이, 서로 만나서 결국 퍼즐처럼 꼭 들어맞는 열정이 자라고 있었다.

저녁식사가 끝나가고 있었다. 빅토르는 자기가 뭘 말하고 있는지도 몰랐다. 그와 수잔나는 보르도 산 포도주를 두 병째 비우고 있었다. 두 사람은 몇 잔을 마셨는지 세지도 않았고, 둘이 나누는 대화 내용에도 더이상 마음 쓰지 않았다. 대화 간간이 다른 많은 약속과 고백들이 오갔다. 두 사람 모두 동요되어 있었다. 오래지 않아 빅토르는 수잔나에게 가능한 한 빨리 자기와 함께 집으로 가자고, 아무 구실이라도 지어

내어 남편을 떼어놓으라고 말했다. 빅토르는 그런 데 익숙한 사람도
아니었고, 아무 남자의 품에 뛰어드는 것이 수잔나의 특기도 아니었
다. 그럼에도 모종의 사건이 벌어지고 있었고 수잔나는 저항할 수 없
었다. 한편 빅토르는 내면의 악마에게 유혹당하고 있었다. 그의 육체
와 욕망이 송두리째 옆에 앉은 여자를 향해 뻗어 있는 것이다. 기다리
는 건 무리였다. 급기야 사람들이 커피를 마시는 동안 빅토르는 일을
해야 한다는 핑계로 식탁에서 일어서며, 초대해주어 고맙다고 헬렌에
게 인사했다. 그녀의 증오 어린 눈길이 그에게 가서 꽂혔다. 정신이 든
수잔나는 빅토르가 자리를 비우는 것이 자기를 저버리는 일이라 여겼
다. 서둘러 이곳을 벗어나는 수밖에 없었다. 어찌할 것인가? 사랑하는
두 아이의 어머니로, 이미 오래 전부터 너무나도 착한 한 남자의 아내
로 살아온 그녀, 하지만 갑작스런 의혹에 직면한 그녀는 이제 어찌할
것인가? 수잔나의 아름답고 성숙한 육체는 망설임으로 기진맥진했다.
천만다행으로 마뉘엘이 모임의 폐회를 선언했고, 모두들 한결 마음이
놓여 출구 쪽으로 걸어갔다. 헬렌은 수잔나에게 망토를 건네면서 연신
그녀를 뚫어져라 노려보았다. 끈질기고 사나운 헬렌의 시선에 수잔나
는 더럭 겁이 났다. 이렇게 적대적인 태도 앞에서 결국, 수잔나는 몇 시
간 전에 만난 청년이 헬렌의 정부라고 확신하기에 이르렀나. 그러니까
빅토르는 그녀를 가지고 장난을 친 셈이었다.

　헬렌은 퉁명스럽게 그만 가보겠다며 택시를 타고 친구 둘과 함께 가
버렸다. 수잔나의 남편은 바람을 쐬기 위해 걷기도 했나. 얼음처럼 차
가운 런던의 어둠 속에서 수잔나는 여전히 말을 잃은 채 넋이 나가 있
었다. 수잔나는 무엇이 자신의 마음을 그토록 어지럽히는 것인지 알지
못했다. 놀림감이 되었다는 사실이었을까, 아니면 수치스러운 열정에
그렇게 쉽게 결려들고 말았다는 사실 때문일까. 그러나 골목 끝에서

불행히도 방금 알게 된 그 젊은 프랑스 남자가 그들을 향해 걸어오는 것을 보았을 때, 수잔나는 다시금 감정이 앞섰다.

빅토르가 남편에게 와서는 숨가쁜 어조로 레스토랑에다 목도리를 놓고 왔다는 말에 남편은 선뜻 함께 가주겠다고 했다. 빅토르도 즉시 제안을 수락했다. 수잔나는 온몸이 사시나무처럼 떨렸다. 몇 걸음을 옮기고 나서, 그녀는 그만 집으로 돌아가는 게 좋겠다고 말했다. 그러자 빅토르가 그녀의 팔을 힘껏 붙잡았다. 빅토르는 무슨 짓이든 감행할 각오가 되어 있었지만 이제 수잔나에게서 이성과 재치는 찾아볼 수 없었다. 남편이 괜찮냐고 묻자 그녀는 술을 너무 많이 마신 것 같다며 되풀이해 말했다. 빅토르가 들으라고 한 소리였다. 이제 파티는 끝났고, 계속되는 어지러움은 알코올 탓이라고 결론을 내려야 했다.

남편이 즉각 택시를 불렀다. 빅토르가 그녀를 바래다주겠다고 했다.

"그럴 필요 없어요."

다소 퉁명스럽게 수잔나가 말했다.

빅토르는 수잔나에게 낮은 어조로 말했다.

"어쩌면 부인처럼 품위 있는 분도 제 나이 또래의 남자 품으로 들어올 수 있다고 믿었다니, 제가 정말 어리석었습니다. 하지만 본능의 소리에 좀더 귀기울여보십시오. 본능이 어쩌면 이성보다 더 정확할지 모르니까요. 제가 확신하건대, 부인이 지금처럼 아름다우셨던 적은 없을 겁니다."

"잔인하군요. 당신 여자친구가 저녁 내내 얼마나 괴로웠을지를 생각해보세요."

"저는 그녀에게 빚진 게 하나도 없어요."

"나는 두 사람 사이가……"

"부인이 생각하시는 그런 사이가 아닙니다. 어쨌거나, 설령 그렇다 하더라도 제가 지금 이 순간 느끼는 감정이 모든 불충실함을 정당화시

커줄 겁니다."

"조금 이따 당신 집으로 갈게요. 하지만 가서 그냥 이야기만 할 거예요. 남편이 부르는군요."

"기다리겠습니다."

빅토르는 최선을 다한 승리자였다. 그의 의지를 꺾을 만한 것은 아무것도 없었다. 그를 열에 들뜨고 넋을 잃게 만든 그 의지에는 전염성이 있었다.

빅토르는 일종의 정신 착란 상태로 집에 돌아왔다. 걷고 있는 길에는 관심도 없었고, 정신이 다른 공간으로 빠져나간 것 같은 상태로 런던을 가로질렀다. 빅토르는 추위에도 아랑곳없이 후끈 달아오른 몸으로 성큼성큼 걸었다. 외부세계는 더이상 존재하지 않았다. 점점 커져만 가는 환상 같은 욕망을, 사지와 숨결, 내면의 불꽃으로 인해 밝아진 시선, 뜨겁게 달아오른 두 뺨 등 사방에서 흘러넘치는 억제할 수 없는 엄청난 기쁨을, 그리고 통증이 전해질 정도로 빨라진 피의 흐름을 느끼기 위해서만 세상은 존재했다.

빅토르는 밤과 별, 도시의 불빛과 일체가 된 기분이었다. 어떤 말이나 어떤 몸짓으로도 자신의 마음을 표현할 수 없을 것 같았다. 온몸과 온 마음이 흥분으로 달아올라 있었다. 집에 도착하자마자, 빅토르는 기계적으로 전화기 코드를 뽑아버렸다. 그의 머릿속에는 아가트도 없었고 헬렌이 일으킬지도 모를 사생결단 식의 발작도 생각나지 않았다. 어떤 거울도 그의 모습을 반사해주지 않았다. 그건 다행이었다! 자신의 모습을 알아보지 못했을 테니까. 그의 심연에서 빅토르는 뭔가 이상한 일이, 뭔가 알 수 없는 일이 벌어지고 있음을 새김했다.

15

열정에 갇힌 빅토르는 천사의 얼굴을 한, 풍성한 엉덩이와 풍만한 젖가슴에, 여성성으로 충만한 이 여인의 육체와 시선과 미소에 사로잡혀 소년처럼 흥분한 상태에서 부랴부랴 아파트를 정돈했다. 빅토르는 매혹을 경험했고, 남몰래 죄를 저지르는 자의 행복과 어린아이의 순진 무구함으로 거기에 빠져들었다. 한 가지는 분명했다. 근본적으로 아가트가 항상 그의 이해력을 벗어났던 반면, 수잔나는 존재하는 것만으로도 그가 항상 추구해왔고 동시에 상실해가던 것을 구현해내고 있었다. 수잔나는 그에겐 하나의 종교나 다름없었다. 수잔나는 미켈란젤로와 라파엘이 힘을 합쳐 만들어낸 역작이었다. 빅토르는 침대 위에 쓰러졌다. 과도한 긴장감, 과도한 행복감, 결국 크나큰 사랑 때문이었다. 몽롱한 눈빛의 빅토르는 차츰 진정되어 전축을 켰다. 재즈의 선율이 긴장을 풀어줄 것이다. 그런데 수잔나를 기다리고 있는 지금, 왜 슬그머니 아가트 생각이 끼어드는 것일까?

밖에서 세 번의 노크 소리가 들렸다. 그 소리는 수줍었고 불확신과 후회로 가득했지만, 금지된 만큼이나 강한 욕망의 싹을 드러낼 만큼 충분히 솔직했다. 빅토르는 정신이 혼미해졌다. 마치 환각에 사로잡힌 기분이었다. 거기엔 수잔나의 환영이 떠다녔다. 빅토르는 무의식 속에 있는 욕망의 얼굴을 보았다. 그것은 유일무이한 경험이었고 전대미문의 만남이었다. 그의 음울한 부분은 한줄기 빛으로 밝아져 눈부시게 회생하고 있었다. 어둠 속에 함몰될 수도 있었지만 이 여인이 빛으로 인도해주었다.

수잔나는 아직 결정을 내리지 못한 듯 착잡한 마음으로 열린 문 앞에 서 있었다. 빅토르는 그녀를 똑바로 쳐다보았다. 두 사람 모두 입을 다물고 있었다. 그녀의 검은 눈이 강렬하게 그를 목도했다. 수잔나는 빅토르의 시선을 더는 참아낼 수 없었다. 빅토르는 그녀의 손을 잡아끌고는 천천히 문을 닫았다. 수잔나가 눈앞에 있었다. 그녀의 존재감이 지고의 충만함과 온기로 방 안 가득 넘쳤다. 빅토르는 기운이 솟고 행복하고 전지전능한 기분이 되었다. 그는 수잔나의 망토를 벗겨주었다. 여전히 말이 없었다. 빅토르는 수잔나의 입술에 손가락을 갖다댔다가 두 손으로 그녀의 얼굴을 감싸안고 눈망울을 응시했다.

빅토르는 정신이 아득해질 때까지 오래오래 다정한 입맞춤을 해주었다. 수잔나도 똑같은 열정으로 응했다. 그녀는 잠시 몸을 떨다가 점점 허물어지는 자신의 육체에 저항하느라 머릿속으로 안간힘을 썼다. 현기증이 몰려왔다. 머지않아 몸을 맡기게 되리라. 청년의 아름다움, 관능미, 단호한 태도는 그녀의 이성보다 강했다. 그의 존재가 그녀의 사지 안으로 스며들었다. 빨라진 피의 흐름은 조급해진 마음의 충동을 반영하는 것이다. 빅토르는 자기 몸 아래서 여리고 겁에 질린 채, 얼이 빠져 있는, 그리고 행복감과 두려움에 몸을 떠는 수잔나를 느꼈다. 수잔나가 그의 방 안에, 그의 피부 속에, 그의 영혼 속에 있었고, 그의 것이 되었다. 육체적으로나 정신적으로, 마치 강박적인 그 무엇처럼 그녀가 사방에서 그 안으로 들어와 있었다. 빅토르도 운명처럼 유령처럼 강박관념처럼 그녀 안에 들어와 있었다. 수잔나는 한 번도 이런 감동을 느껴본 적이 없었다. 갈색의 거구, 검은 시선, 감미로운 입술, 그리고 헝클어진 머리카락들.

밤은 끝도 숨결도 없었다. 새벽까지 사랑을 나눈 두 사람은 서로의 품에 안겨 잠이 들었다. 빅토르의 땀에 젖은 따스한 피부가 자석처럼 여인을 끌어당겼다. 수잔나는 여태껏 한 번도 이처럼 생생하게 살아 있는 기분을 느껴보지 못했다. 한 번도 그녀의 한숨 속에서 세계가 열리는 것을 본 일이 없었고 남자의 팔을, 가슴을, 등을, 허리를, 허벅지를 이렇게 강렬하게 애무해보지 못했다. 수줍음을 송두리째 던져버린 적도 없었다. 한 번도 이토록 기운차게, 이토록 행복하게, 이토록 조화롭게 자신의 몸을 경험해본 적이 없었다. 그러나 이 밤은 다른 많은 밤을 위한 시작일 뿐이었다.

빅토르는 새벽녘이 되어서야 포만감을 느꼈다. 수잔나는 빅토르로 하여금 끊임없이 탐험에 임하게 만드는 미개척의 땅, 그러나 친근한 땅이었다. 그 땅은 변형을 거듭했던 탓에 탐험의 형태도 한 가지로 단정짓기 어려웠다.

아침에 눈을 떴을 때 빅토르는 더이상 현실세계의 사람이 아니었다. 빅토르는 야릇한 수증기 속을, 단속적이고 사람을 도취시켜 정신을 몽롱하게 만드는 음악 속을 헤매고 있었다.

16

아가트, 수잔나, 아가트, 수잔나. 두 이름이 후렴처럼 빅토르의 머릿속을 맴돌았다. 피카딜리 서커스를 돌아다니는 동안, 끝도 없이 자꾸만 되풀이되는 것이다. 아가트가 여기에 있었다. 수잔나를 향해 달아오른 열정과는 상관없이 빅토르는 아가트에게 관찰당하고 심판당하고 있었다. 아가트는 그를 정말로 사랑할까, 사랑한다면 무슨 이유에서일까? 다른 여인과 특별한 밤을 보낸 이튿 날, 빅토르는 스스로에게 묻고 있었다. 마음이 꺼림칙했다. 아가트와 결판을 내지 못하는 한, 자기 자신과도 결판을 내지 못하리라는 것을 그는 잘 알고 있었다. 빅토르에게 아가트는 운명을 지배하는 정령이었고, 또한 양심의 가책이었다. 다시금 빅토르는 아가트가 자신과는 다른 세계에 속해 있는 사람이고, 수잔나는 자기 세계의 여자라는 확신이 차올랐다.

빅토르는 불확신이 섬광처럼 간간이 스며드는 강렬한 행복감에 자신을 내맡겼다. 굳이 정리하지 않아도 상관없는 일들이었다. 시간이

해결해줄 테니까. 그는 조급해하지 않았다. 물론 다음번에 아가트가 전화를 걸어오면 잘 대해주어야 할 것이다. 그럼에도 빅토르는 아가트가 지금 어려운 시기를 보내고 있으리라는 사실마저 잊고 있었다. 그는 문득 자신이 원망스럽기도 했지만 그렇다고 무얼 할 수 있었겠는가? 운명의 장난이라고 치부해버리는 편이 나았다. 빅토르는 그날 저녁 우연히 수잔나를 만났고, 본의 아니게 마음을 빼앗겨버렸다. 시기 적절하지 않았다 해도 빅토르는 사랑에 빠진 것이다.

아가트의 상황은 좋지 않았다. 혼자서 에스텔의 고민과 타락을, 에스텔 부모의 고통을 견뎌내야 했으니까. 하지만 이것이 아가트에게 예고없이 닥친 일과 무슨 상관이 있겠는가? 빅토르는 아가트가 혼자임을 알았다 해도 한 번도 염려해본 적이 없었다. 아가트는 사람을 걱정시키고 동정심을 자극하는 그런 여자가 아니었다. 그런데 갑작스레 찾아든 이 어렴풋한 회한은 무얼 의미하는 걸까? 아가트라면 빅토르가 이런 정열을 충분히 경험하도록 도와주었을 것이다. 그는 그렇게 믿고 있었다. 이것이 문제였다. 본 모습에 충실하면서 어떻게 여러 삶을 동시에 영위할 수 있겠는가? 아가트는 이런 경우 이론상 승리하는 법을 알았지만 빅토르는 자신의 용기와 능력으로 극복해낼 수 있을지 아직 확신하지 못했다. 빅토르의 마음속에는 이율배반적이지 않게 사랑하며 살려는 치열한 의지가 솟구치고 있었다. 이 두 가지 사랑의 원천은 다름아닌 빅토르 자신이었다. 그러나 그를 이런 길로 인도한 사람이 아가트라고는 해도 빅토르는 기실 그녀의 극단적인 관대함을 믿고 있지 않았다. 아가트가 달리 부르곤 있지만 소위 배신이라고 하는 것을 그녀는 과연 그리 쉽게 받아들일 수 있을까? 아가트는 관대하면서도 질투심이 있고, 개방적이면서도 소유욕이 강한 여자였다. 그녀가 만들어낸 삶의 원칙이 과연 그녀의 본능을 제어할 수 있을지가 의문이었다.

빅토르는 집에 돌아가고 싶지 않았다. 어쩌면 전화를 받지 않기 위해서일지도 몰랐다. 빅토르는 아무도 모르는 장소에서 혼자 깊이 생각해볼 필요를 느꼈다. 공부도 얼마 하지 못한 채 도서관을 나와, 그는 한동안 차가운 밤거리를 배회하며 여기저기서 떠돌아다니는 유령 같은 사람들을 만났다. 걷잡을 수 없는 생각으로 반쯤 넋이 나가 있던 그에게 사람들이 존재한다는 사실이 새삼 놀라움을 자아냈다. 삼십 분 쯤 지나서 음침한 불빛이 새어나오는 술집으로 들어갔다. 술집 벽면은 너절하고 낡은 포스터와 이름 모를 사인으로 도배가 되어 있었다. 아마 어느 길가 도랑에서 우울한 생애를 끝마치기 전 오랜 단골들이 만취 상태로 와서 비망록을 새겨놓은 모양이었다. 이런 장소는 그의 기분과 썩 잘 어울리진 않았지만 너무나 착잡한 마음에 장소를 따질 계제가 아니었다. 빅토르는 얼근히 취기가 오른 두 중년 남자에게 양쪽으로 둘러싸인 채 바에 앉아서 맥주를 마셨다.

그러나 빅토르는 오랜 시간 한 가지 생각에 집중할 수 없었다. 뚜렷한 이유도 없이 그는 아가트와 수잔나 사이에서 흔들리고 있었다. 아가트가 끊임없이 그에게서 앗아갔음에도, 빅토르가 부단히 추구해온 이 안정성을 수잔나가 가져다줄 수 있다면 망명자가 조국을 되찾은 듯 푸근한 마음이 들 것이다. 빅토르는 이 수줍은 여인이 결국에는 자신에게 뿌리를 찾아줄 수 있으리라는 것을 예감했다. 아가트가 모험가인 반면, 빅토르는 조국을 그리워했다. 수잔나를 만나면서 느꼈던 소박한 감동이야말로 지금까지 내색하진 않았지만 아가트와 함께 살면서 느껴온 어려움의 돌파구가 되어주었다. 그렇다고 이러한 어려움이 사랑의 결핍을 의미하는 것은 아니었다. 오히려 이 어려움은 피해갈 수 없는 복잡한 미래, 오직 한 사람 아가트만이 열쇠를 쥔 미래를 의미했다

첫번째 맥주를 단숨에 비우고 빅토르는 한 잔을 더 주문했다. 두 여자와의 관계를 계속 유지해야 한다는 것은 자명했지만, 문제는 어느 한 사람도 잃지 않고 서로 양립시킬 방법을 찾아내는 것이다. 그러기 위해서는 나름의 능력과 용기가 필요했다. 수잔나를 생각하니 이런 무모한 시도가 오히려 빅토르를 고무시켰다. 사실 아가트는 이러한 커플관(觀)이 이념상으로나 정서상으로 필요하기는 해도 어디까지나 이론 단계에 머물 수밖에 없다는 것을 이해할 수 있을 정도로 충분히 깨인 여자였다. 빅토르는 그들 커플의 요구와 광기를 실천해볼 것이다. 아가트가 다른 남자를 사랑할 수 있다는 가정은 한마디로 참을 수 없었다.

그러나 사랑은 사람을 이기적으로 만드는 것이어서, 빅토르는 아가트가 내세우는 삶의 원칙이 어떻게 생겨났는지를 이해하려고 더이상 애쓰지 않았다. 그것이 아가트의 육체적 욕구에서 파생된 것인가, 아니면 정서적 욕구에 따른 것인가? 실제적인 현실을 반영한 것인가, 아니면 단순히 예방 차원의 것인가? 따위의 의문이 사라짐과 동시에 빅토르는 그들이 선택할 수 있는 범위를 머릿속에 그려넣을 수 있었다. 빅토르가 자유롭게 수잔나를 사랑할 수 있기 때문에 아가트는 더욱 소중한 존재였다. 아가트는 이것을 이해해줄 수 있는 여자였다. 하지만 지나치게 민감하고 다른 정서를 지닌 수잔나에게는 결코 설명할 수 없을 것 같았다.

그러나 빅토르가 겪는 혼란도 강도 면에서는 수잔나가 겪는 혼란에는 비할 바가 아니었다. 19세기 소설의 여주인공을 닮은 이 로맨틱한 여인은 남편과 자식에 대한 지극함과, 끝내는 굴하고 만 믿기 어려운 열정 사이에서 만신창이가 돼 있었다. 마음 고생이 어찌나 심했던지 수잔나는 그 이튿날 몸에 이상이 왔다. 처음엔 독감이라 생각했지만 황달 같기도 했다. 원인을 잘 알고 있는 심신쇠약증에 걸려버린 수잔

나는 신념을 어지럽히는 남자에 대한 생각을 쉬이 떨쳐버릴 수 없었
다. 눈물을 펑펑 쏟다가 얼굴을 붉히며 수치심과 행복감 사이에서 갈
피를 잡지 못했다. 빅토르는 첫눈에 수잔나에게서 약간 구식으로 보일
수도 있는 순수함을 간파했고, 그것을 지켜주고 싶었다. 빅토르는 진
정으로 사랑에 빠져 있었다. 진실된 감정이라는, 보잘것없지만 강력한
무기로 빅토르는 두 여자 모두를 정복해야 했다.

깊은 상념에 잠겨, 맥주를 다섯 잔째 비우고 나서 기분 좋게 취기가
오른 빅토르는 이미 텅 비어 있는 술집을 나왔다. 그때가 새벽 두시경
이었다.

빅토르는 평소 습관대로 런던의 다른 구역을 이리저리 배회한 후,
교차로에 도달했다. 교차로는 그가 사는 작은 골목과 통해 있었다. 살
아 있는 거라곤 하나 없이 쥐죽은 듯 고요했다. 실제로 주민이 많지 않
은 동네였다. 그가 사는 건물에서도 빅토르가 유일한 세입자인 것 같
았다. 조심스레 아파트 문을 열었다. 여인의 풍만한 육체를 다시 품에
안고 싶은 욕망으로 그는 간밤의 순간들을 회상하며 몽상에 잠겼다.

자동 응답기에는 아무런 메시지도 남겨져 있지 않았다. 아가트는 전
화하지 않았고 그것이 빅토르를 안심시켰다. 반면 헬렌에게서 기별이
없는 건 갈수록 염려가 되었다. 좀더 정확하게 말하자면 예감이 적중한
셈이다. 헬렌은 자존심에 상처를 입었고, 질투심에 사로잡혀 있었다.

헬렌은 고통스러웠다. 나름의 개념과 원칙에 충실하고 성찰과 관용
의 능력이 있는 아가트일지라도, 만일 이 사실을 알게 된다면 괴로워
할 것이 뻔했다. 부당하게 버림받고도 유유자적할 수 있는 사람은 아
무도 없을 테니까. 사실 빅토르도 아가트가 다른 어느 누구보다도 민
감한 여자라는 걸 잘 알고 있는 터였다.

하지만 이런 복잡한 문제들에만 매달려 있을 때가 아니었다. 이제부

터 빅토르는 놓치고 싶지 않은 현 상황에 잘 대처해나가야 했다. 피로
가 싱숭생숭한 마음을 누그러뜨렸다. 빅토르는 옷을 입은 채로 침대
위에 드러누워 금세 혼곤한 잠에 빠져들었다.

다음날 빅토르는 헬렌을 생각하다 잠을 깼다. 잔인하기 그지없는 그
녀의 시선을 꿈에서 본 것이 틀림없었다. 오늘 화랑에서 헬렌을 만난
다면 그녀는 어떤 표정을 지을까? 이스라엘로 이주한 폴란드 유태인의
통계와 관련한 심도 있는 작업을 하고, 에로틱한 몽상에 잠기고, 점심
식사를 하고, 브리티시 라이브러리의 도서관에서 복사한 소논문을 읽
으면서도, 온종일 그는 헬렌에게 절교당하고 말리라는 예감을 떨칠 수
없었다. 그러잖아도 여러 생각으로 포화 상태가 되어 있는 머릿속으로
헬렌이 이따금씩 파고드는 것이다. 이틀 전 격분해 있던 헬렌과 대면
하기 위해 빅토르는 오후에 연구실을 나설 셈이었다.

층계에서 인기척이 나는지 귀를 종긋 세우고, 빅토르는 스튜디오 문
을 열고 들어섰다. 아무도 없었다. 이렇게 빨리 헬렌을 찾아올 필요가
있는 걸까? 이제는 그녀를 향한 변함없는 우정을 표현하는 길 외에는
달리 선택의 여지가 없었다. 우정이 다른 감정 쪽으로 표류하도록 방
치해둘 수는 없는 노릇이었다.

17

안뜰로 향해 있는 화랑 문 앞에서 빅토르는 마지막으로 주저하고 있었다. 이미 작정을 하고 온 터였지만 헬렌의 불같은 성질에 내심 겁내하고 있었다. 헬렌은 말을 거칠게 하는 버릇이 있어서, 그를 뜻하지 않은 방향으로 몰아갈 수도 있었다. 그녀는 상처받은 자존심 때문에 족히 악의적으로 우정에 종지부를 찍을 수도 있는 여자였다.

문을 열자 겨울 추위를 뚫고 갑작스레 몰려오는 더운 공기처럼 헬렌의 목소리가 그의 숨을 턱 하고 조여왔다. 헬렌의 향수 냄새가 코끝을 간질이자, 흰색의 빈 공간을 가득 메우고 있는 그녀의 존재가 느껴졌다. 그녀는 사흘 후에 있을 미술전을 위해 최근 전시작들을 걸고 있는 중이었다. 헬렌은 이런 작업을 달가워하지 않았다. 물건을 깨뜨리거나 그림에 흠집이라도 나지 않을까하는 마음에서 비롯된 두려움을 차치하고라도, 작업실 관리와 육체적 피로와 책임감이 내심 부담스러웠기 때문이나. 빅토르노 잘 아는 사실이었지만 달리 선택이 어지기 없었다. 꾸물대지 말아야 했다. 그렇지 않으면 그녀가 그 틈을 타서 선수치려 들지도 몰랐다. 빅토르는 모든 잡생각을 일거에 잘라버리고, 헬렌이 하던 일을 중단시킬 참이었다. 마침 헬렌은 마분지 상자를 떨어뜨린 일꾼 한 명을 공연스레 나무라고 있던 차였다.

"기분이 아주 좋아 보여! 잘 됐어. 당신을 만나고 싶었는데."

"최악의 순간에 사람 일을 방해하는 게 자기 버릇인가 보지? 잘 모르시나본데, 우린 늦었어. 단 일 분도 내줄 수 없다구."

"이틀 전부터 날 증오하고 저주하는데, 너무하잖아. 헬렌, 정말 고약해. 당신이 나한테 이렇게 고약하게 굴 이유도 없지만 그럴 권리는 더더군다나 없어."

"내가 고약하다고! 지난번 저녁에 당신이 얼마나 불쾌하고 추악하게 굴었는지 알기나 해?"

"내가 아니고 다른 사람이었다면 신경도 안 썼을 일을 가지고 부풀리지 마. 당신을 공개석상에서 웃음거리로 만들고, 사교 만찬에서 망신을 주고, 베르니사주에서 소동을 벌인 자기 촌뜨기 애인이 어디 한두 명이야? 그럴 때는 별로 곤란해하지 않았던 것 같은데. 아무것도 아닌 일로 갑자기 왜 이러는지 정말 알다가도 모르겠어."

"첫째, 내 애인들을 촌뜨기로 취급하는 건 용서치 않겠어. 둘째, 그날 저녁 내내 자기 넋을 빼놓은 여자를 조금만 정신 차리고 본다면 적어도 안목이라는 게 뭔지는 배울 수 있을 거야."

"그 여자가 싫다면 왜 초대를 했지?"

"직업상의 인간관계라는 것도 몰라, 그런 말은 들어본 적도 없나 보지?"

"명심해, 나도 내 인생쯤은 내 마음대로 살아갈 권리가 있다구. 설교 따위는 집어치워."

"충고 고맙군, 빅토르. 하지만 이젠 그런 충고 따윈 필요없어."

"화내봤자 고작해야 일 주일도 못 가면서 왜 그래. 전화 기다릴게."

빅토르는 문을 꽝 닫고 나갔다. 헬렌의 목소리는 떨리고 있었고 목이 잠겨왔다. 만일 빅토르를 붙잡을 수만 있다면, 과거로 돌아갈 수만 있다면, 그 나이든 여자를 소개하지 않았더라면…… 헬렌은 분을 못 이겨 두 주먹을 꽉 움켜쥐었다. 헬렌은 일꾼들 중 하나에게 화풀이라도 하듯 다시 고함을 지르기 시작했다.

빅토르는 천천히 층계를 올라갔다. 이보다 더 심하게 할 수도 있었다. 적어도 곪은 종기는 터뜨린 셈이었다. 헬렌은 돌아올 것이다. 빅토르는 그렇게 확신했다. 그런데 그가 깨뜨린 것은 무엇인가? 그 둘 사이에 정확히 무엇이 깨져버렸는지 전혀 알 수가 없었다. 둘의 관계는 이젠 더이상 예전과 같을 수는 없을 것이다.

다시 일을 시작하기가 어려웠다. 도무지 정신이 집중되지 않았다. 사고를 교란시키는 이 혼란스런 감정을 그대로 분출시켜버리면 어떨까? 그것을 그냥 폭발하도록 내버려두면 어쩌면 어떤 논리가 정연하게 세워질지도 모를 일이었다.

18

빅토르의 마음을 사로잡는 뭔가 알 수 없는 것이 있었다. 말로 표현할 수도 없고 생각나지도 않았지만, 그는 가슴이 차오르는 걸 느꼈다. 그것은 뭐라 형언할 수도 없고, 생각할 수도 없고, 이해할 수도 없는 경험, 세상과는 동떨어진 색다른 경험이었다.

빅토르는 스튜디오를 나왔다. 신선한 바람을 쏘이면 기분이 한결 나아질 것 같았다. 그는 풍성한 양모 스웨터에 회색 목도리를 두르고, 낮 시간을 밖에서 보내고 싶어질 경우를 대비해 바에서 작업을 할 수 있도록 배낭에다 책 몇 권을 부랴부랴 쑤셔넣었다. 아파트를 내려와 포장도로 쪽으로 향해 난 문을 열고 화랑 앞을 지나가다, 헬렌이 아직 있는지 보려고 안을 살폈다. 뜻밖에도 자리에 없는 것 같았다.

일꾼들은 반쯤 찬 상자 위에 걸터앉아 크레이븐 A담배를 피우며 헬렌의 고약한 성미에 대해 분풀이를 하고 있었다. 빅토르는 건물을 빙 돌아서 상가 쪽으로 걸어갔다. 인도는 사람들로 북적거렸다. 주중인데도 상점은 손님들로 붐볐고, 레스토랑과 스낵 코너도 미어터질 듯했으며, 길거리는 형형색색의 시끌벅적한 사람들로 넘쳐났다. 오늘 런던에 무슨 일이라도 벌어진 걸까? 자기가 그토록 마음의 격동을 겪는 동안에도 삶은 멈추지 않고 계속되고 있다는 사실이 불현듯 빅토르의 뇌리를 스쳤다. 도시는 그가 두고 떠나왔던 상태 그대로 여전히 활기차고 거칠고 무질서했다. 유모차에 아기를 태우고 지나가는 엄마들, 도도함과 의구심에 차 있는 여학생들, 술집 뒷방으로 맥주 상자를 날라다 부리는 헬멧 쓴 남자들, 바삐 움직이는 사업가들, 친구들끼리 점심을 먹으며 남자친구를 화제로 수다를 떠는 여자들. 빅토르는 그런 런던의 모습을 그 동안 쭉 보아왔으면서도 모르고 있었다.

빅토르는 식료품 가게로 들어가서 우유 네 병, 햄, 버터, 그리고 식빵과 뉘텔라를 샀다. 족히 사흘분 먹거리는 될 듯싶었다. 계산을 하고 나니 수잔나가 배고플지 모른다는 생각이 들었다. 수잔나에게 식사를 준비해주고 그 참에 몇 마디 건넬 수 있겠지. 지금까지는 대화를 소홀히 해왔다. 솔직히 말하자면, 빅토르는 그녀와 대화하고 싶은 의향이 있었는지조차 확신하지 못했다. 육체적인 접촉과 침묵, 일상의 시간으로부터 훔쳐낸 부적절한 시간을 할애해 이곳에 와 있다는 사실, 순간순간 겪는 몽환 상태, 그들의 독특한 성격 탓에 갓 맺어진 두 사람은 다른 생각을 할 여유가 없었다. 하지만 언젠가는 다른 단계로 나아가 아직 서로를 잘 모르고 있는 두 사람간의 진정한 만남이 이루어져야 할 것이다. 빅토르는 전부를 원했다. 수잔나의 육체도 고스란히 원했지만, 그 육체가 말을 하고, 자신과 자연의 삶을 이야기해줄 것을 바라고 있었다. 빅토르는 가게 진열대에서 면발이 납작한 파스타와 훈제 연어, 생크림, 그리고 밀라노 식으로 요리할 에스칼로프(얇게 서민 살코기 ― 옮긴이)를 골랐다. 그는 빅찬 마음으로 가게를 나왔다. 또 하나의 행복한 저녁을 실현시키기 위해 이미 첫발을 내디딘 셈이었다. 그런데 수잔나가 때맞춰 시간을 낼 수 있게 하려면 어떤 방식으로 미리 연락을 취할 수 있을까? 두 사람은 전화 발신음을 신호로 삼기로 합의했다. 전화벨이 두 번 울리도록 내버려두었다가 곧 전화를 다시 걸기로 한 것이다. 만약 남편이 받게 되면 빅토르는 목소리를 약간 변조해 잘못 걸었다고 말하든지, 그의 아내에게 배달할 물건이 있다고 하든지, 어릴 적 친구라고 한다든지 해서, 어떤 구실이라도 둘러대야 할 처지였다. 빅토르는 이런 사태가 일어날까봐 내심 겁이 났지만 달리 방법이 없었다. 다행히도 수잔나가 전화를 받았다. 수잔나가 그를 '선생님'이라고 부른다면 그것은 남편이 옆에 있다거나 그녀가 말할 수 없는 어떤 곤란한 입장에 처해 있다는 뜻이다. 어떤 경우에도 통화는 짧게 끝내기로 되어 있었고, 만날 약속도 신속하게 정해야 했다. 그들이 처음이자 유일하게 밤을 함께 보낸 이튿날 아침, 수잔나가 떠나기 직전에 정한 약속이었다. 수잔나는 그토록 교활하게 배신을 계획하는 자신을 발견하고는 두 눈을 내리깔았다. 그러나 이 아이디어는 그녀의 머리에서 나온 것이다. 수잔나는 아마 처음으로 진정한 사랑에 빠진 모양이었다.

빅토르는 전화선 저쪽 끝에서 낮은 목소리가 들리자 이마가 빨갛게 달아오르고 손이 축축하게 젖어오는 것을 느꼈다. 수잔나의 목소리는 감격하여 떨리고 있었다. 빅토르는 자기와 함께 저녁 시간을 보내자고 수잔나를 설득하며 아무 구실이라도 둘러대라고 했다. 그녀는 망설이는 것 같았다. 전화선으로 전해지는 두 사람의 목소리는 내내 말없는 행복감과 크나큰 욕망을 발산했다. 잠시 후, 수잔나는 일곱시경에 그를 만나러 오겠다고 약속했다. 하지만 밤을 보내는 것은 무리였다. 됐다! 수잔나는 오늘 저녁 그의 앞에 있을 것이다. 처음에는 수줍게, 그 다음에는 덜 수줍게, 그리고 결국은 그의 품에 안길 것이다. 빅토르는 그 즉시 아파트로 돌아와 집안 청소를 했다. 저녁 때까지의 기다림은 한없이 길 것만 같았다. 뭔가를 해야만 했다. 일이 손에 잡히지 않아 오후 나절에 영화관에 갔는데, 거의 혼자나 다름없었다. 빅토르는 설레는 마음에 영화에도 집중하지 못했다.

아가트에게서는 여전히 전화가 걸려오지 않았다. 빅토르가 집으로 돌아온 지 얼추 한 시간 반이 지났다. 오후가 저물어가고, 주저하는 수잔나의 손이 다시 아파트 문을 두드리게 될 시간이 가까워오고 있었다. 그후에는 무슨 일이 벌어질지 알 수 없었다. 기다리는 동안 빅토르는 저녁식사를 준비했다. 라디오에서 '세계 뉴스'가 나왔다. 빅토르는 건성으로 들으며, 제목도 생각나지 않는 옛 노랫가락을 흥얼댔다. 수잔나가 전화를 할까, 아닐까? 어쨌든 일곱시경에는 전화 코드를 뽑아놓을 심산이었다. 순전한 환희에 젖어, 이런 현실적인 문제들까지는 염두에 두지 못하던 터였다. 저녁 시간이 무르익을 무렵 아가트가 전화를 걸어올 수도 있었다. 그렇게 되면 그의 삶에서 중요한 일부를 어떻게 수잔나에게 숨길 수 있겠는가? 빅토르는 거짓말에 익숙하지 못했고, 행복감과 두려움 사이에서, 초조한 기다림과 근심 사이에서 흔들리고 있었다. 하지만 사랑이라는 명목 아래 자신감을 갖고, 손바닥 뒤집듯이 능수능란하게 거짓말로 둘러댈 것이다. 당분간은 거짓말하는 것이 중요했고, 중요한 모든 것은 어딘가 진실과 결부되어 있었다.

갑자기 층계에서 발소리가 났다. 발소리는 가까워졌다가는 이내 다시 멀어졌다. 빅토르는 호흡을 멈췄다. 만일 헬렌이 후회가 되어 찾아온 것이라면? 헬렌일 가능성도 있었다. 어떻게 이렇게 태평할 수 있었을까? 만일 헬렌이 꼴도 보기 싫어하는 수잔나가 스튜디오에 있는 모습을 보기라도 한다면, 이번에는 정밀이지 헬렌과의 화해가 영영 불가능해질 터인데, 그러나 빅토르는 무엇보다도 수잔나 생각을 해야 했다. 만일 현장에서 헬렌에게 들키기라도 하는 날이면 수잔나는 상처입은 마음을 추스르지 못할 것이다. 수잔나를 상심하게 만들거나 아니면 그녀를 영영 잃어버릴 수도 있다. 빅토르는 지금 지내는 이곳이 자기 집이 아니라는 사실과 이 스튜디오가 수잔나를 만나고 있다는 사실을 몰라야만 하는 바로 그 여자의 소유라는 사실을 어떻게 잊고 있었던 것일까! 과연 빅토르는 몰래 하는 사랑에는 완전 문외한이었다. 경솔하고 무책임한 어린애 같았다. 발소리가 다시 가까워졌다. 빅토르는 실신할 것만 같았다. 수잔나가 아니면 어떻게 하지? 만일 아가트가 그를 놀라게 하려고 직접 찾아온 거라면? 이번에는 발소리가 아파트 문 앞에서 멈췄다. 누군가의 손이 문을 두드리는 소리가 들렸다. 연약한 손, 망설이는 듯한 손이다. 문을 열어야 할 것인가? 빅토는 모두 다 털어놓고 자멸해버릴 수 있을 것 같은 심정이었다. 그러나 마음을 다잡았다. 무슨 일이 있더라도 단호한 태도를 보여야 했다. 빅토르는 떨리는 손으로 문을 열었다. 겸연쩍은 듯 두 뺨을 붉게 물들인 채, 수잔나가 꼼짝 않고 자기 두 발을 내려다보고 있었다. 그녀를 부드럽게 포옹하던 빅토르는 이내 있는 힘껏 끌어안았다.

두 사람의 몸은 더이상 떨리지 않았다. 둘은 어린애처럼 방 안으로 들어왔고, 빅토르가 문을 닫았다. 둘이 함께라면 어떤 위험이라도 무릅쓸 각오가 되어 있었다. 오늘 저녁은 그 둘의 몫이니 아무도 방해하지 못할 것이다. 그가 첫마디 말을 입 밖에 내자, 수잔나는 곧 긴장을 풀고 수줍게 웃으며 별다른 저항 없이 그의 키스에 응했다.

그들은 임시변통으로 차린 식탁을 사이에 놓고 넓은 쿠션 위에 앉아 저녁식사를 했다. 빅토르는 한껏 분위기를 내기 위해 정성 들여 여러 가지 효과 장치를 준비해두었다. 마분지 상자 위에 나무판을 얹어놓고 아프리카 천으로 덮어 식탁을 장식하고, 스튜디오 안에 여러 개의 양초를 켜두어 종교적이면서 동양적이고 내밀한 분위기가 흐르도록 했다.

　수잔나는 우아하고 느린 몸짓으로 다소곳이 식사를 했다. 빅토르는 수잔나가 그녀 자신에 대해 말하기를 바랐다. 사실 그는 수잔나가 어떤 사람인지 모르고 있었다. 수잔나는 자신의 어린 시절과 젊은 시절에 관해 단편적으로 이야기해주었고, 자신의 일, 어떻게 해서 조각을 하게 되었는지에 대해서도 말해주었다. 그녀는 하나도 중요해 보이지 않는 내용을 강조하는가 하면 또 어떤 것에 대해서는 아예 입을 다물었다. 그래서 이야기는 어딘가 부자연스러운 감이 없지 않았다. 그녀는 부모의 어려웠던 이민 생활, 영국에 도착했을 당시의 가난, 그들이 전전했던 무수한 직업들, 그녀가 거두어야 했던 남동생과 여동생에 대해서 허심탄회하게 이야기했다. 결국 아버지는 안정적이기는 하지만 평범하지 않은 일거리를 찾아냈다. 문화재 복원 작업을 하는 석공이었다. 수잔나에게 조각가라는 직업에 입문하게끔 전기를 마련해준 사람은 다름아닌 아버지였다. 돌에 대한 사랑, 돌의 감촉이 전하는 관능성, 돌 다듬는 작업의 거친 성향, 재료에 따라 돌에서 각기 다른 형태를 추출해내는 상상력을 불어넣어주었다. 미술학교에 들어간 수잔나는 수업료를 벌기 위해 청소년 시절부터 박물관에서 야간 경비원으로 일했다. 밤이면 테이트 갤러리 관람실을 순찰하며, 터너(런던 출신의 풍경화가 — 옮긴이)나 베이컨(더블린 출신의 영국 화가 — 옮긴이)의 그림 앞에서 몽상에 잠겼고 낮이면 그림을 그리고 데생을 하고 점토를 반죽하고 직접 대리석을 깎았다. 그녀는 우수한 학생인데다 재능도 겸비했다. 그녀의 재능을 단번에 알아본 선생들은 작품 제작을 도와달라고 수잔나를 무르기 일쑤였고, 때론 모델이 되어 포즈를 취하는 일도 있었다. 그러나 쉽지 않은 일이었다. 주윽 날씨 탓에 팔다리가 끊임없이 저려오고, 졸음이 쏟아지는데다 권태로웠다. 드디어 런던의 작은 화랑에서 첫번째 전시회를 가졌다. 수잔나는 그것이 자신을 세상에 선보이는 일생일대의 사건이라고 생각했지만 그로부터 오 년 후 현재의 남편을 만나고 나서야 화단에 본격적으로 진출할 수 있었다고 했다. 빅토르는 그녀의 말을 한마디도 놓치지 않으려고, 몸 전체를 앞으로 내밀고 귀를 기울였다. 그녀의 목소리는 그를 평온함으로 가득 채워주었고, 아기 요람처럼 부드럽게 흔들어주었다. 그에게 이런 분위기는 새로우면서도 익숙하게 느껴져 수잔나가 이미 오래 전부터 자신의 여자였던 것 같은 기분이 들었다. 빅토르는 부드러운 몸짓과 그윽한 목소리의 이 여인을, 그녀의 과거의 삶을, 완벽한 순진무구함에 녹아 있는 원숙함을, 이 여성적인 존재를 간절히 원했다. 그는 자신의 마음속에서 찾을 수 있다고 믿었던 이런 평화를 절실히 필요로 했다. 그 여인이 눈앞에 있었고, 그를 만족감으로 한껏 채워주고 있었다.

빅토르가 디저트를 가져오는 동안, 이번에는 수잔나가 너무 말을 많이 한 것이 겸연쩍은 듯 그에게 질문했다. 빅토르 역시 자신의 어린 시절과 현재 하고 있는 일을 이야기했지만 파리의 생활에 대해서는 언급하지 않았다. 그가 하는 이야기 속에는 아버지와 디미트리 등 엄밀히 그의 가족들만이 등장했다. 논문 이야기, 부모 집으로부터 독립하게 해준 고등사범학교 이야기, 오로지 공상과 희망을 통해서 벗어날 수 있었던 자신의 침울했던 성격에 대해서도 이야기했다. 그러나 아가트를 빼놓고 그의 삶을 이야기하기란 쉽지 않았다. 그녀를 제외시킨다는 건 빅토르의 이야기에서 주요 관심사와 알맹이를 빼내는 것이나 다름없었다. 그의 머릿속에 떠오르는 모든 내용이 그에게는 거짓말 내지는 맥빠지는 이야기처럼 들렸다. 그러나 수잔나는 그렇게 생각하는 것 같지 않았다. 빅토르가 이야기하는 삶은 수잔나에게는 오히려 감동적이

고 용기 있고 알차 보였으며 그녀가 사랑하는 남자에게 꼭 어울리는 것
이었다. 수잔나의 두 눈은 어느새 감동으로 빛났다. 그 감동은 바보같
이 사랑에 빠진 순진하고 맹목적으로 매료된 어린아이의 그것이었다.

　식사가 끝났다. 그러나 두 사람 다 헤어지고 싶지 않았다. 그녀가 처
음에 예정했던 시간이 넘도록 둘은 나란히 누워서 이야기의 대미를 최
대한 나중으로 미뤘다. 이윽고 시계를 본 수잔나는 소스라치게 놀라며
부랴부랴 옷을 입고서 런던의 어두운 밤 속으로 달려나갔다. 행복해진
수잔나는 즐거움에 들뜬 소녀처럼 텅빈 거리로 날아가듯이 달려갔다.

　잠에서 깬 빅토르는 아가트에게 전화를 걸었다. 현재의 삶이 아무리
강렬하다 할지라두 두 어쩔 수 없었다. 아가트는 좀처럼 ㄱ의 머릿속을
떠나지 않았다. 그녀에 대한 생각을 떨쳐버릴 수 없었다. 몸을 휘감은
검은색 시트 밖으로 힘겹게 빠져나오는 동안 빅토르는 결심한 듯 수화
기를 집어들고, 다시 생각해볼 것도 없이 외우고 있던 전화번호를 눌
렀다. 신호음이 들리자, 그는 자신이 전화를 걸고 있는 사람이 분명 아
가트임을 새삼 깨달았다. 그러나 그것은 예전의 아가트가 아니었다.
그녀는 더이상 그의 삶을 속속들이 알지 못했고, 달리 보면 빅토르는
점차 그녀를 벗어나고 있었다. 그러나 그가 그렇게 살도록 만들어놓은
사람은 아가트였다. 그의 자유로운 행동 하나하나도 결국 따져보면 아
가트에게서 기인한 것이고, 그가 저지르는 불성실함마저도 결국은 그
녀에게로 귀결되었다. 아가트는 빅토르가 언젠가 감행하게 될 비밀과
위선에 미리부터 개입해 있던 셈이다. 아가트가 있기 때문에, 그녀가
수잔나를 알고 또 소유하도록 빅토르에게 허락했기 때문에 수잔나는
존재하는 셈였나. 신호음이 울렸나. 빅토르는 시간이 갈수록 섬섬 더
불안해졌나. 만일 아가트가 전화를 받는다면 뭐라고 말할 것인가? 그

녀를 사랑한다고? 이 말은 지극히 확연한 사실이면서도 거짓이었다. 그가 이렇게 말하는 일은 매우 드물었고, 대개는 그냥 지나쳐버렸다. 빅토르는 아가트에게 설명하고 싶었다. 하지만 무엇을 설명한단 말인 가? 도무지 알 수가 없었다. 다른 여자를 사랑한다고? 그것이 무슨 설 명이 되겠는가? 하지만 그를 이해해줄 유일한 여자는 아가트뿐이었다. 빅토르 자신보다도 더 잘 이해해줄 것이 틀림없었다. 빅토르는 이제 초조하게 아가트의 목소리를 기다렸다. 말의 흐름을 간간이 끊어놓던 다소 허스키한 음색. 빅토르는 새삼 그리고 여느때와 다름없이 아가트 의 목소리가 듣고 싶었다. 언제부터 아가트의 어조 하나하나를 기억하 지 못하게 되었을까? 빅토르는 그토록 소홀했던 자신이 원망스러웠다. 그녀를, 그의 고향이고 일상의 양식인 아가트를 버려둔 자신이 미워지 는 거였다.

왜 전화를 받지 않는 걸까? 혹시 자고 있을까? 아니면 어제 저녁에 외출을 했던 걸까? 하지만 누구하고? 남자일까? 시간을 보니 아직 아 홉시밖에 되지 않았다. 아가트 역시 나름의 삶을 살고 있다는 것을 빅 토르는 미처 생각하지 못하고 있었다. 어쩌면 애인들을 만나거나, 애 인 집에서 잠을 자는지도 몰랐다…… 마음속으로 엉뚱한 질투심이 슬 그머니 고개를 들었다. 하지만 빅토르는 애써 부인했다. 여섯번째 벨 소리가 울리고 자동 응답기가 돌아가기 시작했다. 아가트는 수화기를 들지 않았다. 대체 이 시각에 어디에 간 것일까? 메시지가 달라져 있었 다. 한 보름 동안 전화가 없는 시골집에 가 있겠다는 내용이었다. 하지 만 집 밖의 가장 가까운 공중전화로 자동 응답기를 자주 확인해보겠다 고 했다. 빅토르는 수화기를 내려놓았다. 그러니까 아가트는 파리에서 한 시간 반 거리에 있는 고모 집에 간 거였다. 아가트의 고모는 허름한 농장에서 말을 키우며 살았다. 아가트 아버지의 누이동생으로, 그녀는 고모를 무척이나 따랐고, 빅토르도 농장에서 바캉스를 보낸 적이 있어 고모와도 잘 알고 지내는 사이였다. 아가트는 말을 곧잘 탔고, 빅토르를 사귀기 전까지는 고모 집에 정기적으로 들르곤 했다. 생활에 변화가 찾아온 후에도 고모에게 전화거는 일만은 빼놓지 않았고, 아가트가 엄마처럼 믿고 따르는 고모와 줄곧 애정 어린 관계를 유지해온 터였다.

빅토르는 자기가 원하는 때에 아가트와 접촉할 수는 없으리라는 것과 아가트가 먼저 연락을 취해올 때까지 기다려야 한다는 것을 알았다. 이건 아가트의 특권이기도 했다. 빅토르는 당장 아가트의 부모님 집으로 전화를 걸었다. 아가트가 자신에게 예고하지 않은 이 결정에 대해 어쩌면 그들은 뭔가 알고 있을지도 모른다는 생각이 들었다. 빅토르는 아가트의 어머니에게 잠을 깨워 죄송하다며 급한 일이 있어서 따님이 어디 있는지 꼭 알아야 한다고 말했다. 그러자 R부인은 딸보다도 훨씬 더 밝고 허스키한 목소리로, 자신도 모르게 라틴 억양을 섞어가며 또박또박 일러주었다. 아가트가 고모네 농장에서 일 주일 이상 머무를 예정으로 아버지와 함께 떠났고, 두 사람 모두에게 휴식과 친밀감이 필요했다고. 그들은 책을 여러 꾸러미 가져갔다. 그리고 예전처럼 둘이 함께 시간을 보내기로 했던 것이다. 부인도 주말에 그들 부녀를 만나러 갈 거라고 했다. 떠나기 전, 아가트는 저녁 내내 그와의 접촉을 시도했지만 연락이 닿질 않아, 대신 간단한 메시지를 남겨놓았다고 했다. 가능한 한 빨리 다시 전화하겠다는 메시지였고, 더불어 그가 과연 아직도 살고 있는지 의심스러운 스튜디오에 사통 응답기를 설치한다고 해도 사치는 아닐 거라는 지적도 하더라고 했다. 죄근 늘어 빅토르는 자기 스튜디오에 거의 들르지 않았다.

아가트와 접촉할 수 없다는 사실에 빅토르는 갑자기 고통스러워졌다. 앞으로 어쩌면 그녀의 목소리를 일 주일 이상 듣지 못 할는지도 몰랐다. 영국은 이국 땅이다. 빅토르는 불현듯 영국과의 모든 관계를 끊어버리고 싶은 충동이 일었다. 그러나 속수무책이었다. 아가트가 아버지와 함께 시골로 떠났다면, 꼭 그래야만 했을 것이다. 고독과 휴식과 사색이 필요했을 것이다. 아가트는 느닷없이 혼자 있고 싶다거나 아버지와 단둘이 있고 싶은 충동을 자주 느끼곤 했다. 지극히 행복하면서도 소란스러운 세상을, 잦은 외출을, 과도한 행동을, 유희와 춤을, 능력의 수위를 넘어서는 극한의 상황에서 달아나고 싶어지는 것이다. 어쩌면 아가트는 가식 없는 고독의 거울 속에서 발가벗은 몸으로, 대지를 어루만지는 무한량의 바람을 맞기 위해 빅토르 없이 지낼 필요를 느꼈는지도 몰랐다. 빅토르는 그러한 배경 속에서 몸의 열기로 코와 두 뺨이 약간 발그레해진 아가트가 낡은 레인코트 주머니에 두 손을 찔러넣고 발에는 앵글부츠를 신고서 얼음처럼 차가운 돌풍과 맞서 싸우는 모습을 그려볼 수 있었다. 바람에 저항이라도 하듯 정신을 다잡고 걸어가거나, 날아갈 듯하지만 습하고 비옥한 흙 속에, 검고 단단한 흙 속에 뿌리내린 듯 꼿꼿이 걸어가는 모습이 눈앞에 그려졌다. 벌판 한가운데 홀로 서 있는 아가트가 보이는 것만 같았다. 되는 대로 풀어헤친 머리카락을 휘날리며, 두 눈을 상처 입은 내면에다 붙박아버린 아가트. 아가트는 자신의 고향땅을 사랑했다. 그녀는 고향에 깊이 뿌리내린 여자였다.

아가트가 필요했다. 빅토르는 그녀가 보고 싶었다. 꼭 여기에 있어야 할 아가트가 너무 멀리 있는 것이다.

빅토르는 사랑에 빠져 있었고, 두 여인 모두를 사랑했다. 이 두 여자는 서로 양립할 수 있었다. 한 여자를 잃는 것은 되레 다른 여자마저 포기하는 격이 될 것이다.

19

아가트는 네시의 기마 산책에서 돌아오고 있었다. 고원과 경주장과 언덕을 두루 돌아서 왔다. 길가에 비스듬히 뻗어 있는 나무줄기들, 사유 저택 안으로 들어가지 못하도록 둘러쳐 있지만 그녀가 재미 삼아 뛰어넘곤 하는 흰색 페인트칠 된 나무 등의 장애물을 건너뛰었다. 울타리와 흙과 돌과 초목으로 무질서하게 짜여진 높고 낮은 장애물을 넘었다. 아가트는 광물성 장애물을 좋아했다.

변덕을 부리는 말 위에서, 고무 고삐를 어찌나 단단히 움켜쥐었던지 상채기가 난 손에서 열이 났고, 볼도 시려웠던 아가트는 그런 상태로 그럭저럭 말을 평보로 돌아오게 할 수 있었다. 한편 달리고 싶어 안달이 난 짐승의 힘찬 근육이 넓석다리에까지 전해져왔다. 아가트는 땀으로 번들거리는 말의 털, 거품과 분노로 축축해진 매끈하고 검은 피부의 떨림을 좋아했다. 성질 거친 동물이 가하는 위협은 아가트의 어렴풋한 욕구와 쾌감을 자극했다. 반항하며 날뛰는 순종 말을 길들여 기

세를 잠재우는 일은 말과 한몸을 이룬 젊은 여자의 단단한 손에 예속돼
있었다. 도전에 대한 무의식적 집착을 보이는 아가트는 그렇게 자신이
올라타고 있는 짐승과 하나가 되었다. 아가트는 이렇게 무상으로 주어
지는 위험과 말과 실랑이하며 계속되는 오랜 산책을 즐겼다. 그리고
그럴 때면 짐승과의 일체감만이 아닌 짐승을 매개로 한 전(全)자연과
의 융합을 경험하곤 했다.

　농장으로 돌아오니 고모와 아버지가 점심식사를 함께 하려고 아가
트를 기다리고 있었다. 벌써 두시였다. 그들 모두 배가 고파오기 시작
하던 차였다. 아가트는 이렇게 셋이 함께 하는 식사 시간을 좋아했다.
그들은 때로 아버지가 발행하는 최근 저작물에 대해 이야기하거나 때
로는 마구간이라든가 망아지와 암말의 건강 상태, 새로운 설비품 이야
기, 그리고 지난해 밀과 유채의 수확 소식, 수확 여부를 좌우하는 기상
예보, 올해의 포도주 품질 따위를 이야기하기도 했다. 이런 이야기를
나누면서 채소밭에서 가꾼 야채와 육류, 보르도 산 포도주, 염소 치즈,
양젖 치즈, 오베르뉴 산 치즈 등을 곁들여 전원의 식사를 즐겼다. 그리
고 고모의 특기인 영국식 크림과 과수원에서 따온 사과도 맛보았다.
아가트는 야외에서 육체 운동에 시달린 탓에 항상 배가 고팠다. 그럴
때면 자신의 몸 안에 있는 산소와 근육과 건강과 신체 발달의 저장고를
다시 채워주어야 할 것 같은 기분이 들었다. 아가트는 승마를 하고, 마
구간 한 칸 한 칸의 밀짚을 갈아주고, 말들을 훈련시키고, 혼자서 오랜
시간 산책하면서 낮 시간의 대부분을 보내곤 했다. 농장으로 돌아올
때는 이미 어둠이 내려앉은 뒤였다.

　아가트는 불가에 앉아, 지금껏 미뤄두었던 책들을 꺼내 읽었다. 그
렇지 않으면 대지 한가운데 외따로 떨어진 채 보내는 매일의 평온함 속
에서, 나무와 하늘에 둘러싸여 좋아하는 철학자의 저작물에 몰두했다.

아버지는 아가트 옆에서 글을 썼다. 많은 주석을 다느라 아버지의 펜이 종잇장을 스치는 소리와 함께 간간이 한숨 소리가 들려왔다. 아가트가 문득 물을 마시고 싶거나 소시지 한 조각이 먹고 싶어 부엌으로 가면, 고모는 저녁식사를 준비하고 계셨다. 그러면 아가트는 할 줄도 모르면서 도와주겠다고 한다. 고모는 자기 오빠만이 아니라 조카딸에 대해서도 잘 알고 있었다. 이들 부녀는 얼굴 표정이라든가 무의식적인 언어 습관, 버릇과 좋아하는 것, 주요 관심사, 윤리관과 다채롭고 험난한 세상을 바라보는 견해까지도 서로 닮아 있었다. 이들은 자아를 극복함으로써 세계를 정복하기로 결심한 사람들이었다. 마음씨 좋은 고모는 아가트가 반죽에 손대는 일을 너그러이 면제해주었다. 그러면 아가트는 자른 소시지 대여섯 조각과 술잔을 들고 돌아와 그것을 아버지의 책상 위에 내려놓는다. 그러면 아버지는 한숨 돌리기 위해 다정한 눈길을 보내며 삼십 분가량 일을 멈추고 딸과 이야기를 나누었고, 딸은 아버지의 무릎에 앉거나 소파에 등을 기댄 채 팔짱을 끼고 앉아 숱이 성긴 노인의 머리를 쓰다듬었다. 아버지는 지긋한 나이에도 불구하고 정치적 혹은 윤리적 사고에 있어서는 아가트가 지금까지 알아온 누구보다도 젊었다.

아버지와 딸은 완벽한 듀오를 이뤘다. 외부인뿐만 아니라 식구들까지도 이들 부녀에게는 당할 자가 없었다. 두 사람의 공모에는 말이 필요없었고 침묵으로 족했다. 이렇게 서재에 함께 있을 때면 둘은 일심동체가 되는 것이다. 아가트는 셀 수 없이 많은 플레이아드 판 서적들이 꽂혀 있는 이 서재에서 어린 시절을 보냈고, 오후의 기마 산책 후에 그 책들을 읽고 또 읽었다. 아버지는 책을 선택하고 문학적 소양을 갖추는 데 있어 아가트에게 방향을 제시해왔다. 그렇지만 아가트에게 철학을 공부하라고 권유한 적은 단 한 번도 없었다. 철학은 그녀 스스로의 선택이었다. 아가트는 철학을 공부하여 아버지와 다른 길을 갔지만, 그것이 아버지와의 단절을 의미하는 건 아니었다. 오히려 두 사람은 상호 보완적인 관계로 발전해갔고, 그때부터 아버지와 딸은 서로 닮았으면서도 서로 다른 두 사람, 나름의 평등하고 독자적인 삶을 꾸려나갔다. 그러나 고민거리가 생겼을 때, 둘은 서로의 곁에서 오래 머물며 마음의 위안을 얻었다. 두 사람은 상대방에게서 자신의 모습을 발견했고, 함께 있을 때 가장 자신과 흡사함을 느꼈다.

아가트는 말을 마구간에 넣고 몇 분간 빗질을 해준 다음 집 안으로 들어왔다. 스웨터에는 말의 검은 털이 잔뜩 묻어 있었다. 장화를 벗고 깨끗한 카펫 위를 양말 바람으로 걸어서, 아버지와 고모가 앉아 있는 식탁으로 갔다. 스테이크와 감자 튀김 냄새가 방 안을 가득 메우고, 이내 아가트의 콧속을 자극했다. 아가트는 얼른 풍성한 양모 스웨터를 벗고 식탁에 앉아, 막 손대기 시작한 접시에서 가장 잘 구워진 감자를 허겁지겁 해치웠다. 허기진데다 갈증도 났다. 어린 시절 사랑하는 사람에게 둘러싸인 부엌에서의 식사는 아가트에게 행복감을 안겨다주었다. 그런 생각이 들자 아가트는 대수로울 것도 없는 이 순간을 온전하고 강렬하게 향유하려고 잠시 눈을 감았다. 그녀의 삶을 아름다운 빛깔로 물들이는 더없이 중요한 순간이기에.

세 사람은 서재에서 함께 커피를 마셨다. 절반쯤 비어 있는 초콜릿 상자가 식탁 위에 놓여 있었다. 그 앞을 지날 때마다 아가트는 초콜릿을 하나씩 집어먹곤 했는데, 고모가 미식가인 부모님을 위해 손이 닿는 곳에 놓아둔 것이다. 고모는 항상 정성을 다해 조카딸이 좋아하는 요리를 만들었고, 아가트가 군것질로 가장 좋아하는 설탕 입힌 초콜릿과 엑스 산(産) 아몬드 과자도 사주었다. 자식이 없던 고모는 방학 때나 아가트의 부모가 여행을 떠나는 주말이면 조카딸과 함께 시간을 보냈고, 그런 아가트를 더없이 귀여워해주었다. 아가트에게 세실리아 고모는 양어머니나 다름없었다. 농장은 아가트에게 평화의 항구인 동시에 가정이었으며 따스함이 솟아나는 샘이었다. 아가트는 이곳에서 여가를 즐기는가 하면 마을의 다른 아이들과 전원의 경마 시합을 벌이기도 했다. 그들은 아가트가 열네 살이 될 때까지 그녀의 가장 좋은 친구들이었다. 숫기 없는 앙토니오도 가끔씩 놀이에 참여하곤 했는데 아가트는 동생이 왕이라든가 부상당한 위대한 전사 같은 선의의 역할을 맡도록 언제나 수단을 발휘했다. 동생은 호흡 곤란을 앓고 있어 과격한 행동을 피해야만 했던 탓에 아가트는 동생이 권위를 입증하지 않고도 대장 노릇을 할 수 있도록 각별히 신경써주었고, 그럴 때면 앙토니오는 우쭐해져서 행복한 표정을 지어보였다

그때가 아마 가장 행복했던 시절로 기억된다. 건강이 심각할 정도로 악화되어 외출이 어려워진 앙토니오는 집 안에서만 지내야 했다. 그런 앙토니오를 고모는 지나칠 정도로 귀여워했고, 앙토니오 역시 오랜 시간 불가에서 지내는 것을 좋아했다. 앙토니오는 바위와 노루가 뛰노는 숲속으로 달아나는 것도 좋아했다. 두 남매는 나뭇가지 사이나 전나무 가지 아래에 오두막을 짓거나, 게임 규칙을 모르는 다른 아이들은 참여할 수 없도록 새로운 놀이를 지어내기도 했다. 두 남매가 품고 있는 환상이 빚어낸 놀이, 아가트가 오직 동생을 위해서만 만들어낸 것이어서 다른 아이들은 이해하지 못했는데, 예를 들면 젊은 여자 기사가 한 종교 십난에 붙잡혀 있는 왕자를 구해주는 놀이가 그랬다. 또 세실리아 고모가 아무도 모르게 준비해둔 보물찾기 놀이도 있었다. 흙 속이나 움푹 팬 나무 둥치 위에 메모지가 숨겨져 있기도 했고, 초콜릿이나 색색의 돌멩이가 든 상자가 나무 꼭대기에 올려서 있기노 했다. 그것이 강 한기운데 섬에 놓여 있을 때는 나 낡아서 부서지기 식전의 조그

만 나무 쪽배로 강을 건너야 했다. 남매는 배가 물가에서 장렬한 죽음을 맞이하기 전까지 타고 놀았다. 그들은 천천히 침몰해가는 배를 붙잡으려 했지만 이내 깊은 물 속으로 빨려들어갔다. 그 당시 아가트는 흰색 조랑말을 탔었는데, 말에 마구를 달 무렵, 조랑말은 키가 1미터 20센티미터나 되는 기운찬 종마로 변해 있었다. 아가트는 요정이 되어, 혹은 전투에서 죽은 남편을 위해 복수를 다짐하는 인디언 아내가 되어 그 조랑말을 길들였다. 아가트는 평화를 위한 전투에서 숲속 사람들과 싸워 청년을 구해내고 항상 그 청년과 사랑에 빠졌고, 두 사람은 가엾은 짐승 위에 올라타고 길을 떠났다. 조랑말은 서로 부둥켜안은 두 조그만 몸의 무게를 견뎌내는 데 익숙해져 있었다. 앙토니오가 지쳐 있을 때면 아가트는 동생을 뒤에 태웠다. 그럴 때면 앙토니오는 겁은 났지만 뛸 듯이 기뻐하며 누나의 허리를 꼭 붙들었다. 정신이 다소 혼미해진 아가트는 조랑말을 고원과 숲속에서 오랫동안 구보로 달리게 한 다음, 평보로 돌아와 흰색 조랑말에서 내렸다. 일단 돌아오면 한동안 마구간에 머물면서 말에게 빗질을 해주거나 쓰다듬어주었다. 앙토니오는 겁이 많은 편이었지만, 아가트가 다루는 이 짐승에게는 친근한 기분이 들었다. 말들을 돌보는 것을 좋아했던 앙토니오는 누나가 화가 나 있을 때면 말의 목에다 이마를 대고 손을 갈기 속에 묻은 채 소리없이 울곤 했다.

화가 나면 아가트는 곧잘 동생을 멋진 짐승들과 고모와 함께 있도록 떼어놓고 친구들과 온종일 밖에 나가 놀았다. 그럴 때면 고모는 맛있는 음식과 이야기로 앙토니오를 달래야 했다. 앙토니오가 고모에게 끊임없이 이야기를 해달라고 보채는 바람에 고모는 상상력을 총동원해 이야기를 지어냈다. 그러는 동안 숲속으로 달아났던 아가트는 토라졌던 마음을 풀고 돌아오는 것이다. 세실리아 고모가 아가트의 잔인한 행동에 대해 몇 마디 말로 꾸지람을 하면 아가트는 용서를 구하며 나머지 저녁 시간 동안 동생과 놀아주었다. 두 여자의 사랑 안에서 동생은 행복해했다. 이따금 두 아이의 부모가 찾아와 세 사람의 삼각구도 안으로 끼어드는 일이 있었다. 말 냄새와 농장의 흙내음으로 재창조된 차단된 공간에서 이틀을 보낸 부모는 꼭 홀린 기분이 들었고, 아이들의 우는 소리와 고모의 간청 때문에 도로 떠나기가 어려웠다. 그러나 그들에게는 해야 할 일이 있었기에 다시 오겠다는 약속으로 작별 인사를 대신했다. 아버지는 아가트를 한동안 품에 꼭 안아주었는데, 그럴 때면 아가트는 울고 싶은 마음이 울컥 치밀어올랐다. 거칠고 주름진 커다란 손으로 부드럽게 딸의 머리를 쓰다듬던 아버지는 다시는 못 볼 사람인 양 딸을 바라보았다. 이런 이별은 언제고 가슴 아픈 것이고, 당시에는 의식하지 못했지만 더욱 잔인한 이별을 예고하고 있었다. 아가트의 부모는 시간의 흐름을 직시했다. 죽음에 대한 강박이 그들을 친밀하게 만들었고, 아버지는 마치 유예 기간을 살고 있는 사람처럼 무한한 에너지로 매순간을, 한 사람 한 사람을, 하나하나의 기쁨을 누렸다. 어느 누구도 그만큼 열정적이진 못했으리라. 죽음도 비켜설 만큼. 아가트가 영원한 항구이고, 어린 시절 신비의 공간인 농장에서 지우려 했던 것은 바로 그 죽음의 그림자였다.

20

이제 고모도 많이 늙었고 아버지도 예전보다 주름이 늘었지만 아가트는 예전과 똑같은 냄새, 똑같은 습관과 똑같은 행복감을 느꼈다. 앙토니오가 죽은 후, 아가트는 그곳에 가기를 꺼려했다. 상을 치르고 상처를 추스르기까지 이 년이라는 세월이 필요했다. 그후로 홀로 지내는 고모를 위해 얼마에 한 번씩 농장에 들르곤 했지만, 주로 농장지기 청년들, 농부들 그리고 말과 함께 시간을 보냈다. 자식이 없던 세실리아 고모에게 아들이나 다름없었던 앙토니오의 죽음, 고모는 그 충격에서 완전히 회복되지는 않았지만 그래도 행복해 보였다. 어쩌면 앙토니오의 죽음이 가장 고통스러웠던 사람은 고모인지도 몰랐다. 유희로 넘쳐나는 도회 ─ 도시의 유흥은 망각을 재촉한다 ─ 로부터 멀리 떨어져 살았던 그녀. 하지만 갖가지 추억, 여기저기 흩어진 아이의 장난감, 서투른 필체로 끄적거린 공책 따위가 굴러다니는 이 집에서, 고모는 혼자였다. 공책을 발견한 건 아이들 방 책상 서랍 속에서였다. 오랫동안 고모는 그 방문을 열고 싶지 않아했고, 결국 몇 달 동안이나 망설이고 괴로워한 끝에 지렁이 같은 글씨의 낙서를 해독할 수 있었다. 그 낙서는 아이의 글씨라는 신비의 문 뒤로 펼쳐진 눈부신 상상의 세계를, 한낮의 꿈을, 어린아이의 이야기, 동화 같은 이야기를 새겨놓고 있었다. 그것은 다름아닌 고모 자신이 아이들에게 들려주었던 이야기였다. 십 년 동안 산책할 때나 앙토니오가 잠들기 전에 그녀가 생각나는 대로 꾸며내 들려주었던 이야기. 그것은 자신도 모르는 사이 그녀가 건설한 세계였고, 앙토니오는 그 몽환의 세계에서 살았던 것이다. 자신이 들려주었던 이야기임을 알았을 때 고모는 푸른 공채을 도로 달았고, 더이상 울음조차 나오지 않았다. 얼굴이 날로 수척해지고 야위어갔으며, 머리카락은 하얗게 세었다. 어느새 고모는 노인이 되어 있었디.

몇 년이 흐른 후, 세실리아 고모는 다시 기운을 되찾았지만 이 비밀스런 상처는 완전히 치유되지 않았다. 하지만 아가트가 자주 찾아와주고 오빠와 농장에서 함께 지낸 덕분에 자신에게서 벗어날 수 있었다. 그녀는 다시 말을 타고 승마 대회에 참가하고 세상과 타협했다. 그때부터 그녀는 다시 예전의 세실리아, 아가트가 사랑하는 고모, 아가트가 변하지 않기를 바라는 고모의 모습으로 돌아왔다. 삶은 다시 흐르기 시작했다. 세실리아는 가끔 쾌활한 모습을 보일 때도 있었지만 그 쾌활함 속에는 늘 고통이 잠재돼 있었다.

빅토르에게 전화를 해야 했다. 그는 대체 무얼 하고 있는 것일까? 아가트는 집을 떠나기 전에 수없이 통화를 시도한 터였다. 하지만 빅토르는 집에 없었다. 아가트는 결국 그에게 알리지도 못 한 채 파리를 떠나야 했지만 이번에는 빅토르가 자기에게 전화를 걸어서 자동 응답기에 남긴 메시지를 듣고 자신이 집을 떠나 있는 사실을 알았으면 싫었다. 그토록 오래 자리를 비우고 있는 빅토르가 조금 원망스럽기까지 했다. 헬렌이 거의 매일 저녁 초대를 해서 빅토르가 늦은 시간에야 집에 돌아오는 것일까. 어쩌면 몸이 성치 않거나, 아가트 자신과 어느 정도 거리를 둘 필요성을 느끼고 있는지도 몰랐다. 또 어쩌면 마음에 드는 다른 여자를 만났는지도 모를 일이었다.

전화를 걸기 위해 일부러 농장에서 마을까지 나왔고, 날씨도 추운데다 차를 가지고 나올 마음도 들지 않았다. 게다가 이제는 만나도 별로 할 말이 없는 친구들을 보고 싶은 마음도 없던 터라 만일 이번에도 빅토르와의 접촉이 무산된다면, 아가트는 앞으로 보낼 열흘 내지 보름 남짓한 기간 동안 더이상 그와 통화하려고 애쓰지 않을 참이었다. 편지라면 모를까. 핸들을 잡은 아가트는 빅토르를 생각했다. 서로 이렇게 오랫동안 헤어져 있기는 이번이 처음이었다. 그런데도 빅토르는 고통도 그리움도 느끼지 못하는 모양이다. 지금껏 아가트는 자신이 빅토르와 헤어져 살아갈 수 있을지 한 번도 생각해본 적이 없었다. 파리에서는 일, 친구, 외출, 아드리앙 때문에 모든 것이 정신없이 돌아갔고, 그래서 그런 건 생각조차 못 했다. 하기야 그 때문에 아가트는 당장에 세실리아 고모 댁에서 며칠간 지낼 필요를 느꼈는지도 모른다. 아가트는 삶을 감당할 수 없어지거나 삶에 휩쓸리는 걸 좋아하지 않았다. 금세 숨막히는 기분이 들었기 때문이다. 그럴 때면 급성 산소 결핍증에라도 걸린 것처럼, 아가트는 신선한 공기를 쏘이고 싶은 마음이 간절해졌다. 다음날로 아가트는 당장 떠나자며 아버지를 설득했고, 딸과 함께 며칠을 보낼 수 있다는 생각에 아버지도 흡족해하며 딸의 제의를 그 자리에서 수락했다. 그 역시 파리 생활에 싫증이 나 있던 터였다. 전원을 밟아본 지가 너무 오래 되어서 그의 육체도 그곳을 그리워하고 있었다. 지체없이 짐을 꾸렸다. 부녀는 한결같이 상당한 분량의 책을 넣었지만 옷은 거의 가져오지 않았다. 농장 옷장에 이미 옷이 여러 벌 있었다. 깜빡 잊고 놓고 오거나 너무 작아 못 입는 스웨터와 유행에 뒤진 바지, 잊어버린 줄 알았던 신발들을 매번 찾아내곤 했으니까. 아버지는 생 자크 거리에 있는 아가트의 집으로 딸을 데리러 왔고, 커피를 한잔 마시고는 비록 낡긴 했지만 아직 쓸 만한 피아트 자동차를 몰고 길을 나섰다. 세실리아 고모는 초조하게 두 사람을 기다리며, 저녁으로 꿀을 바른 오리 스테이크 요리와 로렌 지방 식의 키슈(크림·햄·계란 따위로 만든 케이크—옮긴이)를 준비했다. 구색을 갖추진 않았어도 부녀가 제일 좋아하는 메뉴들이었다.

아가트는 마을로 가려고 피아트의 핸들을 잡았다. 차를 공중전화 부스 앞에 주차시켰다. 그녀는 어둠에 가려 자신이 보이지 않기를 내심 바라며 술집에 들러 옛 친구들에게 인사하는 일은 다음 기회로 미루고 싶었다. 오늘 저녁은 그럴 용기가 나지 않았다. 전화 부스 안에서 아가트는 꽁꽁 언 손가락으로 런던 집의 전화번호를 눌렀다. 기다림과 분노로 심장이 마구 뛰었다. 아가트는 열 번이나 벨소리가 울린 다음에야 수화기를 내려놓았다. 결국 빅토르는 아가트야 어떻게 되든 말든 신경 쓰지 않는 것이라 생각했다. 하지만 농장으로 돌아왔을 때 다행히도 술집으로 전화를 걸어온 어머니의 메시지가 그녀를 기다리고 있었다. 세실리아 고모는 빅토르가 여러 번 전화했었고 필사적으로 접촉하길 원한다고, 그리고 내일 오후 여섯시경 마을의 술집으로 다시 전화하겠다고 했다는 소식을 전해주었다. 아가트는 그제야 마음이 놓였다. 빅토르가 그녀를 완전히 잊은 건 아니었다. 그렇지만 마을까지 헛걸음하고 나니 불쾌한 기분이 들었다.

다음날 다섯시 반경 아가트는 마을의 술집으로 다시 갔다. 이미 남자들로 만원이었다. 날은 어둡고 쌀쌀했다. 겨울이라 그런지 사람들이 이른 시간에 모여 카드 놀이를 하고, 맥주를 마시고, 파이프 담배를 피우거나 황금빛 지탕 담배를 피우고 있었다. 아가트는 옛 친구들 몇 명을 만났다. 한 명은 농사일을 했고, 다른 한 명은 아버지의 농장일을 돕고 있었으며, 또다른 친구는 정원사이자 종묘업자가 되어 있었다. 이곳에 없는 친구들은 대개 일자리를 찾아 도시로 떠났다. 사람들은 최근의 일화들, 곧 있을 결혼식, 그리고 바람난 남편과 아내 이야기에 열을 올리고 있었다. 읍장을 비난하거나 올해에 짐승 한 마리도 잡지 못한 사냥꾼을 비웃기도 했다. 그들에겐 유감스러운 일이지만 만일 사냥꾼들이 사냥 구역을 바꿀 수 있다면 그보다 더 나빠지지는 않을 것이다. 정각 여섯시에 전화벨이 울렸다. 아가트는 여덟 살 때부터 알고 지내는 만삭의 여자친구와 담소를 나누고 있었는데, 술집 주인이 그녀를 불렀다. 카운터 한구석에 웅크리고 앉은 아가트는 비행기로 삼십 분 거리인 영국으로 날아갔다. 지직거리는 전화 잡음 속에서 들려오는 빅토르의 목소리는 아가트에게 따스함과 즐거움을 전해주었지만, 아가트는 자신이 화가 나 있다는 것을 잊지 않았기에 이내 반가운 마음을 억눌렀다. 빅토르 역시 그녀의 목소리를 듣고 마음이 흔들리는 것 같았다. 그의 목소리는 부드럽고 달콤했다. 빅토르는 그녀가 필요하다고, 그녀의 목소리를 듣고, 그녀에게 이야기하고 싶다고 했다. 아가트는 냉정을 찾으려 했지만, 채 일 분도 안 되어 그를 기다리면서 얼마나 초조했는지, 투정의 말을 쏟아내며 한꺼번에 열 가지 비난을 퍼부어댔다. 왜 그렇게 자주 자리를 비웠는지에 대해서도 다그쳤다. 이에 빅토르는 대강 얼버무렸다. 갑자기 그런 건 별로 중요하지 않아 보였다. 그의 진정한 삶은 여기에, 전화기 끝에서 간간이 끊기며 나지막이 들려오는 목소리가 전부였다. 아가트의 목소리를 들으면서, 빅토르는 그녀가 얼마나 그리운지 새삼 절감했다.

하지만 아가트는 농장에 열흘 이상 머물기로 돼 있었다. 빅토르는 그녀가 단걸음에 달려올 여자가 아니라는 것을 알고 있었기에, 유감스럽지만 당장이라도 달려가고 싶은 마음을 접고 런던에 있기로 했다. 회한이 밀려왔다. 진정한 사랑에는 배신이 있을 수 없다는 것을 그에게 가르쳐준 사람은 아가트였다. 아무리 새로운 사람을 만났다 해도, 아가트에 대한 빅토르의 사랑은 전혀 달라져 있지 않았다. 오롯한 사랑이란 그런 것이 아니겠는가? 다른 사랑의 충동을 이겨내는 사랑, 그리고 그로 인해 오히려 더욱 강해지는 사랑이 아니겠는가? 아가트와 통화하며 빅토르는 그녀의 목소리가 자신의 몸속으로 침참해들도록 어조 하나하나를 향유해야 했다. 그가 자신의 삶 속에 불러일으킨 파문은 이 행복한 순간이 지난 후에아 그를 혼란스럽게 할 것이다. 두 사람의 다정다감한 대화가 이어졌고, 식을 줄 모른 채 좀처럼 끝날 것 같지 않았다. 통화는 사십오 분간이나 계속됐다. 전화를 끊어야 할 시간이었다. 아가트는 말에게 먹이를 주기로 약속한 터였고, 빅토르는 괜찮다고 하지만 전화요금이 많이 나올 것 같기도 해서 이제 그만 통화를 끊자고 했다. 실랑이 끝에 아가트는 매일 편지를 쓰겠다고 약속했다. 날마다의 일을 이야기하고, 머릿속에 떠오르는 건 모두 다 말해주겠다고 했다. 멋진 생각이었다. 빅토르는 전화를 끊고 눈을 감은 채, 먼발치에서 들려오는 아가트의 목소리를 메아리처럼 가능한 한 오래도록 간직하기 위해서, 저녁식사를 해야 하는데도 밖으로 나가지 않았다.

21

프랑스 시골의 술집과 휘황찬란한 영국의 수도를 넘나들던 통화의
여운이 채 가시지 않은 가운데 아가트는 농장으로 돌아왔다. 서로 멀
리 떨어져 있었지만 빅토르의 목소리를 듣는 행복감에는 조금도 변함
이 없었다. 아가트는 아버지와 고모에게서 돈독한 사람의 정을 한껏
느낄 수 있었다. 아가트는 보호받고 있다는 기분과 다정하고 든든하
며, 은근하지만 진심 어린 배려의 후광에 감싸인 듯했다. 이곳에서는
본연의 모습으로 돌아올 수 있었다. 그녀가 되고자 하는 모습과 현재
살고 있는 삶 사이의 괴리가 가장 덜한 곳이 바로 여기였다. 아가트로
하여금 진정한 자아와 대면토록 도와준 사람은 아마도 아버지였던 것
같다. 아가트는 아버지 곁에 있으면 자기 자신과 융화되는 기분이 들
었다. 늘 그렇듯 현관문을 들어서자마자 평화가 찾아왔다. 세실리아
고모가 현관 앞 층계에서 팔짱을 긴 채 두 눈을 반짝이며 자신을 기다
리는 모습을 보니 행복감이 밀려왔던 것이다. 그렇지만 빅토르에 대한

그리움과 그가 없다는 생각에 고통스러웠다. 한자리에 모인 가족을 환영하는 그곳에 그녀가 사랑하는 남자는 함께 있지 않았다. 어디를 가나 빅토르에 대한 생각이 그녀를 따라다녔고, 감정을 자극해 흥분으로 얼굴에 홍조를 띠게 만들고, 끝내 지치게 했다. 과감히 전원 한복판으로 떠나옴으로써, 아가트는 자신의 의사와는 무관하게 그녀를 뒤흔들어놓았던 격정을 진정시킬 수 있었다. 이곳에서는 행복이 절로 느껴졌다. 물론 에스텔은 죽을 뻔했지만 솔직히 에스텔이 죽음을 모면하지 못하리라는 것도 장담하지 못했다. 비록 여러 가지 비극적인 상황에 완전히 종지부를 찍지는 못했지만, 아가트는 자신의 삶이 지고의 행복으로, 삶에 대한 의욕으로 채워져가고 있음을 인정하지 않을 수 없었다. 아가트의 삶을 향한 의욕은 사랑하는 사람들을 통해서 혹은 순조롭게 진행되는 여러 계획에서도 확연히 드러났다. 논문, 친구, 빅토르, 전원 한복판에 있는 고모의 농장에서 사랑하는 아버지와 함께 향유하는 은거 생활 등 어느 모로 보나 그랬다.

저녁식사 시간이었다. 식탁은 다른 데보다 훈훈한 부엌에 마련되었다. 파이프 담배와 수프, 치즈와 초콜릿 등 여러 가지 냄새가 뒤섞여 났다. 기마 산책을 강행한 덕에 식욕이 왕성해진 아가트는 식사 시간만으로도 즐거웠다. 저녁을 먹으면서 세실리아 고모는 아가트에게 일 주일 후에 있을 2급 승마대회에 참가해보라고 했다. 아가트도 만약을 대비해 해마다 자격승을 따두었던 터이고, 고모는 이런 대회를 위해 미리 준비해둔 말을 일 년 내내 훈련시켜왔으니, 이번 한 주간만 연습하면 말과도 충분히 친해질 수 있다고 했다. 다소 성질이 거칠고 입맛이 까다로우며 변덕스럽긴 해도 훈련만 잘 시키면 힘이 좋아서 쓸 만한 말이라고 했다. 밀 주인이 이웃의 승마 클럽에 말을 맡겨놓은 터라 농장

인부 하나가 내일 그 말을 데려오기로 되어 있었다. 고모는 아가트가 그 말을 타고 승마 대회에 참가한다면 말 주인도 매우 기뻐할 거라고 말했다. 고모는 이미 말 주인에게 아가트와 그녀의 세련된 승마 솜씨도 이야기해두었다. 하루 네 차례의 시합이 열리는데, 아가트는 처음 두 대회에만 등록하면 된다고 했다. 이런 제안은 생각지도 않은 아가트여서 그 행복감이 더 했다. 그녀는 대회에 참가하는 걸 좋아했다. 연습할 시간이 충분했으므로 일 주일 후면 경기에 임할 만반의 준비가 되어 있을 테고, 승마 대회의 여러 규칙과 상황에 적합한 승마 자세, 경주 코스, 경주장 주변의 감자튀김과 크레이프, 수많은 구경꾼들, 그들이 데리고 온 개들, 트럭과 밴, 음악 소리, 심사위원장이 소개하는 각 기수들과 시상품들, 구보하는 말들, 설렘과 두려움, 마침내 대회에 임하는 행복감, 긴장감과 그에 따르는 피로감 등을 다시 경험하게 될 것이다. 보르도 산 포도주 한 병을 다 비우고 세번째 코냑 잔을 음미했다. 고모와 아버지와 함께 웃고 떠드는 가운데, 아가트는 머릿속에서 뒤죽박죽된 이런저런 생각들로 흥분된 육체를 진정시킬 수 있었다.

거의 오전 열한시가 가까워져서야 아가트는 천천히 깃털요 속에서 빠져나왔다. 어린 말을 훈련시켜야 하는 걸 알면서도, 어떻게 그 늦은 시간까지 잠을 이루지 못했을까? 지난밤 꿈자리가 뒤숭숭했다. 아가트는 아드리앙에게 농장으로 떠난다는 사실을 알리지 않았다. 두 사람은 며칠 전 심하게 다투어, 아드리앙은 그녀에게 전화할 엄두를 내지 못한 채, 자기 집에서 아가트의 소식을 목이 빠져라 기다리고 있었다. 이번에는 아가트 편에서도 오랜 시간이 흐르기 전까지는 아드리앙을 다시 만나볼 생각이 없었다. 아가트의 화는 한계에 달했다. 단단히 화가 나 있던 아가트는 한치도 물러설 마음이 없었다.

에스텔은 아직도 사경을 헤매고 있었다. 소리 없이 고통을 겪고 있는 에스텔의 부모를 안심시킬 방법이 떠오르지 않았다. 아가트는 자신이 그리 환영받는 입장이 못 된다는 것을 알고 있었기에 직접 병원에 가보지는 못하고, 파니를 통해서만 소식을 전해 들을 수 있었다. 에스텔과 파니 자매의 부모는 딸을 망쳐놓은 세계와 아가트를 연관시키지 않을 수 없었다. 아가트는 그들의 딸을 그 세계로 끌어들인 장본인이었고, 갖가지 해악이 미치는 그곳에다 연약한 딸을 팽개쳐버린 여자였다. 아가트는 에스텔의 부모가 자기를 만나고 싶어하지 않는다는 것을 이해했다. 그들은 반은 감사하는 마음과 반은 적대감으로 양분되어, 아가트 앞에 서면 거북한 기분이 들었다. 그래도 파니만은 아가트에게 여전히 애착을 가졌다. 에스텔보다 강하고 부모보다 냉철한 파니는 아가트와 언니의 관계 변화에 대해 보다 정확한 견해를 가질 수 있었다. 아가트는 결코 에스텔을 저버리지 않았다. 어느 날 에스텔이 아가트로 하여금 그렇게 하지 않을 수 없도록 만든 것뿐이다. 아가트 탓이 아니었다. 아가트는 병원에 가볼 수 없다는 사실 때문에 가슴 아파했고, 홀로 버려진 듯한 기분이었다.

빅토르는 멀리 있었고, 아드리앙에게서는 며칠 전부터 전화가 뜸했다. 아가트는 그 동안의 사건을 아드리앙에게 이야기하지 않았고, 파니가 의식을 잃은 언니를 발견하고 걸어온 전화에 대해서도 일체 언급하지 않았다. 도움이 되어주는 사람은 아버지뿐이었고, 주위 사람들은 갑자기 그녀 곁에서 사라지고 없었다. 끝도 없이 길기만 한 고통의 시간이 계속되었다. 책도 눈에 들어오지 않았고, 텔레비전도 그녀를 우울하게 만늘었다. 아무도 만나고 싶지 않았다. 그렇지만 아드리앙의 목소리를 늘었을 때, 아가트의 마음은 금세 누그러늘었다. 그녀는 이런 힘든 순간에 아드리앙의 목소리가 듣고 싶고 또 보고 싶었다는 것을 새삼 깨달았다. 그리고 회한과 괴로움과 고독, 사방에서 밀려드는 공허감 속으로 침잠해들어가면서 보냈던 요 며칠간의 시간들을 그에게 단숨에 털어놓고 싶어하는 자신을 깨달았다. 아드리앙이 먼저 전화를 걸어준 것이 다행이었다. 파니에게서 소식을 듣고 알았는지, 또 언제부터 알고 있었는지를 물었다. 대답할 틈도 주지 않고, 아가트는 재차 물었다. 에스텔이 잘 견뎌내리라고 생각하는가? 파니를 어떻게 생각하는가? 아가트의 질문이 늘어갈수록, 아드리앙의 괴로움은 더해갔다. 그는 아가트가 심한 정신적 혼란을 겪고 있다는 걸 잘 알았다. 그래서 불쑥 아가트의 말을 끊고는, 아드리앙 자신에게 우연히 닥친 상황을 단도직입적으로 설명했다. 그는 눈물로 범벅이 되어 어찌할 바를 모르는 파니를 자기 집으로 데려갔고, 그녀의 괴로움과 외로움의 호소에 굴하고 말았다고 했다. 두 사람은 새벽 세시까지 허심탄회하게 이야기를 나누었지만, 침묵이 흐르자 파니가 또다시 울음을 터뜨렸다고 했다. 그래서 아드리앙은 파니를 품에 안아주었고, 그 다음 일은 너무나도 빨리 진행되어 상황을 인식할 겨를조차 없었다고 했다. 다음날 아드리앙은 후회가 치밀어 자신을 채찍질이라도 하고 싶은 심정이었다는 것이다. 그는 파니를 사랑하지 않았다. 아드리앙은 파니와 심각한 관계로 발전할 수 없었고, 그녀에게 거짓말할 마음도 없었다. 고백 뒤로 무거운 침묵이 흘렀다. 침묵과 끝도 없이 이어지는 통화중 신호. 아가트는 수화기를 내려놓았다.

아드리앙은 다시 아가트에게 전화를 걸 엄두가 나지 않았다. 그후에 아가트는 파리를 떠났고, 아드리앙은 그 사실을 모르고 있었다. 여전히 모른 채로 오랜 시간이 흘렀다. 그러나 아드리앙은 시간 개념을 상실해버렸다. 침울한 한낮에 그를 깨운 사람은 파니였다. 아드리앙은 지난번 일이 한순간의 실수였으며 측은한 마음에 그렇게 된 것임을 이해해달라고 말했다. 그는 자신의 의구심과 혼란스러운 마음을 어느 정도 조리 있게 표현했고, 파니는 그런 아드리앙을 충분히 이해했다. 그녀는 아무것도 요구하지 않았다. 친구와 하룻밤을 보냈다고 해서 책임감을 가져야 할 이유는 없었다. 한편 아가트는 생각하지 않으려고 애썼지만 밤이면 자꾸만 그 생각이 났다. 아가트는 넋이 나간 아드리앙의 꿈을 꾸다 아침 아홉시면 괴롭고 지친 상태로 잠을 깨곤 했다.

몸은 녹초가 되고 퉁퉁 부어오른 눈에 목소리는 쉬어 있는 채로 아가트는 밖으로 달려나가 예민한 흑마에 마구를 달고 오전 내내 장애물 경주장에서 말을 훈련시켰다. 고모가 얼른 다가와 아가트에게 승마에 관한 몇 가지 유의 사항을 일러주었다. 다루기가 쉽지 않았다. 식성이 까다로웠고, 넘치는 기운에, 겁이 많고, 소리가 날 때마다 경계했으며, 변덕스러웠고, 아직 어렸다. 그럼에도 아가트는 행복하고 자유로웠다. 다만 말의 넘치는 기운에 위협을 느낄 뿐이었다. 그것은 타락한 인간에게는 없는 기운이었다. 말과의 신경전은 보다 직접적이고 흥미로웠으며 자극적이었다. 한 시간이 지나자, 아가트는 어린 말에 조금씩 익숙해졌고 점프에도 여유를 보였다. 승마를 좋아하는 사람에게 연습 광경은 아름나운 것이다. 아버지도 지켜보고 있었고, 세실리아 고모는 성질이 까다로운 짐승을 그토록 유연하게 다루는 조카딸을 보니 감동해서 입을 다물 정도였다. 그렇게 세 사람은 그들이 다시 평화의 공간으로 건실해놓은 야생의 선원 한복판에서 숨쉬고 있었다.

어니들 가는지 저마다의 냄새가 배어 있다. 마구간에서는 말 냄새도 났지만, 땀이 빨리 마르도록 말의 몸뚱이에 문지르는 알코올 냄새, 안장과 올가미에서 니는 가죽 밀립 냄새, 밀굽에 바른 기름 냄새노 섞여 있었다. 들판에 피우는 니무 화톳불 냄새, 소나무 냄새, 바닥에 깐 살색 담요 냄새, 때로는 진흙 냄새나 빙판 속에 말라붙은 흙내음도 전해왔다. 걸음을 재촉하지 않거나 말이 충분히 기운을 내지 않으면, 손가락과 발가락이 금세 꽁꽁 얼어버렸고, 집으로 돌아오는 길에는 동통으로 고통스러운 지경이 되었다. 그 와중에 파이를 굽고 있는 오븐의 열기는 혈액 순환을 촉진시키고, 들판을 가로질러 달려가 산토끼나 자고새끼를 물어오는 개들 냄새도 났다. 그 녀석들은 이따금 진흙탕 속을 구르는 통에 몇 시간 동안이나 몸뚱이를 문질러 털어주어야 했는데, 젖은 흙이 들러붙은 갈색과 검은색 털이 소파나 침대 속에서 발견되기도 했다. 이 모든 전원과 숲과 온갖 짐승들의 냄새는, 코냑 병을 따거나, 세실리아 고모가 쿠바 친구에게서 선물로 받은 작은 여송연을 피우는 부엌의 냄새와도 한데 섞이곤 했다. 고모는 젊은 농장주로, 투사로, 그리고 사랑에 빠진 여자로 한동안 쿠바에 머물렀던 적이 있다. 그녀는 사회주의자와 카스트로 지지자로 살아간 몇 년 동안을 생의 가장 아름다운 추억으로 간직하고 살았다.

세 사람 모두 저마다의 근심거리로부터, 그들의 다른 삶으로부터, 또 이 순간으로부터 가까우면서도 멀어져 있었다. 그리고 어느덧 이 삶은 또다른 차원의 건전한 연관성을 만들어가고 있었다.

22

빅토르가 아가트에게서 전화를 받은 지도 사흘이나 흘렀다. 빅토르는 자신에게 자유를 가져다주는 아가트 생각이 잠시도 떠나지 않았다. 그는 아가트가 그에게 허락하고 심지어 부추기는 한에서만 수잔나와 즐길 수 있었다. 그가 다른 여자를 사랑할 수 있다는 사실을 아가트가 인정하기 때문만은 아니었다. 그의 삶의 방식, 생각, 소망이 단순히 관용이라고 단정지을 수 없는 어떤 중심점을 향해, 어떠한 핵을 향해 편재되어 있기 때문이었다. 그것은 바로 정복자가 누리는 자신만만한 관용이었다. 아가트의 말마따나 '사소한 불충실성'을 용인하고, 상대방의 몸과 마음, 전무를 받아늘임으로써 인간이 수용할 수 있는 것의 한계를 한 차원 더 넓히고자 하는 강한 욕구가 그러한 관용의 기반에 서려 있었다.

빅토르는 평소 활동의 중심지로부터 세법 거리가 먼 북쪽 변두리의 어느 선술집에서 수잔나와 만나기로 되어 있었다. 수잔나는 풍성한 밤색 망토를 두르고 추위로 뺨이 빨갛게 상기된 채, 차를 마시면서 그를 기다리고 있었다. 그녀가 빅토르를 보지 못한 모양이었다. 그는 잠시 밖에 서서 수잔나를 바라보았다. 감동이 일었다. 그녀의 솔직한 얼굴에는 내적인 갈등이 고스란히 배어 있었다. 속내를 감추는 법을 가르쳐줘야 할 만큼. 하지만 그를 매혹하는 것은 그런 그녀의 순진함이었다. 수잔나는 덕망 있는 여자이기에 앞서 사랑에 취한 여자였다. 빅토르는 안으로 들어가서 수잔나의 곁에 앉아 손을 잡고는, 그녀의 생각 속으로 집요하게 파고들며 경계심을 누그러뜨렸다.

빅토르는 맥주를 주문한 다음, 수잔나를 벼룩시장 한복판으로 데려가 함께 걸었다. 두 사람은 목도리 속으로 목을 잔뜩 움츠린 채 서로 꼭 끌어안고 있었다. 혈관과 살과 욕망 속으로 파고드는 상대방의 온기가 황홀하게 느껴졌다. 빅토르는 수잔나의 허리를 휘감아 망토와 스웨터 속으로 손을 집어넣고는 따스한 살갗을 더듬었다. 손은 천천히 허리와 어깨를 어루만졌다. 손가락이 수잔나의 살을 지긋이 눌러 쓰다듬고 애무했다. 그런 다음 어린애 피부 같은 마흔 살 여인의 부드럽고 편안해 보이는 통통한 살에 덮여, 눌러도 잘 만져지지 않는 옆구리 갈비뼈를 따라 위로 거슬러올라갔다. 옷가지와 낡은 가구, 디스크와 자질구레한 실내 장식품을 파는 잡다한 좌판들 사이를 지나가면서, 두 사람은 다른 몸과도 마주쳤다. 그러나 그것들은 시야에 들어오지 않았다. 똑같은 충동을 느끼는 두 사람의 육체만이 하나가 되어 숨을 쉬고 있었다. 빅토르는 말이 없었다. 침묵은 두 사람을 다른 세계로부터 격리시켰고, 설렘에 사로잡혀 생각조차 할 수 없었다. 그들은 군중도, 추위도, 길지 않은 데이트 시간도, 전부 다 잊어버렸다. 무거우면서도 환상에 젖은 발걸음으로, 시간과 공간을 망각한 채, 둘이 언젠가 밤을 보낸 적이 있는 작은 호텔 쪽으로 걸어가고 있었다. 호텔방은 낡았고 침대는 삐걱거렸다. 욕실이라고 해봤자 더운물이 나올지도 의심스러운 세면대가 고작이었다. 창문은 회색 거리를 향해 있었고 저 멀리로 공장이 보였다. 골목에서는 사람들의 웅성거림과 자동차 경적 소리가 올라왔다. 멀지 않은 곳에 사흘장이 열리고 있었는데, 생선과 꽃, 육류와 조류 등 갖가지 냄새가 진동했다. 그러나 두 사람에게 그곳은 사랑의 장소였다. 둘의 사랑은 그들이 미화시켜놓은 초라하고 무미건조한 벽면들과 유리될 수 없었다. 사랑은 부르주아적이고 물신 숭배적이다. 사랑은 어느 한 장소를 소유해야 하고, 현실과 시간 속에 아로새겨질 필요가 있다. 사랑은 그 깊이나 영원성을 확고히 해주는 우회적인 과정을 요구하는 법이다. 사랑은 순간성 안에서 파괴되면서도 영원성을 갈구한다. 이 호텔방은 이제 더이상 그들 외부의 것이 아니었다. 두 사람은 서로 헤어져서 각자의 아파트에 홀로 있을 때도 이 방을 꿈꾸곤 했다. 이 방에서 겨우 몇 미터 거리에 함께 있을 때조차도 욕망과 초조함으로 이 방을 꿈꿨다. 여기에는 행복의 지평선이라 부를 수 있는 향락의 세계가 존재했고, 그들의 사랑을 반겨주었다. 열정으로 장식된 이 공간은 그런 사랑의 빛깔을 띠었으며, 사랑의 아름다움으로 덧칠되어 있었다. 방의 추위에도 둘은 아랑곳하지 않았다. 빅토르는 담요를 더 달라고 했다. 그렇게 두 사람은 오래도록 시트 아래에서 사랑을 나누며 혹은 휴식을 취하면서 머물 수 있었다. 나란히 누워 잠자는 일은 그들에게 뜻밖의 행복감을 가져다주었다. 수잔나는 곁에 있는 꼭 한 사람, 자기 몸 옆에 바짝 웅크린 그의 몸이 전해주는 즐거움, 리듬을 타듯 쌔근대는 빅토르의 숨소리에서 행복감을 느꼈다. 지금까지는 단 한 번도 이렇게 남몰래 낮잠을 즐겨본 적이 없었고, 무위에 젖어, 그저 단순히 사랑하는 남자 곁에 머무르고 싶은, 완전하고도 강렬하게 존재하고 싶은 욕망을 즐겨본 적도 없었다. 한편 수잔나 옆에 누워 있는 빅토르는

무적의 사나이라도 된 기분이었다. 끊임없이 옮겨다니다 마침내 자기
가 정착할 토양을 발견한 한 그루의 나무처럼, 드디어 뿌리를 내린 기
분이었다.
　그렇게 두 사람은 세상으로부터 격리된 채 또다른 둘만의 오후를 보
내고 있었다.

23

아가트는 아드리앙을 생각했다.

그녀를 괴롭히는 아드리앙의 모습을 다만 며칠이라도 떨쳐버릴 수 있으리라. 농장과 말과 어린 시절의 기억은 현재의 강박 관념과 금지된 사랑, 지금까지 겪은 수 차례의 실패, 헛된 희망 따위로부터 아가트를 벗어나게 해줄 것이다. 이제 그녀는 아드리앙과, 다시 말해 그녀 자신과의 보다 건전하고 명확한 새로운 관계로 들어서기 위해 떠나올 필요가 있었다. 결국 아가트가 사랑하는 사람은 빅토르였다. 그녀에게 삶의 기쁨과 소박함을 가져다준 사람이 그였기에. 하지만 빅토르는 멀리 있었다. 그는 먼 곳에서 두 사람 사이에 맺어진 협약을 준수하고 활용하면서 나름의 삶을 꾸려나가고 있었다. 아가트는 그가 어떤 삶을 살고 있는지 알려고 하지 않았다. 때로는 서로 헤어져서, 자신이 얼마나 독립적으로 살아가고 있는지 가늠해보는 것도 나쁘지 않았다. 다시 혼자가 되어보는 것도 그럴듯했다. 결국 아가트는 빅토르로 인해 완성

되었고, 그의 부재를 통해 빅토르의 존재가 더욱 절실해졌기 때문에, 혼자가 된다는 것이 그녀에게는 어쩌면 사지가 잘려나가는 것이나 다름없는 일인지도 몰랐다. 빅토르의 존재가 이토록 가깝게 느껴졌던 적은 여태껏 없었다. 아가트는 그를 보고 싶었고 만지고 싶었고 곁에서 느끼고 싶었지만, 반드시 그래야 할 필요는 없었다. 아드리앙에게서는 느낄 수 없는 감정이었다. 그는 마치 그녀의 머릿속을 맴도는 강박과도 같았다. 진정으로 빅토르의 행복을 바라는 걸까? 아가트는 확신이 서지 않았다. 또 그가 그녀를 떠나 자기 자신으로 돌아가는 것을 용납했는가? 빅토르가 제대로 살아가지 못한다면 그건 아가트의 잘못인 걸까? 아가트는 그를 도와주고, 심지어 구해주고 나서야, 그가 진정 성숙해지는 데 있어 자신이 장애물이 되었다는 것을 절감했다. 아드리앙은 그녀를 사랑하고 있었다. 아가트는 그 사랑을 희생시킬 수는 없었다.

24

빅토르는 거의 잠을 이루지 못했다. 수잔나와 빅토르는 밤늦은 시간이 되어서야, 무숙자나 심야 파티의 마지막 손님들, 혹은 몸이 얼어붙는 것도 모르고, 런던의 뒷골목에서 추위나 간경화증으로 죽어가는 술꾼들이 방황하는 시간이 되어서야 서로 만날 수 있었다. 두 사람은 문 닫기 직전의 허름한 술집에서 만나 미리 예약해놓은 호텔방까지 서로를 꼭 껴안고서 걸어갔다. 그 두 연인의 몸은 하나가 되어 있었다. 그때까지 술집이 문을 닫지 않았으면, 거기에 들러 마지막 한 잔을 마셨다. 늘상 불시의 데이트를 마음 졸이며 기다리느라 식사도 못 한 채로 오는 일이 허다했다. 아이가 아프다던가, 남편이 변덕을 부린다던가, 여동생이 전화를 해왔다던가, 아니면 공식적인 만찬 때문에라도 두 사람의 데이트는 언제고 취소될 여지가 있었다…… 빅토르는 수잔나보다 훨씬 자유로웠다. 헬렌과 정식으로 화해하지도 않았고, 행복감에 젖어 그녀에게 신경조차 쓰지 않았다 빅토르는 자신의 존재에 대해서 예리하게 인식했지만, 자신의 체력에 대해서는 무적의 사나이라는 환상을 품고 있다. 그 덕분에 아직까지 공부를 계속하곤 있지만, 되도록 다른 활동은 줄이고 싶었다. 다시 역사 공부가 흥미로워지기 시작한 터였다. 빅토르는 도서관에 틀어박혀 여러 날을 보내면서도, 끊임없이 사랑하는 두 여자를 생각했다. 그의 머릿속에서 두 여자는 서로를 부정하지 않고도 공존할 수 있었다. 빅토르는 자신의 능력이 전보다 월등해진 것 같은 기분이었다. 열흘 넘게 하루에 네 시간밖에 자지 못했는데도 몸이 쇠약해진 기분을 전혀 느끼지 못했다. 줄곧 초흥분 상태인데다가 투쟁에서 오는 행복감 때문에, 그가 숨쉬는 매순간은 미래로 열려 있었고, 그 미래 속에는 자유를 향한 도전이 약동했다. 그의 예리함은 더욱 첨예해졌고, 감각도 예전보다 민감해졌다. 이토록 경쾌하고 기운이 솟구치는 듯한 느낌이 거짓이라 해도 상관없었다. 빅토르는 진정으로 살아 있는 것 같았다.

논문도 진전을 보였다. 수잔나에 대한 열정은 하루가 다르게 뿌리를 내려갔고, 아가트에 대한 사랑도 더욱 깊어만 갔다. 빅토르의 눈 주위에는 거무스레한 그림자가 생겨난데다 몸도 눈에 띄게 야위어갔다. 더 흥미로운 다른 일에 정신이 팔려 제대로 식사할 시간도 또 그럴 정신도 없었다.

흥분되고 행복해진 빅토르는 빠른 걸음으로 심야의 거리를 배회했다. 빅토르의 트인 시야 아래로 런던이 열을 지어 지나갔고, 추위에 잔뜩 움츠린 가옥들이 당당한 모습으로 바뀌어갔다. 불 밝힌 창문을 바라보며, 그는 마음껏 상상의 나래를 펼쳐 사람들의 다양한 삶의 모습을 그려보았다. 수잔나는 호텔방에서 그를 기다리고 있었다. 그 안에서 두 사람은 회색 벽면과는 거리가 먼 미래의 여행을 꿈꾸곤 했다. 수잔나는 일부러 여행의 시시콜콜한 장면들을 상상해보기도 했지만, 빅토르는 머릿속의 가장 추상적인 공간으로 그것들을 몰아내버렸다. 그에게는 그들의 사랑을 환영해줄 수 있는 공간은 오직 런던뿐이었다.

수잔나는 이제 더이상 수줍어하지 않았다. 매번 조금씩 더 자신을 드러내 보였고, 아이들과 남편에 대해서, 지금까지 부부관계를 유지시켜온 불만족스럽기는 하지만 충실했던 애정 생활에 대해서, 그리고 남편과 공유하고 있는 직업상의 연대 의식 등에 관해 이야기했다. 미술계에서 확고한 기반을 다지고 헬렌의 환심을 사기 위해 겪었던 어려움에 대해서도 이야기했다. 빅토르의 눈에 수잔나는 지금까지 살면서, 이처럼 자신을 토로할 기회가 한 번도 없었던 사람처럼 보였다. 그녀는 자신이 걸어온 길을 후회하지 않았다. 모범적인 삶이었다고 생각했으니까. 그러나 빅토르에게서 느끼는 이 갑자스런 열정은 현 상황에 대한 그녀의 시각을 바꿔놓기에 충분했다. 희생과 포기라는 미덕이 지금의 행복 앞에서 서서히 무너져내려 수잔나는 마침내 염치없는 사랑에 몰입할 수 있게 되었다. 그러나 그녀가 이와 같은 사랑을 만끽할 수 있었던 것은 어떤 의미에서는 그것이 금지된 사랑이기 때문이기도 했다.

25

아가트는 승마 대회 준비에 여념이 없었다. 그녀의 말은 점프에 능했고, 다소 신경이 예민하고 좀 변덕스럽기는 해도, 정이 많아 그녀를 곧잘 따랐다. 아가트는 이런 짐승을 좋아했다. 그녀는 안쪽이 닳아버린 낡은 갈색 코듀로이로 된 착 달라붙은 바지를 입었는데, 억세고 날씬하고 제법 근육이 있어 보이는 허벅지 사이로 짐승의 온기가 느껴졌다. 유연한 등허리와 민첩한 두 손, 고개를 꼿꼿이 든 아가트가 마구를 단 흑마 위에 올라탄 모습은 보기에도 좋았다. 그녀는 자신 있게 말을 몰았다. 둘은 조화로운 한 쌍을 이뤘다. 매일 오후, 아가트는 한 시간씩 말을 훈련시키고 나서 주변 숲속을 산책시켰다.

삶은 대자연의 공기와 땀으로 짜여진 운동 리듬을 따랐고, 저녁이면 세 사람은 불가에 둘러앉아 책을 읽었다. 아가트는 아버지와 함께 있는 것이 행복했다. 이렇게 함께 지내보기도 실로 오랜만이었다. 앙토니오가 죽은 후로, 두 사람은 떨어져 지낸 날이 많았다. 물론 그들은 가능한 한 짬을 내서 이런 재회의 시간을, 두 사람 모두에게 필요한 만남의 시간을 가지려고 노력했지만, 나름대로 각자의 생활에 얽매여 있었다. 아가트는 공부와 빅토르와 심야 파티 때문이었고, 아버지는 아내와 연인들과 작가들과 독서 그리고 지금은 좀 뜸해진 파리의 리셉션 때문이었다. 두 사람은 이따금 삶의 이유와 힘을 길어오기 위해 보다 심원한 삶 속에서 각자의 샘을 찾아야 한다는 사실을 망각한 채 살았다. 아버지는 매우 부지런하면서도 게으름을 피울 줄 아는 사람이었고, 어머니는 성격이 비교적 적극적인 행동주의자 타입이었다. 아가트는 아버지의 일에 대한 열정과 어머니의 헌신성을 두루 갖췄다. 아가트는 자신이 아파트에 틀어박혀 있다는 사실도, 친구들의 만나자는 요구도, 되는대로 옷을 입고 외출도 삼기며 겨우 끼니나 때우면서 책과 공부에 완전히 빠져서 생각이 미칠 때에야 잠을 잔다는 사실도 깨닫지 못한 채, 몇 달이고 철학에 몰두할 수 있는 여자였다. 그들은 아무도 못 말릴 근면한 집안 사람들이었다. 노동은 여러 번이나 그들의 구원자가 되어주었다. 그들은 마치 경의를 표하듯, 당연한 일인 양 노동에 대부분의 시간을 할애했다. 직업상 그들은 끊임없이 새로운 호기심을 가질 수밖에 없었고, 이 호기심은 그들로 하여금 쉴새없이 배우고 의구심을 품고 비평하고 창조하지 않을 수 없게 만들었다. 그들은 편견을 버리고, 확실하다고 판단되는 것이나 기존의 것들에 안주하지 말아야 한다는 보다 까다로운 요구에 따르지 않을 수 없었다. 그들의 삶에 활력과 열정과 의미를 고취시키는 것은 그러한 불확실성이었다. 그래서 그들 가족은 농장에 와서야 비로소 과로한 정신을 쉬게 할 수 있었다.

　아가트는 철학을 좋아했고, 아버지는 문학을 좋아했다. 두 사람은 독서를 통해 정신을 함양했고, 마치 예술품이라도 되는 것처럼 책을 아꼈으며, 벽면을 장식한 책꽂이에다 책들을 가지런히 정돈하길 좋아했다. 그들은 저마다의 방식으로, 즉 때로는 알파벳 순서로, 때로는 애착이 가는 순서대로 책들을 늘어놓았다. 책꽂이 칸들은 그들의 삶과 마음과 지식의 일부였고, 그들의 영혼을 충실하게 반영하는 셈이었다. 두 사람은 책을 서로 바꿔보거나, 새로 출간된 출판물을 보내주어 젊은 작가에 대한 정보 등을 교환함으로써 의견을 주고받을 수 있었다. 이러한 방식으로 부녀는 서로에게 말해주고 싶은 내용을 둘만의 고유한 언어로, 수줍은 아버지와 딸의 언어로 배울 수 있었다. 그러나 농장에서는 책도 대화를 대신하지 못했다. 그들의 대화는 승마와 장시간의 산책, 노루나 꿩을 만난 이야기 등으로 이어졌는데, 어린 거세마는 깜짝 놀라서 기수를 땅에 내동댕이칠 뻔했다고 했다. 그들은 집안이라든가 전원, 채소밭, 수확, 숲과 나무들, 토끼가 앓고 있는 질병, 일기 예보, 마을 아이들에 관한 최근 근황 따위를 화제에 올렸다.

밤이 이슥해서는 문학 이야기를 했다. 문학은 그들의 삶에 깊숙이 침투해 있어서, 그들이 좋아하는 한 권 한 권의 책은 한 사람 한 사람의 가족 구성원이나 다름없을 정도였다. 그들은 읽은 책을 또 읽었고, 책에서 가장 마음에 드는 장면들을 이야기했다. 레날 가족(스탕달의 소설, 『적과 흑』에 나온다 — 옮긴이)이 사는 집이라든가, 아나스타샤 필로포프나의 얼굴을 상상해보기도 했다. 그들은 『카라마조프 가(家)의 형제들』도 좋아했다. 지칠 줄 모르고 이 형제들을 묘사하는가 하면, 알료샤의 선량함과 이반의 광기를 마치 자기들 일인 양 여기기도 했다. 쥘리앵 소렐의 삶은 과연 어떤 것이었을까? 한 여인의 사랑에 힘입어, 자질 없는 남자가 결국 입신양명한 것일까? 왜 뮈질은 하필 그 순간에 죽음을 맞이했을까? 그가 범한 과오는 과연 무엇인가? 그들은 또한 뤼시앵 뢰뱅(스탈당의 미완성 장편소설 『뤼시앵 뢰뱅』의 주인공 — 옮긴이)의 종말을 상상하기도 하고, 카프카나 니체의 정신세계를 놓고 논쟁을 벌이는 일도 있었다. 이 모든 소설 속 인물들과 작가들은 가족의 일부나 다름없었다. 그들은 마치 이들과 잘 아는 사이라도 되는 듯이 작품 속 주인공들에 대해 이야기했다. 그들이 가장 좋아하는 작가는 도스토예프스키와 스탕달이었다. 그러나 다른 많은 작가들도 주빈으로 집안의 전설 안으로 모셔왔다. 이 집에서 아가트와 아버지는 고전작품을 다시 읽으며 어린 시절의 영혼을 되새겨보곤 했다. 세 사람 모두 이러한 놀이를 좋아했다. 그들은 좋아하는 작가라는 매개를 통해 혹은 작가라는 베일 속에서만 전달할 수 있었을 뿐 병적인 조심성으로 인해 서로 소통할 수 없었던 감동을 표현할 수 있었다

서재 안은 따뜻했다. 아가트는 잠이 오기 시작했다. 아버지의 목소리가 자장가처럼 들렸고, 후끈한 벽난로의 온기는 금기아 그녀를 혼곤한 잠에 빠져들게 했다. 갈색 톤의 다감한 목소리가 문장 끝머리에서 아득해졌다. 아가트는 고요한 어둠 속으로 빠져들었고, 그 어둠은 비밀과 고통과 끝도 없는 심연을 향해 열려 있었다. 그곳은 위험이 도사리고 있지 않은 세계였다. 아가트는 혼자서 그 세계의 문턱을 넘어서다 이내 뒷걸음질쳤다. 풍성함과 애정과 사유의 심연은 동시에 아버지가 열쇠를 쥐고 있는 죽음의 심연인 것 같아서였다. 아버지는 괴로워할 줄 아는 만큼이나 삶을 사랑했다. 이런 측면에서도 두 사람은 한 핏줄로 맺어진 가족이었다.

승마 대회 날 좋은 컨디션을 유지하기 위해서는 그 전날 평소보다 약간 일찍 잠자리에 들어야 했다. 보통 때라면 새벽 두시 경에 각자 자기 침실로 올라가곤 했지만, 첫 대회가 아홉시에 있을 예정이니 여덟시에 말을 솔질해서 준비시키려면 적어도 일곱시에는 잠에서 깨야 했다. 아가트는 이제 더이상 이런 스케줄에 익숙하지 않았다. 그녀는 냉랭한 기운이 느껴지는 아침나절을 좋아한다. 아직 날은 어두운데, 조가집의

닫힌 덧창 안으로 사람들이 하나둘 잠을 깨고, 짐승들은 마구간에 잠들어 있다. 눈을 비빈다. 한기가 느껴지고 뺨이 얼어 있다. 두 손을 주머니에 찔러 넣고는 어두컴컴한 마구간 안에서 어디 있는지 모를 장갑을 찾아본다. 숨결이 소용돌이 모양으로 하얗게 뿜어져 나온다. 몸이 찌뿌드드하다. 추위에 잔뜩 움츠러든 몸으로 아침의 습기에 저항하려 습한 새벽 공기를 들이마신다. 서리가 하얗게 내려앉은 들판. 가죽 장화를 신은 발로 그 위를 밟으니, 녹아내린 눈 속에 검은 발자국이 선연하다. 그 뒤를 따르는 강아지 발자국. 막 잠을 깬 개들이 어슬렁거리며 가고 있다. 아침의 몸놀림은 굼뜨게 마련이다. 살아 있는 것이라고는 하나도 없다. 그렇지만 오래지 않아, 가가호호 창문이 열리고 하늘도 밝아진다. 남자들은 밖으로 나와 얼어붙어 시동이 잘 걸리지 않는 둔한 자동차에 오르고, 여자들은 대문 앞을 쓸거나 개에게 먹이를 주러 간다. 짐승들도 제 식사 시간은 정확히 알고 있는지 말 울음소리와 소 울음소리가 들려오기 시작한다. 꼴과 귀리 향내가 퍼지고, 어느덧 서리도 녹아내린다. 그때쯤이면 사람들은 완전히 잠에서 깨어난다. 몸놀림도 익숙해져 있고, 양모 스웨터와 밀랍 칠을 한 가죽 상의를 끼어 입은 덕에 몸도 훈훈하다. 방금 전까지 얼음처럼 차가웠던 손가락도 이제는 불타는 듯 뜨겁다. 말 등에 올라타고 손가락을 바쁘게 놀린 덕이다. 쓰다듬고, 솔질하고, 글겅이로 빗질하고, 말굽을 청소하고, 건조한 피부에 밀랍 칠을 한 말들을 마구간에서 화차로, 화차에서 집으로, 또 집에서 마구간으로 여러 차례 왕복운동을 시킨 후에야 화차 안에다 집어넣는다. 마구간에 와서는 끝으로 윤기 없는 말의 갈기를 땋아주기로 한다.

　마침내 출발할 시간이 되었다. 세실리아 고모, 마구간지기 소년인 이브와 아가트는 트럭에 올라탄다. 항상 똑같은 식이다. 현관 앞 층계를 지나 아버지에게 인사를 하기 위해 클랙슨을 울린다. 아버지는 잠시 집에 있다가 곧 경주장에서 그들과 합류할 예정이다. 누가 보더라도 힘이 좋고 사나워서 경솔한 짓을 저지를지도 모르는 짐승 위에 올라탄 딸이 대회장 안으로 들어가는 모습을 아버지는 차마 보고 싶지 않았을 터이다. 그러나 아버지는 이내 걱정스럽고 조마조마한 마음으로 딸을 배웅하러 나간다. 자신의 두려움을 감추기 위해서라도 딸에게는 절대 걱정하는 기색을 비춰서는 안 된다. 유독 아가트가 대회에 참가할 때면 평소답지 않게 미신론자가 되어버리고 마는 아버지는 자신이 불안감을 드러내면, 딸에게 재수가 없을 것이라고 믿었다. 그래서 용기를 내어 두려움을 감추려 하지만 그것도 쉬운 일이 아니다.

아버지의 얼어붙은 시선을, 눈을 떼지 못하고 빛나던 그 갈색 눈망울을 아가트는 기억하고 있다. 그 눈은 가시으로 보일까봐 차마 웃지도 못하고, 그렇다고 공포심을 드러내지도 못한다. 아버지의 노력은 헛된 것이지만, 감동적이지 않을 수 없다. 아가트는 돌아서서, 불안해하는 아버지에게서 등을 돌려버린다. 아버지의 두려움을 부인하고 싶어서다. 시합중에는 아버지의 두려움을 못 본 채 하지만, 코스가 끝나는 즉시 아가트는 아버지에게로 걸어간다. 그녀의 눈이 사랑하는 아버지, 공포와 불안으로 안절부절못하는 아버지의 근심을 말끔히 씻어줄 승리감으로 환하게 빛나면, 아버지는 아가트를 와락 품에 안고서 딸을 향한 기쁨과 자랑스러움과 안도감이 일제히 감도는 감격의 시간을 만끽한다.

세실리아 고모는 매주 열리는 대회에 이미 익숙한 터라 그중 제일 침착하다. 대회 당일은 그녀의 모성애가 가장 왕성하게 드러나는 시간이다. 고모는 이 견디기 어려우면서도 흥미진진한 며칠 동안 아가트의 정신적인 지주 노릇을 하는 셈이다.

아가트는 이 보는 것을 상상하면서, 타닥타닥 소리를 내며 타오르는 벽난로 불 앞 카펫 위에 누워 차츰 잠 속으로 빠져들었다 너무나도 익숙하게 들려오는 음악 소리는 어린 시절의 추억을 떠오르게 한다. 추억은 아가트를 사랑하는 과거의 혼돈 속으로 휩쓸어가고 하루 사이에 과거의 향기를 되찾아주곤 했다.

대회까지는 앞으로 사흘 남았다. 갖가지 추억이 밀물처럼 밀려왔다. 대회에 참여하는 기쁨에는 상당한 불안감이 뒤따랐다. 잊혀졌던 순간들, 묻어버렸다고 믿었던 순간들을 다시 체험하는 데서 비롯된 이 불안감은 오랫동안 경험하지 못했던 어떤 냄새와 전율을 상기시켰다. 사실 아가트는 이번 대회에 참가하는 것에 겁을 내고 있었다. 걷잡을 수 없는 두려움이 부지불식간에 그녀의 머릿속으로 치밀어올라 어지러운 영상, 어린 시절의 꿈, 갑작스러운 허탈감을 안겨다주었다. 불안감이 더해갈수록, 아가트는 연신 그것을 억눌러야 했다. 행복의 순간이 알 수 없는 두려움의 순간과 교차했고, 아가트는 안간힘을 다해 그 두려움에서 벗어나려 했다. 그럼에도 행복과 두려움의 교차 빈도는 날이 갈수록 점점 늘어만 갔다. 이제는 사흘밖에, 머지않아 이틀 앞으로 닥칠 것이다. 그렇게 결전의 날이 다가오고 있었다. 아가트는 그날을 마치 악몽처럼 머릿속에서 떨쳐버리려 애쓰면서도, 한편으로는 가슴 졸이며 기다리고 있었다.

평소보다 일찍 잠에서 깼다. 엊저녁에 잠에서 깬 기억도 없고, 계단을 올라가 세수를 한 기억도 없는 것으로 보아, 아버지가 안아다가 침대에 뉘어준 것이 틀림없었다. 어린 시절의 아가트는 다른 사람들보다 먼저 잠자리에 들기 싫어하는데다가 서재의 붉은 카펫을 너무 좋아한 나머지 언제나 벽난로 불 앞에서 잠들어버렸다. 서재에서 끝도 없이 이어지는 어른들의 말소리도 이내 짙은 안개 속 같은 깊은 잠 속으로 희미하게 사라져갔다. 아버지나 어머니가 아가트와 동생이 함께 쓰는 침실로 단잠에 빠진 아가트의 작은 몸을 옮겨다주고는 아이가 깨지 않도록 조심조심 파자마를 갈아입히고 세심하게 침대의 시트 깃을 접어 넣어주었다. 그러면 아가트는 세상 모르고 잠을 잤다. 그 시절 아가트 는 행복한 어린이의 깊고도 흔들림 없는 잠에 빠져들었다. 하지만 나이 가 먹어서는 잠을 자도 전보다 어수선한 기분에 선잠 들기 일쑤였고, 때로는 더욱 고통스러웠으며, 악몽이나 가위에 눌리는 일이 잦았다.

이번에도 세실리아 고모나 아버지 모두 아가트를 흔들어 깨울 엄두 가 나지 않았다. 더욱이 두 남매는 프랑스 역사의 어느 한 시기에 관한 열띤 토론에 시간 가는 줄 모르던 터였다. 그 바람에 그들 집안의 기원 이라든가, 그들 부모의 출신, 그들 어머니의 괴팍한 성격, 가족에게 점 철된 강박 관념 등에 대한 이야기가 줄줄이 이어졌다. 실상 그들은 그 리한 것으로부터 어느 정도 벗어날 수 있기를 비라왔다. 마치 무슨 기 념식장 만찬회에서 공식 의례라도 치르듯이 종종 이런 유형의 대화가 가족간에 이어질 때면, 그들은 지치지도 않고 과거를 되새겨보곤 했 다. 오빠와 여동생은 시가를 피우거나 생각이 나면 지하 술 저장고에 서 코냑을 꺼내와 마셨고, 완전히 건조되지 않은 장작이 탈 때의 냄새 와 연기에 둘러싸여 긴긴 저녁 시간 내내 지칠 줄 모르고 이야기를 나 눴다. 시간은 흘러 영원으로까지 이어졌다. 모두들 잠들어 있고, 추억 과 즐거움과 생각과 꿈과 이야기와 안락함의 공간에 둘만 남은 이 밤의 세계는 아이들의 상상 속에서나 존재하는 어른들의 왕국이었다. 언젠 가는 아이들도 이 어른들의 왕국에 이르는 열쇠를 갖게 될 것이다. 아 이들은 벽난로 앞의 붉은 카펫 위에 누워 그 세계를 기웃거려보지만, 단조로운 노랫가락처럼 숨죽인 어른들의 목소리로 인해 이내 감각이 마비되고 평화로운 졸음에 겨워 그 세계를 정복하지 못하게 된다. 가 끔 졸음을 참다 새벽녘에야 잠자리에 드는 일도 있었다. 세실리아 고 모는 말을 머이고 돌바주기 위해 일찍 일어나야 했지만, 아가트의 아버지는 점심이 다 되도록 일어나지 않았다. 그런데도 낮시간에 조는 일이 허다했다. 네시경이나 되어서야 맑은 정신으로 산책을 하고, 느지막이 시작한 독서 삼매경에 빠져 있는 동안 모두들 저녁식사 준비로 분주했다. 이 집에서 그는 왕이었고, 모든 여자들로부터 아낌없는 사랑을 받았으며 이러한 상황에 전적으로 만족스러워했다. 그는 존재하는 것만으로도 이런 대우를 받을 만한 능력 있는 가장이었다.

세실리아 고모는 잠이 없는 편이었다. 마른 몸매에 키가 껑충하게 큰 고모는 애연가인데다 남자같이 행동했지만, 그런 외양의 이면에는 한없는 모성 본능이 감춰져 있었고, 그와 같은 사랑을 선택된 소수에게만 베풀었다. 오빠의 가족은 진정 그녀의 가족이나 다름없었다. 다른 형제 자매도 있었지만, 마음을 터놓기란 쉽지 않았다. 이미 어렸을 때부터 두 남매는 서로에게 둘도 없는 친구였고, 동일한 관심사와 사람들에게 매력을 느꼈다. 둘은 파리 13구의 방 두 개짜리 아파트에서 오랫동안 같이 살면서 밤낮 없이 그들이 서로 잘 아는 친구들을 초대했고, 매번 바뀌는 각자의 애인을 소개하면 서로 평가해주기도 했다. 만일 한쪽이 다른 쪽의 선택에 탐탁지 않아하면 그 사람을 이내 포기해야 했고, 그러한 이유로 그들은 여러 차례 헤어짐을 경험했다. 그러나 선택된 대상이 오빠나 동생의 호감을 사면 그 사람은 영원한 초대객이 되어 그들 공통의 데이트에 동참했고, 둘의 다른 친구들과도 알고 지냈다. 그래서 세실리아가 사귀는 남자가 오빠에게도 최고의 친구가 되는 일이 많았다. 오빠의 애인이 여동생에게 최고의 친구가 되는 일 역시 잦았다. 그들은 그렇게 십 년이 넘도록 파티와 독서와 진지한 토론, 정치 참여를 도모했다. 두 사람은 일요일마다 거의 빠지지 않고 부모님과 형제 자매들을 만나러 가곤 했는데, 그럴 때마다 어머니는 너무나 근사한 만찬을 마련해주었다. 그것은 이들 남매가 서먹하게 지내는 다른 가족들에게 할애하는 유일한 희생이었다. 아가트의 아버지는 삼 년 후에 아가트의 새엄마가 될 젊은 여자를 만나 동거에 들어갔다. 세실리아는 오빠가 가정을 꾸리고 나면, 예전 같지 않으리라는 걸 알았기 때문에 가슴 한켠이 무너져내리는 아픔을 느꼈다. 하지만 카를라를 특별히 높이 평가했던 터라 미워하지 않았다. 오히려 그녀는 카를라가 출산할 때 곁에 있어주었고, 냉랭한 분위기에서 부모에게 정식으로 소개할 때 카를라를 지원해주었다. 세실리아는 처음부터 아가트와 앙토니오 쌍둥이를 도맡아 보살폈고, 앙토니오에게 세심한 관심을 쏟았으며, 부모가 외출을 하거나 여행을 떠날 때도 어김없이 아이들을 돌보았다.

이 년이 지난 후, 세실리아는 역사 공부를 그만두고 전원에 정착했다. 아주 오래 전부터 말을 키울 것을 꿈꿔온 터였다. 박사 논문을 끝마치고 나자, 세실리아는 책 가지들을 꾸려 파리에서 200킬로미터 거리에 있는, 다 허물어져 버려진 작은 농장에서 애인과 함께 살았다. 두사람은 일 년 만에 농장을 재건시켰다. 세실리아는 암말을 두 마리 사서 흘레붙였고, 그렇게 해서 그녀의 말 사육이 시작되었다. 오빠는 재정적인 지원을 아끼지 않았지만, 세실리아는 혹독한 생활을 각오한 터였다. 그녀는 여전히 젊은 시절의 이상에 충실했지만, 입장이 약간 달라진 오빠를 비난하지 않았다. 수입을 늘리기 위해, 그녀는 인근의 농부들을 도와 여러 가지 잡일을 도맡아 해주었다. 그러다 몇 달 후, 생활고를 견디다 못한 애인은 파리로 떠나버렸다. 홀로 된 세실리아는 잘 견뎌낼 수 있을지 확신이 서지 않았다. 그런 와중에 대학측으로부터 주당 두 시간의 강의 세의를 받게 되면서 다시 초기에 가졌던 열정을 회복할 수 있었다. 세실리아는 책을 한두 권 출간해 어느 정도 수입이 생긴데다 농장도 차차 나아지고 있었고 전원에서의 삶도 차츰 안정을 찾아갔다.

아가트는 이 모든 이야기를 단편적으로밖에 듣지 못했다. 정확히 말

해서, 그녀가 불가에서 잠드는 동안 아버지와 고모가 옛 추억을 돌이
킬 때 주워들은 것이다. 아가트는 그들이 회상하는 삶의 편린들을 엿
들으면서, 화려한 파티와 애인들과 웃음, 혁명과 정치적 논쟁 등으로
끊임없이 쇄신되는 행복한 삶을 상상해보곤 했다. 아가트는 두 사람이
자신들의 어린 시절에 대해, 이상에 가득 찬 젊은 시절에 대해 이야기
하는 것을 엿듣는 것이 즐거웠다. 하지만 아버지와 고모의 얼굴에서
지금까지와는 완전히 다른 모습을 상상하기란 쉽지 않았다. 이 두 사
람은 그녀를 키워주었고, 아가트도 그들에게 한없는 사랑을 쏟으며 살
아왔다. 이제는 아가트가 그토록 그리고 꿈꾸던 젊은 시절을 경험할
차례였고, 그들이 끊임없이 되새겨온 삶에 이어서 새로운 삶을 창조할
차례였다. 아가트는 그들이 혼신을 다해 자신이 하는 모든 일에 든든
한 후원자가 돼주고 있음을 알았다. 그래서 아가트는 열정적인 생을
삶으로써 그들의 삶에도 충실한 셈이었다.

앙토니오가 죽은 뒤, 슬픔에 잠긴 식구들 한 사람 한 사람의 삶을 채
워나간 사람은 다름아닌 아가트였다. 모두들 이 사건으로 인해 급작스
런 삶의 질곡을 경험했고, 그 단절로부터 완전히 회복되지 못한 상태
였다. 그런 만큼 더욱 아가트는 충격으로 조각난 한 가족의 기쁨을 자
기가 보상해줘야 한다고 생각했다. 아가트만이 삶의 지속성과 삶에 대
한 열정을 정당화시킬 수 있었고, 오직 그녀만이 그들에게 삶의 의미
를 부여할 수 있었다. 간혹 이러한 책임감이 부담스러웠던 적도 있었
다. 가령 앙토니오의 환영에 시달리거나, 말의 무리가 덮쳐오는 악몽
을 꾸며 고통스런 밤을 보내고 아침에 눈을 뜰 때가 그랬다. 아침식사
를 하러 내려오면서 아가트는 그저 대수롭지 않은 악몽일 테니 신경 쓰
지 말아야겠다고 결심했지만, 그래도 꺼림칙한 기분이 가시지 않기는
마찬가지였다. 그러다 버터 바른 빵을 한 조각 삼키면서 혼란스러운

마음은 이내 가셨고, 세실리아 고모가 건네준 신선한 오렌지 주스를 마시면 아가트는 어느새 기분이 좋아졌다.

아가트는 평소대로 말을 훈련시키고, 훈련에 대한 보상으로 숲속을 산책시킨 다음 돌아와서 점심을 먹고 샤워를 한 뒤 오후 한때를 독서로 보냈다. 아가트는 아버지와 팔짱을 끼고 나가, 너른 벌판을 따라 나 있는 오솔길을 한 바퀴 돌았다. 그리고는 아페리티프(식욕을 돋우기 위해 식전에 마시는 술―옮긴이) 시간에 맞춰 돌아왔다. 세실리아 고모는 말들에게 먹이를 주고 외양간 청소를 하고, 말가죽마다 밀랍 칠을 하고 나서, 어느 틈엔가 스카치 위스키 병을 꺼내고 있었다. 고모는 한시도 가만히 있지 못하는 성격이어서 휴식을 달가워하지 않았다. 그래서인지 식구들은 바캉스를 떠나면서도 그토록 부지런을 떠는 그녀에게 미안한 마음조차 갖지 않았다.

대회는 이틀 앞으로 다가와 있었다. 아가트는 빅토르에게 편지를 쓰기 시작했다. 어쩌면 아가트의 불안감은 빅토르에게서 비롯된 것인지도 몰랐다. 빅토르 일로 마음 쓰고 있는 것일까, 아니면 알 수 없는 예감 때문일까? 빅토르가 다른 여자를 사랑하게 된다면, 견디기 힘들어질까? 어쨌든 아가트는 빅토르에게 모든 것을 허락했다. 가만히 생각해보면 괴로워하지 않을 것도 같았다. 하지만 꼭 확신이 서는 것도 아니었다.

어쩌면 아가트의 혼란스러운 마음은 아드리앙에게서 원인을 찾아야 하는지도 몰랐다. 아가트는 아드리앙과 냉랭한 관계로 지내는 것이 견디기 힘들었고, 그래서인지 한동안 자주 앙토니오가 꿈에 보였다. 앞으로는 절대 사랑하는 사람과 심하게 다투지 말아야겠다는 데 생각이 미쳤다. 뭔시 모들 불길한 위협이 아가트 주위를 선회하고 있있다.

26

대회가 내일로 다가와 있었다. 오늘 아침에는 말을 운동시키지 않고, 대회 날을 위해 기운을 축적해두도록 했다. 아가트는 들판을 가로질러 농장 주변의 숲속에서 아버지와 고모와 함께 오랜 시간 산책을 즐겼다. 이 일대에서 주민 수가 가장 많은 마을에 이르러서는 그 근방에 하나뿐인 슈퍼마켓에서 물품 몇 가지를 구입했다. 대회에 나갈 선수들이 먹을 만한 소화가 잘 되는 마카로니를 샀는데, 세실리아 고모는 여기에다 어린 버섯과 햄 몇 조각, 고르곤졸라 치즈를 넣고 이탈리아 식 파스타 요리를 만들어주곤 하셨다. 거기에 포도주도 한 병 사서 아가트의 아버지가 파리로 돌아갈 때 가져가기로 했다. 다음날 먹을 시리얼과 맥주도 잊지 않았다. 그들은 다시 길을 나섰다. 이런저런 잡다한 이야기를 늘어놓다가도 갑자기 중요한 이야기로 심각해지기도 했지만, 마지막 십오 분은 각자가 생각에 잠겨 입을 다물었다. 그들은 활기차게 걸었다. 매섭도록 찬 공기에 정신이 번쩍 들었다. 빨갛게 상기된 얼굴빛은 저마다 달랐지만, 각자의 얼굴 윤곽에서는 한 집안 사람이라는 분위기가 확연하게 드러났다. 그들은 같은 핏줄을, 같은 시선을, 똑같이 단호한 태도와 생활력을, 그리고 얼마간의 시련을 증명해 보이는 주름살까지도 비슷했다. 그들에게는 남들보다 다채로운 삶을 경험한 사람들에게서 볼 수 있는 아름다움이 깃들여 있었다. 그들은 영혼을 송두리째 바쳐 살아왔고, 단 한 번도 어긋난 방향으로 비켜가지 않았다. 연륜과 노동과 삶이 켜켜이 쌓인 두 어른 사이에서 아가트는 영롱한 빛을 발했다. 그 외에도 아가트는 삶의 행복, 삶에 대한 욕구, 젊음의 아름다움까지 겸비했다. 세 사람은 함께 있다는 기쁨과 고원이 얼음처럼 차가운 바람과 흙 냄새에 고무되어 활기차게 걸었다. 개 몇 마리가 새니 쥐 따위의 먹잇감을 노리고 있다가 이리저리 뛰어다니면서 그들을 따라왔다. 개들은 부는 바람과 사냥감 추적에 마냥 신이 난 모양이었다. 원래가 사냥개인데다가 탐색하기 좋아하고 성미가 급한 개들은 땅의 구석진 곳곳을 찾아다니며 킁킁거렸다. 아가트는 자신이 어렸을 적에 손으로 반죽하여, 조각상이나 궁전, 테라스, 경주장, 산 따위를 만들던 질고 무거운 검정 이탄(泥炭)과 얼어붙은 풀, 그리고 그 풀 내음을 그토록 친밀하게 대하는 개들이 부러웠다. 어렸을 적, 부모님은 농장 냄새를 유난히도 좋아하던 아가트를 암소똥과 말똥으로부터 멀리 떼어놓곤 했는데, 흙만큼 그녀를 매혹하는 건 아무것도 없었다.

　이따금 개떼에 놀란 토끼나 자고가 퍼드득 날아 올라가는 바람에 소스라치게 놀라는 일도 있었다. 그러나 세 사람은 동요되지 않은 채 계속 걸었고, 거의 매번 참패를 당하는 라브라도르 사냥개 한 마리와 스패니얼 두 마리를 구덩이에서 끄집어내면서 웃음을 터뜨리기도 했다. 어느새 집이 가까워지고 있었다. 뺨이 빨갛게 상기되고, 왕성한 혈액 순환으로 두 손은 뜨겁게 달아올랐으며, 온몸은 땀으로 범벅이 돼 있었다. 감기에 걸릴 염려가 있으니 절대로 걸음을 멈춰서는 안 되었다. 그러나 마침 내리막길인데다가 깊은 진흙탕 길이어서 속도를 줄여야 했다. 숲속의 마지막 길을 지나자, 너도밤나무와 소나무 가지 사이로 집이 보였다. 안에서 자신들을 맞아주는 사람이 있는 듯한 기분이 들도록 집에다 불을 켜놓고 나온 터였다. 날이 어둑어둑해지기 시작했다. 말에게 아직 사료도 주지 못했고, 저녁 준비도 시작하지 않았지만, 아직 이른 시간이어서 잡고 있던 서너 권의 책을 계속 읽거나, 목욕을 한 뒤, 벽난로 앞에서 휴식을 취할 시간적인 여유가 있었다. 납작한 면발의 마카로니 냄새가 어느새 방마다 스며들었다. 위스키, 볶은 아몬드, 소스를 바른 올리브 몇 알, 그리고 치즈까지…… 행복은 여기에 존재했고, 더이상 바랄 게 없었다. 아가트는 일찍 잠자리에 들어야 했다. 피곤한 참에 잘 된 일이었다.

식사는 훌륭했고, 이제는 자러 갈 시간이었다. 아가트는 꿈을 꿀지 모른다는 두려움에 새벽 네시까지 눈을 붙일 수가 없었다. 앙토니오, 아드리앙, 빅토르, 이들 모두가 눈앞에 차례로 스쳐 지나갔고, 그 모습에 정신이 혼미해질 지경이었다. 말과 장애물, 두려움, 기쁨, 흥분이 잇달아 스쳐갔다. 내일은 너무 먼 것 같기만 한데 이미 현재였다. 한밤중이 되어서야 아가트는 근심을 떨쳐버리고 어둠과 일체를 이룰 수 있었다.

아가트는 비좁은 시트 속에서 땀에 젖어 있었다. 악몽에 시달린 모양이었다. 새벽에 일어나야 하는데, 다시 잠을 이룰 수가 없었다. 이 간단한 일조차 해결하지 못하고 있다는 생각에 미칠 것만 같아 더욱 잠이 오지 않았다. 그녀는 마음껏 쉬지도 못하는 무기력한 상태에서 신경을 곤두세웠다. 이번에도 불면의 밤을 보낸 후 신경이 날카로워진 극도의 긴장 상태로, 많은 체력을 요하는 장애물 경기에 임해야 했다. 대개의 경우 몸과 마음이 긴장한 상태에서 정신을 최대한 집중해 대회의 승리를 거머쥐었던 아가트라 과도할 정도로 흥분된 시합에는 어느 정도 익숙해져 있었다. 사람들은 아가트의 화려하고 능란하며 우아한 기마술을 찬탄해 마지않았다. 수척한 얼굴과 눈가에 진 그늘에도, 아가트는 아름다웠다. 땋아 내린 검은 머리카락과 어린아이처럼 해맑은 미소를 지어 보이는 허스키 보이스의 그녀는 감동을 자아내기에 충분했다. 아가트의 얼굴은 환하게 빛났지만 그것은 동시에 아버지가 두려워하는 것이기도 했다. 만일 그가 아버지와 인간의 본능에만 충실했다면 아마 딸을 단단히 가두어두고도 남았을 테지만, 그는 경쾌하고 격렬한 시합에 인해 눈부시게 아름다운 딸의 모습을 사랑했다. 아버지는 질투심과 소유욕에 취해 딸을 관찰했고 감탄했다. 아가트는 그의 딸이었다. 누구나 지나칠 정도로 집요하게, 음험하게, 질투 어린 시선으로 바라보게 되는 여자였다. 그럴 때마다 아버지는 홀린 듯이 딸을 목도하곤 했다. 그는 시들어가는 자신의 삶에 의미를 실어주는 딸을 지극히 사랑했다. 아가트는 갖가지 종류의 대회나 시합 전날이면 마음을 불안하게 만드는 딸이었지만, 아버지의 관심과 희망을 독차지하는 딸이기도 했다. 아버지는 불안감으로 화석처럼 굳어진 채, 더이상 잠을 이룰 수 없었다.

27

　새벽 여섯시였다. 고모는 부엌에서 아침식사를 준비했다. 조카딸이 잠깐이라도 더 눈을 붙일 수 있게 배려하는 마음에서였다. 고모는 오렌지를 갈아 만든 주스와 파이 조각 그리고 잼과 꿀이 담긴 접시를 놓았다. 그리고 커피를 준비한 다음 아가트를 깨우러 갔다. 아가트는 어느새 일어나서 옷을 입고 있었다. 세탁하여 다림질 해둔, 무릎 아래가 꼭 끼는 흰색 승마 바지와 화이트 셔츠, 넥타이, 그리고 V넥의 검은색 스웨터로 된 대회복으로 갈아입었다. 아가트는 고개를 들고 미소 어린 퀭한 눈으로 고모를 바라보았다. 어둠이 피곤한 표정을 감추어주긴 했지만, 측은한 마음이 드는 고모의 시선으로는 아가트가 가뜩이나 더욱 말라 보였다. 고모는 잠꾸러기 아가씨를 깨우느라고 실랑이를 벌였던 혹은 오늘처럼 어느새 일어나 외출 준비를 마치고 초조해하는 아가트의 모습을 보면서 보냈던 숱한 아침들을 기억에 떠올렸다. 두 여자는 아버지가 깨지 않도록 조용히 아래층으로 내려왔다. 아가트는 아침식사를 허겁지겁 해치우고는 말들을 준비시키고 있던 세실리아 고모에게로 왔다. 트럭은 밖에 세워져 있었다. 어둠인지 아직 걷히지 않는 짙은 안개인지 구분이 안 가는 가운데, 시동을 걸어둔 트럭은 입김처럼 뿌연 연기를 뿜어냈다. 라이트 빛이 갈라놓은 어둠 사이로 하얀 안개가 드러나 보였는데, 부유하는 입자의 빈도에 따라 안개는 이리저리 춤을 추었다. 마을은 쥐죽은 듯 아직 잠들어 있었다. 때때로 말이 입김을 내불었고, 땅 위로 스치는 발의 마찰음, 트럭에 안장을 싣는 외양간 소년의 움직임이 들릴 뿐이었다. 그러나 서서히 고요가 걷히고 있었다. 사람들은 아직 동작이 좀 굼뜨기는 해도 분주히 움직였다. 그것만으로도 단잠에서 깨어나 불만스러워하는 말들을 동요시키기에 충분했다. 아가트는 자신의 말이 있는 칸으로 들어가서 한동안 쓰다듬어주다 소곤거리는 목소리로 격려했다. 또 말에게 승리를 다짐하면서 얌전히 굴 것을 당부하기도 했다. 세실리아 고모가 서두르라며 재촉했다. 미리 경주코스를 익혀두려면 십 분 후에는 출발해야 했다. 게다가 아가트는 대회 참가자들 가운데 앞 조에 속해 있었으므로, 경주로가 열리기도 전에 미리 말에게 준비 운동을 시켜줘야 했다. 주체측에서는 대회 시작 전에 기수들이 걸어서 경로를 확인해보고, 커브 길과 거리와 전략 등을 점검할 수 있도록 경주로를 공개했다. 이렇게 운이 없다니, 아가트는 아연실색했다. 출발해야 한다는 사실마저 잊고 있던 차인데, 그토록 기다려왔으면서도 동시에 두려웠던 순간이 막상 눈앞에 닥치자, 심장이 누방망이질치기 시작했다. 아가트는 서둘러 말을 빗질해주고 고삐를 채운 다음 트럭이 있는 곳까지 데려갔다. 말이 트럭에 올라타려 하지 않았다. 그것이 그날 일어난 최초의 사고였다. 마음이 동요되고 혼란스러울 때면 비신을 믿는 경향이 있어서, 아가트는 이런 일 없이 지나갔으면 싶었나. 세 사람이 매달려서 짐승의 옆구리를 밀며

으름장을 놓기도 하고 먹이로도 유혹해봤지만, 소용없는 일이었다. 말은 겁에 질린 나머지, 뒷발로 일어서서 길길이 뛰었고, 신경질을 내며 기운을 뺐다. 말을 진정시켜야만 했다.

십오 분이 지나서야 결국 말을 바퀴 달린 비좁은 지정석에 태우는 데 성공했다. 시간이 다소 지연되었다. 세실리아 고모가 트럭을 운전했고, 아가트는 고모와 외양간 소년 사이에 끼어 앉았다. 고모 집에서 일한 지 얼마 되지 않아 소년을 잘 알지는 못했다. 지금으로서는 아가트도 긴장하고 있던 터라 말이 나오지 않았다. 세실리아 고모는 그녀가 평소보다 불안해하고 있다고 생각했지만, 조금도 내색하지 않았다. 아가트가 대회에 참가하는 것이 너무 오랜만일뿐더러, 대회장의 분위기는 의기소침해 있는 참가자들의 긴장감을 급속히 고조시키는 것도 사실이었다. 하지만 평소 침착함을 잃지 않는 아가트는 성공 여부가 걸린 일이라면 거의 맹목적이다시피 한 아이였다. 아마 잠을 설쳤기 때문일 것이다. 대회가 시작되기 전에 기수는 안정과 집중력을 필요로 한다는 것을 잘 알고 있는 세실리아 고모는 여느 때와는 다른 조카를 안심시키기 위한 말 몇 마디 외에는 입을 떼지 않았다. 전투적인 성격은 온데간데없이, 아가트의 말끝에 약간의 불안감이 묻어났다. 그러나 이제 머지않아 경주장에 도착할 테고, 모든 것은 순조롭게 돌아갈 것이다. 대회가 시작되면 불안감은 멎고, 대신 즐거운 경쟁심이 용솟음칠 테고, 초조함을 감추지 못하던 아가트의 얼굴에서도 이내 경쟁심을 읽게 될 것이다.

그들은 다른 화차와 트럭들과 함께 경주장에 도착했다. 말들은 각자의 트랙에서 앞발로 땅을 걷어차기도 하고, 뒷발을 딛고 껑충 일어서기도 했다. 기수 몇 명은 벌써 울타리가 쳐진 경주장 부속의 잔디 훈련장에서 몸을 풀고 있었다. 대회 참가자들에게 코스를 알리는 종소리가 울렸다. 마구간 소년 이브가 아가트의 말을 돌보는 동안, 그녀는 고모와 함께 장애물을 둘러보러 갔다. 아가트는 고모가 해주는 전략상의 조언을 주의 깊게 들으면서 공격적인 태도로 날뛰는 말에 올라 능숙하게 전략을 구사하는 자신의 모습을 상상해보았다. 두 여자는 한달음에 경주장을 돌아보았다. 오 분 이내에 준비운동을 시작해야 했다. 아가트는 커브 길의 위치를 일일이 점검할 시간이 없어서, 자신의 직감과 반사 능력을 믿어보기로 하고 머릿속으로만 계산해두었다. 아가트는 숨이 턱에 차서 다시 이브에게로 돌아왔다. 불안한 마음은 좀처럼 가시질 않았다. 늦어서 서둘러야 했지만, 그렇다고 불안감이 완화되지도 않았다. 아가트는 즉시 말 안장에 올라타고 잔디 훈련장 쪽으로 갔다. 서너 마리의 말들이 뛰어다니고 있었다. 어제부터 계속되는 조급함과 압박감에 아가트는 아무 생각도 할 수가 없었다. 훈련장 안으로 들어서면서부터는 급기야 자신의 심장이 비정상적으로 빠르게 뛰고 있음을 깨달았다. 그래서 앞으로 해야 할 준비 작업에 정신을 집중시켜 마음을 안정시키기로 결심했다. 아가트는 말을 진정시키기 위한 몇 가지 훈련을 시작했다. 훈련장에 말들이 몰려들기 시작하자, 정신을 집중하기가 쉽지 않았다. 이곳저곳에 진로가 막혀 있는데다, 기수들은 경주장에서 우선적으로 준수해야 할 규칙을 지키지 않았다. 아가트의 말은 흥분해 있었고 대부분 버릇이 잘못 든 다른 말들에도 익숙하지 않았다. 그중 한 마리가 조금 전에 날뛰다가 아가트의 말과 충돌할 뻔해서 그녀는 발끈해 있었다. 그러나 화를 내봤자 소용없는 일이었다. 아가트의 말은 다른 말과 몸이 조금만 스쳐도 불안에 떨고 겁에 질려서, 그녀는 말을 다루는 데 무진 애를 써야 했다. 확성기 소리, 사람들이 웅성대는 대화음, 기수들에게 지시 사항을 알리는 조련사들의 고함 소리…… 면적에 비해 너무 많은 말들이 들어차 무질서가 난무하는 직사

각형의 훈련장의 전경이었다.

　대회 조직위원들은 대체 뭘 하는 걸까? 제대로 된 훈련장이라면 말의 수가 적당해야 한다. 그런데 이곳에는 말이 지나치게 많았다. 가장 흥분하기 쉬운 어린 말들이 심하게 동요되기 시작했다. 아가트의 말도 그중 하나였다. 엉덩이 아래서 말이 달아나려 하는 것이 느껴졌고, 말을 통제하기가 점점 더 힘에 부쳤다. 대회 시간이 가까워졌고 조금만 있으면 시합에 임해야 했다. 다른 무례한 경쟁자들을 앞지르는 한이 있더라도, 말을 뛰게 해야 했다. 세실리아 고모가 말을 안심시키기 위해 아가트 쪽으로 왔다. 말은 신경이 곤두서 있었지만, 네 번만 뛰고 나면 진정될 것 같았다. 아가트는 고모가 놓아주는 일자형 막대와 십자가 모양의 가로 막대를 뛰어넘는 것부터 시작했다. 구보는 조금 이른 듯했다. 아가트는 다른 기수들 사이를 뚫고 성큼성큼 평보로 몇 걸음을 내딛었다. 말을 안정시키기가 도저히 불가능하다고 판단되어, 궁여지책으로 그 자리에서 말을 뛰게 만들어 안정을 찾아주기로 했다. 막대를 통과하면서 말의 뒷발이 장애물을 살짝 걸어차긴 했지만 맨 처음 장애물은 그런 대로 잘 통과했다. 아가트는 말이 기운차게 한 번 장애물을 뛰어넘은 뒤 계속 그 페이스를 유지할 수 있도록 막대를 연거푸 네 번 뛰어넘었다. 세실리아 고모가 가로 막대의 높이를 올렸다. 젊은 여자 기수가, 마치 사슬에 꿰인 듯이 줄줄이 장애물을 뛰어넘는 다른 말들 사이를 비집고 들어가기란 수월치 않았다. 정신을 집중할 만한 분위기가 아니었다. 아가트의 불안감은 자꾸만 커져갔지만 결국 연이은 가로 막대를 연이어 뛰어넘는 데 성공했다. 그런데 말이 어깃장을 놓아 막대들을 건드렸고, 반항할 수 있게 되자마자 격렬하게 날뛰었다. 아가트는 기진맥진해 있었다. 하지만 아가트의 차례가 다가오고 있었다. 10번, 11번, 그리고 이제 곧 12번의 순서다. 아가트는 14번이었다.

　난코스여서 아직 실수를 저지르지 않은 말은 없었다. 다른 기수들의 이런 저조한 성적에, 아가트는 고무되기는커녕 불안감만 증폭되었다. 아가트는 마구 뛰는 심장을 제어하기 위해 안간힘을 썼다. 눈앞에 과거의 영상들이 스쳐 지나갔다. 아가트의 정신은 경주장에 있지 않았다. 머릿속을 어지럽히는 장면들에 정신이 혼미해져, 곧은 자세로 말에 올라탈 수가 없었다. 아가트가 느끼는 두려움을 말에게도 고스란히 전해졌고, 그 두려움은 온갖 종류의 반항으로 표출됐다. 이제 13번 기수의 차례였다. 공식적으로 경주장 안으로 들어서기 전에 마지막으로 한 번 두약을 시두하면, 말은 경기에 임할 준비가 된 것으로 판단되었다. 그것만 무사히 넘기고 첫번째 코스만 빠른 속도로 통과할 수 있다면, 훨씬 편안한 마음으로 두번째 코스에 임할 수 있을 것 같았다. 그런데 간밤에 꾼 꿈이 머릿속을 떠나지 않는 것이다. 아가트는 간밤에 잠을 설친데다가 악몽에 시달려 지금까지도 그것을 떨쳐버리지 못하고 있었다. 그날 하루를 지내고 나면 이 음습한 장면도 사라질 게 분명했다. 그러나 한동안 그 장면이 자꾸만 떠올라 아가트를 위협했다. 13번 선수가 세번째 장애물을 넘고 있었고, 이제 아가트가 마지막으로 가로막대를 뛰어넘을 차례였다. 아가트는 내키지 않는 마음으로 서둘러 말에게 구보를 시켰다. 협소한 훈련장에서 무질서하게 열을 지어 달리는 다른 기수들을 다시금 교묘하게 비켜가야 했다. 아가트는 자리가 생길 때까지 두 바퀴를 돌았다. 뛰어넘어야 할지 말아야 할지 아직 결심이 서지 않았다. 세실리아 고모가 응원해주었다. 13번 선수가 코스를 거의 끝마쳐가고 있었고 이제 곧 아가트의 차례였다. 아가트는 오른쪽으로 돌아서 장애물을 향해 걸어갔다. 장애물은 매우 높았다. 그 높이에 맞춰서 뛰어야 할 발걸음 수를 계산해야 했지만, 아가트는 그럴 시간도 정신적 여유도 부재했다. 아가트는 불현듯 그 어떤 테크닉도 승마 논리도 무시한 해방감을 맛보았다. 장애물이 있는 곳까지 말을 제압하지 못하고, 말에 몸을 맡겨버렸다. 발걸음 수가 틀렸던 것이다.

말의 앞다리가 막대 사이에 끼면서 가속이 붙은 몸은 거칠게 내동댕이쳐져, 훈련장의 차가운 흙바닥 위로 길게 늘어졌다. 시간이 정지되고 모래와 피 냄새와 영상, 충격의 울림이 줄곧 머릿속을 떠나지 않았다. 주변에서 분주하게 움직이는 소란스러움이 느껴졌지만, 다른 한편으로 깊은 적막감이 감돌았다. 아가트는 마침내 앙토니오가 돌아온 것 같은 기분이 드는 것이었다.

28

빅토르는 아가트로부터 편지 한 통을 받았다. 아버지와 함께 농장에 좀더 오래 머물고 싶다는 내용이었다. 아버지가 몇 주일간 파리로의 귀환을 늦추어도 된다고 했다. 빅토르는 놀란 나머지 편지가 이상해 보이기까지 했다. 무엇보다도 내용이 짧다는 것이 놀라웠고, 글씨체도 약간 떨리고 있었다. 겨우 알아볼 수 있을 정도였으니까.

논문도 써야 하고 지도교수도 만나야 할 텐데, 아가트는 왜 파리로 돌아오지 않는 것일까? 앞으로 몇 주일간 아가트가 좋아하는 흥미진진하고 모험으로 가득 찬 심야 파티가 열릴 예정이었다. 아가트의 아버지 또한 틀림없이 할 일이 있을 것이다. 그런데 왜 갑자기 모두들 농장에 머무르기로 결정한 것일까? 그들이 농장에 있은 지도 꼬박 이 주일이 넘었다. 어쩌면 아버지에게 휴식이 필요했던 것일까, 그래서 아가트도 그 참에 아버지와 함께 며칠 더 지내기로 한 걸까? 이렇게 오랫동안 떨어져 있는데도, 아가트는 빅토르가 보고 싶어서 조바심도 나지 않는 것일까? 빅토르는 아가트와 함께 있은 이후로 이번처럼 오랜 시간을 헤어져 지낸 적이 있었는지 생각해보았다. 비록 수잔나와 함께 지내는 하루하루가 달콤하긴 했지만, 시간은 더디게 흘렀다. 어쩌면 아가트도 호감이 가는 어떤 남자를 만났는지도 모를 일이었다. 행복은 사람을 태평하게 만드는 법이어서, 빅토르는 이런 생각을 단 한 번도 머리에 떠올려본 적이 없었다. 견디다 못한 빅토르는 그런 생각을 이내 머릿속에서 몰아내 버렸다. 비록 스스로 인정하지는 않지만, 빅토르는 병적이게 질투심이 강한 남자였다. 아가트가 다른 남자의 품에 안겨 있는 모습은 상상조차 할 수 없었다. 잠시 해본 생각만으로도 빅토르는 그날의 나머지 시간을 미칠 듯한 분노에 휩싸일 정도였다. 불현듯 그는 아가트와 연락하고 싶은 마음이 간절해져, 그녀가 남겨놓은 마을 술집의 전화번호를 눌렀다. 전화를 받은 술집주인은 아가트에게 전해주겠다고 약속했다. 그게 전부였다. 빅토르는 인내심을 가지고 조바심을 삭이기로 마음먹었다. 만일 아가트가 런던에 머물러 있으라고 한다면, 그대로만 하면 되었다. 그렇다면 아가트는 그냥 기분이 좋지 않은 것으로 단정지으면 되는 일이었다. 빅토르는 아가트가 자기를 만나고 싶어 조바심 치지 않는 사실에 자존심이 상했다. 하지만 사실 따지고 보면 그녀의 생각이 옳았다. 아가트는 모든 것을 알고 있음에 틀림없었다. 이 편지가 그걸 증명해주었다.

빅토르는 헬렌과의 외출과 고된 작업을 핑계 삼아 이틀 동안 수잔나를 만나지 않았다. 의기소침해진 빅토르는 짙은 안개 속을 걷는 것 같은 이틀을 보내면서, 아가트의 지지 없이는 바람도 피울 수가 없다는 것, 아가트 없이 지내는 세월이 길어지면 길어질수록 사는 것이 영 재미없어지는 자신을 깨닫고는 쓸쓸함을 느꼈다.

그는 아가트에게서 연락이 오기를 목이 빠지게 기다리며 일 주일을 보냈다. 수잔나와의 관계도 시들해졌다. 빅토르는 신경이 곤두서고 사색에 잠겨 정신이 멍해져 있었다. 그를 걱정스레 바라보던 수잔나는 대체 무슨 일이 일어나고 있는지 알아내려 애썼고, 오래지 않아 절망스런 기분이 되었다.

그러는 동안 빅토르는 헬렌의 마음을 누그러뜨리기 위해 노력을 아끼지 않았다. 어느 날 갑자기 헬렌과 꼭 화해를 해야 할 것만 같은 기분이 들었던 것이다. 지금까지 소중한 사람들을 너무 홀대했다는 자책이 들어, 이제는 그 사람들을 다시 만나고 싶어졌다. 빅토르는 갑자기 기운이 쭉 빠져버렸다. 공부하느라 밤을 지새는 것마저 버겁게 느껴지기 시작했다. 이제는 그런 밤들을 홀로 짐처럼 짊어져야 했다. 지금까지 그는 우정의 필요성과 인간관계의 중요성을 간과해왔다. 어떤 사람을 사랑하면 할수록 독점적이 되거나 인생의 다른 중요한 사람들을 소홀히 해서는 안 되는 법인데 말이다.

빅토르는 어두운 스튜디오의 책상 앞에 앉아, 이 모든 생각들을 곱씹어보았다. 그는 벌써 몇 번째 헬렌의 화랑과 아파트에 전화를 걸어보았지만 응답이 없었다. 자동 응답기가 돌아갔지만 그는 감히 메시지를 남길 엄두가 나지 않았다. 여러 번 통화를 시도해 봤지만 소용없는 일이었다. 이젠 달리 방법이 없었다. 빅토르는 헬렌의 마음을 돌리고 자신의 무례를 용서받기로 마음을 굳혔다. 빅토르가 누구를 사귀든 그녀가 책할 일은 아니었다. 그에게는 자신이 원하는 만큼의 자유를 누릴 권리가 있었다. 헬렌은 그의 생활 방식을 힐책했지만, 그는 걱정 말라는 듯이 그녀의 비난을 무시해왔다. 그러나 지금의 빅토르에게는 회한만이 남았고, 헬렌은 떠난 후였다.

빅토르는 수차례 화랑 앞을 서성였다. 헬렌은 없었다. 그는 젊은 여식원에게 어디 가면 헬렌을 만날 수 있냐고 물었다. 여직원은 헬렌이 일 주일 예정으로 중국에 갔다고 알려주었다. 하지만 바로 그날 저녁 일곱시 비행기로 돌아오기로 되어 있다는 것이다. 지금은 오후 다섯시였다. 스튜디오에 들러 옷을 갈아입고 히아신스 한 송이를 사서 히드로 공항으로 가는 지하철을 탈 꼭 그만큼의 시간 여유가 있었다.

빅토르는 밖으로 달려나가며 여직원에게 고맙다고 인사하고는 자기가 대신 가겠으니 절대로 헬렌을 마중하러 공항에 나가지 말라고 당부했다. 스튜디오에서 헬렌이 선물로 사준 검정색 상의를 걸치고 꽃가게에 들른 다음, 잘 아는 술 가게에 가서 89년 보르도 산 포도주와 스페인 산 리오하 포도주도 한 병 샀다. 어둠이 내려 있었다. 도시를 장악한 추위도 느껴지지 않았다. 빅토르의 심장은 초조함으로 마구 뛰었다. 어린아이처럼 흥분한 그는 너무 오랫동안 떠나 있었던 애인을 기다리는 수줍은 연인처럼 보였다. 또 한편으로는 싸우고 뾰로통해진 동생을 어떻게 달랠까 고민하고 있던 차에 화해할 기회가 주어지자 한없는 행복감을 느끼는 철부지 아이 같기도 했다. 비행기 도착 시간보다 조금 일찍 공항에 도착했다. 늘상 있는 일이지만 비행기는 연착이 되었다. 이런 상황에 처하고 보니, 헬렌과 처음 만났던 때가 생각났다. 헬렌은 절망에 빠진 도도한 표정으로 중국에서 돌아오는 길이었고, 빅토르는 그런 그녀의 묘한 분위기에 매료되고 말았다. 빅토르는 허름한 심야 술집에서, 혹은 사람들이 많이 찾는 지극히 퇴폐적인 콘서트 홀에서 둘이서 보냈던 광란의 밤을 회상해보았다. 그들은 붉은 포도주를 한없이 들이키다 흐느끼거나 서로를 위로하면서 밤을 지새곤 했었다. 그런 저녁식사 때면 헬렌은 그에게 유명 화가, 배우, 연출가와 작가들을 소개해주었다. 그런 다양한 분야의 사람들은 외견상 하나같이 화려해 보였지만 허울뿐인 겉치레에 지나지 않는다는 것을 나중에 알게 되었다. 그리고 그중 몇 명은 헬렌의 정부이기도 했다. 헬렌과의 관계를 그냥 그렇게 방치해둘 수는 없는 노릇이었다. 비록 육체적으로 그녀를 탐하지는 않았지만, 빅토르는 헬렌을 깊이 사랑하고 있었다.

그는 안내판 앞에서 이리저리 서성거렸다. 마침내 854편 항공기의 도착을 알리는 안내 방송이 들렸다. 승객들은 아직 나오지 않고 있었다. 빅토르는 한 손에 짙은 향기의 히아신스를 들고, 환하면서도 걱정스런 얼굴로 그녀를 기다리고 있었다. 마침내 승객들이 하나둘 출구에서 나오기 시작했다. 아이들이 달려가서 그들 목에 매달리고, 아내들은 키스를 했다. 출구 앞에서 빅토르를 둘러싸고 있던 군중이 조금씩 흩어졌다. 이제는 걱정스러운 얼굴을 한 몇 사람밖에는 남아 있지 않았다. 의혹이 머릿속을 스쳐갔다. 이 비행기가 맞는 걸까? 혹시 헬렌이 귀환을 연기한 것은 아닐까?

심장 박동이 점점 더 거세졌다. 그때 돌연 창백한 얼굴을 한 어떤 남자 뒤로, 작은 키의 갈색머리 여자가 불쑥 모습을 드러냈다. 하얀 피부 위로 새빨간 립스틱을 칠했고, 비록 피곤에 지쳐 있기는 했지만 자신감에 찬 걸음걸이였다. 그녀는 마치 유령이라도 본 것 같았다. 기쁨이 섬광처럼 그녀의 얼굴에 스쳐갔다. 하지만 이내 행복을 내색하지 않으려는 노력으로 인해 얼굴은 일그러졌고 헬렌의 표정은 무어라 형언할 수 없이 묘하게 바뀌었다. 하지만 이미 들킨 뒤였다. 맨 처음의 반응을 놓치지 않았던 빅토르는 미소를 머금고 헬렌에게로 갔다. 더는 자신과 싸우고 싶은 마음이 없어졌는지 헬렌의 표정은 조금씩 누그러졌다. 헬렌의 몸은 뻣뻣하게 굳어 있었지만, 빅토르가 자신을 품에 안는 것을 허락했다. 마음이 약해져 있던 헬렌이 결국 먼저 빅토르를 포옹했다. 헬렌의 가방과 히아신스가 바닥에 떨어졌고, 두 사람은 그렇게 힘껏 서로를 끌어안았다. 그 순간 둘은 얼마나 조바심 치며 이 순간을 기다려왔는지를 절감했다. 그때부터 두 사람은 더이상 감정을 숨기지 않고, 허심탄회하게 말할 수 있었다. 어린애처럼 손을 꼭 붙들고, 아무것

도 아닌 일에 웃기도 하고 울기도 했다. 그들은 택시를 타고 음식 가게
에 들러 산 다니엘(San Daniel) 와인과 좋아하는 음식 몇 가지를 샀다.
스튜디오에 돌아와서는 예전에 좋았던 그 시절로 돌아가 밤을 지샜다.
위선적으로 점잔을 떨거나 신경을 곤두세울 필요 없이 무슨 말이든 털
어놓을 수 있었다. 서로의 잘못을 비난하기도 하고, 자신이 책임져야
할 일에 대해서는 후회스런 마음도 감추지 않았다. 서로 욕을 하다가
도 어느 순간 상대방을 안아주며 용서를 구했고, 그러면 용서하며 서
로를 위로했다. 빅토르가 좀더 많이 자신을 토로했다. 헬렌이야말로
그의 말을 들어줄 유일한 사람이었으니까. 그는 헬렌에게 수잔나를 진
정으로 사랑한다고 고백했다. 또 수잔나가 매력적이고 강하고 착한 여
자이긴 하지만, 그를 살게 해주는 사람은 오직 아가트뿐이라고도 했
다. 아가트의 이해할 수 없는 편지에 대해서도 이야기했는데 헬렌이
그를 안심시키려고 애썼다. 아가트는 아버지와 좀더 지내고 싶은 것일
수도 있었다. 더욱이 헬렌도 아가트에게 직접 들은 적이 있는 그 농장
에는 수없이 많은 어린 시절의 추억이 녹아 있는 것도 같았다. 그녀는
빅토르가 이해해야 한다고 말했다. 하지만 이렇게 말하면서도 헬렌은
몇 가지 의구심이 들었고, 사실 아가트의 태도에도 석연치 않은 구석
이 있었다. 빅토르가 설명한 그대로라면, 헬렌에게도 그 편지가 이상
해 보이긴 매한가지였다. 그 편지에는 헬렌도 설명할 수 없는 수수께
끼 같은 뭔가가 있었다. 하지만 그녀의 염려를 알리지 않아도 될 만큼
빅토르는 충분히 걱정하고 있는 듯했다. 헬렌은 입을 다무는 편이 낫
겠다고 생각하고는 자신의 의구심도 잠재워버렸다.
　　두 사람은 숨이 차도록 이야기를 나누면서 밤을 지샜다. 흘러가는
시간에 대해서도, 내일 일에 대해서도 상관하지 않았다.
　　빅토르는 혹시 수잔나가 전화를 걸어올 경우를 대비해서 전화 코드

를 뽑아놓았다. 헬렌의 곁에서 옷을 입은 채로 잠을 깬 빅토르는 먼저 현재의 상황에 놀랐다. 하지만 조금씩 생각이 가닥을 잡아갔다. 빅토르가 헬렌을 조심스레 흔들어 깨우자 그녀는 괴로운 듯이 눈을 찌푸리다 평온한 얼굴로 그에게 미소를 지어 보였다. 빅토르가 돌아왔고, 헬렌은 밤새 기분 좋은 꿈에 취해 있었던 것이다. 물론 헬렌은 수잔나가 올지 모른다며 빨리 나갈 것을 재촉하는 빅토르에게 조금씩 화가 나기도 했다. 헬렌은 자리에서 일어나 기지개를 켜고, 평소대로 화장을 했다. 서둘러야 했다. 빅토르는 솔직하게 헬렌에게 두려움을 표했다. 두 사람의 관계는 늘 이랬다.

헬렌은 빅토르에게 키스하고는 서둘어 자리를 떠났다. 빅토르는 저녁에 전화하겠다고 약속했다. 헬레이 나가자마자, 빅토르는 수잔나의 집에 전화를 걸었다. 두 번 전화벨 소리가 울린 다음 수화기를 내려놓았고, 다시 전화를 걸었다. 수잔나는 미칠 듯한 목소리로 즉각 전화를 받았다. 엊저녁부터 전화기 옆을 지키고 있었다며 그가 프랑스로 돌아가버린 줄 알았다고 했다. 빅토르는 그녀를 안심시키고 그날 저녁 당장 만나자는 약속을 했다. 그는 수잔나에게 헬렌과 화해했다는 것과 그에게 헬렌과의 재회는 중요한 일이라는 것을 누차 설명했다. 처음으로 수잔나는 채워지지 않는 사랑과 불안에서 오는 괴로움을 경험했다. 한편 빅토르는 왠지 모를 불안감이 느껴졌다. 까닭을 알 수 없었다. 아가트가 보내온 편지는 왜 그렇게 짧았던 것일까? 빅토르는 그 단문의 편지로 자존심이 상해 있었다. 대체 무슨 일이 일어나고 있는 걸까? 빅토르는 비행기를 갈아타려고 기다리는 여행객처럼 불확실하고 불안정한 삶을 살고 있었다. 두 여자가 런던에서 그를 붙잡고 놔주지 않았다. 하지만 빅토르에게 가장 소중한 여자는 그곳에 있지 않았다.

29

빅토르는 근심스러운 마음에 두 손으로 머리를 감싸쥔 채 몇 시간이고 책상 앞에 버티고 앉아 힘겹게 글을 쓰며 한 주를 보냈다. 무겁고 희뿌연 머릿속은 뒤죽박죽이 돼 있었고, 빅토르는 그런 상태에서 좀처럼 벗어날 수 없었다. 행복한 것 같으면서도 늘 불안감이 도사렸고, 지금 당장 파리로 돌아가 아가트를 만나야 할 것만 같았다. 어지러운 종잇장들과 난해한 문체. 하지만 빅토르는 넘쳐흐르는 삶의 잉여분을 쏟아내기 위해서, 아니면 적어도 설명이라도 하기 위해 글을 써야만 할 필요성을 절감했다.

이번 한 주 동안은 헬렌과 두 번이나 저녁식사를 함께 했다. 헬렌이 유달리 다정하게 굴었다. 그때까지 이어온 두 사람의 우정을 교란시키지 않고 예전의 상태를 회복한다는 건 쉽지 않은 일이었다. 한편 수잔나와의 관계는 어떻게 진전되었을까? 빅토르는 파리로 돌아가겠다는 결정을 아직 그녀에게 알리지 않은 터였다. 그녀는 절망에 찬 표정을 지어 보일 게 뻔했고, 이런 생각만으로도 빅토르는 마음이 몹시 괴로 웠다.

수잔나에게 언제 말을 해야 할 것인가? 마음의 결정을 내릴 수가 없 었다. 그렇게 하루하루가 지나갔다. 지금 당장에는 자신의 삶을 그녀 에게 설명하지 않는 편이 좋겠다고 생각되었다. 지금으로서는 그녀에 대한 충실성을 증명해 보이는 것이 급선무였다. 그녀에게 아가트의 존 재를 드러낸다는 것은, 이를테면 그녀를 포기하는 것이나 다름없었다. 그 첫번째 단계가 자신이 떠나는 것을 알리는 일이 될 것이다. 이틀 전 수잔나가 추위로 잔뜩 얼어 사랑스러운 얼굴로 스튜디오를 찾았을 때, 그는 이 사실을 말해야겠다고 결심했었다.

빅토르는 이때도 전화기 코드를 뽑아둔 채, 그들의 마지막 저녁을 위해 식사 준비를 하고 있었다. 재즈 선율이 감미롭게 흐르고 여기저 기 놓인 양초 몇 개가 활활 타오르고 있었다. 이런 환대에 수잔나는 놀 라움을 감추지 못했다. 두 사람이 처음 만난 때라면 그녀는 그저 기뻐 했을 테지만, 현재 상황에서는 어쩐지 불안한 기운이 전해졌다. 미신 을 믿는 수잔나는 이런저런 징후들을 자신이 버림받을 시간이 임박했 다는 의미로 해석했다. 그녀는 젖은 눈으로 빅토르를 바라보며 선고가 내려지기를 기다렸지만 그는 말이 없었다.

수잔나는 두려움에 정신이 아득해져서 고집스레 입을 다물고 있었 다. 긴장이 서서히 고조되고, 그녀의 괴로움은 빅토르를 향한 원망으 로 바뀌었다. 그런데 무엇에 대해서인가? 그는 알 수 없었다. 그녀 역 시 알 수 없기는 마찬가지였다. 수잔나는 아무런 비난도 퍼붓지 않았 기에 더욱 신랄하고 냉혹했다. 수잔나의 불안한 기색이 그를 숨막히게 했다. 그녀는 사랑한다는 이유로 빅토르를 숨막히게 하고 있었다.

이제는 침묵을 깨뜨릴 시간이었다.

그녀는 기다렸다.

빅토르는 내일 떠난다고 말했다. 그 말에 수잔나는 순간 기운이 쭉 빠졌지만, 이내 자신을 추슬렀다. 그녀는 자신의 삶을 운명처럼 받아들이고, 비극적인 일을 숙명이라 믿어버리는 습관이 있었다. 사실 그녀는 자신의 삶 속으로 예기치 않게 불쑥 찾아든 이 청년의 모든 것을 받아들일 각오가 되어 있었다. 수잔나는 죽을 수도 있고 다시 태어날 수도 있으며, 그녀를 반겨주었던 사회를 속일 수도, 또 남편과 아이들을 배신할 수도 있는 여자였다. 그리고 이제 빅토르가 그녀 곁을 떠나려 하고 있었다. 비극은 여기에 있었다. 빅토르가 떠난다. 이 말은 돌이킬 길 없는 결정적인 선언이었다. 어쩌면 지금 이 순간은 처음부터 예고된 것이었는지도 몰랐다. 빅토르는 그러한 사실을 한 번도 감추지 않았다. 수잔나는 이토록 프랑스가 증오스러웠던 적이 없었다. 지금만큼 그가 절실했던 적도 없었다. 빅토르는 쉴 새 없이 중얼거렸고, 그의 독백은 참을 수 없을 지경에 이르렀다. 수잔나는 그의 말을 듣고 있기가 괴로웠고, 또 이해하고 싶지도 않았다. 그녀는 온 마음으로 꿈을 꾸고 있는 것이라 믿고 싶었다. 하지만 이건 꿈이 아니었다. 그는 정말 떠나려 하고 있었다.

수잔나는 괴로웠지만 품위 있고 도도하게 자리에서 일어났다. 그녀는 단호한 어조로 둘의 사랑에 관해 무슨 결정이라도 내린 것이 있는지 그에게 물었다. 그러자 이번에는 빅토르가 멈추지 않고 다음과 같은 선언의 말들을 늘어놓았다. 영원히 헤어진다거나 너무 오랫동안 떨어져 있는 것은 말도 안 되며, 그 역시 그녀를 꼭 다시 만나기를 원한다. 그녀를 떠나는 것이 괴롭지만 지금은 떠나야만 한다. 프랑스와 영국 사이를 오가는 것은 그들의 사랑이 치러야 하는 대가다. 빅토르는 프랑스인이며, 그의 삶은 프랑스에 있다. 하지만 나름의 방식으로 그녀에게 충실할 것이다. 그녀 역시 그래야만 한다. 남편과 아이들, 부모 형제들과 살아가다 보면 수잔나는 머지않아 로맨틱한 가을에 만났던 한 남자를 잊게 될 거라는 등의 얘기였다. 듣고 있던 수잔나는 발끈했다. 그녀를 어떻게 보고 하는 소린가? 감히 어떻게 자기를 의심할 수 있단 말인가? 수잔나는 빅토르와 밤을 보내는 내내 그의 입에서 자신의 의혹과 고통에 종지부를 찍어줄 선언이 나오기를 기다렸고, 빅토르는 그렇게 해주었다. 두 사람은 밤늦게 잠자리에 들었다. 수잔나가 그에게 몸을 바짝 붙였고, 빅토르도 열정적으로 사랑해주었다. 하지만 이러한 열정도 더이상 수잔나가 필요로 하는 만큼의 애정을 충족시켜주지 못했다. 빅토르는 그걸 알고나 있을까? 그들의 밤은 어지러운 꿈으로 혼란스럽기만 했다.

30

 프랑스로 떠나기로 예정된 전날 밤, 빅토르는 아가트로부터 장문의 편지를 받았다. 봉투에 적힌 그녀의 필체를 알아보았을 때, 빅토르는 심장이 두방망이질쳐서 잠시 자리에 앉아 숨을 가다듬어야 했다. 뒤이어 두려움이 찾아왔다. 아가트가 의도적으로 자기를 멀리하고 있는지도 몰랐고, 영원한 결별을 선언할지도 몰랐다. 그가 모르는, 아니 그보다 더 심한 경우 그가 아는 어떤 남자와 프랑스를 떠나 있었다는 말이 적혀 있을지도 몰랐다. 하지만 이 여러 가능성을 염려하는 중에도 빅토르는 아가트의 측근들은 물론이고 아가트 본인이 사고를 당했다던가 병에 걸려 있을 가능성은 항상 제쳐두고 있었다. 아가트에게 무슨 일이 일어날 수 있다는 것은 상상조차 할 수 없는 일이었다. 아가트는 강했고 생기 발랄하며 건강한 모든 것을 상징했다. 설령 이따금 질병이나 사고에 대한 생각이 빅토르의 뇌리를 스쳤다 하더라도, 그는 마치 무슨 모욕이라도 되는 양 이내 그런 생각을 떨쳐버리곤 했다. 그리고 마침내 아가트가 편지를 보내온 것이다. 그러니 죽음에 대한 생각 자체를 머릿속에서 멀리 떨쳐버린 그가 옳은 셈이었다. 둥근 장밋빛 손톱을 가진, 햇볕에 그을린 매끈하고 작은 손으로 씌어진 주소를 읽었을 때, 빅토르는 괜한 걱정을 했다며 안도감을 느꼈다.

빅토르는 일단 숨을 크게 한 번 내쉬고, 떨리는 손으로 봉투를 뜯었다. 왜 이리 두려운 것일까? 빅토르는 더럭 겁이 났다. 그는 그저 자신을 되찾고 싶었다. 더불어 자신을 되찾는다는 것은 아가트를 되찾는 것을 의미하기도 했다. 봉투 안에는 편지와 작은 수첩이 들어 있었다. 그는 수많은 종잇장들에 씌어진 편지글이 그에게 좀더 오랜 런던 체류를 종용하는 내용이 아니기를 간절히 바랐다. 지난번 편지에서처럼 약간 떨리는 손으로 써내려간 듯이 보이는, 빼곡한 글자들로 채워진 이 작은 수첩 안에 직접 혹은 간접적인 고백이 들어 있지나 않을까 그는 두려웠다. 편지를 읽기 시작한 그의 몸 전체가 검은 잉크를 향해 있었다. 글씨는 약간 오른쪽으로 기울어져 있었고, 글자들은 가늘고 작았지만 지운 흔적은 없었다.

사랑하는 빅토르,

편지가 늦었지. 너는 어쩌면 이 편지를 기다렸을지도, 어쩌면 내 침묵을 의식조차 못 했는지도 모르겠어. 나로서는 후자의 경우라면 좋을 텐데.(이 말이 무엇을 뜻할까? 물론 그는 걱정이 앞섰다. 처음 이 몇 줄은 그의 불안감을 증폭시키기에 충분했다.) 며칠 전에 몇 자 적어보낸 적이 있었지. 나도 인정하지만, 아주 짧은 글이어서 넌 무슨 소린지 이해할 수 없었을 거야. 그 점에 대해서는 나도 미안하게 생각해. 하지만 그 당시로서는 보다 상세한 설명을 할 여력이 없었어. 게다가 나 자신도 자세한 결과가 나오기를 기다리고 있던 차여서, 소식을 전했다 해도 너에게 괜한 걱정이나 끼쳤을 거야. 무슨 말인지 아직 수수께끼 같겠지. 하지만 난 한 시간 전만 해도 마비 상태에서 완전하게 회복되리라는 것을 확신할 수 없는 입장이어서, 심각한 승마 사고를 당했다는 말을 전하기가 쉽지 않았어. 마비 상태에서 깨어난 지금에야 너를 위해 써온 이 작은 일기장을 보낼 수 있게 되었어. 이 일기를 읽어보면, 자세한 사고 내용과 다행히도 치료 경과가 좋다는 걸 알게 될 거야.(결과가 좋기는 하지만 그래도 어쩌면 몇 가지 후유증이 있을지도 모른대).

빅토르는 편지를 내려놓고, 아가트가 편지와 함께 부쳐온 작은 수첩을 열었다.

아가트의 일기(성 바오로 병원에서)
난 세실리아 고모가 등록해준 승마 대회에 참가하기로 되어 있었어. 대회 참가에는 물론 나도 열렬히 찬성했지. 난 혈기 왕성한 어린 말을 데리고 농장에서 오랜 시간 연습을 했어. 특기가 많지 않은, 아마 앞으로도 별로 나아질 게 없는 말이었지. 세실리아 고모가 승마 대회에 참가해보라고 권했을 때, 나는 아쉽게 놓아버린 과거의 일상을 되찾으리라는 생각에 뛸 듯이 기뻤어. 밤이면 대회 꿈을 꾸면서 잊은 줄로만 알았던 순간들을 다시 되돌릴 수 있기를 내심 바랐어. 대회장의 냄새, 군중의 환호성, 감동과 땀이 얼마나 추억을 아로새기게 하는지 너는 상상이나 할 수 있을까. 난 언제나 경쟁하는 걸 무척 좋아했어. 대회 자체도 좋아하지만, 대개 이틀이나 사흘간 지속되는 대회 분위기가 더 맘에 들었어. 지금껏 승마 대회에 대해서는 너에게 많은 이야기를 한 적이 없을 거야. 승마를 직접 해보지 않은 사람은 승마의 즐거움을 이해 못 하니까. 내게 승마 대회는 이미 지난 과거사에 지나지 않았지만, 이번 대회를 통해서 다시 한번 기회를 만들어볼 수 있을 것도 같았어. 그런데 난 아마도 승마 대회에 너무 큰 기대와 희망을 걸었던 나머지 돌이켜도 좋을 기억의 한계를 넘어섰던 모양이야. 과거의 흔적을 더듬어가는 데서 희열을 느낀다면, 그건 자연스러운 일이고 또 꼭 필요한 일이겠지. 하지만 이번엔 어딘가 달랐어. 난 이번 대회를 통해서 정말로 과거로 되돌아갈 수 있다고 믿었던 거야. 그래서 강박적으로 앙토니오를 꿈꾸기 시작했고, 꿈속에서뿐만 아니라 깨어 있을 때도 그 꿈은 지속되었어. 나는 진정한 퇴행 속으로 점점 더 빠져들었고, 그럴 때마다 쾌감을 느꼈어. 지금에 와서는 그 쾌감이 얼마나 불순한 것이었는지 깨닫고 있지만 말이야. 그럼에도 농장에서 지내는 시간은 즐거운 나날의 연속이었어. 몇 가지 더 재미있는 얘기는 나중에 자세하게 들려줄게.

전부 다 내 잘못이야. 난 너무 멀리까지 나아가, 결국 나 자신을 동생과 동일시하기에 이르렀던 거야. 장애물 막대를 향해 달릴 때, 내 눈에 보이는 것이라고는 동생의 미소뿐이었어. 그 미소가 나를 반기면서 자기를 따라오라고 부르는 거야. 넋이 나간 채로 몸이 굳어버리고 말았지. 외부세계는 사라지고 없었어. 아무 소리도 들리지 않았고, 육체도 더는 존재하지 않는 것 같았어. 나는 동생을 따라갔던 거야. 하루가 지나서 혼수 상태에서 깨어날 때까지, 난 그런 무의식 상태에서 헤어나지 못하고 있었어. 동생을 다시 만났는가 싶었는데, 어느새 멀어지고 말았지. 하지만 그건 내 동생이 아니었어. 그래서 난 달아나고 싶었던 거야. 그렇게 달아나다보니, 난 다시 현실세계로 돌아와 있더라구. 아버지, 자리를 지키고 있는 어머니, 세실리아 고모, 그리고 네가 존재하는 현실로 말이야. 아드리앙이 당장 달려와주었고, 지금 나와 함께 있어. 이렇게 많은 사람들에게 둘러싸여본 건 이번이 처음이야. 마치 꿈만 같아. 무엇보다도 너 생각이 제일 많이 나

기억이 되살아나는 범위 내에서, 무슨 일이 있었는지 좀더 자세하게 설명하자면, 일은 이렇게 된 거야. 관심 없다면 무시해버려. 하지만 어쩌면 이 얘기가 지금까지의 단편적인 얘기에 대한 좀더 자세한 설명이 될 수도 있을 거야. 난 잔디 훈련장에서 말에게 준비 운동을 시키고 있던 중이었어. 결전의 시간이 다가오고 있었고, 얼마 안 되어 대회장으로 들어오라는 벨소리가 울릴 참이었어. 내 앞의 선수가 마지막 코스에 접어들고 있었고, 난 그 어느 때보다 신경이 예민해져 있는 말을 가까스로 훈련시키고 난 뒤였지. 하지만 나 역시 불안스럽기는 마찬가지였어. 난 세실리아 고모가 넘으라고 한 마지막 장애물을 향해 공격적으로 말을 몰기 시작했어. 하지만 너무 늦었지. 막대를 향해 너무 빨리 내몰린 말의 다리가 엉키는 바람에 녀석은 머리를 꼬꾸라뜨린 채로 땅바닥으로 격렬하게 넘어졌고, 그 바람에 나도 딱딱한 모래 바닥 위로 사정없이 내동댕이쳐지고 말았지. 몸도 움직일 수 없었고, 정신도 멍해져 보이는 거라고는 걱정에 찬 얼굴에 가려진 파란 하늘과 나를 향해 상체를 기울인 사람들뿐이었어. 사람들의 목소리, 비명 소리, 수군거리는 소리, 의사를 부르는 소리가 들렸고, 차갑고 축축한 입과 콧속에서는 모래 섞인 피 맛이 느껴졌어. 강철처럼 차가운 바닥에 사지를 늘어뜨린 채로 있었어. 그 일련의 소동에 무관심했던 나는 어렴풋한 의식 속에서 땅바닥에 누워 있는 사람이 다른아닌 바로 나라는 것을 깨달았어. 어쩌면 몸뚱이가 마비되었는지도, 얼굴이 깨졌는지도 모르면서 말이야. 사실대로 말하자면, 별 느낌은 없었어. 그저 얼굴과 등에 찌르는 듯한 통증이 느껴졌던 것을 제외하고는. 더는 꼼짝할 수 없었어. 나중에 사람들에게서 들은 건데, 대회장의 구급 대원들은 척추 치료용 코르셋이 부착되어 있는 들것을 갖추고 있지 않았던 터라 특별히 그러한 장치를 구비한 구급 대원들을 불러왔다고 하더라구. 난 좀더 오랫동안 기다려야 했지. 그 동안 의사가 응급처치를 해주었어. 그가 내게 말을 걸었던 기억이 나. 하지만 너무 먼 곳에 있던 나는 그 의사에게 대답할 수 없었어. 몇 군데가 따끔거려서 신경에 거슬리는 게 전부였지. 그래서 곧 내 몸에 대한 생각을 떨쳐버렸어. 내 몸이 고통스러워하고 있다는 건 부인할 수 없는 사실이었지만 괴로운 병원 생활은 조금도 하고 싶지 않았어. 난 괜찮으니까, 사람들이 나를 가만 내버려두고 앙토니오와의 재회나 축하해주어야 한다고 생각했지. 하지만 심한 충격 탓에 내 몸은 마비돼 있었어. 누군가 내 코가 깨졌다고 말하는 소리를 듣고는, 난 재빨리 아무 느낌도 들지 않는 손가락을 코로 가져갔는데, 뜻밖에도 형태가 일그러진 덩어리가 느껴지는 거야. 아주 정신을 잃지는 않았던 모양이야. 하지만 그 끔찍한 덩어리에 대한 생각도 의사가 선언한 위협적인 말 아래서는 희았게 지워지고 말았지. 의사는 척추 골절 운운했는데, 그건 눈 깜짝할 사이에 인생을 뒤집어놓는 단두대 처형 선고나 다름없었어. 진정한 의미에서는 아직 시작조차 하지 않은 인생인데 말이야.

의식만이 아니라 감각까지 흐릿해져 있는데, 또다른 불안감이 나를 엄습해왔어. 아버지가 어디 있을까? 나로서는 모르는 편이 나을지 모를 내 상태에 대해 아버지는 뭔가 알고 있지 않을까? 내가 앙토니오와 함께 있다는 것을 아버지는 짐작할 수조차 없었을 거야. 나는 아버지를 경주장 다른 편에 혼자 버려두고 왔으니까. 아버지는 내가 트랙 안으로 들어가기를 마음 졸이고 기다리면서, 13번 선수가 코스를 완주하는 모습을 지켜보고 있었어. 내가 대회에 참가할 때마다, 아버지는 단 한 번도 불안감에서 자유롭지 못했지. 그 두려움 때문에 아버지는 마치 무언가로부터 날 보호할 태세로 내 곁을 떠나지 않곤 했으니까. 그래 봤자 당신 자신의 불안감만 커질 뿐이었는데도 말이야. 나는 매번 말 안장에 올라타기 전 몇 분 동안, 아버지의 겁에 질린 시선을 보는 게 견디기 힘들었어. 그래서 매번 경기 종료 때까지 아버지를 피해 있다가, 결국 나중에서야 어린애처럼 즐거워하고 평온해진 아버지에게로 돌아가곤 했었지. 최악의 불안감이 구체적인 현실로 변해가는 그때, 아버지는 어떤 행동을 했을까? 이 끔찍한 광경을 묵묵히 견뎌야 했을까? 평소처럼 침착함을 잃지 않았을까, 아니면 처음 죽음을 보았을 때 이미 겪어본 바 있는, 보다 강한 충격에 무너지고 말았을까? 그때 그 죽음은 또다른 죽음의 예고였을까? 내 후광 속에 갇혀 있던 나는 불현듯 돌아가야 한다는 의식을 되찾았어. 아버지가 기다리고 있다는 생각이 들었던 거야. 어쩌면 아버지는 무기력하게 사지를 늘어뜨리고, 피와 모래로 엉클어진 머리카락과 창백하고 핏기가 가신 얼굴, 푸르스름한 혈관에, 코에서는 피를 쏟아내던 나를 바라보며 고통스러워하고 있을지도 몰랐지. 이런 모습을 아버지에게 절대로 보이고 싶지 않았어. 하지만 바로 그런 상황이 눈앞에 펼쳐졌고 이제부터는 내가 무의식 속에 마비된 채 본의 아니게 아버지로 하여금 겪게 했던 고통을 보상해주어야 한다는 생각이 들었어. 난 아버지를 부를 수가 없었어. 아버지를 소리쳐 부르면서 움직이지 않는 팔을 아버지 쪽으로 뻗고, 최소한 미소라도 지어 보이고 싶었어. 하지만 아버지는 보이지 않았어. 난 그저 내 곁에서 말없이 의사에게 몇 가지 사항을 일러주고, 초인적인 정신력을 발휘해 신경이 곤두선 당신의 모습을 감추고, 경주장과 잔디 훈련장과 심지어 공기마저도 자신의 존재로 가득 메우는 아버지의 모습을 그려볼 따름이었어.

　한편 아버지의 당당한 실루엣 뒤로, 중국의 그림자 놀이에서처럼 어머니와 세실리아 고모의 윤곽도 보이는 것만 같았지. 나는 어머니와 고모 생각도 했어. 그분들의 말할 수 없는 안타까움과 흐르는 식은땀 그리고 떨림을 상상할 수 있었어. 어머니에게 급히 소식을 전하러 가는 세실리아 고모. 어머니가 살고 있는 아파트. 그 아파트는 한때 단란했던 가족의 행복으로 넘쳐흘렀었지. 어머니는 우리가 파리로 돌아가면 그곳으로 오리라 생각하고 있었을 텐데, 하지만 그 아파트는 고통의 소굴로, 새로운 고문이 가해지는 감옥으로 변해버리겠지. 뒤이어 나쁜 기억들이 꼬리를 물고 밀려들게 뻔했어. 내 어린 시절을 함께 하며 세상을 만들어준, 그리고 사랑했던 앙토니오를 잃은 후에 모든 애정을 나에게 쏟아부었던 어머니와 고모는 다시 한번 돌이킬 길 없는 이별의 위험에, 그분들의 마지막 존재 이유까지도 소멸시켜버릴 이별의 위험에 처해 있었던 거지. 나는 그분들을 사랑했어. 그래서 난 꼭 살아야만 했던 거야.

그리고 아버지가 오셨어. 나는 내 곁에 있는 아버지의 존재를 느낄 수 있었어. 아버지의 숨결은 내 얼굴 가까이에서 어서 기운을 내라고 내게 속삭이는 것 같았어. 아버지는 잠시도 내 곁을 떠나지 않았고, 도착한 구급대원들이 나를 들것에 실었어. 내 몸뚱이는 마치 주조한 콘크리트처럼 금세 단단히 조여져, 들것은 내 몸뚱이와 똑같은 모양이 되었지. 난 옴짝달싹할 수 없었어. 곧 구급차에 실렸고, 아무런 반항의 몸짓도 하지 않은 채 내 몸을 맡겨버렸지. 온 힘을 다해 아직 정신을 잃지 않았다는 걸 아버지에게 보이려 했지만, 아무도 알아채지 못하는 것 같았어. 말을 못 하는 것일 뿐, 정신은 그대로였는데도 말이야. 목구멍 깊은 곳에서 몇 마디 소리가 자꾸 올라오는데도 그 침묵을 가를 수 없었어. 모든 것이 흔들리기 시작했어. 사고를 구경하려고 삽시간에 몰려든 인파 사이로 구급차가 빠져나갔고, 나는 의식을 잃은 채로 무대 한가운데 놓여진 기분이었어. 부산하게 북적거리던 주위도 이제 더는 아무 소리도 들리지 않았고, 그저 넓은 구급차 뒤칸의 하얀 벽들만이 눈에 들어왔어. 걱정스런 눈빛의 아버지가 손을 잡고 계셨지. 날 안심시키려는 의지와 두려움이 한데 뒤섞인 눈길이었어. 나는 아버지가 어떤 슬픔에도 침착하게 대처할 수 있는 분이라고 굳게 믿었어. 위급하거나 비극적인 경우

나 시련이 닥치면 평소보다도 오히려 더 침착해지는 분이었지만, 그 근심 어린 이마에서는 오래 전부터 잠재돼 있다가 불쑥 고개를 드는 고통의 깊이가 느껴졌어.

어머니 역시 더할 수 없이 불안정한 순간에 강한 모습을 보여줄 줄 아는 분이야. 이미 그런 순간을 경험한 터였지. 우울증에 빠지기 전의 내 동생을 엄하게 교육시키던 어머니의 모습이 아직도 기억나. 어머니는 동생의 질병을 대수롭지 않게 여겼어. 불평을 해서도 안 되고, 겁을 내서도 안 되며, 다만 인생을 살다보면 닥칠 수 있는, 그리고 사람의 힘으로는 어찌할 수 없는 일로 받아들여야 한다고 가르쳤지. 동생의 불평과 나약함이 지나치다 싶을 때면 가차없이 꾸짖어주셨어. 동생이 여러 번 그 병적인 소심함과 폐쇄적인 성격을 극복한 데는 어머니의 공이 컸어. 나는 느닷없이 발작이라도 일으킨 것처럼, 동생과 어머니, 그리고 되살아나는 과거를 떠올렸어. 나는 그들에게 얼마나 많은 시련을 겪게 했던가! 어머니는 더할 수 없이 힘든 순간에 비극의 여주인공 같았고, 또 어떤 때에는 본능에 따르는 충동적인 분이었어. 하지만 일상 생활에서는 또다른 모습을 보이곤 했었지. 그런데 어머니가 안개처럼 흐릿한 내 머릿속에 바로 그런 모습으로 나타난 거야. 어머니는 사정없는 분노로, 간결하고 거침없는 심판으로, 또 어떤 때는 자존심이 상할 만큼의 가혹한 지적으로 우리의 삶을 조율하곤 하셨는데, 그러면서도 아낌없는 애정을 보여주셨지. 어머니는 본능적이고 충동적인 성격을 그대로 발산했어. 그런 모습은 프랑스와 라틴 아메리카의 부르주아적 가톨릭 교육이 주입시킨 매우 어리석고 자학적인 교육과 당신 자신의 무정함에 대한 복수심이 빚어낸 결과로 보여. 어머니가 받은 교육이 그런 식이었거든. 어머니는 그와 같은 교육의 영향력으로부터 완전히 벗어나지는 못했지만, 끝도 없이 이어지는 괴롭고 저열한 자기 상실의 테두리를 무너뜨리는

데 성공했어. 난 항상 어머니를 해방시킨 사람이 아버지라고 믿어왔는데, 실은 아버지를 만나 사랑하고 두 아이를 갖기 이전에, 어머니는 이미 기나긴 과정을 거쳐왔던 거야. 엄마는 자신이 논리를 따지는 이론가인 줄로 알았지만, 사실은 감수성이 풍부한 분이었어. 예술가의 기질을 타고났으면서도, 자신이 지적인 여자이기를 바랐지. 한 번도 이성 위에 군림하지 못했으면서도, 이성적인 사람이 되려고 무의식적으로 자신의 재능을 감추고 있었으니, 참 아이러니컬한 분이지. 하지만 이 어려운 순간에, 나는 어머니가 진실과 고통을 있는 그대로 받아들일 힘과 용기를 발휘할 분이라는 것을 의심하지 않았어. 비록 눈물로 점철된다 해도, 운명을 눈 하나 깜짝 않고 감수하는 분이었으니까. 어머니는 긴 손가락의 부드러운 손으로 그 눈물을 닦아낼 줄 아는 분이었어. 불행이 닥칠 때마다 잡고 싶어지는 손이었지. 하지만 어머니는 내 동생이 죽은 후로는 나 못지 않게 오랫동안 우울한 침묵에 빠져 지냈어. 그 침묵 뒤로 나로서는 전혀 원인을 알 수 없는 또다른 침묵이 이어졌지. 신경 쇠약에서 날 구해준 분도 어머니였어. 나보다 앞서 신경 쇠약에 시달린 적이 있었거든. 이 모든 모순된 모습들, 평소 내가 어머니에 대해 지니고 있던 이 모든 판단이 아주 짧은 시간 동안 내 머릿속에 되살아났어. 마치 텔레비전 연속극의 시그널 화면처럼, 내 삶 전체가 눈앞에 펼쳐진 거야.

구급차가 나를 싣고 달리고, 아버지가 내 곁을 지키고 있는 동안, 나는 떠나가는 자의 애틋함으로 내 가족 모두를 생각했어. 난 그들의 결점 하나하나를 사랑했어. 그 결점들이 그들이 갖춘 완벽함보다도 한결 그들을 생생하게 살아 있는 사람으로 만들어주었기 때문이야. 소중한 사람들이 마치 꽃목걸이처럼 내 눈앞을 차례로 스쳐갔어. 난 내 삶의 뿌리가 되어준 그들을 너무 소홀히 대해왔다는 생각이 들었어. 오히려 그들을 저버림으로써 고통을 안겨주려 했으니 말이야. 그들의 모습을 어렴풋하게나마 다시 보고 나니, 내 눈에는 두 줄기 눈물이 흘러내리는 거야. 아버지가 손등으로 닦아주었기 때문에 눈물이 흐른다는 걸을 알았지. 이 사람들을 떠날 수는 없었어. 너무 많은 사람들이 나를 만류하고 있었으니까.

구급차 안에서, 아버지는 애정 어린 말투로 내게 용기를 불어넣어주셨어. 겉으로는 당당해 보였지만, 아버지도 내가 느끼는 것 이상으로 괴로워하고 있다는 걸, 게다가 앞으로 닥칠지 모를 죽음의 분위기까지 내심 각오하고 있다는 것을 짐작할 수 있었어. 그때 세실리아 고모는 파리로 어머니를 찾아가 사고 소식을 알리고 자동차로 병원까지 어머니를 데려오면서 좋은 소식일지 나쁜 소식일지도 모를 아버지의 전화를 기다리고 있었을 거야. 아버지는 지금 내가 실려 가는 병원이 어떨지 모르겠다며, 어쩌면 병원을 바꾸게 될지도 모르겠다고 설명해주셨어. 하지만 그런 말은 내게 별로 중요하지 않아 건성으로 넘겼지. 그런 말은 내가 사랑하는 사람들에게 얼마나 많은 고통을 안겨다주는지를 환기시킬 뿐이었으니까.

병원에 도착했을 때, 아버지는 의사를 만나러 갔던 것 같아. 한동안 자리를 비웠거든. 나는 아버지가 남기고 간 빈자리를 보며 또다른 불안감을 느꼈지. 아버지가 나를 떠나버린다면, 나는 병원에 남아서 싸울 수가 없을 것 같은 심정이었어. 하지만 오래지 않아서 아버지는 다시 내 곁으로 돌아왔어. 난 병상에 누워 있었어. 방은 어두웠고, 아버지는 여전히 내게 말을 하고 계셨지. 아버지는 아는 의사에게 전화를 거셨어. 아버지가 전적으로 신뢰하는 의사였는데, 그 사람이 곧 오겠다고 했대. 아버지와 나 이렇게 둘뿐이었어. 희미한 불빛 사이로 해쓱하기는 하지만 의지가 결연한 아버지의 얼굴이 보였어. 비록 상황에 따라 그 흔들림 없는 모습이 변하기는 했지만 말이야. 아버지가 다시 내 손을 잡아주었

240

어. 아버지의 건조하고 매끄러운 커다란 손바닥은 스케치의 밑그림처럼 주름이 져서 갈색 그림자로 조화롭게 얼룩져 있었고, 온기가 느껴지는 편안함에다 단단하고 묵직한 느낌이었지. 언젠가 아버지가 내게 자장가를 불러줄 때, 아버지 몰래 그 손을 살펴본 적이 있어서 잘 기억하고 있었거든. 나는 하루하고도 반나절이 지나서야 완전히 의식을 회복했어. 몇 주일 동안 줄곧 잠만 잔 기분이었지. 눈을 떴을 때는 어머니, 세실리아 고모, 아드리앙이 내 머리맡을 지키고 있었어. 그들은 나를 뚫어져라 바라보고 있더군. 나는 그들에게 미소를 지어 보였지. 그들은 큰 소리로 아버지를 불렀고, 바로 옆에 있던 아버지가 얼른 내게로 다가왔어. 모두들 감격에 겨워했지. 나는 그들의 지친 얼굴에 각인돼 있는 불안감을 읽고 울고 싶은 마음이었어. 하지만 그들은 기쁨으로 이내 얼굴이 환해졌지. 우리는 그야말로 재회의 순간을 맞게 된 거야.

나는 또다시 수차례의 검사를 새로 받아야 했어. 내 상태에 대해 아무도 명확하게 단언하지 못했어. 그분들이 내게 거짓말을 하고 있는 건 아니었어. 우리 어머니와 아버지는 거짓말을 할 분들이 아니었으니까. 다만 그분들은 알지 못했던 것뿐이야. 나는 검사를 받아야 했고, 엑스레이를 찍기 위해 사람들이 나를 데리러 왔어. 명확한 진단이 내려질 때까지, 나는 최악의 결과를 고려하지 않을 수 없었지. 마치 다모클레스의 칼(다모클레스는 기원전 4세기 초 시라큐스의 왕 디오니소스의 총신으로, 왕은 늘 자신의 행복을 찬양하는 다모클레스를 어느 날 왕좌에 앉히고 그 위에 말의 꼬리털 하나로 검을 매달아놓아 왕위가 항상 위험에 노출돼 있음을 깨닫게 했다는 고사에서 유래한 말—옮긴이)처럼 나를 짓누르는 최악의 결과를. 누운 상태로 나는 촬영실 안으로 들어갔어. 보이는 거라고는 천장과 내게 허리를 기울인 하얀 어깨 위의 얼굴뿐이었어. 그런데도 강철 기계들, 내 미래의 비밀을 감추고 있는 그 기계들의 차가움을 느낄 수 있었지. 나는 삶의 두 기로에 놓여 있었어. 하나는 행복하고 사랑하며 열심히 공부하고 운동을 잘하던 과거의 삶이었고, 다른 하나는 혼란으로 가득한 미지의 삶이었지. 나는 살아 있었지만 살아 있다고 할 수 없는 상태였어. 끝도 없는 복도는 전기가 될 만한 것들이 줄을 지어 지나가는 삶의 교차점이었어. 삶에서 죽음으로 넘어가든지, 삶에서 또다른 삶으로 전이된다든지, 아니면 온전한 육체에서 불구의 몸이 된다든지, 가면 같은 얼굴에서 해골로 바뀌는 단계에 비유할 수 있었지. 나는 미래의 내 모습에 대해 무지한 상태로 항해를 하고 있었던 거야. 시간이 흘렀어. 병실로 돌아왔을 때, 때마침 겨드랑이에 커다란 검은 필름들을 끼고 의사가 들어왔어. 나는 팔다리 모두에 감각이 있었기 때문에 마비된 건 아니라고 생각했어. 하지만 의사는 심각한 후유증이 따를 수도 있다고 말하더군. 의사는 척추가 눌렸기 때문에 등허리에 통증이 있을 거라고 알려주었어. 부분적인 마비 상태나 외과 수술의 가능성은 이제 걱정하지 않아도 돼. 코뼈가 부러지긴 했지만 코에 난 작은 혹은 그저 보일락 말락 한 상태가 될 거고, 눈썹에 난 상처도 며칠 후에 제거할 예정이라고 했어. 얼굴은 잔뜩 부어 있는데다 두 눈은 퍼렇게 멍이 든 상태야. 아마 한동안은 휠체어로 다니게 될 거야. 몇 주일이 후에야 척추와 다리가 원래 상태로 회복될 거래. 그리고 육 개월간 말을 타서는 안 된대.

　하지만 고비는 넘긴 셈이야. 우리 부모님은 기뻐서 어쩔 줄 모르셔. 요사이 병문안 오는 사람이 부쩍 늘었어. 일 주일 후면 퇴원하게 될 거야. 퇴원 후에는 부모님 집에 머물기로 했어. 나는 다시 어리광부리는 딸이 되어 있어. 움직이지를 못하니, 잠도 잘 오지 않고, 마비된 환자들의 삶이 어떤 것일지도 알 것 같아.

일기는 여기까지였다. 빅토르는 편지의 나머지 부분을 마저 읽었다.

이젠 너도 이해하겠지만, 난 죽음의 문턱에서 아슬아슬하게 죽음을 모면했어. 죽음을 떨쳐버리기 위해서 이 내용을 글로 쓰지 않으면 안 된 다고 생각했고, 그래서 이 모든 이야기를 너에게 들려주기로 한 거야.

다음주부터 부모님 집에 있게 될 거야. 그때까지는 파리에서 50킬로 미터 거리에 있는 이곳 성 바오로 병원에 있기로 했어. 정확한 주소는 겉봉에 적혀 있어. 만나고 싶은 마음은 간절하지만 네가 출발하기까지 며칠 정도는 기다려줄 수 있을 것 같아. 참고로 내 흉한 얼굴을 참아낼 수 있으려면 어느 정도는 각오해야 할걸. 이렇게나마 내 입맞춤을 보내. 너의 입술이 그리워.

아가드

빅토르는 그날 저녁으로 집을 나왔다. 어쩌면 페리 호와 기차를 갈 아타느라 온밤을 꼬박 지샐지도 몰랐다. 하지만 빅토르는 당장 아가트 를 만나야만 했다. 아가트의 편지가 그를 무너뜨렸다. 빅토르는 아가 트가 죽을 뻔했다는 사실을 알았다. 아가트를 잃는다는 것은 곧 빅토 르 자신의 죽음을 의미했다. 후회가 밀려왔지만 빅토르는 그런 기분을 애써 지우려 했다.

31

　빅토르는 울고 싶은 심정이었지만, 대신 웃음을 지었다. 눈을 감으니, 피투성이가 된 아가트의 모습이 풍경화처럼 펼쳐졌다. 신경이 곤두서고 두 손이 떨렸다. 충격이 가시고 난 후에도 빅토르는 자신의 두려움을 더이상 감추려 하지 않았다. 추운 열차 안에서 혼자가 된 그는 아가트를 생각했다. 활기차고 우아하던, 볕에 그을린 건강한 얼굴 모습은 이미 자취를 감추고, 부어오른 얼굴이 머릿속을 맴돌았다. 몇 주일 전 그가 떠나왔던 여자의 얼굴에서는 상상조차 할 수 없는 모습이었다. 아가트의 모습이 더는 떠오르지 않았다. 이런 일시적인 기억 상실은 영국 국경에 도착하기 전까지 불안감을 가중시켰다. 아가트가 감히 근접할 수 없는 여자처럼 생각되었다. 부두에서 얼마간 있다가 페리호에 승선했다. 얼음처럼 찬바람을 맞으니 기분이 한결 나아졌다. 빅토르는 배 안의 보라색 벤치 위에서 잠시 선잠을 잤다. 파리로 가는 기차 안에서 곯아떨어지긴 했지만 어수선하고 우울한 잠이었다. 불안감에 파김치가 되어 프랑스로 돌아온 그는 문 여는 시간도 확인해보지 않은 채로 성 바오로 병원으로 향했다. 두 시간 거리면 택시비가 만만치 않을 터인데도 아랑곳하지 않고 택시를 잡아탔다. 어쨌든 응급실은 문이 열려 있을 것이다. 그때가 새벽 세시쯤 된 것 같았다. 택시 네 대가 승차를 거부한 끝에, 보기 드물게 친절한 운전기사가 차를 세웠다.

빅토르는 이제 손목 시계조차 들여다볼 여력이 없었다. 하기야 이젠 시간 감각도 상실한 후였다. 그에게는 시계를 보는 일, 시계를 만지는 일조차 엄청나게 수고스러울뿐더러 궁색하고 허한 기분이 들었다. 지금까지 아가트의 부재를 어떻게 견딜 수 있었을까? 시간이 지날수록 자신의 행동이 점점 더 부조리하다는 생각이 들었다. 수잔나는 소중한 여자였고 헬렌의 우정도 중요했다. 하지만 그의 진실은 그들에게 닿아 있지 않았다.

차가 달리기 시작했다. 빅토르의 뇌리 속으로 차례차례 떠오르는 모습들을, 자동차 엔진 소리가 조용히 잠재웠다. 운전기사는 말이 없었고, 도로는 구불구불 굴곡이 심한데다 울퉁불퉁 일그러져 있고, 움푹 팬 곳과 툭 튀어나온 곳, 자갈길, 맨흙땅으로 들쑥날쑥했다. 주변은 쥐 죽은 듯 고요했다. 습기가 올라와 김 서린 차창 밖으로 외딴 가옥들이 간간이 눈에 띄었다.

시간이 그 흐름을 멈추고 여기에 머물러 있었다. 어수선한 풍경 아래로 어둠이 하얀 건물 하나를 에워싸고 있었다. 고요한 시골길을 가르며 한참을 지나다보니, 건물은 마치 살아 움직이는 듯했다. 하지만 아이러니컬하게도 그 병원은 밤과 낮, 삶과 죽음, 그 모든 게 한데 뒤엉킨 죽음의 장소이기도 했다. 동시에 질병이 지배하는 곳이기도 했는데, 일상 생활을, 사람의 육체를, 심지어 환자의 가족들까지도 병이 좌지우지했다. 특유의 병원 냄새, 무어라 형언할 수 없는 냄새가 건물 숨앙 입구에서 새어 나왔다. 다만 응급실만이 살아 있는 듯이 보였다. 쥐 죽은 듯 잠들어 있는 다른 건물들 사이로 오직 한 건물만이 유령의 세계 속에서 인공 조명으로 밝혀져 바쁘게 돌아가고 있었다. 낮고 푸르스름한 천장에서 쏟아지는 생경한 불빛이 마치 물고기의 비늘처럼 여기저기로 떨어졌다. 수군거리는 사람도 있고, 운반차를 몰고 가는 사람, 반쯤 잠이 든 사람, 담배를 피우며 커피를 마시는 사람도 보였다. 멀리서 들려오는 자동차 소리나 인근 도시의 소음도 들리지 않았고, 밤을 지배하는 절반의 고요 속에서 사람들 몇몇이 이야기를 나누고 있었다.

빅토르의 불안감은 다소 누그러들었다. 병원에 있을 자격이 있는지 확신이 서지 않았다. 하지만 상관없었다. 빅토르는 택시를 보냈다. 한가운데에 성 바오로 병원이 떡 버티고 있는 외딴 시골에 고립되고 보니, 현실감마저 아득해져버렸다. 아가트는 멀지 않은 곳에서 잠들어 있을 것이다. 그는 몽유병자처럼 앞으로 나아갔다. 그를 제지하는 사람도 없었다. 그의 걸음걸이는 확신에 차 있었다. 꼿꼿한 자세로 걷고 있는 빅토르를 불현듯 누군가가 불러 세웠다. 뚱뚱하고 나이가 지긋해 보이는 흰 가운을 입은 간호사였다. 그녀의 허스키한 목소리에 빅토르는 정신이 번쩍 들었다. 그녀는 빅토르에게 어디로 가는지를 물었다. 사실 자신을 기다리는 사람이 있다는 것 외에 그도 정확히 알지 못했다. 조리 있게 말하려 애썼지만 그의 말은 두서가 없었다. 빅토르는 프랑스와 영국, 그 두 개의 삶 사이에 걸쳐 있었다. 결국 아무 데에도 없는 것이나 다름없었다. 간호사는 이 시간에 여기서 무얼 하고 있는지, 어디 불편한 데라도 있는지 그에게 재차 물어왔다. 빅토르는 막 응급실에서 나오는 길이었다. 간호사는 어쩌면 그를 정신병자나 기억상실증 환자 정도로 오인하는지도 몰랐다. 영 틀린 추측은 아니었다. 그런 면이 다소 없지 않았다. 여러 가지 기억들이 머릿속에서 복잡하게 뒤얽히고 있었으니까. 얼굴을 분간할 수조차 없었다. 아니다. 그는 지금 누군가를, 낙마 사고를 당한 사람을 찾고 있는 것이다. 그러자 간호사는 대체 지금이 몇 시인 줄이나 알고 있느냐며 되물었다. 만일 그가 우물쭈물했다면 벌써 쫓겨났을 것이다. 아가트를 만나야만 했다. 빅토르는 상황을 설명했다. 좀더 일찍 도착하고 싶었지만, 여자친구의 사고 소식을 접하게 되었을 때, 그는 런던에 있었다고. 무슨 일이 있어도 그녀를 꼭 만나야 한다고. 간호사도 그를 더는 의심하지 않았다. 하지만 면회 시간은 상당히 엄격해서 지금은 그가 거기에 머무르는 것도,도, 아가트를 깨우는 것도 허용되지 않았다. 다만 숙직하는 간호사들과 함께 있거나, 대기실에서 휴식을 취할 수는 있었다. 뚱뚱한 여자 간호사는 잠시 생각하더니, 그를 어딘가로 데려갔다. 빅토르는 경비실에서 몸을 녹일 수 있었다. 어느새 아침 여섯시여서, 오래 기다리지 않아도 되었다. 간호사는 빅토르에게 캠핑용 침낭까지 빌려주었다. 그곳에는 젊은 여자 둘이 이야기를 나누고 있었다. 빅토르는 대화를 거들면서, 구멍이 숭숭 난 회색 담요 위에 몸을 뉘었다. 두 여자는 변덕스러운 환자들에 대해 불평을 늘어놓고 있었다. 이 분도 채 안 되어, 빅토르는 수군거리는 하이 톤의 목소리를 자장가 삼아 어린아이처럼 잠이 들었다. 한 시간이 지나서 교대 근무조가 그를 깨웠다. 마침내 아가트를 보러 갈 수 있게 되었다. 잠이 덜 깨어 오한이 들고 기분이 언짢은데다, 방금 잔 잠으로 머리는 봉봉하고, 따끔거리는 눈은 붉게 충혈돼 있었다.

그는 삼층까지 올라갔다. 복도를 따라 걷는 도중 의사들, 휠체어를 탄 환자들, 링거 병을 밀고 가는 환자들과 마주쳤다. 환자복 차림의 한 노인은 자기가 있는 곳이 어디인지도 모르는 것 같았다. 308호실. 아가트는 짐들어 있는 모양이있다. 빅토르는 문 앞에서 잠시 길음을 멈췄다. 아가트의 존재가 느껴졌다.

얼굴은 부어 있는데다, 비정상적으로 부풀어오른 두 눈 주위에는 거무스름한 멍이 번져 있고, 머리카락은 질끈 동여맸다. 얇은 담요와 시트 속에 뉘어진 날씬한 육체가 곡선을 이뤘다. 빅토르는 감동에 젖었다. 상처투성이 여자의 기쁨으로 환해진 얼굴이 그의 눈에 들어왔다. 그녀의 얼굴에서 놀라움이, 연이어 흥분이 스쳐갔다. 여기까지 어떻게 이렇게 빨리 올 수 있었는지를 물었다. 아가트는 빅토르가 당장에 달려오리라고는 기대하지 않았지만, 내심 초조해하던 터였다. 아가트는 조바심이 일어 양다리에 좀이 쑤시고 근육이 조여드는 것을 느끼며, 다른 몸뚱이가 비집고 들어갈 틈이 없는 비좁은 침대에 누워 옴짝달싹 못 하고 있었다. 아가트는 튼튼한 다리와 따뜻한 가슴, 돌아누우면서 그녀를 건드리던 등허리의 감촉, 한쪽 팔이나 어깨가 스칠 때의 감촉과 키스할 때의 숨결, 면도 안 한 거칠한 뺨의 촉감이 너무도 그립던 차였다. 빅토르가 주는 그런 느낌들 없이는 한시도 살 수 없다는 걸 절감하고 있었다. 불편함과 고통 속에서 움직이지도 못하는 자신의 육체가 더는 견딜 수 없을 지경이었다. 거동이 불편해진 후로, 아가트는 생각마저 멈춰버린 듯했다. 아가트는 기사회생에 기뻐하며 하루하루를 보냈지만, 아직 자신의 육체를 향유할 정도로 회복된 것은 아니었다. 빅토르가 여기 와 있는 한 어쩌면 방치해두었던 육체적 삶의 쾌락을 조금이나마 되찾을 수 있을 것도 같았다. 그저 애정 어린 몸짓 하나만이라도, 아가트는 간절하게 그리워하고 있었다. 아드리앙은 아가트가 아프기라도 할까봐 감히 건드리지도 못했다. 아가트의 부모는 그런 딸의 잦은 응석을 받아주었다. 하지만 아가트와 마찬가지로 그들 역시 절제할 줄 알았다. 감정의 분출은 그들의 특기가 아니었다. 그저 미소로 고백을 대신하는 게 전부일 만큼.

그런데 이제 빅토르가 여기에 와 있었다. 아가트는 완전히 새로 태어난 기분에 행복감이 샘솟았다. 예상치 못한 빅토르의 방문에 아가트는 놀라움을 금치 못했다. 어떤 깜짝 선물도 그만큼 그녀를 기쁘게 해줄 수는 없을 것이다. 삶은 다시 의외성을 띠었다. 아가트는 좀처럼 익숙해지지 않는 병원의 규칙적인 리듬으로부터 다소 해방된 기분이 들었다. 파리에서 친구들 여럿이 찾아왔지만, 아가트는 그들을 만나려 하지 않았다. 부풀어오른 두 눈과 상처로 핏자국이 남아 있는 모습은 예전의 매력적인 모습과는 거리가 멀었으니까. 아가트는 자신을 노출시키지 않는 편이 좋겠다고 생각하고는 친구들에게 나중에 찾아와달라고 부탁했다. 오직 그녀의 부모와 세실리아 고모, 아드리앙만이 아가트를 볼 수 있었다. 아가트는 자신의 삶에서 절대적으로 중요한 사람들하고만 긴밀한 관계를 유지하는 것이 조금도 불편하게 생각되지 않았다. 좀더 솔직히 말하자면, 심지어 하루하루 삶의 의미와 정당성을 되찾아가고 있는 듯한 짙은 행복감마저 맛보았다. 하지만 빅토르 없이는 그런 평온함에 도달할 수 없었다. 게다가 움직일 수 없다는 사실이 그녀를 의기소침하게 만들었다. 아가트는 숨이 차도록 걷고 달리고 춤추고 먹고 마시고 싶었다. 병원 음식은 형편없었다. 아버지는 딸에게 몰래 케이크와 치즈를 가져다주곤 했지만, 포도주 없는 치즈는 제 맛이 나지 않았다. 아가트는 빅토르에게 머리에 떠오르는 대로 두서없는 말들을 늘어놓았고, 그런 자신에 대해 미안하다고 했다. 그녀는 어떤 방식으로든 열정을 토로해야 했다. 감정이 북받칠 때마다 말 대신 눈물이 쏟아졌다. 빅토르도 충분히 이해할 수 있었다. 아가트의 가녀린 손가락이 있는 힘껏 그의 오른팔을 누르고 있었다. 빅토르가 느끼는 벅찬 감동은 그 오른팔의 세속되는 떨림을 통해서만 겉으로 드러났다. 하지만 내심 그는 숨이 막히도록 아가트를 안아주고 싶었다.

그들은 몇 시간이고 서로 이야기를 나눴지만, 속 깊은 이야기는 하지 못하고 있었다. 빅토르는 아가트에게 차마 영국 이야기를 해줄 수 없었다. 굳이 감추려 했다기보다는 그냥 모든 것을 까맣게 잊어버린 탓이었다. 아가트가 여기에 있었고, 그녀의 존재감이 너무나도 절실했던 나머지 다른 모든 것을 대신해주었다.

두 시간 후, 아가트의 아버지가 손님이 와 있는 것을 모르고 문을 노크했다. 빅토르를 본 아버지는 환한 얼굴로 그를 가볍게 포옹했다. 아가트의 주위로 새로운 세상이 열리고 있었다. 머잖아 퇴원을 하게 될 테고, 모든 것은 다시 예전과 같아질 것이다. 빅토르는 비현실적으로 보이는 이 장소에서 마치 자기 집에 돌아온 듯한 편안한 기분이 들었다. 그는 이제 자아를 되찾았다.

얼마 되지 않아 아가트의 어머니가 도착하고, 세실리아 고모도 곧바로 뒤따라 들어왔다. 빅토르는 편안하고 즐거워 보였다. 그는 그저 아드리앙이 오지 않아서 자기가 아가트를 좀더 오랫동안 차지할 수 있기를 바랄 뿐이었다. 눈이 퍼렇게 멍들었어도, 아가트는 여전히 아름다웠다. 얇은 시트 속의 아가트는 여전히 관능적인 매력을 발했다. 병실의 네온 불빛으로 희미하기는 해도, 아가트의 살갗은 햇볕에 그을린 빛깔 그대로였다. 병실 불빛은 몸을 가누지 못하는 그녀의 낯빛을 대리석처럼 창백하게 만들어놓았다. 하지만 발그스레한 살색과 갈색의 피부색은 부르기만 하면 언제라도 깨어날 것처럼 생기가 돌았다. 일주일이 넘도록 갇혀 지낸 탓에 인위적인 분위기 속에 억눌려 있긴 했어도 그 빛깔은 부글부글 끓어오르는 것만 같았다. 빅토르는 다시 현기증이 났다. 병실 안에 있자니 죽음과 상실과 격렬한 마음의 고통이 느껴졌다. 그는 차분하게 아가트의 머리맡에 앉아, 그녀의 손을 잡아주었고, 팔의 마디마디와 얼굴 그리고 머리카락을 어루만졌다. 부모님과 고모는 침대를 둘러싸고 이야기꽃을 피웠다. 몹시 창백해보였지만 아가트는 환하게 빛났다. 그들의 관심의 대상인 아가트는 매혹적이면서도 불안감을 주어서, 어찌 보면 악마적이기까지 했다. 그녀가 예전에 가졌던 건강과 활기, 의지, 과도함과 확신은 사람들을 매혹하거나 아니면 두려움을 불러일으켰다. 어머니, 아드리앙, 심지어 빅토르마저도 그런 두려움을 감지했지만, 아가트는 그 무언가에 의해 승화된 사람 같았다. 이들 가운데 누구도 그것을 무어라 정의할 수 없었지만 그것은 이미 그녀의 아버지에게도 내재돼 있는 거였다. 상황의 이면에 대한 예지 능력, 어둠에 이끌리는 성질, 인간 영혼의 깊은 곳에 대한 비밀스러운 앎이 그것이었다. 그것을 아는 사람은 아가트와 아버지, 단 둘뿐이었다. 그들의 견유적 사고는 과도한 기쁨 뒤로 사라졌고, 대상을 옮겨다니면서 미지의 상(像)에 사로잡힐 때, 그들의 과도한 열정만큼이나 강한 흥분은 눈 속에 맺히는 증오와 짙은 우울을 상쇄시켰다. 빛나면서도 몽롱한 그들의 눈은 강한 삶의 힘으로 반짝였다. 그들은 죽음을 지켜봤고, 죽음보다도 더 아득한 죽음을 맛본 사람들이었다.

아가트는 대리석처럼 강하고 오만하고 흔들림 없는 여자인데다, 잘 웃고 명랑하고 어린아이처럼 단순해 보이기도 했다. 빅토르는 늘 아가트에게 미워지지 않는 틈새나 마음의 상처가 있는 것이 아닌지를 의심해왔었다. 아가트는 불가해한 세계에 살면서 즐거운 일만을 함께 나누었다. 고독하고 자존심 강한 아가트는 진정한 사랑에 다가서고 있었다. 그것은 빅토르도 확신하는 바였다.

아가트는 무언가를 찾아가는 데에서 삶의 의미를 발견했다. 이러한 고민은 그녀의 실체나 다름없었다. 그러나 발견하고 나면, 어떻게 되는 것인가? 아가트는 잠들어 있었다. 병실에는 빅토르만이 아가트의 머리맡을 지키고 있었다. 그는 아가트가 숨을 고르게 내쉬는 모습을 가만히 들여다보고 있었다. 아가트의 가슴이 솟아올랐다가 내려앉았다. 어쩌면 빅토르가 영영 모른 채로 지낼지도 모를 아가트의 실체를 깊이 생각하고 있지 않았더라면, 그 파도 같은 움직임은 그를 요람처럼 흔들어서 잠들게 했을지도 모른다. 수잔나가 그를 안심시키는 것도 그런 데 있었다. 수잔나는 빅토르에게 평온이었고, 열정적이긴 하지만 고요한 사랑이었다. 처음으로 큰 키의 금발머리 여인의 모습이 다정한 천사처럼 빅토르의 머리에 떠올랐다. 그의 소식도 듣지 못한 채, 수잔나는 홀로 무얼 하고 지낼까? 빅토르는 아가트를 괴롭히고 싶지 않았다. 방금 죽음에서 빠져나온 여자였으니까. 그러나 빅토르가 현재의 자기 삶에 대해 입을 다문다는 것은 그녀를 무시하는 처사가 될 것이다. 그는 며칠간만 더 기다렸다가 결국 털어놓기로 마음먹었다. 아가트가 가쁜 숨을 몰아쉬며 몸을 뒤챘다. 아마 나쁜 꿈을 꾸고 있는 모양이었다. 어떤 환각 내지는 암영(暗影)이나 유령이라도 보이는 것일까. 몇 초 후에 아가트는 안정을 되찾았다. 빅토르는 아가트의 너무도 아름다운 모습에 감탄했다. 이제 다시는 아가트와 떨어져 지낼 수 없으리라는 것을 그는 절감하고 있었다. 어렴풋이 아가트를 원망하는 것도 바로 그런 점 때문인지 몰랐다.

32

이틀이 지난 뒤에야, 빅토르는 수잔나에게 전화를 걸기로 마음먹었
다. 그러려면 병원 안에서 조용한 곳을 찾아봐야 했다. 아가트의 부모
나 친지의 시선을 벗어나 있다고 확신할 만한 장소여야 했다. 아가트
는 점심식사중이었고, 출출함을 느낀 빅토르도 로비에서 샌드위치를
살 생각이었다. 이틀간 아가트 곁에 머물면서, 밖으로 거의 나가지 않
은 그였다. 창 밖으로는 벌거벗은 나무, 흐리거나 청명한 하늘과 들판
이 보였다. 이러한 고립 상태로 지내다보니 빅토르는 아가트를 자신의
시야 안에 가두어둘 수 있었다. 몸도 마음도 약해져 있는 아가트는 그
의 사람이나 다름없었다. 간혹 방문객들이 아가트를 그에게서 빼앗아
가는 일도 있기는 했다. 빅토르가 와 있다는 것을 알게 된 이후로, 아드
리앙은 한 번밖에 찾아오지 않았다. 파리에서 지낼 때는 아가트가 온
갖 종류의 파니며 카페, 거리, 진두늘, 레스토랑, 책늘을 핑계로 호시탐
탐 빅토르에게서 빠져나가곤 했었다. 하지만 이제 그녀는 하얀 침대와

회색 담요 속에 갇혀 지냈다.

빅토르는 손에 전화카드를 들고 병원 로비로 가서는, 가장 멀리 있는 전화 부스 안으로 들어갔다. 수잔나를 연결시켜줄 암호를 눌러야 했다. 빅토르는 담배에 불을 붙이면서, 평소의 속도대로 숫자를 눌렀다. 두 번 벨이 울리자 수화기를 내려놓았다. 그리고는 다시 번호를 누르기 시작했다. 이번에는 불안감이 조금 더했다.

떨리는 목소리가 수화기를 통해 들려왔다. 들릴락 말락 한 목소리가 알아들을 수 없게 속삭이고 있었다. 수잔나는 빅토르임을 대번에 알아차렸다. 핏기 가신 얼굴의 수잔나는 전화기 옆에서 얼어붙은 채, 아이들에게 조용히 나가 있으라고 말했고, 엄마의 당황한 얼굴 앞에서, 아이들도 고집을 피우지 않았다. 수잔나는 혼자 남아, 수화기를 뚫어져라 바라보았다. 빅토르와 헤어진 지 이틀밖에 되지 않았는데도 그를 잃어버린 것같이 느껴졌던 것이다. 방 안에 울려퍼진 벨소리는 다음 벨소리를 기다리게 했다. 어쩌면 잘못 걸려온 전화인지도, 누가 번호를 잘못 눌렀는지도, 장난 전화인지도 몰랐다. 두번째 전화벨이 울릴 때까지의 고요는 그녀를 한없는 불안감 속으로 내몰았다. 납처럼 창백하게 굳어버린 수잔나의 이마 위에 불안감이 구슬처럼 맺혔다. 다시 벨소리가 울리자 수잔나는 그 즉시 수화기를 들었다. 손이 떨리고 있었다.

빅토르의 목소리가 들리자 수잔나는 눈을 감았다. 조금 전에는 피가 혈관에서 빠져나가는 것만 같더니, 이번에는 격렬한 행복감이 물밀듯이 밀려들었다. 그녀의 상상 속에서, 병들어 검게 그려지는 바다가 갈라놓은 그 저주받은 나라로부터, 굵은 목소리가 지직거리며 들려왔다. 목소리는 다감했지만 감이 멀었다. 빅토르는 수잔나를 잊고 있었던 게 아니라고 말했다. 그녀는 빅토르를 잃은 게 아니었다. 그는 친구가 사고를 당했고, 그 즉시 파리 외곽 병원에 입원해 있는 그녀에게로 달려가야 했기 때문에 좀더 일찍 전화할 수 없었다고 했다. 앞으로 전화를 자주 하지 못하게 되더라도 수잔나는 이해해야 했다. 그리고 빅토르 자신도 시간과 공간을 견뎌내는 법을 배울 필요가 있었다. 그는 부담스럽던 생활을 벗어나 몇 주일간 자유로운 시간을 보내기 위해 런던에 갔었다. 그런데 일단 프랑스로 돌아오고 보니, 또다시 타성에 젖어들었다. 수잔나를 사랑하기는 하지만, 그렇다고 그의 나머지 삶마저 포기해버릴 수는 없는 노릇이었다. 빅토르는 수잔나가 그립고, 그 다정한 품이 뇌리를 떠나지 않는다고, 그녀가 필요하다고, 빠른 시일 내에 영국에서 다시 만나자고 그녀에게 약속했다.

수잔나는 그의 말을 들으면서 조용히 눈물을 흘렸다.

빅토르의 목소리는 한마디 한마디 수잔나의 가슴에 도끼질을 가했지만, 한편으로는 그녀의 상처를 어루만져주었다. 이제부터는 이런 모순된 상황이 그녀의 운명이 되리라. 빅토르가 전화를 끊자, 수잔나는 거실의 붉은 카펫 위로 무너져내렸다. 삼십 분이 지나서 방 안으로 들어온 유모는 고꾸라져 있는 육체를 보고 비명을 질렀고, 그 바람에 수잔나는 정신이 들었다. 유모는 그녀를 부축해 일으키고는, 두통약과 차를 가져다주었다. 그녀는 일 주일이나 치료를 받아야 했다. 모두가 잠든 밤이면, 몇 시간이고 하염없이 눈물을 흘리곤 해서 아침이면 두 눈이 퉁퉁 부은 채로 붉게 충혈되어 있었다. 어떤 때는 눈을 뜨기조차 힘들 정도였다. 의사는 스트레스성 우울증이라고 했지만, 그녀는 의사의 치료를 완강히 거부했다. 일 주일이 지나자, 일어나서 일을 하고 외출도 할 수 있게 되었다. 물론 그녀가 오랫동안 미소짓는 모습은 더는 찾아볼 수 없게 되었지만. 수잔나는 눈에 띄게 야위어갔다. 그러다 조금씩 회복되었고, 의식하지 못하는 사이에 차츰 활력을 되찾았다. 하지만 무슨 일이 있었는지는 아는 사람은 아무도 없었다.

　빅토르는 사방이 답답한 엘리베이터를 피해 계단으로 천천히 올라갔다. 오래지 않아 아가트에게 말해줘야지. 나중에 수잔나에게도 알려주리라. 언제까지고 비밀로 할 수도 없는 노릇이었다. 이 일에 대한 책임을 회피하기 위함이 아니라, 아가트가 서로에게 아무것도 숨기지 않을 것을 그에게 허락했기 때문이었다. 지나친 솔직함은 상대방에게 해를 입힐 수도 있었기에 두 사람은 원칙을 약간 조정해둔 터였다. 수잔나와 함께 겪은 일에 대한 자세한 이야기는 절대로 하지 않으리라. 하지만 아가트에게 수잔나의 존재는 알려야 했다. 상대방에 대한 이와 같은 성실성이 그들 두 사람에게 허용된 자유의 조건이었다.

33

빅토르는 아가트가 어떤 반응을 보일지 확신이 서지 않았다. 화를 낼까, 아예 입을 다물어버릴까, 마음을 닫고 천추의 한을 품을까, 눈물을 흘릴까, 아니면 그를 아예 떠나버릴까? 아니면 그냥 간단히 웃어버리고 격려의 말을 해줄까? 이 경우야말로 상상할 수 있는 최악의 상황이었다. 그러나 아가트가 그러리라고 생각되지는 않았다.

빅토르는 삼층에 도착했다. 멀리 보이는 병실에서 비발디의 곡조가 들려왔다. 빅토르는 아가트라고 확신했다. 그녀가 창 밖을 내다보며, 〈슬픔에 찬 성모는〉(예수가 십자가에 못 박혔을 때, 성모의 슬픔을 노래한 성가 — 옮긴이)를 듣고 있었다. 아가트는 평소 페르골레시의 음악을 즐겨 들었지만, 이 곡은 어제 세실리아 고모가 사다준 선물이어서 싫증내지 않고 듣던 중이었다. 이 음악은 어떤 추억을 환기시킬까? 아가트는 때로는 칙칙하고 때로는 우울해 보였나. 빅토르가 놀아온 후, 아가트는 달라져 있었다. 그녀는 여전히 매력적이고, 싯궂고, 때로는 다정하고, 또 어떤 때에는 격정적이었다. 하지만 줄곧 그녀의 시선에서 배어나오는 저 슬픔, 얼굴을 초췌하게 만드는 저 고통스러운 몸짓은…… 아가트가 새로운 일을 겪었거나, 아니면 그가 그녀를 알기 이전에 겪었던 일에서 비롯된 것인지도 몰랐다. 아가트는 이제 이전과는 다른 수수께끼를 지니게 된 셈이다. 예전에 즐거워하던 모습과 마찬가지로 이처럼 우울한 모습도 그의 이해력을 벗어나는 것이었다. 그러잖아도 불안정한 시기를 겪고 있는 아가트에게 불쾌하게 만들 게 뻔한 소식을 어떻게 알릴 수 있겠는가?

병실 안으로 들어서자, 아닌게아니라 아가트는 창 밖으로 보이는 앙상한 나무들을 응시하고 있었다. 그녀는 가장 좋아하는 베를렌느와 보들레르의 시를 되뇌며 허공에 홀린 듯 지평선을 향하여 끊임없이 멀어져갔다. 그녀는 빅토르의 품에 안겨서야, 겨우 그의 존재를 깨달았다. 빅토르는 아가트의 이런 모습이 싫었다.

그 길고 긴 나날 동안, 아가트는 혼자였다. 그녀의 마음속에서 무슨 일이 벌어지고 있는지 아무도 속속들이 이해할 수 없었다. 다른 누구보다도 아드리앙이 그랬다. 그가 찾아왔을 때, 아가트는 뭔가 달라져야 한다고, 그러기 위해서는 서로 얼마간 떨어져 지내고 싶다고 분명하게 말했다. 아드리앙은 괴로움으로 미칠 것만 같아서 그런 말을 들으려고조차 하지 않았다. 아가트는 아드리앙이 나가기를 기다렸다가, 하던 생각을 계속했다.

그녀를 이해해줄 사람은 오직 빅토르뿐이었을 것이다. 그는 삶의 어떤 비극적인 순간에도 타협하지 않는 사람이었다. 하지만 지금의 그는 생각이 딴 데 있는 것 같았고, 때때로 몽상에 빠져들기도 했다. 그가 런던에서 무엇을 하고 지냈는지 아가트는 알지 못했다. 빅토르는 여전히 이 문제에 관해서는 말을 얼버무렸다. 오랫동안 떨어져 지낸 것이 둘을 멀어지게 했던 모양이다. 삶의 단편들이, 전에는 한 번도 끊긴 적이 없었던 둘 사이의 규칙적인 흐름에 제동을 걸어온 것이다. 그것은 풀리지 않는 숙제로 남을 테고, 무엇보다 당장에 두 사람은 솔직한 대화를 풀어나가지 못하고 있었다. 그들은 헤어지는 것이 싫었고, 함께 있으면 행복했다. 파리로 돌아가면 어쩌면 다시 속내를 털어놓고 모든 것을 이해하게 될지도 몰랐다. 파리가 무엇을 준비해두고 있는지도 모른 채, 아가트는 파리로 돌아갈 날을 손꼽아 기다렸다. 세상을 바라보는 관점이 달라진다거나 성숙의 시기를 겪게 될 때, 혹은 새로운 것이나 새로 태어나고 싶은 기분이 들 때에는 친구했던 장소가 견딜 수 없는 곳이 되기도 한다.

빅토르 역시 하루라도 빨리 파리로 돌아가고 싶었다. 그곳이 그리워지기 시작한 것이다. 게다가 파리로 돌아가면 아가트에게 자신의 런던 생활에 대해 말해줄 생각이었다. 이 병원에서는 혼란과 두려움과 고통을 충분히 경험했다. 아가트는 평소의 생활과 습관, 예전의 장소와 카페의 테두리 안으로 다시 들어감으로써 상처를 치유해나가야 했다. 정상적으로 걸을 수 있으려면 최소한 2~3주일은 족히 걸릴 테고, 모든 기능을 회복하려면 석 달 이상이 소요될 것이다. 재활 치료를 받는 데에도 수일이 걸릴 테니, 몇 달간은 인내심을 발휘해야 할 것이다. 아가트는 거동도 못 하는 무기력한 상태에서 천장 아니면 하늘이나 바라보며 텅 빈 하루하루를 보내는 일을 견뎌내지 못할 것이다. 이 사고는 갑자기 그녀를 옴짝달싹 못 하게 만들어놓았다. 그녀가 좀처럼 헤어나지 못하는 조울증에 빠져 있는 것도 어쩌면 이러한 구속 때문인지 몰랐다.

그때부터 두 사람 모두 날짜를 세는 습관이 생겼다. 이제는 사흘밖에 남지 않았다. 그 동안은 시골 병원에 고립된 채 함께 있는 것이 마냥 행복하기만 했다. 하지만 이제는 둘 다 집과 아파트와 책과 뤽상부르 공원, 벨빌, 마레 지구의 산책로로 되돌아가고 싶었다.

그 사흘이 지나갔다. 퇴원 일은 월요일이었고, 점심 때 구급차가 아가트를 데리러 올 것이다. 병실에는 홍분이 감돌았다. 아가트의 부모가 짐을 꾸리러 왔고, 그 시간에 세실리아 고모는 그날 저녁에 모두들 모이게 될 생 자크 거리에 있는 아가트의 아파트에서 저녁식사 준비를 하고 있었다. 빅토르는 온몸이 떨릴 정도로 감회에 젖어, 아가트가 퇴원할 때 입을 옷을 골라주었다. 아가트는 한발 물러서서 주위에서 분주하게 움직이는 사람들을 행복한 표정으로 바라보았다. 그러면서도 아가트는 그들 모두가 보여주는 이 기쁨을 고스란히, 일체의 딴 생각이나 슬픔 없이 순수한 상태로 되찾을 수 있기까지는 시간이 걸릴 것 같은 생각에 서글펐다. 한때는 그녀의 것이었지만 일순 그녀를 떠났던 행복감이 너무 멀게만 느껴졌다. 이제 그녀의 임무는 그 행복감을 다시 되찾는 것이었다.

정오쯤 구급차가 기다리고 있다는 연락이 왔다. 의사들과 간호사들이 가족 모두에게 작별 인사를 했다. 아가트는 부축을 받으며 휠체어에 앉았고, 빅토르가 뒤에서 밀어주었다. 아버지는 두 사람 앞에서 걸어갔고 어머니는 휠체어 옆을 따라 걸으며 아가트의 머리칼을 쓰다듬었다. 아가트는 여전히 입을 다문 채, 삶의 전기(轉機)를 경험한 장소를 마지막으로 둘러보았다. 일층에 도착했다. 그녀를 들어서 들것에 눕히는 일은 수월했다. 몸이 전보다도 훨씬 더 가벼워져 있었다. 구급차 안에서 아가트의 옆에 빅토르가 앉았고, 부모님은 승용차로 그들의 뒤를 따라갔다. 긴 여정의 시작이었다. 아가트는 내내 하늘의 구름만을 응시할 뿐이었다.

<h1 align="center">34</h1>

빅토르가 아가트의 작은 손을 꼭 쥐었다. 그의 따뜻한 손이 차가운 손에 가 닿았다. 빅토르는 아가트의 손을 따스하게 녹여주지 못했고, 아가트 역시 빅토르의 손을 차갑게 식혀주지 못했지만 두 손은 서로 단단히 얽혀 있었다. 파리 외곽에 들어서면서부터, 그는 아가트에게 가옥들과 낯선 거리들 하나하나를 세세히 묘사해주었다. 목적지가 가까워지고 있었고, 그의 설명 속에서 그들의 도시가 재건되어갔다.

마침내 오를레앙 관문, 당페르, 생 미셸 대로, 수플로 거리, 그리고 생 자크 거리에 이르렀다. 이제 다 온 것이나 다름없었다. 구급차가 멈춰 섰고, 차 문이 열렸다. 얼음 같은 냉기가 몰려와 얼굴을 후려쳤다. 빅토르는 아가트의 아버지가 가져다준 담요로 그녀를 덮어주었다. 사람들이 아가트를 구급차에서 내려놓았고, 이제는 들것에 실어 다섯 층계를 걸어 올라갈 차례였다. 구급대원들이 이 일을 맡았다. 그런데 현관 로비로 들어서기 전, 아가트는 잠시 걸음을 멈추고 도시의 공기를 들이마시고 싶다고 했다. 그녀는 오른팔에 기대어, 좁은 시야 안으로 들어오는 파리의 정경을 바라보았다.

아가트는 부모 집에서 머무르기보다 직접 자기 아파트로 돌아가는 편을 택했다. 어머니가 대부분의 시간을 직장에서 보내야 했기 때문이다. 어머니가 자기 때문에 하루 종일 집에만 있어야 하는 것을 아가트는 원치 않았다. 그리고 아버지는 낮 동안에 아파트 위의 작은 스튜디오에서 원고를 쓰고 읽는 작업을 했다. 두 사람은 따로따로 혹은 둘이서 함께, 아가트로서는 별로 알고 싶지 않은 여러 규칙에 따라 각자 나름의 삶을 영위해나가는 데 익숙해져 있었다. 부모의 생활을 방해하지 않겠다는 이유에서뿐만 아니라, 아가트는 무엇보다도 자신의 집으로 돌아오고 싶었고, 그녀가 좋아하는 책들을, 커다란 나무 테이블 위에 무질서하게 흩어놓은 작업 경관을, 주방과 지하 창고를 되찾고 싶었던 것이다. 아가트에게 자신의 아파트만은 지나치게 익숙한 장소에서 오는 강박감이 느껴지지 않는 유일하고도 이례적인 장소였다. 이를테면 이 아파트는 그녀의 내밀한 공간이었고, 그러한 내밀함이 몹시도 그리워지기 시작하던 차였다. 아가트가 혼자 있게 될 때면, 세실리아 고모가 와서 돌봐주기로 되어 있었다. 필요하다면 빅토르도 거들기로 했다. 빅토르는 이 일이 더없이 기뻤다.

수플로 거리와 생 자크 거리의 건물로 제한된 네모난 파리 광경을 바라보다, 아가트는 불현듯 알 수 없는 불안감에 젖었다. 익숙한 정경을 되찾아 가슴 뭉클해 있던 그녀는 달라진 것이 다름아닌 자기 자신임을 깨달았던 것이다. 빅토르가 문을 열었다. 친숙한 냄새가 났다. 아가트의 아파트에는 특유의 냄새가 있었다. 그 냄새는 아가트를 어느새 파리의 분위기에, 그리고 그녀를 고스란히 반영시키고 포함하고 표현하는 비밀스러운 분위기에 다시금 젖어들게 했다. 뒤에서 사람들이 짐을 날라다주었고, 구급대원들은 아가트를 침대 위에 내려놓았다. 아가트의 부모는 처음 며칠 동안 쓸 수 있도록 휠체어를 대여해두었다. 세실리아 고모가 그들을 맞아주었다. 고모는 간단한 점심식사를 준비해놓았고, 아가트가 다시 삶의 즐거움을 맛볼 수 있도록 고급 포도주 한 병도 마련했다. 하지만 아가트는 자신이 그런 삶의 즐거움을 당장 향유할 수 있을지 확신이 서지 않았다. 적응할 시간이 필요했다. 마침내 흰 옷 차림의 두 남자가 그들 뒤로 문을 닫고 나갔다. 이제 아가트는 가족과 함께 집에 돌아와 있었다.

참으로 오래간만에, 아가트는 행복감과 흡사하다고 할 깊은 안도감을 느꼈다.

먹고 마시는 가운데 모두들 기운을 되찾았다. 아가트는 휠체어에 의지해야 했지만, 아직 휠체어를 능숙히 다루지는 못했다. 문을 통과하고 테이블을 건드리지 않고 돌아다니는 연습을 했다. 꼭 하나 문제가 있다면 침실과 주방, 욕실 사이에 있는 두 개의 디딤판이었다. 그것 때문에 처음에는 거의 매번 도움을 받지 않으면 안 되었다. 어지간히 성가신 일이 아닐 수 없지만 그것도 오래 가지는 않을 것이다.

마침내 아가트의 부모님이 떠날 채비를 했고, 다시 오셨다는 약속을 했다. 세실리아 고모도 파리에서 재회한 두 젊은이에게 방해가 되지 않도록 그들을 따라나갔다.

빅토르와 아가트는 단둘이 남게 되자 약간 마음이 설렜다. 잠시 침묵이 흐른 후, 아가트가 집에 돌아온 기념으로 좋은 소설을 한 권 가져다 달라고 그에게 부탁했다. 두 사람은 마침내 한 침대에 나란히 누워, 책을 읽기도 하고, 서로 다정히게 애무를 히기도 하고, 때로는 깜빡깜빡 졸기도 하면서 오후 시간을 보냈디.

처음 며칠 동안은 예전의 리듬을 되찾기가 어려웠다. 그리고 둘은 오래지 않아 부산한 파리 한가운데서 야릇한 고립 상태에 빠져들었다. 아무도 만나지 않았고, 전화를 받는 일도 소원해졌다. 손님은 아가트의 부모님뿐이었다. 좋은 영화가 방영될 때에만 텔레비전을 보았고 더이상 라디오나 신문을 보는 일도 없었다. 아가트는 다시 철학책에 몰두하기로 마음먹었다. 문제의 본질로 되돌아온 기분이 들었다. 환락이라든가 파티를 즐기던 생활, 얽히고 설킨 인간 관계의 기나긴 터널을 돌아 나와, 이제는 본질적인 것만을 간직하기 위해 불필요하고 방해가 되는 모든 것으로부터 삶을 정화시키고 있었다. 하지만 불안감의 원천마저 무마해버릴 수는 없었다. 이 불안감은 욕구의 다른 모습이기도 했다. 아가트는 분주한 생활에 지쳐 있던 터였다. 이제는 때때로 그녀를 엄습해오는 어지러움을 이겨내고 싶었다. 책이야말로 최상의 방패였고, 또 빅토르의 존재도 마음을 차분하게 가라앉혀주었다.

한편 빅토르는 행복해했다. 누에고치 속에 포근하게 몸을 누인 듯한 생활에, 그는 더할 나위 없는 행복감에 젖어들었고, 그 기쁨을 한껏 향유했다. 날씨마저 음산해 파리의 아파트 안에 꼭 틀어박혀 지내는 생활도 그런 대로 맛이 있었다. 집에서 보내는 시간이 많아질수록, 나가고 싶은 생각이 덜해졌다. 아가트는 빅토르에게 마치 마약과도 같은 존재가 되어버렸다. 빅토르는 지고의 행복감으로 그녀와 대화하는 시간이 점점 늘어갔고, 거의 통제 불능의 상태가 되어버리곤 했다. 그럴 때면 시간은 그 흐름을 멈췄다. 다시 시간이 흐르기 시작한다면 빅토르도 자기 자신과 막힌 항아리 속 같은 지금의 생활에서 벗어나, 두 사람이 침묵과 독서와 음식 냄새와 서로의 애무 속에서 공유했던 행복감을 무참히 깨뜨릴 수도 있을 것이다. 그렇게 살고 또 죽을 수도 있을 것이다.

그럼에도 불구하고 마치 약속이라도 한 것처럼, 빅토르는 일 주일에 세 차례씩 수잔나에게 전화를 걸기 위해 아파트를 빠져나가곤 했다. 지금 당장 그녀를 필요로 하는 건 아니었지만, 그렇다고 수잔나에 대한 욕구와 그리움이 말끔히 사라진 것도 아니었다. 아직도 그녀를 사랑했고, 마음 깊은 곳에 자리한 수잔나를 의식할 만큼 충분히 자신을 알고 있었다. 그는 계속해서 그녀에게 전화를 걸었다. 그럴 때면 빅토르는 손에 바게트나 쇼핑백을 들고 아파트로 돌아왔고, 아가트는 그를 도와 쇼핑한 물건을 정리했다.

그러던 어느 날, 아가트는 창 밖을 바라보고 있다가 빅토르가 지나가는 모습을 보게 되었다. 딱히 볼 만한 것도 없었는데, 그녀로서는 너무나 오랫동안 못 해온 일이었기에, 일상적이고 평범한 모습이지만 거리에서 활기차게 걷는 빅토르의 모습을 관찰한다는 것이 더없이 재미있고 특별하게 여겨졌다. 그런데 빅토르는 수플로 거리의 모퉁이 공중 전화 부스 앞에서 걸음을 멈추고는, 그 안에서 한참을 있다가, 다녀온다던 은행에는 들르지도 않은 채 아파트로 되돌아오는 것이었다. 아가트는 도무지 이해가 가지 않았다. 전화를 걸러 굳이 밖으로 나갈 필요가 있었을까? 빅토르가 가령 어떤 친구들과, 어쩌면 동생이나 아제딘과 비밀 이야기를 하고 싶었을 수도 있었다. 하지만 아가트에게 거짓말까지 해야 했다는 것은 뭔가 석연치 않은 구석이 있는 게 분명했다.

35

아가트는 마음이 편치 않았다. 하지만 빅토르를 믿지 못하는 자신이 원망스러워 내색하지 않으려 했다. 그러나 이틀 후 빅토르가 쇼핑을 하러 나가자마자 아가트는 급히 창가로 갔다. 빅토르는 지난번처럼 공중 전화 부스를 향해 걸어가고 있었다.

이번에는 아가트에게도 일말의 두려움이 느껴졌다. 빅토르가 그녀에게 거짓말을 하리라고는 생각하지 못했다. 아가트는 자신의 생각이 틀렸기를 바랐다. 휠체어 사이에서 그녀의 두 팔이 떨렸고, 두 손은 아플 정도로 휠체어 바퀴를 꽉 움켜쥐고 있었다. 쿵쾅쿵쾅 뛰는 가슴으로 아가트는 빅토르가 돌아오기를 기다렸다. 십오 분이 지나서 빅토르가 양손 가득 비닐백을 들고 오층까지 뛰어서 올라왔다. 빅토르는 기분이 좋아 보였지만, 그녀의 시선에서 뭔가 일이 잘못 되어가고 있음을 눈치챘다.

차갑게 굳은 아가트의 두 손이 떨리고 있었다. 빅토르는 더럭 겁이 났다. 정확히 무엇을 알고 있는 것일까, 아니면 무엇을 알게 된 것일까? 양심의 가책이 물밀듯이 밀려와 격렬하게 솟구치며, 최악의 사태를 상상하게 했다. 아닌게아니라 최악의 사태였다. 아가트는 빅토르에게 무엇 때문에 매일의 전화 통화를 자기에게 숨겼던 것인지 단도직입적으로 물었다.

방 안에 침묵이 흘렀다. 그의 시선에서 아가트는 모든 것을 감지할 수 있었다. 잠시 견디기 어려운 침묵이 흘렀고, 마침내 빅토르는 냉정하게 상황을 설명했다.

아가트는 의자에 꼿꼿하게 앉아 있었다. 팔다리는 뻣뻣하게 경직되고, 멍한 시선과 꼭 다문 입술에 얼굴은 해쓱했다. 다만 미세하게 떨리는 손만이 내면에서 몰아치고 있는 폭풍우를 짐작케 할 뿐이었다. 빅토르는 그녀가 삶의 원칙과 상처 입은 마음 사이에서 양분되어 있음을 알았다. 그것이 마음에 걸려 선뜻 말을 하거나 행동에 옮길 용기가 나지 않았다. 또다시 오랜 침묵이 흘렀고, 두 사람 중 누구도 그 고통스러운 침묵을 깨뜨리지 못했다.

마침내 아가트가 목구멍에서 가까스로 새어나오는 듯한 어조로 어렵사리 입을 열었다. 그녀는 빅토르의 삶을 심판할 의향은 없다고 했다. 하지만 시간을, 많은 시간을, 그녀가 다시 부를 때까지 시간을 달라고 말했다.

빅토르는 짐을 꾸려서 밖으로 나갔다. 문을 닫기 전, 빅토르는 그녀의 곁에서 이번 주를 함께 보낼 수 있어서 고마웠다고 말했다. 이것이 아마 그의 생애에서 가장 아름다운 일주일이었을 거라고, 그리고 늘 그럴 수 있기를 바란다고, 그녀 없이는 다시는 그렇게 할 수 없을 거라고도 했다. 문이 닫혔다.

엄청난 고독감이 밀려왔다. 세상의 일부가 무너져내리는 것 같았다.

아가트의 목구멍에다 숨죽인 비명이 비수를 찌르는 것 같아 아무 소리도 낼 수가 없었다. 달리 뭐라 말할 수 있었겠는가? 떠나는 그를 붙잡을 수도, 욕을 할 수도 아니면 영영 쫓아낼 수도 없었다.

아가트는 하루 낮 하룻밤이 지나고 나서야 그나마 울 수 있을 정도가 되었다. 쇠약해질 대로 쇠약해져 남은 것이라곤 없는 그녀는 무기를, 기반을, 확신을 상실하고 말았다. 두 사람의 생활 방식의 중심에 이러한 원칙을 확립시켜놓은 사람은 다름아닌 그녀였다. 아가트는 유일한 부의 원천이라도 되듯이 그 원칙을 믿어왔다. 하지만 이처럼 마음이 약해질 때에는 이론도 별 도움이 되지 못했다. 아가트는 고통으로 짓눌려 숨조차 쉴 수 없었다. 그렇게, 그녀는 사랑하는 사람들을 잃어가고 있었다. 이것이 어쩌면 삶의 순리인가. 자신에 대해 어떻게 그토록 확신을 가질 수 있었을까? 빅토르가 전해준 이야기에서는 죽음의 맛이 났다. 어느덧 아가트는 앙토니오를 잃고 난 후에 느꼈던 것과 똑같은 고독감에 빠져들었다. 이 고독은 다름아닌 공허감이었다. 사랑하는 사람들이 남겨놓은 빈자리, 의미의 진공 상태, 자아가 상실된 고독이었다.

빅토르는 죽은 사람이 아니었다. 빅토르는 살아 있고, 그녀를 사랑했다. 하지만 그녀로부터 벗어나려 한다. 아가트는 빅토르에게 그런 자유를 허락했지만 이제 그 자유는 마치 질병처럼 그녀의 온몸을 질타했다.

아가트는 자신을 추스르려 했다.

빅토르가 방금 다른 여자를 사랑하고 있다고 말했다. 아가트는 이 말을 혼자 뇌까려보았지만, 소용이 없었다. 이해할 수 없었다. 이러한 몰이해는 그녀를 자꾸만 앙토니오에게로 데려갔다.

지금 이 순간 왜 앙토니오에 대한 기억이 떠오르는 것일까? 서로 관련이 있는 일이 아닌데도, 어째서 시간과 공간이 혼동되고, 지금의 고통이 그때의 고통과 일치하는 것일까? 일 년간 벙어리인 양 그 고통을 극복하고 난 후로, 그때의 기억은 점점 비현실적인 꿈처럼 멀어져갔고, 그 대신 억제할 수 없는 삶의 욕구가 일었다. 그리고 아가트는 가능한 모든 방식을 동원하여 경험의 폭을 넓히고, 향유하고, 웃고, 사랑하며 살았다. 그녀는 정말로 행복했었다. 그런데 한 달 전부터, 지칠 줄 모르게 쾌활하고 열정적이던 상태는 점점 퇴색해갔다. 처음에는 느낄 수 없었다. 그 시작은 승마 대회를 준비하면서부터였다. 그 다음에는 사고를 당했고, 급기야는 죽음의 고비를 넘기기에 이르렀다. 그리고 이제 빅토르가 수잔나와의 관계를 고백한 것이다. 아가트는 사력을 다해 온몸으로 그 사실을 거부했다.

이 시련은 다시금 그녀를 몇 년 전 찾아든 절망의 상태로 몰고 갔다. 그러나 아가트는 이미 삶을 겪을 만큼 겪은 여자였다. 더이상은 그 무엇도 그녀를 파괴하지 못할 것이다. 아가트의 신념이 굳건하다면, 흔들리는 자신도 이해하게 될 것이다. 아가트는 빅토르를 원망하지 않았다. 팔다리 하나하나와 목소리마저 짓누르는 아픔이라 해도 이겨낼 것이다. 평소보다 갈라진 그녀의 목소리에서는 말 한마디 한마디가 잡아끌어내듯 힘겹게 새어나왔다.

아가트는 삶의 의미와 구겨진 자존심, 그리고 자아에 충실하려는 노력과 상처 입은 사랑을 시험하는 딜레마에 의해 찢겨져 있었다. 빅토르는 전혀 모르고 있겠지만, 지금은 그녀의 삶에서 중요한 순간이었고, 그녀를 이러한 시험에 빠지도록 인도한 사람은 바로 빅토르였다. 이제는 이론과 실제를 가늠해보고, 고통을 수락함으로써 그 두 가지를 절충시킬 때였다. 그것을 포기한다는 것은 또한 죽음을 받아들이는 것이기도 했다. 그 어느 누가 상처 없이 살 수 있다고 단언하겠는가?

빅토르는 파리에서 몇 달을 보낸 후, 다시 런던으로 갔다. 아가트에게서는 아무런 전화도 없었다.

아가트는 정신적으로나 육체적으로나 다시 혼자가 될 필요가 있었다. 그녀는 몇 날 며칠을 아파트에 들어박혀, 아무도 만나려 하지 않았다. 경박함의 시절은 지나갔다. 한편 아드리앙은 파니와 동거에 들어갔다. 두 사람은 결국 함께 지내기로 결정한 모양이었다. 아가트는 마음이 놓였다. 자기 자신도 어둠의 시간에 잠겨 있는데, 친구까지 비탄에 빠진 모습을 볼 자신이 없었기 때문이다. 두 사람은 잠시 여행을 떠났다. 2월의 바캉스는 파리를 텅 비게 했다. 이러한 고립 상태야말로 아가트가 정말로 바라던 것이었다.

시간이 흘러갔다. 삶은 다시 그 리듬을 되찾았고, 기쁨의 순간에도 예리한 아픔이 찾아들곤 했지만, 이러한 아픔 뒤에는 또한 물밀듯한 지고의 행복감이 이어지곤 했다. 이따금 새로운 삶을 만들어냈다는 뿌듯한 감회에 젖을 때도 있었다. 이 느낌은 영원할 것만 같았고, 그 순간 그녀는 영속적인 힘을 발휘했다. 이 세상이 그녀의 것이었다. 그녀가 세상을 가졌다기보다는 그녀의 존재 자체가 세상이었다.

그러나 이러한 은총의 순간은 간간이 찾아올 뿐, 아가트는 이내 망령들이 활개치는 고독감에 잠겼다.

아가트는 집에 들어박힌 채 이처럼 기묘한 나날을 보내면서, 이따금 창 밖으로 골목 아래에서 일어나는 삶의 모습을 바라보곤 했다. 멀리 뤽상부르 공원에서 사람들의 고함 소리가 희미하게 들려왔고, 자동차 소리, 웃음소리, 이야기 소리가 모퉁이 카페에서 올라왔다. 이와 같은 삶의 모습은 그녀를 한없는 우울에 빠지게도 했고, 다른 사람들처럼, 아니 다른 사람들보다도 더 존재하고 행동하고 웃어야 한다는 의무감을 환기시켜주기도 했다. 아가트는 다시 책상 앞에 앉아 논문을 진척시키려고 했지만, 잘 되지 않았다. 작업이 그 가치를 상실해버린 탓인지 생각이 떠오르지 않았다. 게을러서가 아니었다. 논문 쓰는 작업은 차라리 삶의 본질을 추구하는 작업이었다. 아가트는 은은하게 페르골레시의 〈슬픔에 찬 성모는〉을 들으며 창 밖을 응시했다. 혼자였다. 그녀는 혼자서 삶에 맞서고, 자신의 삶을 꾸려나가야 했다.

손가락 자국으로 얼룩진 창문 밖을 바라보다가, 아가트는 불현 자신이 감시당하고 있다는 사실을 깨달았다.

맞은편 앞 동의 아파트 세입자가 바뀌었다는 것을 여태 알아차리지 못하고 있었다. 이번에 들어온 세입자는 대학생이라기에는 너무 나이 든 여자였다. 그런데 여인은 왜 그토록 아가트를 관찰했던 것일까? 게임은 공평했다. 아가트 자신도 이웃 사람들의 삶을 응시하고 상상하며 몇 시간이고 보내곤 했었으니까. 그렇지만 자신이 그런 호기심의 대상이 되고 있다는 사실에 아가트는 당혹스러웠다. 그녀는 미지의 여인을 관찰할 시간이 없었다. 여인은 저녁 늦게 집에 돌아오고 아침에도 늦잠을 자는 듯했다. 여자의 실루엣을 선명히 보지는 못했지만 자태가 아름다웠다. 여인의 외형에서 확연하게 포착되는 것이 하나도 없는데도, 아가트는 어떻게 미인이라는 것을 알 수 있었을까? 옷을 입은 여자의 실루엣만 얼핏 보일 따름이었다. 그저 옷의 색깔만이 그녀의 기억 속에 남아 있었다. 아가트는 잠시 생각해보았다. 왜 그 여자가 아름답다고 생각되는 걸까? 어쩌면 걸음걸이 때문인지도, 독특하게 허리를 트는 자세 때문인지도 몰랐고, 또…… 그래, 관능미였다. 바로 그거였다. 맞은편 건물의 여자가 요염한 매력을 풍긴다는 것은 부인할 수 없는 사실이었다. 유리창을 통해 아가트를 관찰하는 집요함은 여인을 더욱더 매력적으로 보이게 했다. 아가트는 그 동안 자신도 모르게 품고

있던 생각에 새삼 놀라며 여인의 얼굴과 몸짓과 습관을 좀더 주의 깊게
살펴보기로 마음먹었다. 가슴 설레게 하는 여인의 실루엣, 아침이면
풀었다가 저녁이면 동여매는 머리카락, 거리낌없는 시선, 그 집요한
눈빛에 아가트의 호기심은 더욱 첨예해졌다. 이 모든 것이 너무나 궁
금한 나머지, 아가트는 순간적으로 자신의 우울함마저 잊어버릴 정도
였다. 밤 열두시 삼십분경 맞은편 방에 불이 켜지자, 온몸이 팽팽하게
긴장되었다. 아가트는 아침부터 다시 창가에 자리를 잡고, 여인이 불
을 끄고 잠자러 갈 때까지 기다렸다.

36

며칠이 지나자, 아가트는 역할을 바꿔보기로 했다. 지금까지 맞은편 여자에게 빼앗겼던 선수를 만회하기 위해, 이쪽 편에서만 관찰을 할 수 있도록 먼저 자기 방의 불을 꺼버렸다. 여자가 아가트의 술수를 눈치챈 모양인지 그녀는 점점 더 늦게 돌아옴으로써 이에 대한 일종의 분노감을 표했다. 그러나 결코 덧창을 닫아거는 일은 없었다.

집에 들어오자마자, 여자는 여유 있고 아름다운 몸짓으로 망토를 벗고, 자신의 염탐꾼을 보기 위해 고양이처럼 조심스러운 걸음으로 창가로 다가왔다. 하지만 아가트의 방이 어두운 탓에, 여자는 개양귀비꽃 들판 같은 쪽판 마루 위에다 물건들을 하나하나 내던지고, 강한 불만을 내비치며 평소와는 다르게 행동했다. 여인은 음악을 틀거나 텔레비전을 켜고, 전화를 걸고, 아니면 위스키를 스트레이트로 마시며 담배를 피운 다음, 잠자리에 들었다. 여인은 상당히 불안스러운 듯한 태도도 남배를 빨아늘였다.

관찰을 시작한 지 이 주일이 지나서야, 아가트는 이런 정보들을 수집할 수 있었다. 사정이 그쯤 되고 보니, 일단 이틀에 한 번씩 자정이 넘은 시간에 다시 방에 불을 켜서, 엿보는 취미를 단념한 것처럼 보이는 욕구불만의 여인에게 나머지 술수를 쓸 수 있게 여지를 흘리는 편이 공평할 듯싶었다. 물론 아침이면 만회할 기회를 얻었지만, 아침은 엿보기에 조건이 덜 좋았다. 점심때쯤이면, 아가트가 주방에서 침실로, 침실에서 서재로 항상 분주하게 돌아다녔던 것이다. 심지어 외출해서 쇼핑을 하거나 카페에서 친구들을 만나는 일도 있었다. 하긴 파리에 돌아온 후로 그런 일이 드물어지긴 했다. 아가트는 환락적인 일상에 싫증이 나 있었고, 그런 삶에서 예전의 완벽함과 자연스러움을 더는 느끼지 못했다. 이제는 신선하고 참신한 기쁨을 새로이 만들어내야 했고, 그래서인지 자주 창문 밖 풍경에 매료된 채 머물러 있는 시간이 많아졌다.

어느 날 저녁은 커튼이 완전히 열려 있지 않았다. 여인은 검은색 평상복 차림이었다. 마치 창문 가에 모습을 드러낸 유령과도 같았다. 환각 상태에서 도발적이고 관능적인 미인의 모습을 보고 있는 것만 같았다. 풍성한 머릿결, 웃음을 머금은 도톰한 입술, 풍만한 가슴과 약간 비대하다고 할 정도의 풍성하고 여성스러운 히프, 가는 허리와 긴 다리. 여인의 몸짓은 완만하고 부드러웠으며, 두 팔의 곡선은 우아했다. 머리의 움직임에서는 도도함이 넘쳤지만, 거기에는 뭔가 다른 것이 깃들여 있었다. 아가트의 방 쪽을 바라보며 창가로 다가서더니, 여인은 의도적으로 커튼을 반쯤 열었다. 무대는 선명하지는 않았지만 밝았다. 여인에게서는 도발의 욕구가 느껴졌고 아가트는 마음이 흔들렸다.

여인의 자세와 몸짓, 숱이 많은 머리카락을 아무렇게나 묶어 올린 모습, 그리고 동그란 입김으로 얼룩진 유리창 너머의 아가트를 의식하는 듯 지칠 줄 모르고 어두운 창문을 집요하게 쳐다보는 편집증적인 시선에서도 여전히 관능성이 묻어나고 있었다. 그리고 어느 날 저녁, 아가트는 어둠 속에 숨어 있는 자신의 존재를 여인이 깨닫고 있음을 거의 확신하기에 이르렀다. 유리창 앞에서 여인은 아가트 쪽을 뚫어져라 바라보았다. 심지어 여인은 아가트의 시선에 자신의 시선을 담은 채로, 아가트의 멈춰버린 생각에 최면을 걸고 감각을 혼란스럽게 만들고 움직임을 마비시키면서, 아가트의 눈을 들여다보고 있는 것만 같았다. 아가트는 겁이 나서 얼른 커튼을 닫아버렸다. 만일 상대방이 실제로 알아차리지 못하고 있었다면, 이는 아가트가 지레 놀라 자신의 존재를 고백하는 처사처럼 보일 수도 있었다. 실수를 깨달았지만, 너무 늦었다. 하기야 아가트는 여인이 자기를 보고 있다고 확신하던 치였다. 그녀는 밤마다 이상한 꿈에 시달렸다. 다음날 아침이면 잊어버리고 싶었지만, 꿈의 여운은 종일토록 그녀를 따라다녔고, 또다른 밤이 다시 그런 악몽으로 몰아넣곤 했다.

사흘 동안이나 똑같은 모습에 시달리고 난 후, 아가트는 꿈에서까지 자신을 괴롭히는 저 미지의 여인과 대적하기로 결심했다. 그날 저녁 밤 열두시 삼십분경, 아가트는 평소와는 달리 불을 켜둔 상태로, 관찰하기 좋은 곳에 자리를 잡고 서 있었다.

삼십 분 후, 그 이상한 여자가 아파트 안으로 들어왔다. 여자는 망토를 침대 위에 던져놓고 고개를 들다가, 아가트의 방에 불이 켜져 있는 것을 보았다. 마치 복수라도 하려는 듯이, 아니면 적어도 여자에게서 설명이나 어떤 결정적인 반응을 기다리는 듯이. 이번에는 아가트가 도발적인 자세를 취했다. 일순 여자는 깜짝 놀랐지만, 이내 정신을 수습했다. 복이 눌눌 말린 스웨터를 벗자, 밤색의 실크 티셔츠가 드러났다. 여자는 느릿느릿 창문가로 다가와, 열 손가락을 창문에 댔다. 여자가 부드럽게, 천사처럼, 관능적인 미소를 지은 것은 바로 그때였다. 그 수수께끼 같은 미소가 아가트를 혼란스럽게 했다. 여인은 조금 전보다 더 비열한 미소를 지어 보였다. 저 도발적인, 거의 모욕적이라고 할 관능성에는 어떤 순진함이 배어 있어서 아가트는 당혹스러웠다. 놀라서 눈이 휘둥그레졌고, 눈썹이 찌푸려지고, 입술은 반쯤 열렸으며, 심장이 마구 뛰었다. 자신도 모르는 사이 이번에는 아가트가 미소를 지었다. 불분명하고 어정쩡한 미소가 점점 얼굴을 번져나가 나중에는 살갗이 다 떨릴 지경이 되었다. 미소가 웃음으로 바뀌었다. 멈출 수도 없고 통제할 수도 없는 그 웃음은 온몸을 뒤흔들어, 마치 경련을 일으키는 헐떡거림으로 전이됐다. 맞은편의 여인도 웃고 있었다. 명랑하고 선량하고 사랑이 가득한 웃음이었다. 두 여자는 더이상 아무 생각도 하지 않고 함께 웃었다. 두 사람은 야릇한 웃음이 주는 그 억제할 수 없는 즐거움에, 어쩌면 웃음의 악마적 성질에 매료되어, 무의식 상태에서 마구 웃어댔다.

그때 전화벨 소리가 울리는 바람에 아가트는 갑자기 현실로 되돌아왔다. 순식간에 웃음이 멎었다. 아가트는 매일 저녁 마음을 혼미하게 만들던 유령 같은 여인에게 작별의 손짓을 보내고 커튼을 닫았다. 하지만 전화를 받으러 가지는 않았다. 오늘 밤은 그녀를 지난밤보다 훨씬 더 이상한 세계로 데려갔다. 그 세계는 아침이면 억지로라도 잠을 청해 떠나보내고 싶지 않은 것이었다. 이 밤이 주는 어떠한 어루만짐도, 어떠한 속삭임도 낮의 밝은 빛에 떠밀려 사라져서는 안 되었다.

매일 밤 여자는 흰색 실크 기모노 차림으로 창문 가에 모습을 드러냈다. 머리카락이 헝클어져 있었다. 여자는 유리창에 양 손바닥을 대고 창문에 동그랗게 입김을 그리기도 하면서 아가트를 기다렸다. 아가트는 여인을 보았다. 하지만 평소보다 늦은 시간이어서 소설책을 읽으려고 누워 있었다. 맞은편에 불이 켜지자, 아가트는 신비한 여인의 몸짓을 관찰하기 위해 조심스럽게 자리에서 일어났다. 여자는 욕실에 숨어 있는지, 아니면 안 보이는 다른 방에 웅크리고 있는지, 보이지 않았다. 아가트는 포도주를 마시려고 주방으로 갔다. 고개를 든 아가트가 네모난 방 안 불빛에 비춰진 창가의 여인을 발견한 건 주방을 나오면서였다. 아가트는 감동과 두려움으로 몸을 떨었다. 잔 속에 든 포도주를 찰랑거리며 창문 쪽으로 천천히 다가섰다. 상대는 여전히 입술에 야릇한 미소를 띠고 아가트를 뚫어져라 바라보고 있어서 또다시 그 미소에 답하지 않을 수 없었다. 처음에는 살짝 수줍게 미소를 지어 보였지만, 미소가 입술 주의로 번져감에 따라 긴 전율이 온몸으로 퍼져나갔다. 여인의 눈은 여전히 아가트를 응시하고 있었고, 손은 유리창에서 떨어져 손바닥 자국을 남기더니, 섬세한 천에 싸인 보드라운 어깨를 어루만졌다. 여인의 몸짓은 부드럽고도 심오한 동시에 욕구를 불러일으켰다. 막 차오르던 욕구는 가까스로 상처에서 회복된 아가트의 몸을 서서히 파고들었다. 관자놀이에서 혈관이 격렬하게 요동쳤다. 흔들림 없는 저 미소, 슬프면서도 즐거워 보이는 두 눈, 어린애 같은 몸짓, 간교함, 아가트가 지닌 모든 것, 감동적인 미모의 부드러운 여인이 지닌 모든 것이 아가트의 주위에서 어른거렸다.

그날 밤도 지난 며칠처럼 꿈자리가 사나웠다. 아가트는 머리가 무겁고 몸은 기신백신한 상태로 잠에서 깨어났다. 병원에서 퇴원한 후로는 몸이 이렇게 뻣뻣하게 긴장된 적이 없었다. 아가트는 다시 태어나는 기분이었다. 그녀의 꿈속에서는 남자들과 여자들의 육체가, 춤추는 부족들과 달리는 짐승들이, 다정한 몸짓들이, 사방 벽면이 붉고 빛바랜 방과 빛나는 대리석 조각상이 한데 섞어 뒤죽박죽이 되었다. 낮 동안에는 책을 읽거나 집필과 번역 작업 그리고 텔레비전을 보거나 식사를 하면서 보내는 오랜 기다림의 시간이 계속되었다. 드디어 저녁이 왔다.

자정이 가까워오자 아가트의 심장 박동이 빨라지기 시작했다. 두 팔에는 미세한 전율이 흘렀고, 입술에는 가벼운 경련이 일었다. 팔다리마디마디가 뜨겁게 달아올랐다. 잘록 들어간 허리 부분에서부터 머리카락 끝까지 소름이 돋았다. 목이 탔다. 시나브로 어둠에 젖어드는 도시를 마주하고 유리창 앞에 서서, 아가트는 선물을 기다리는 심정으로 그 풍만한 육체가 나타나기를 기다렸다. 방 안의 어둠이 그 비밀스러운 육체를 교묘하게 감추어주고 있었다.

맞은편 아파트의 불이 켜지고, 여자가 모습을 드러냈다. 평소대로 창문 쪽을 향해 걷던 여자는 갑자기 흠칫 놀라 걸음을 멈추더니, 소파 위에 놓여 있는 수화기를 들었다. 평온하던 얼굴에 경련이 일었다. 여자는 마치 어떤 일격을 피하려는 듯이 가슴을 손으로 막았다. 여자의 입술이 심하게 경련을 일으키는 것이 보였다. 필시 소리를 지르는 듯하더니 이윽고 수화기를 떨어뜨리고 창문을 향해 돌아섰다.

여자는 공포에 사로잡힌 얼굴로 아가트를 뜯어보더니, 아가트에게 어색한 손짓을 해 보였다. 부정인지 괴로움인지를 나타내는 그 혼란스러운 몸짓이 그로테스크한 애원조의 무언극처럼 허공을 휘저었다.

바로 그 순간, 전화벨 소리가 울렸다. 이웃집 여자가 무엇 때문에 저렇게 공포에 질려 있는지 알아보려고 창문을 열려던 아가트는 소스라치게 놀라 그 자리에 얼어붙고 말았다. 단속적으로, 끈질기게, 공격적으로, 성 마르게, 전화벨 소리가 계속해서 울려댔다. 아가트는 마음을 정하지 못하고 신경이 곤두선 채 그 자리에 있었다. 귀청을 찢을 듯한 소리가 망치질처럼 귀청을 때렸다. 여자는 양손과 팔을 유리창에 대고는 고개를 흔들어댔는데, 시간이 지나면서 그 움직임은 점점 잦아들었다. 여자는 피로에 지치고, 기진맥진하고, 넋이 나간 것처럼 보였다. 여자의 몸이 창문을 따라 미끄러져내렸다. 하지만 시선만은 변함없이 아가트에게 고정돼 있었다. 전화벨 소리는 멈추지 않았다. 더이상 참을 수 없게 된 아가트는 수화기를 집어들면서도 뭔가에 홀린 듯이 여자의 혼란스러운 동작을 지켜봤다. 목소리가 들려왔다. 걱정으로 가득했지만 또렷한 목소리였다. 너무나도 친숙한 그 목소리가 아가트의 이름을 부르고 있었다. 여인의 일그러진 얼굴을, 부서진 조각상처럼 바싹 웅크린 여인의 육체를 응시하는 동안, 아가트는 맞은편에 수잔나가 살고 있다고 천천히 말하는 빅토르의 목소리를 들었다.

"누구?"

"수잔나 말이야. 너도 알고 있어?"

아가트는 이제야 알게 되었다.

수잔나는 이성을 상실한 것이었다. 빅토르에게 아가트를 만나고 싶다고 말했지만, 그는 그 말을 믿지 않았다. 빅토르는 그녀가 맞은편 아파트에 세 들어 있다는 사실을 방금 알게 되었다고 했다. 그는 수잔나가 무슨 수를 썼는지는 전혀 알 수 없지만, 자기가 개입한 일이 아니라고 말했다. 두 사람은 방금 전에 심하게 다투었고, 빅토르는 즉시 아가트에게 전화를 하겠다고 알렸다는 것이다.

"미인이네."

아가트가 부드럽게 말했다.

"뭐라고?"

"수잔나가 대단한 미인이라고 했어, 빅토르. 이젠 돌아와도 좋아."

"나는 더 이상
나를 숨기지 않겠어요."

르 누벨 옵세르바퇴르(이하 N.O) - 당신은 본명으로 『첫 소설』을 출간했습니다. 이미지를 고려해 가명을 쓰고 싶은 마음은 없었나요?

마자린 팽조(이하 M. Pingeot) - 거기에 대해 생각해보지 않았다면 거짓말이겠죠. 그렇지만 제 이름을 밝히지 못할 하등의 이유도 없었어요. 내 이름을 부끄러워해서는 안 된다고 생각한 거죠. 저는 너이상 세 자신을 숨기지 말아야 했어요. 내 이름으로 책을 출간하는 것, 그것은 시간의 흐름을 지속시키는 가장 멋지고 적절한 방법이었죠. 더군다나 지는 확신에 차 있있어요. 이렇게 힘으로써 사람들이 빼앗아졌다고 믹겼던 그 이름을 나시 찾을 수 있으리라고 확신한 서죠.

N.O. - 사람들이 당신에게서 이름을 빼앗아갔다구요?

M. Pingeot— 네, 사진기자들은 제 얼굴을 훔쳐갔고, 기사들은 숱한 오보들로 제 개인적인 이야기를 왜곡시키면서 거짓 정체성을 강요했어요. 이제부터 저는 제 자신으로서만 존재할 거예요. 제가 글을 쓰는 것이 저인 셈이죠. 이젠 아무도 저를 '누구누구의 딸, 마자린'이란 하나의 고정된 이미지로 일축해버리지 못할 거예요. 내 출생은 선택할 수 없었지만, 소설가가 된 것은 저의 선택이었죠. 그러니까 사람들은 이제 마자린을 정치적 운명의 상속자나 잔재로서가 아닌 내가 창조해내는 것, 내가 이야기하는 것, 내가 쓰는 글로만 평가해야 해요. 어쨌든 사람들은 제가 아무것도 하고 있지 않았을 때 저를 평가했기 때문에, 만일 무언가를 하고 있을 때, 사람들이 진정 마자린 팽조를 평가한다면, 가령 책을 출간하는 일 말이죠.

N. O. — 글을 쓴다는 것은 당신에게 생명력을 부여하는 일이었습니다. 결국 우리는 탄생이라기보다는 하나의 부활을 목격하게 된 셈인데⋯⋯

M. Pingeot— 지나치게 거창한 말로 꾸미지 않더라도 저는 이렇게 확언할 수 있습니다. 그래요, 『첫 소설』이 나를 구한 거예요.

N. O. — 왜 이처럼 간결하면서도 다소 무례하게 여겨지는, 수수께끼 같은 제목을 붙였나요?

M. Pingeot— 저는 다음과 같은 사실에 역점을 두고 싶었어요. 이 소설은 자전적인 이야기가 아닙니다. 픽션이죠. 실제 인물의 이름을 감추고 재현해내는 모델소설 또한 아닙니다. 설사 남의 사생활 캐기를

좋아하는 아마추어들이 그것을 들추어내려고 안간힘을 써도 말이죠. 그들에게 행운이 있기를 빕니다. 앞으로도 쓸거리는 많으니까요.

N. O. - 갖은 노력에도 불구하고, 사람들은 이 글을 소설 읽듯 읽을 수는 없습니다. 당신의 존재가 드러나진 않지만 이 소설은 아버지를 향한 한 편의 연가이고, 아버지에게 헌사되는 글이니까요.

M. Pingeot-저도 알고 있습니다. 제 소설이 단지 아버지의 초상을 그리는 것에만 구한데 있지는 않지만, 어쨌든 저는 아가트라는 가공인 물을 넘어 프랑수아 미테랑과 마자린이 아닌 단순히 한 아버지와 그 딸 의 관계를 그려내고 싶었습니다. 내 아버지, 그분은 그저 아버지인 뿐 입니다. 내가 TV에서 대통령을 볼 때, 그 사람은 나와는 다른 사람이 고, 말 그대로 공인이죠. 아주 낯설기까지 했어요. 저는 아무도 모르게 이 소설을 썼어요. 외부에 알려지면 사람들은 잡지에서 떠들어대는 고 정관념들을 먼저 떠올릴 테고, 그러면 사람들은 제가 의도한 바대로 제 글을 읽지 않을 테니까요. 저는 특별하고 내적인 관계를 묘사하고 싶어요. 위대한 역사적 이야기가 아닌 보편적인 관계 말입니다.

N. O. - 당신은 왜 첫 책으로 소설이란 장르를 택했습니까?

M. Pingeot-소설 장르는 나에게 체험한 것들을 이상화하고 변모시 키는 최선의 방법이니까요. 또한 제 자신과 어느 정도 거리를 두고 경 험한 바를 취할 수 있게 하지요. 너무 가까이도 너무 멀지도 않게 말입 니다. 소설은 고백하지 않은 속내입니다. 우회적인 고백인 셈이죠.

N. O. - 당신은 사람들이 통속적이지 않게 경험한 바에 대해 충분히 말할 수 있다는 것을 얘기하고 싶은 거죠?

M. Pingeot - 바로 그거예요. 한 권의 책보다 더 내밀한 것은 없어요. 꼭 자서전이 아니라도 말입니다. 그것은 늘 그렇듯 쓰는 것이라기보다는 토로하는 것이죠. 가장 내밀한 자기 자신의 일부를 누설하는 거예요. 또한 자신을 드러내 보이면서도 스스로를 완전히 보호하려면 글쓰기 작업을 통해 균형을 찾아가야 합니다.

N. O. - 실제로도 이것이 당신의 첫번째 소설입니까?

M. Pingeot - 여기저기 새까맣게 끄적거린 원고들이 있죠. 그냥 간직하고 싶어서 묵혀두었거나, 언젠가는 다시 세상에 선보일 미완성의 계획들로 있고요. 하지만 그것들 역시 시작과 결말이 있고, 전체적으로 다시 다듬기도 했던 내 첫 소설입니다.

N. O. - 당신은 아직 파리 고등사범학교(ENS)에서 학업을 계속하고 있는데, 앞으로도 글쓰기와 공부를 병행할 계획입니까?

M. Pingeot - 유연성 있게 대처할 생각입니다. 일 년 과정이 남아 있는데, 그 기간 동안 스피노자를 연구중에 있는 철학 DEA(박사논문 제출 자격증)를 준비해야 합니다. 저는 가능한 한 오래 이 두 가지 작업을 병행해나가려고 합니다. 쉽지 않겠죠. 언젠가 당신이 마리 다리외섹과 가졌던 인터뷰의 충격 때문에 더더욱 하는 말입니다. 인터뷰에서 그녀는 스스로가 문학과 세계라는 두 명의 상반된 '나'와 함께 살고 있

다고 말했죠. 그런데 그녀의 주위 사람들은 그것이 기본적으로 양립 불가능하다고 끊임없이 이야기했었죠.

N.O. – 당신 소설의 여주인공 아가트가 낙마(駱馬)하는 데까지 이르는 소설의 전반부에서는 청소년 시기가 지속되는 반면 후반부에서는 성숙의 시간이 이어지는데……

M.Pingeot – 실제로 이 책에는 엄청난 시차적 단절이 있습니다. 나는 아가트의 무사태평한 면모를 보여주고 싶었어요. 비록 끊임없이 위협을 가하는 것이긴 하지만. 나는 학생이면서 동시에 지식인인 사람이 영위하는 오늘날 파리에서의 삶의 연대기를 그려내고 싶었습니다. 파리에서의 학업과 산책, 비스트로(카페, 레스토랑), 파티, 경쾌함, 의식하지 못하는 사이에 지나가버리는 시간 같은 것을요.

N.O. – 당신이 좋아하는 파리와 라탱 가. 그것은 하나의 사회이면서 또한 특정 장소이기도 합니다. 아가트와 빅토르 사이의 관능적인 장면을 묘사하면서, 관능적 의미의 용어로 '파리지앵의 사랑'이 존재할 거라고 제시하기까지 하는데……

M.Pingeot – 사실 전 파리에 대해 육감적인 열정을 지니고 있습니다. 오랫동안 이 도시를 떠나서 살 수 없을 정도니까요. 너무 아름다워서이기도 하지만 지울 수 없는 강렬한 추억 때문이기도 합니다. 가끔 어느 정도 거리를 두고 일상의 심플한 취미나 사람들과의 한결 편안한 관계를 가져보려 해도 그 결속력이 어찌나 강한지 그런 삶으로부터 나를 떼어놓기가 쉽지 않아요. 당신도 그렇겠지만, 말(馬)에 대한 나의

열정은 남다릅니다. 말은 우리에게 요소들과의 또다른 접촉을 경험하게 하고, 완벽한 자기제어와 순수한 열정에 이르게 하죠. 어쨌든 저는 파리와는 중립의 관계를 유지할 수 없다는 말입니다. 고백하지만 이러한 과도함은 가끔 감당하기 힘들 정도예요.

N.O. - 책을 읽으면서 우리는 당신이 아무것과도 혹은 아무와도 중립의 관계를 유지하지 못하는 것 같은 인상을 받게 됩니다. 짐작컨대, 아가트나 당신에게 모든 것은 급속도로 열정적인 것이 되어가는 것 같아요.

M.Pingeot-그래요. 이러한 무절제는 때로 제 자신을 지치게 하죠. 그래서 아가트와는 반대로 저는 종종 긴장을 있는 대로 늦추곤 합니다. 말로 다 할 수 없는 것을 토로하고, 그 잉여분을 억누르는 데에 글을 쓰는 것 이상으로 좋은 게 없습니다.

N.O. - 당신의 아가트는 삶을 한껏 베어물어 그 전체를 음미해보기를 원합니다. 책, 인간의 육체, 음악, 광란의 밤, 마약까지도 서슴지 않죠. 그러나 그러한 향락에 아주 명확한 한계를 그을 줄도 아는 여자입니다. 그녀는 나름의 도덕을 가지고 있다고나 할까요.

M.Pingeot-도덕이 없으면 자유도 없는 거나 마찬가지죠. 구속 없이는 향락도 존재하지 않아요. 아가트는 쟁취하기를 원하지만, 철칙을 지키려고 애씁니다. 그녀는 아드리앙의 마음에 들기를 원하지만, 그에게 몸을 맡기지는 않아요. 아가트는 자신을 둘러싸고 있는 것들에 제재를 가하고, 주위 사람들을 길들이기를 좋아하고, 특히 그녀 자신을

제어하고 싶어합니다. 당신이 암시하는 마약의 과감한 경험조차도 아주 제한되어 있죠. 주어진 시간만큼은 무한정의 자유가 허용됩니다. 그것은 하나의 경험이고, 놀이지, 도피나 돌파구가 되지는 않습니다. 그런데 그녀를 아연케 했던 유일한 한 가지, 그녀가 감당할 수 없었던 일은 바로 책의 중반에 접어들어 겪게 되는 낙마사고입니다.

　　N.O. ─ 아가트의 부모는 이혼한 부부입니다. 당신은 아가트에 대해 말하면서, '아버지는 아가트에게 관용과 성실함을, 어머니는 아름다움을 일깨워주었다. 그들 부모는 아가트에게 자유를 가르쳐준 셈이다'고 했습니다. 당신은 이러한 가치들, 이러한 원칙들이 물려받을 수 있는 것이라고 생각합니까?

　　M.Pingeot ─ 예, 그래요. 자유를 교육하는 효과적인 방법이 있는지는 잘 모르겠습니다. 그렇지만 자유에 대한 그릇된 교육은 존재한다고 생각해요. 아가트의 경우에, 그녀는 타인을 존중하고 집단의 견해를 의식하거나 적합한지의 여부를 떠나, 금기시되는 것들을 경험하고 즐겨야 한다는 분위기에서 자랐습니다. 만일 아가트가 정상적인 결혼 생활을 영위하는 전통적이고 순응적인 부모 밑에서 자랐다면 자유를 누리는 데 있어 훨씬 더 많은 난관에 부딪혔으리라 생각합니다. 아가트가 대항해서 맞서 싸워야 했을지도 모르는 일이죠.

　　N.O. ─ 당신이 가장 싫어하는 감정, 그것은 죄의식입니다. '아가트는 쓸데없는 고통을 감내하기를 거부한다'라고 당신은 쓰고 있습니다.

　　M Pingeot ─ 제 견해로 그것은 지나치게 엄격한 가톨릭 중산층 가

정에서 주입시키는 가장 혐오스런 느낌이죠. 아이들만큼이나 부모들을 고통스럽게 만드는 이러한 교육은 세대를 거듭해 심각한 병리학들을 소멸시키거나 창조해냅니다. 원한과 사악한 의식을 전제로 하는 유대-그리스도교의 모럴은 육체와 삶의 내용, 자유에 대한 증오를 낳죠. 그 증오는 아가트가 제일 싫어하는 것, 내가 제일 싫어하는 것입니다.

N. O. - '화장도 안 하고, 치장하지 않는데도 아가트의 신체는 무향의 향기를 발산한다. 잡을 수 없는 향기, 전생에 여자였을 아기의 체취……', 제 견해로 이것은 당신 소설에서 아가트의 인성을 가장 잘 정의한 문장 같은데요.

M. Pingeot-이 역설 속에 아가트의 전부가 들어 있습니다. 그녀는 본연의 성숙함을 지녔고, 살면서 아주 색다른 경험들을 했습니다. 그럼에도 아가트는 여전히 한 아이에 불과합니다. 아가트는 자신의 순진함이나 풋풋함, 호기심, 삶에 대한 과도한 열정 중 그 무엇도 잃어버리지 않았습니다. 쌍둥이 남동생을 잃는 통렬한 고통이 그녀를 성숙하게 바꾸어놓긴 했지만, 몸 속에는 여전히 아주 어린 소녀의 취향과 서투름을 간직하고 있죠.

N. O. - 그래서 말이 등장하는 것이군요. 당신은 '순종말을 길들이는 것에 대한' 기쁨과 욕구에 대해, 그리고 전원에서 말을 타고 하는 산책과 살얼음이 살짝 언 아침나절의 마구간에 대해 아주 잘 묘사하고 있습니다. 그리고 당신은 아가트로 하여금 빅토르에게 보내는 아름다운 편지에다 이렇게 쓰도록 했어요. '경험해보지 못한 사람은 승마의 기쁨을 이해할 수 없을 거야.' 그러니까 당신은 그러한 기쁨을 이미 경

험해보았다는 말이죠.

M. Pingeot-승마는 아주 강하고 유일하고 거의 무섭기까지 한 느낌을 전해줍니다. 저는 여러 번 말을 탄 경험이 있어요. 한때는 학교가 끝나면 매일 말을 탔을 정도니까요! 저는 장애물 경주에도 여러 번 참가했습니다. 저는 굉장히 저돌적으로 임했고, 아주 고난도의 시합에도 자원했죠. 그러던 어느 날 아가트처럼 큰 사고를 당했어요. 그 사건이 제 기를 한풀 꺾어놓았습니다. 승마를 향한 저의 야심 또한 진정되었죠. 저는 여전히 희열을 추구하지만 이젠 조금 겁이 납니다. 너무도 현현한 공포감이죠. 그래서 다시 시합에 임하지는 못합니다. 게다가 아가트가 증명해 보인 것이 있어요. 낙마하기 전날 밤, 어떤 전조처럼 아가트는 마음속으로 자신도 알 수 없는 초조감을 느낍니다. 이런 초조함은 이내 말에게도 전달되게 마련이죠. 두려움이 욕구보다 강하게 전해질 때는 절대로 말을 타서는 안 됩니다.

N. O. - 낙마사건 이후, 책의 중반부에 가서는 아버지의 사랑이 큰 비중을 차지하면서, 다른 등장인물들이나 다른 사랑의 감정들은 퇴색됩니다. 예를 들어 '아빠는 나이가 지긋하셨지만, 정치적 견해나 도덕적 견해에 있어서는 아가트가 아는 어떤 사람들보다도 가장 젊은 사고를 지니고 있었다' 라는 부분이나 혹은 '그들에게는 같은 피가 흐르고 있었고, 그들의 시선과 결연한 표정, 삶에 대한 열정 혹은 어떤 연극을 보고 눈살을 찌푸리며 싫어하는 것조차 같았다. 그들은 다른 이들보다 더 많이 경험해본 존재의 아름다움을 지녔다'. 또 '모두가 그의 딸을 아주 집요하고 음탕하게, 그리고 무한한 질투심을 가지고 예의주시했다' 라고노 쓰고 있습니다.

M.Pingeot-덧붙일 것은 없습니다. 굳이 말하자면, 아가트가 아빠와 함께 며칠 동안 특별한 시간을 보내기 위해 다시 찾았던 농가에서 아버지는 딸에게 자신의 삶을 할애해주었다는 거죠. 그러면서 낙마의 충격에 휩싸인 딸을 사고의 악몽으로부터 구해냈고, 줄곧 함께 시간을 보내는가 하면, 아이를 대하듯 아가트를 달래고 위로했습니다. 아버지는 딸에게 넓고 깊은 아량을 베풀어주었죠. 저는 이 소설에서 아가트와 그녀의 아버지가 아주 멋진 관계를 만들어가기를 바랐습니다. 저는 진심으로 세상의 다른 많은 아버지들과 딸들이 그럴 수 있기를 바라는 마음입니다.

N.O. - 당신의 아버지도 당신이 글을 쓰고 싶어했다는 것을 알고 계셨나요?

M.Pingeot-네, 아주 어릴 때부터요. 아버지는 늘 저를 격려해주셨어요. 그래서 저는 이 책을 아버지께 바치고 싶습니다. 그것이 아버지에 대한 기억을 영속시키고 아버지의 사랑에 보답하는, 더불어 행간에 녹아 있는 나만 알고, 짐짓 꾸며 누설할 수 없는 내밀한 관계를 지속시킬 수 있는 가장 훌륭하고 아름다운 방법이거든요. 다시 말해, 나는 누구에게도 신세지고 싶지 않고, 내 삶에 대해서 얘기할 필요도 없다는 거죠.

N.O. - 당신은 『첫 소설』에 쏟아지는 비평들이 두렵기도 합니까?

M.Pingeot-아주 겁이 납니다. 그렇지만 어떠한 비평도 제가 누리

는 이 절대적으로 행복한 경험을 방해하지는 못할 거예요. 이제 저는 확신합니다. 글을 쓰는 것은 존재하는 가장 환상적인 방법이라는 것을요.

N.O. - 아가트를 이야기하면서 당신은 그녀가 '신문이나 뉴스에 대한 경멸'을 갖고 있다고 했는데, 당신 역시 그렇습니까?

M. Pingeot - 제 주위 사람들은 신문들을 그저 대강 훑어보죠. 그런데 그것은 개인적 두절을 자초하는 일이라는 것을 알아야 해요. 나는 너무도 수차례 공포와 왜곡된 진실, 있을 법하지 않을 일들과 내 흥미를 끄는 중상모략 내지는 비방들을 읽어왔습니다. 당신의 책에서 투르크메니스탄의 대통령이 내 아버지에게 선물했다는 아칼 테케 종(種) 말에 대해 하는 얘기만 해도 그렇지 않습니까? 당신은 아버지가 직접 제게 주신 거라고 쓰고 있는데, 그것은 사실과 다릅니다. 아버지는 제게 그것을 주신 적이 없어요. 제가 그 말을 탔던 것도 사실이고, 저 역시 당신처럼 그 말의 유연함과 변덕, 금빛 털을 좋아하지만, 지금은 제가 가지고 있지 않아요. 짐작하시겠지만 저는 언론 기사들로 곤욕을 치른 게 한두 번이 아닙니다. 큰 고통이었죠. 매체란 매체는 하나도 빼놓지 않고 그랬어요. 게다가 파파라치들에게도 집요하게 괴롭힘을 당했고, 심지어 그들이 나를 모욕하기까지 했습니다. 하루를 꼬박 집 안에 갇혀 있어야 했던 일도 기억나네요. 집에서 한 발짝도 나가지 못했죠. 그리고 나는 이런 더러움과 끊임없는 관음증을 씻어내기 위해 씻고 또 씻었습니다. 소위 진지하고 공정해야 할 기자들은 나와 내 신변에 대해 사실무근의 것들만 써댔어요. 그런데도 어떻게 당신은 일간지나 삽지에 나오는 기사를 믿어주기를 바랍니까? 비난 제 개인적인 이유 때문이 아니더라도, 저는 언론을 좋아하지 않습니다. 그것은 일회

적이고 부패의 소지가 농후합니다. 저는 아가트가 그렇듯, 영속적이고 길이 남는 것, 그리고 사람들 스스로가 역경을 헤치고, 모든 것을 무릅쓰고 일구어낸 것을 좋아합니다. 가령 집, 책, 예술작품, 파리, 글쓰기…… 그런 것들 말이죠.

제롬 가르생

옮긴이 **우종길**

1959년 충남 강경 출생. 충남대 불어불문학과 졸업.
프랑스 캉 대학에서 문학박사 학위 취득. 안니 코엔 솔랄의 〈사르트르〉,
크리스티앙 자크의 〈깨달음의 여행〉 〈태양을 삼킨 람세스〉 등을 우리말로 옮겼다.

문학동네 세계문학
첫 소설

초판인쇄	2002년 8월 26일
초판발행	2002년 9월 2일

지 은 이	마자린 팽조
옮 긴 이	우종길
펴 낸 이	강병선
펴 낸 곳	(주)문학동네
출판등록	1993년 10월 22일 제22-188호

주 소	136-034 서울시 성북구 동소문동 4가 260번지 동소문빌딩 6층
전자우편	editor@munhak.com
전화번호	927-6790~5, 927-6751~2
팩 스	927-6753

ISBN 89-8281-556-2 03860

www.munhak.com